LIBR
DEL SOT
COYOACA
Miguel Ange
de Quevedo
No. 20?
ME

Colección Tierra Firme

NUEVAS APROXIMACIONES A PABLO NERUDA

NUEVAS APROXIMACIONES A PABLO NERUDA

ÁNGEL FLORES
Compilador

FONDO DE CULTURA ECONÓMICA
MÉXICO

Primera edición, 1987

D. R. © 1987, Fondo de Cultura Económica, S. A. de C. V.
Av. de la Universidad, 975; 03100 México, D. F.

Impreso en México

ISBN 968-16-2512-9

IN MEMORIAM

Dedico este libro a Kate Flores (1913-1986), mi compañera durante más de medio siglo. Kate nos legó bellos estudios sobre Emily Dickinson y Franz Kafka, e impecables traducciones al inglés de Rosalía de Castro, Leopardi, Rilke, Mallarmé, Góngora y otros poetas hispánicos, alemanes, franceses, italianos... Memorable también es su tesis científica *Relativity and Consciousness: A New Approach to Evolution* (Nueva York, Gordian Press, 1985) y su antología bilingüe *The Defiant Muse: Hispanic Feminist Poems from the Middle Ages to the Present* (Nueva York, The Feminist Press, 1986) del cual fui su colaborador.

PREFACIO

Tierra baldía, mi versión española de *The Waste Land* de T. S. Eliot, el poema "clásico" de mi generación, tuvo tan buena acogida cuando la publicó la Editorial Cervantes (Barcelona, 1930) —habiendo sido además selección de El Libro del Mes (con Marichalar, Azorín, etcétera, entre las luminarias del jurado)— que Eliot, entonces contador en un banco de Londres, se dio el gusto de recibir un cheque algo sustancioso: *rara avis* en el campo de la poesía.

Tras una faena tan ardua, aquel "triunfo" me animó a meterme en nuevas honduras: cuando en 1935 aparecieron los dos primeros tomos de *Residencia en la tierra*, en la primorosa edición madrileña de Cruz y Raya, decidí traducir a Neruda. No se trataba meramente de verter un poema, como en el caso de Eliot, del inglés al español, sino algo más difícil: del español al inglés, de un español algo achilenado y además desvertebrado por el surrealismo entonces a la moda.

Afronté la tarea aprensivamente, con letargosa lentitud, y sólo fue para 1944 que vi, en el *New Directions Annual*, mis primeras pruebas. Supongo que gustaron, pues me pidieron otras traducciones que luego, reunidas, constituyeron una de las exquisitas ediciones de Peter Pauper Press. Se titulaba *Selected Poems of Pablo Neruda* (1944).

Estimulado por estos primeros pasos, seguí adelante acrecentando la cosecha hasta la edición bilingüe, de más de 200 páginas, *Residence on Earth and Other Poems* (Nueva York, New Directions, 1946). Luego en 1948, realzadas por tres aguafuertes del pintor chileno Nemesio Antúnez, East River Editions (Nueva York) presentó, en elegante formato bilingüe, *Tres cantos materiales / Three Material Songs*, y más adelante Whit Burnett incluyó en su prestigiosa antología *The World's Best* (Nueva York, Dial Press, 1950) mi versión de *Alturas de Macchu Picchu*, hecha especialmente para él.

En 1965 la editorial Harcourt, Brace & World de Nueva York me solicitó una introducción para un bilingüe *Bestiary / Bestiario* (sección de *Estravagario*) con grabados de Antonio Frasconi, y al año siguiente, en una limitadísima edición que incluía grabados en madera de Georgia Pugh (University of Wisconsin, 1966) apareció mi versión inglesa de "Colección nocturna". Finalmente, la editorial Ocnos de Barcelona publicó *Aproximaciones a Pablo Neruda* (1974), donde reuní textos críticos de los nerudistas más destacados de aquella época. Debido quizá al interés suscitado por este homenaje y, más aún, debido a la repercusión del Premio Nobel, la Gordian

Press de Nueva York hizo en 1976 una nueva edición de mi antología bilingüe *Residence on Earth and Other Poems*.

El presente tomo vuelve a poner de relieve mi admiración por Pablo Neruda: aquí he reunido textos críticos que ayudarán a elucidar un poco más su vida tan proteica y su obra tan genial.

Hago constar mi gratitud a varios colegas que mostraron interés en mi tarea: Marjorie Agosin (Wellesley College), Carlos Cortínez (Dickinson College), René de Costa (University of Chicago), Ariel Dorfman (Duke University), Juan Flores (Queens College, CUNY), Pedro Lastra (SUNY, Stony Brook), Juan Loveluck (University of South Carolina), Enrico Mario Santí (Cornell University), Hensley C. Woodbridge (Southern Illinois University) y, además, a las bibliotecarias del Queens College (CUNY): Ruth Hollander, Isabelle Taler y Rachelle Winchel.

ÁNGEL FLORES

Enero de 1986

ABREVIATURAS

A	*Atenea.* Concepción, Chile
Abr	abril
Ago	agosto
AL	*Acta Litteraria Academia Scientiarum Hungarica.* Budapest, Hungría
ALH	*Anales de Literatura Hispanoamericana,* Madrid, España
APN	*Aproximaciones a Pablo Neruda,* comp. Ángel Flores B. Ocnos, 1974
AUCh	*Anales de la Universidad de Chile.* Stgo
B	Barcelona, España
BHi	*Bulletin Hispanique.* Université de Bordeaux, Francia
BsAs	Buenos Aires, Argentina
Car	Caracas, Venezuela
Caravelle	*Cahiers du Monde Hispanique et Luso-Bresilien,* Université de Toulouse, Francia
CuA	*Cuadernos Americanos,* México
CuH	*Cuadernos Hispanoamericanos,* Madrid, España
dic	diciembre
ed cit	edición citada
edic	edición
edit	editorial
Eudeba	Editorial Universitaria de Buenos Aires. BsAs
feb	febrero
H	*Hispania.* University of Cincinnati, Ohio
HR	*Hispanic Review.* University of Pennsylvania, Philadelphia.
Ins	*Insula.* Madrid, España
jul	julio
jun	junio
L	Editorial Losada. BsAs
M	Madrid, España
Mapocho	*Mapocho,* Stgo
mar	marzo
may	mayo
Mem	*Memorias del Congreso de Catedráticos de Literatura Iberoamericana.* University of Pittsburgh, Pittsburgh, Pennsylvania
Mester	*Mester.* University of California, Los Ángeles, California
Mex	México
Mont	Montevideo
N	Editorial Nascimento, Stgo
nov	noviembre
OC	*Obras completas* (L)
oct	octubre

OE	*Obras escogidas*, comp. Francisco Coloane. Stgo., Edit. Andrés Bello, 1971
PN	Pablo Neruda
P.R.	Puerto Rico
pról	prólogo
PSA	*Papeles de Son Armadans*. Palma de Mallorca, España
RChL	*Revista Chilena de Literatura*. Stgo
RepAm	*Repertorio Americano*. San José, Costa Rica
RHM	*Revista Hispánica Moderna*. Columbia University, Nueva York
RNC	*Revista Nacional de Cultura*. Caracas, Venezuela
RevIb	*Revista Iberoamericana*. University of Pittsburgh, Pittsburgh, Pennsylvania
ROcc	*Revista de Occidente*. Madrid, España
RomN	*Romance Notes*. University of North Carolina, Chapel Hill, N. C.
RT	*Residencia en la tierra*
SB	Seix-Barral, editores. B
sept	septiembre
sf	sin fecha
Stgo	Santiago de Chile
TdL	*Taller de Letras*. Stgo
UNAM	Universidad Nacional Autónoma de México

TEORÍA Y PRAXIS. GEOGRAFÍA Y AUTOBIOGRAFÍA

I. NERUDA: TEORÍA Y PRAXIS POÉTICA

JAVIER CIORDIA

LAS REFLEXIONES sobre el qué y el para qué de la poesía —jamás sobre el cómo— emergen con intermitencia en los escritos de Neruda, cuyo propósito poético, manifestado una y otra vez, se cifra en incrementar la conciencia de solidaridad humana, alzándose de continuo contra la enajenación de los poetas hechizados por los artilugios del arte por el arte. Sus manifiestos, que taracean, prácticamente, toda su creación, culminan en el Discurso de Recepción del Premio Nobel, en 1971. Detecto, por orden cronológico, los más expresivos.

En la revista española *Caballo Verde para la Poesía*, fundada por Manuel Altolaguirre y dirigida por Neruda, publicó éste, en 1935, cuatro poemas en prosa: "Conducta y poesía,", "Los temas", "Gustavo Adolfo Bécquer (1836-1936)" y "Sobre una poesía pura".[1] De todos ellos, el más significativo me parece, definitivamente, el último. En él opta, en marcado contraste de referencia implícita a Juan Ramón Jiménez, por una poesía deliberadamente "impura", "gastada como por un ácido por los deberes de la mano, penetrada por el sudor y por el humo, oliente a orina y a azucena, salpicada por las diversas profesiones que se ejercen dentro y fuera de la ley".[2]

Neruda se dilata describiendo los arreos de la pretendida impureza, lo cual nos revela que ya antes de la Guerra Civil española (1936-1939), evento que según algunos críticos[3] originó su "conversión" poética, era ya dueño consciente de una voluntad de diferenciación provocadora y de arraigo sociopolítico.

Muchos años después (1957) prologaba una edición portuguesa de sus obras. En esa prefación, bajo el epígrafe "Me niego a masticar teoría", formulaba tres juicios sobre su quehacer literario. En ellos exprimía tres ideas, fundamentalmente. Las tres de interés máximo. En la primera, un tanto irónica, advertía que ignoraba qué fuese

---

[1] Fueron recogidos en: Neruda, *Para nacer he nacido*, pp. 147-151.
[2] *Op. cit.*, p. 150.
[3] Neruda vivió en España de 1934 a 1937. Esta estadía es de suma importancia para su obra. Fue, de hecho, a raíz de este contacto con España, no a consecuencia de la Guerra Civil, como se produjo la que se ha llamado su "conversión". Neruda se ha referido a esta época con insistencia y con énfasis. En una de las últimas referencias, en la entrevista que le otorgó a Marino Gómez Santos, le confesó que esa época era "fundamental" en su vida. E insistía: "...casi todo lo que he hecho en mi poesía y en mi vida tiene la gravitación de mi tiempo de España... Al recordar aquella época, a mí se me confunden las cosas con un gran afecto". *Mundo Hispánico* (M), 285 (dic 1971), pp. 74-75.

poesía. En la segunda, significativamente profunda, afirmaba que sus grandes maestros habían sido los ríos y los pájaros. En la tercera declaraba que su deber como poeta —compromiso político— no consistía más que en defender a los pobres. Transcribo sus palabras:

> Tengo ya 53 años y nunca he sabido qué es la poesía, ni cómo definir lo que no conozco. No he podido tampoco aconsejar a nadie sobre esta substancia oscura y a la vez deslumbrante.
> De niño y de grande anduve mucho más entre ríos y pájaros que entre bibliotecas y escritores. [Era, sin embargo, un buen bibliófilo, amigo de libros raros y curiosos.]
> También asumí el antiguo deber de los poetas: la defensa del pueblo, de la pobre gente explotada.[4]

Obviamente, en la primera de estas ideas subyace otra: la de la naturalidad por encima del artificio orfebreril, en cuanto implica vinculación a didactismos o aprendizajes librescos. Neruda es un poeta natural. Lo rubricó en muchas ocasiones, pero nunca con la exactitud y resonancia de su discurso ante la ilustre Academia sueca:

> Yo no aprendí en los libros ninguna receta para la composición de un poema; y no dejaré impreso a mi vez ni siquiera un consejo, modo o estilo para que los nuevos poetas reciban de mí alguna gota de supuesta sabiduría.[5]

Este aserto, por el que se aproxima, en algún sentido, a la concepción poética de Platón, no significa, sin embargo, que Neruda improvisase o desatendiese los aspectos técnicos. Antes bien, como puntualizó Rosales, que lo vio trabajar muchas veces, su aparente naturalidad provenía y era fruto de "una técnica meticulosa que no aventura nada".[6]

También el anti-intelectualismo que rezuma la segunda idea, que nos recuerda por antítesis a Sartre, cuyos juguetes únicos fueron, según confesión propia, los libros, reaparece a intervalos en sus ejercicios de reflexión literaria. Neruda quiere ser un poeta conectado con la naturaleza, con la que de hecho vive en comunión simbiótica. Con la naturaleza y con los objetos. Un pedazo de lona protector en las noches australes, unos calcetines o unas coles rojas tienen más repercusión en él que todos los conceptos e imágenes abstractas. Esto nos indica que su semántica y sus intuiciones son, preferentemente, emocionales. Carlos D. Hamilton sostiene que, incluso, en política es socialista emocional y no intelectualmente o por haber leído a

---

[4] *Para nacer he nacido*, p. 152.
[5] "La poesía no habrá cantado en vano" (Discurso de recepción del Premio Nobel), en: *Para nacer he nacido*, p. 453.
[6] Luis Rosales: "Residencia en la tierra". *ABC* (M), (sept 27, 1973).

Marx.[7] A su poética, por tanto, se la podría describir como la poética de la emoción o de la comunicación por la emoción. Unas palabras suyas lo confirman:

> Tengo hasta cierto desprecio por la cultura; como interpretación de las cosas me parece mejor un conocimiento sin antecedentes, una absorción física del mundo.[8]

Por otra parte, por su populismo histórico, que se proyecta de diversas maneras, entiende la poesía funcionalmente, como servicio, como intercambio, como comunicación y hasta como alimento de vida. En una palabra, como un elemento representativo y útil, en el que se refleja y se defiende al pueblo, del que se proclama, con insistencia, solidario. Uno de sus textos más hermosos, en el que resplandece el afán de representación y comunión, es el titulado "Poetas del Pueblo", que sirvió de prólogo a su libro *La lira popular*, editado en Santiago de Chile, en 1966. En él confesaba:

> Siempre he querido que en la poesía se vean las manos del hombre. Siempre he deseado una poesía con huellas digitales. Una poesía de greda para que cante en ella el agua. Una poesía de pan, para que se la coma todo el mundo.[9]

Es decir, una poesía servicial. Ahora bien, la máxima servicialidad se denomina comunión. Él la pretende, sobre todo, con los más indigentes. Por eso, a su juicio, "ningún poeta (tiene) más enemigo esencial que su propia incapacidad para entenderse con los más ignorados y explotados de sus contemporáneos".[10]

Esta voluntad de servicio utilitario se patentiza en otro texto de 1950. Escribe:

> ...quiero que mi poesía cuelgue de los árboles del pueblo, como una bandera, y que cada verso tenga un peso textil, defienda las caderas de la madre, cubra la crin del agrarista.[11]

Tal pretensión quedó poéticamente registrada en una de sus odas a la poesía:

[7] C. D. Hamilton: "El canto personal de Neruda", *CuA*, núm. 240 (sept-oct 1980), pp. 206-227.
[8] Neruda, *Confieso que he vivido. Memorias*. Justo Jorge Padrón recoge también un texto nerudiano en el que se le percibe más preocupado por los problemas del hombre que por los de la literatura: "No puedo evitar cierto desprecio por el culteranismo como interpretación de la vida. Mis enemigos son aquellos que destruyen la verdad, la justicia y el respeto humano." "Viaje a través de Neruda", *Ins.*, núms. 300-301 (nov-dic 1971), pp. 14-15.
[9] *Para nacer he nacido*, p. 161.
[10] *Op. cit.*, p. 455.
[11] *Op. cit.*, p. 176.

*Yo te pedí que fueras
utilitaria y útil,
como metal, harina,
pan y vino,
dispuesta, poesía,
a luchar cuerpo a cuerpo,
y a caer desangrándose.*[12]

Todos estos pensamientos conservan una gran afinidad con los que expuso en sus memorias —*Confieso que he vivido*— y con los que leyó ante los académicos suecos. En una y otra ocasión se yergue, particularmente, contra el creacionismo de Huidobro, tanto como contra la "belleza congelada" de Góngora y las "purezas" de Juan Ramón. En concreto, la concepción huidobriana del poeta como "un pequeño dios" le resulta, no sólo enajenada y enajenante, sino narcisista y estéril desde la perspectiva sociocomunitaria, pues se soborna a sí mismo y se condena a la frustración.[13] Neruda la impugna denodadamente en nombre del hombre común que lo habita, ya que todo poeta debe actuar como un artesano, contribuyendo con su palabra y su actitud a "la construcción de la sociedad, a la transformación de las condiciones que rodean al hombre".

Sólo por ese camino inalienable de ser hombres comunes —recalca— llegaremos a restituirle a la poesía el anchuroso espacio que le van recortando en cada época, que le vamos recortando en cada época nosotros mismos.[14]

Esto significa que Neruda concibe la poesía como una herramienta de trabajo y como un instrumento de liberación que es, en el pensar de Uslar Pietri, una de las características que vertebran la literatura hispanoamericana.

Por lo demás, en el poema "Los poetas celestes", perteneciente al *Canto general*, se apedrea, tanto inmisericorde como injustamente, a todos los movimientos vanguardistas de nuestro siglo, a los que sin excepción se los tilda de evasores y prófugos de la vida y de que se dejaron sobornar "por el plato de restos sucios" que les arrojaban las clases dominantes:

*¿Qué hicistéis vosotros, gidistas,
intelectualistas, rilkistas,
misterizantes, falsos brujos
existenciales, amapolas*

---

[12] *Odas elementales*, pp. 168-169.
[13] *Confieso que he vivido*, p. 398.
[14] *Para nacer he nacido*, p. 150.

*surrealistas encendidas
en una tumba, europeizados
cadáveres de la moda,
pálidas lombrices del queso
capitalista, qué hicistéis
ante el reinado de la angustia,
frente a este oscuro ser humano,
a esta pateada compostura,
a esta cabeza sumergida
en el estiércol, a esta esencia
de ásperas vidas pateadas?*

*No hicistéis nada sino la fuga,
vendistéis hacinado detritus,
buscastéis cabellos celestes,
plantas cobardes, uñas rotas,
"belleza pura", "sortilegio",
obras de pobres asustados
para evadir los ojos, para
enmarañar las delicadas
pupilas, para subsistir
con el plato de restos sucios
que os arrojaron los señores,
sin ver la piedra en agonía,
sin defender, sin conquistar,
más ciegos que las coronas
del cementerio, cuando cae
la lluvia sobre las inmóviles
flores podridas de las tumbas.*

Es decir, que una vez más, el bardo chileno se enfrenta a la concepción de la literatura por la literatura y la repudia con energía, renegando de preciosismos y de normas, de escuelas y de teorías, de métodos y artilugios. Su única sujeción, más allá de todo nerudismo, del que también reniega, es el compromiso de solidaridad. Por eso, cuando escribe: "Yo tenía que ser yo mismo",[15] lo que realmente desea significar es: "Yo tenía que ser solidario." No obstante, en cuanto consorcia las vías del corazón con las técnicas de la vanguardia, la realidad espuria del vivir con las sutilezas del crear, el realismo con el idealismo;[16] es decir, en cuanto se define como "omní-

---

[15] *Confieso que he vivido*, p. 357.
[16] *Os amo idealismo y realismo,
como agua y piedra
sois parte del mundo,
luz y raíz del árbol de mi vida.*
       Sonata crítica, I, p. 103.

voro de sentimientos, de voces, de libros, de pensamientos y de batallas",[17] no se le desprestigiaría encuadrándolo dentro del neorromanticismo. Esa vocación omnívora, ese afán de ser todo a la vez se halla implícito en el repudio romántico de toda limitación. Lo sentencia didácticamente:

> El poeta que no sea realista va muerto. Pero el poeta que sea sólo realista va muerto también. El poeta que sólo sea irracional será entendido sólo por su persona y por su amada, y esto es bastante triste. El poeta que sea sólo un racionalista, será entendido hasta por los asnos, y esto es también sumamente triste.[18]

Hasta aquí el pensar teórico de Neruda sobre la poesía, que se ajusta plenamente a su poetizar. Pues el poeta que hay en él no empieza, según la frase tan manida de Ortega, donde acaba el hombre, sino que se funde y confunde con él, para fundar su obra desde la raíz y la savia de su misma sangre, porque, como él mismo profetizaba hacia 1935, "en la casa de la poesía no permanece nada, sino lo que fue escrito con sangre, para ser escuchado por la sangre".[19] García Lorca lo intuyó también así cuando, por aquellos mismos días, lo describía como un poeta que vivía más cerca de la sangre que de la tinta. O, lo que es lo mismo: más cerca de la vida que de la cultura.

Y así es en efecto: la poesía de Neruda se caracteriza, precisamente, por la inherencia y la ingerencia, la identidad y la empatía del poeta y del hombre. A Neruda sólo se le puede leer dentro de su contexto sociohistórico. Es un poeta esencial y existencialmente referencial. Un poeta con ciencia que testifica sobre las condiciones deshumanizantes de la vida. Para él la poesía no se limita a ser estética, sino conciencia e iluminación y acción transformadora. No le interesa tanto cantar o interpretar el mundo cuanto redimirlo y transformarlo. En este sentido se le ha conectado, a veces, con el marxismo. Pero el marxista que hay en él se escribe con minúscula,[20] como ha dicho alguien; en tanto que el poeta, por más que Juan Ramón Jiménez pretendiera arrojarlo del Parnaso, se graba con mayúscula. Ahora bien, puesto a detectar las características semánticas de poe-

---

[17] *Confieso que he vivido*, p. 359.
[18] *Ibid.*, p. 361.
[19] *Para nacer he nacido*, p. 147.
[20] Hamilton: *op. cit.*, p. 208, cita una declaración de Neruda al rotativo francés *L'Express*: "La política es obsesión de otros, no mía... Me han mezclado en la política... No es lo esencial de mi poesía" y en *Confieso que he vivido*, p. 426: "Muchos me han creído un convencido staliniano. Fascistas y reaccionarios me han pintado como un exégeta lírico de Stalin. Nada de esto me irrita en especial. Todas las conclusiones se hacen posibles en una época diabólicamente confusa."

sía, seleccionaría, particularmente, tres, a las que por bautizarlas de algún modo, las llamaré así: autobiografismo, terrenalismo y nominalismo. Todas ellas se derivan de su concepción poética y de su actitud antropocéntrica que es, acaso, la nota que mejor lo define. Paso, pues, a reseñarlas una a una.

1. Autobiografismo

La dimensión autobiográfica emerge hasta en los libros, al parecer, más objetivos, como en el *Canto general*. Pues, en la segunda parte del mismo, sobre todo a partir del "Canto XV" que, significativamente se titula: "Yo soy", el "Yo" del poeta se impone por encima de toda épica, confiriéndole al poema una tonalidad lírica y particularista. Y, aunque la historia biográfico-poética de Neruda parece dirigida por una vocación de objetivación y de creciente apertura hacia el tú —se habló, incluso, de una conversión de la lírica a la épica, como ya lo indiqué— esa vocación y esa conversión no eclipsaron jamás las efervescencias íntimas de su yo. Por eso, la poesía nerudiana fluctúa de continuo entre el intimismo auto-biográfico y la solidaridad socio-política; entre los dictados de la razón sentimental y los de la razón social; entre la fuga y la participación; entre el ser y el hacer; entre el manifiesto panfletario y la confesión erótica. Más en particular: Neruda oscila constantemente entre la poesía del hacer y del cambiar, propagandista y pública, y la del ser y el existir, de carácter más íntimo y recatado. Este proceso oscilatorio abarca desde *Veinte poemas de amor* (1924) hasta la *Invitación al nixonicidio* (1973); desde la *España en el corazón* (1938), hasta el *Memorial de Isla Negra* (1964). En este pendulaje, en este salir del yo y regresar a él se integran y se concilian, como en un maridaje indisoluble, la realidad polivalente del ser y del existir, de la introversión y de la extraversión, del hambre de contacto y de la sed que se abreva en el pozo interior de sí mismo. Mario Benedetti observó con exactitud que el hombre-Neruda se halla muy presente en el poeta, pero se equivocó, tal vez, al aseverar que "la nitidez metafórica hace olvidar por completo la validez autobiográfica".[21] Es en ese "por completo" donde reside la inexactitud. Lo autobiográfico y lo íntimo imperan no sólo en *Plenos poderes*, ni sólo en el *Memorial*, sino en el *Estravagario*, en *Residencia en la tierra*, en *Cien sonetos de amor* y en la mayoría de sus poemarios póstumos. En fin, que si Neruda ha escrito:

---

[21] Mario Benedetti, *Lertas de un continente mestizo*, Mont, Arca, 1970, 2ª ed., p. 69.

> *Yo no tengo importancia,*
> *no tengo tiempo*
> *para mis asuntos,*[22]

también ha proclamado:

> *Se vuelve al yo como a una casa vieja*
> *con clavos y ranuras, es así*
> *que uno mismo cansado de uno mismo,*
> *como de un traje lleno de agujeros,*
> *trata de andar desnudo porque llueve,*
> *quiere mojarse en agua pura,*
> *en viento elemental, y no consigue*
> *sino volver al pozo de sí mismo...*[23]

Este regreso se convierte, a veces, en ensimismación. Gabriel Celaya, en un estudio bello sobre el bardo, lo describía como "de mirada fija y a la vez ausente de gran saurio sagrado", "cargado de ancestrales melancolías" y como enajenado "de cuanto ocurre a su alrededor"; aunque, tal vez, puntualizaba, ello se podría deber a que estaba más dentro de las cosas que los demás.[24] De cualquier forma, su ensimismación nunca se convierte en "egorragia", ni en egocentrismo, ni en psicología pura, como sucede, a mi juicio, con gran parte de la poesía última de Juan Ramón Jiménez.

2. Terrenalismo

La segunda característica que quiero desentrañar es la que he llamado terrenalismo. Entiendo por tal una actitud de entrega y de consorcio profundo con la tierra. Una especie de embriaguez o de mística de la materia. Es en este sentido en el que afirmo que Neruda funge como poeta terrenalista. Un poeta que le dice al mar:

> *Yo soy tu único anillo de mi única boda.*

Es decir, un poeta cuya realidad única y cuya única patria están aquí. Fue por esto, sin duda, por lo que no se sintió nunca exiliado de ningún lugar,[25] ni terrestre ni célico, y por lo que tampoco expe-

---

[22] *El hombre invisible*, O. C., 2ª ed., 1962, p. 939.
[23] *El mar y las campanas*, p. 39.
[24] Gabriel Celaya, "Pablo Neruda, poeta del tercer día de la creación", *TdL*, núm. 2 (1972), p. 9.
[25] *Para nacer he nacido*, p. 177: "Soy un rico de patria, de tierra, de gentes que amo y que me aman. No soy un patriota desdichado ni conozco el exilio.

rimentó en ningún momento la llamada ni la nostalgia de ningún más allá. Para él sólo existió el aquí y el ahora, lo que significa que era un presentista absoluto. Para él, la última palabra y la última razón de todo era el silencio. De hecho, en su poesía no hay espacio para la interpretación "anfibia" del cristianismo, antes bien, a su juicio, éste destruye las raíces del hombre y suplanta su florescencia.[26] Neruda se presenta como un poeta, al menos ocasionalmente, ateo:

>*Allí en Rangoon comprendí que los dioses*
>*eran tan enemigos como Dios*
>*del pobre ser humano.*[27]

Un poeta para quien

>*Los nombres de Dios y en particular de su representante*
>*llamado Jesús o Cristo, según textos y bocas,*
>*han sido usados, gastados y dejados*
>*a la orilla del río de las vidas*
>*como las conchas vacías de un molusco.*[28]

Un poeta para quien, como en el caso de Gide y de Camus, su único dios era la tierra, no tanto en el sentido geológico y geográfico, cuanto en el antropológico-social y genesíaco. Por eso, y no por otra razón es por lo que resulta, en última instancia, un poeta materialista y antimaniqueo. El maniqueísmo, como filosofía de la existencia, es una interpretación dualista de la vida y de la realidad; una interpretación, por lo demás, que constituye, aunque oculta, una constante histórica. Para el maniqueo existe lo puro y lo impuro, la razón y el instinto, el principio del bien y el principio del mal. Neruda lo supera, sin embargo, ya que para él las realidades no se hallan separadas, sino fundidas de modo indisoluble. Es por lo tanto, un monista.

Precisando un poco más, a su terrenalismo se lo podría describir como telúrico, erótico y vital. Me explico: al describir su terrenalismo como telúrico lo que pretendo significar es que Neruda es un poeta ensimismado en las cosas, subrayando, simultáneamente, que su poesía huele a frescura de mar y de selva, a salitre y a viento, a madera y a lluvia... es decir: a naturaleza. Neruda se

---

Mi bandera me envía besos cada día. No soy desterrado porque soy tierra, parte de mi propia tierra, indivisible, espaciosa."
[26] Su poema "Un perro ha muerto" (*Jardín de invierno*, pp. 83-85) podría ser un buen exponente de esta afirmación.
[27] *Memorial de Isla Negra, La luna en el laberinto*, p. 98.
[28] *Jardín de invierno*, p. 15.

proyecta como un *homo naturalis* a quien no envenenó ninguna metafísica ni perturbó ninguna trascendencia. Vivió en consonancia armónica con su *tellus* materna, con la que había pactado y a la que había elegido para siempre. No obstante, pese a todo su "naturismo", hay una nota de crujiente melancolía que no se puede soslayar. Esa nota que le obliga a decir:

Pero este mundo no es el que yo quiero.[29]

El erotismo aflora poema tras poema, verso tras verso, vocablo tras vocablo. La palabra que mejor compendia, acaso, su identidad personal es la de amante. Esto, en una triple dimensión: amante del mundo, del hombre en general y de la mujer en particular. El amor al mundo cósico se puede describir como ternura; el del hombre, como solidaridad empática; al de la mujer sólo le cuadra un adjetivo: absorbente. La mujer, llámese Rosaura, Teresa, Jossie, Delia o Matilde, magnetiza el corazón de Neruda y lo desborda de entusiasmo genesíaco. En este sentido, quizá el poema "De piel del abedul" sea uno de los que mejor expresan el vertiginoso erotismo que de continuo lo asedia:

*Todos los labios del amor
fueron haciendo mi ropaje
desde que me sentí desnudo:
ella se llamaba María,
(tal vez Teresa se llamaba),
y me acostumbré a caminar
consumido por mis pasiones.*[30]

Cuando Gabriela Mistral afirmó de él que era "el poeta más corporal que pueda darse",[31] expresó un gran acierto. Pero, si además de corporal, hubiera añadido "gástrico", la descripción habría sido completa, ya que la gastronomía y la culinaria se filtran a menudo por sus versos, proyectándonos la imagen sibarítica de un *gourmand*.[32] En su "Arte magnética", poema que se asocia de inmediato con su conocidísima "Arte poética", lo sexual y genesíaco se imponen como criterios:

[29] *Memorial de Isla Negra, Sonata crítica*, "Aquí estoy", p. 257.
[30] *Jardín de invierno*, pp. 22-23.
[31] Gabriela Mistral: "Recado sobre Pablo Neruda". *TdL*, 2 (1972), p. 120.
[32] Como se sabe, Neruda escribió, al alimón con Miguel Á. Asturias, un libro sobre la cocina húngara. Pero valga sólo una cita como ejemplo de su sibaritismo:

*Yo, pecador en todo régimen,
con comedores de regiones remotas,
turcomanos, kirghises, caucásicos pastores,*

> *De tanto amar y andar salen los libros.*
> *Y si no tienen besos o regiones*
> *y si no tienen hombre a manos llenas,*
> *si no tienen mujer en cada gota,*
> *hambre, deseo, cólera, caminos,*
> *no sirven para escudo ni campana*
> *están sin ojos y no podrán abrirlos,*
> *tendrán la boca muerta del precepto.*
> *Amé las genitales enramadas*
> *y entre sangre y amor cavé mis versos,*
> *en tierra dura establecí una rosa*
> *disputada entre el fuego y el rocío.*
> *Por eso pude caminar cantando.*[33]

La tercera connotación de su terrenalismo es la vitalidad. Cuando digo que Neruda es un poeta vital, esta palabra significa dos cosas: que entraña el sentido de la muerte y que éste no es otro que el de la renovación. Para Neruda, todo, efectivamente, muere; pero todo renace también. Tras el invierno del despojo y de la depuración llega, indefectiblemente, la primavera. En realidad, el sentido último de todo, más allá del silencio, no parece ser en él, como en Parménides, más que uno: el del eterno retorno. Es decir, el de un eterno circuito cerrado en la materia:

> *Me muero con cada ola cada día.*
> *Me muero con cada día en cada ola.*
> *Pero el día no muere*
> *Nunca*
> *No muere.*
> *¿Y la ola?*
> *No muere.*
> *Gracias.*[34]

Ese "gracias" testimonia que, además de agradecer la vida, se inserta en ella, como regenerada y regeneradora, para siempre. La regeneración "entrópica" se detecta claramente en el primer poema —"El egoísta"— de *Jardín de invierno*:

> *me determino cantor y carnívoro:*
> *me alborozan los cuerpos y la música,*
> *la alegría profunda del estómago,*
> *la voz de los sonámbulos violines.*
>
> *Elegía*, página 89.

---

[33] *Memorial de Isla Negra. Sonata crítica*, p. 231.
[34] Poema XXVIII, en: *Aún*, p. 77.

*Esta es la hora
de las hojas caídas, trituradas
sobre la tierra, cuando
de ser y de no ser vuelven al fondo
despojándose de oro y de verdura
hasta que son raíces otra vez
y otra vez, demoliéndose y naciendo,
suben a conocer la primavera.*[35]

Es por esta vitalidad terrenalista y cósmica por lo que se constituye en un poeta genesíaco, sembrador de vida y revitalizador. La Academia sueca lo definió, justamente, como "fuerza elemental que da vida al destino y a los sueños de un continente". Y eso fue, en definitiva, un poeta hipnotizado y subyugado por la tierra. Un poeta que miró lleno de asombro la creación, que la experimentó y que, aunque no paradisíaca, comprobó que era buena. Por eso, en parte, fue lo contrario de un asceta y de un espiritualista.

3. Nominalismo

La tercera nota con que me parece oportuno caracterizar la poesía nerudiana es la de nominalismo. Acaso resulte fecundo regresar hasta Guillermo de Occam (1350) para ilustrar el significado genuino de este vocablo, y para comprender hasta qué punto se da una real tangencia entre el bardo chileno del siglo XX y el franciscano inglés del XIV. Sostenía éste, en la famosa polémica sobre los universales —polémica que envolvió a los grandes filósofos de la época— que el reconocimiento se halla vinculado con la realidad conocida y que, por lo mismo, cuanto más próxima sea ésta, tanto más logrado resulta aquél. En última instancia, el único conocimiento que se aproxima a la verdad objetiva es el concreto y específico de la realidad individual. La abstracción, las generalizaciones, los universales los consideraba epistemológicamente inválidos. Esto equivalía a decir que lo que más se aleja del conocimiento auténtico es la metafísica. De hecho, el nominalismo destruye todas las metafísicas y orienta la inteligencia hacia el escepticismo.

Naturalmente, esta corriente filosófica que convertía los sentidos en la única fuente del conocer humano, constituyó parte de la gran crisis que se desató en Europa durante el siglo XIV.

Ahora bien, al caracterizar la poesía de Neruda como nominalista, lo que me interesa es poner de relieve su repudio, tanto de la abstracción como del intelectualismo culturalizante. Neruda quiso

---

[35] *Jardín de invierno*, p. 10.

ser y fue un poeta plástico y próximo a las cosas, visual y táctil a la vez. Un poeta que absorbe, no conceptual sino físicamente, la realidad o la savia del mundo; esto es, que la succiona, no librescamente, sino vitalmente y como por ósmosis directa con las cosas. No por ideas generales preconcebidas, sino por vivencias individualizadas: "Cada vez veo menos ideas en torno mío y más cuerpos, sol y sudor", declara en su memorias.[36]

Por eso, en su poesía no se hallan ni generalizaciones abstractas ni purismos. Hay, sí, cosas, muchas cosas. Cada poemario suyo se parece a un almacén de cosas. El repertorio de su onomástica, jamás superado por bardo alguno, exhibe todo tipo de nombres sustantivos: domésticos, humildes, utilitarios..., por encima y con menosprecio de todo preciosismo y de toda selección atildada. Neruda es un poeta superpoblado de nombres de cosas a las que acaricia con ternura franciscano-materialista. Como observó Miguel Ángel Asturias, la suya es la poesía "que más objetos contiene" y que "más cosas canta". Una poesía "llena de todo lo que existe".[37]

Efectivamente, desafiando a los "ismos" vanguardistas, que parecían inundarlo todo de abstracciones, se afirmó sobre lo anecdótico y lo figurativo, sobre lo tangible y lo palpable, como sobre un bastón. Él es el poeta de las realidades inmediatas y prosaicas del cotidiano vivir. Sus *Odas elementales*, que a veces semejan verdaderos listados de cosas, constituyen una inmersión en la impureza inevitable de la materia. Pero, imantadas por la varita mágica de su palabra, se opera en ellas una taumaturgia, en virtud de la cual dejan prodigiosamente de ser realidades plebeyas y se transforman, o transfiguran al menos, en material prestigioso. De donde resulta que él, como nominalista, ajeno a las alianzas entre la lógica y el artificio, se convierte, paradójicamente, en un poeta originario y bautismal, amén de polifónico, de cuyo verbo surge un mundo nuevo, pletórico y opulento, saturado hacia todas las latitudes de pequeños y extraños tesoros.

Realmente Neruda supo recuperar y redimir la belleza del mundo cotidiano: la belleza de las elementales, anodinas y espurias realidades de nuestro vivir, para la que nos hallábamos ciegos por exceso de rutina en nuestros ojos. En este sentido, se puede convertir en el gran educador de nuestra mirada, por cuanto nos ayuda a descubrir, como un numismático de oficio, la imagen desgastada de las cosas.

---

[36] *Confieso que he vivido.*
[37] "Pablo Neruda", *TdL*, núm. 2 (1972), p. 124.

II. EL ROSTRO COMO MÁSCARA: AUTOBIOGRAFÍA E HISTORIA EN LA OBRA DE PABLO NERUDA

Alain Sicard

¿Puedo preguntar a mi libro si es verdad lo que escribí?

P. Neruda: *Libro de las preguntas*

El principal interés de la autobiografía como fenómeno literario es de plantear el problema de la escritura a partir de un caso límite. Como se sabe, la crítica literaria de los últimos veinticinco años, a partir de los progresos realizados por la ciencia lingüística, ha pugnado para imponer una distinción juzgada como fundamental entre autor y narrador, o, de un modo más general, entre el sujeto de la biografía y el sujeto de la enunciación. Ahora bien: la autobiografía presenta el caso de un género que postula precisamente como principio la identidad del autor y del narrador, del hombre que figura en la tapa del libro y del protagonista que, usando generalmente la primera persona, narra los hechos de su propia vida. Este "pacto autobiográfico",[1] a través del cual el autobiógrafo se vale sistemáticamente de la referencia al yo biográfico para autenticar su discurso, parece que opone un desmentido a la distinción entre el sujeto existencial y el sujeto de la escritura. El desmentido aún se agrava cuando, como ocurre en el caso del *Canto general* o del *Memorial de Isla Negra*, la autobiografía se vuelve el lugar donde se traba la relación con la historia. La noción de "compromiso", con todos los problemas que plantea el escritor en cuanto a su ética (función social, responsabilidad cultural), casi incita entonces a rechazar como escandalosa la hipótesis de un yo ficticio, inventado por la escritura misma: ¿cómo pedirle cuentas a una máscara? A la par de la literatura autobiográfica, la literatura "comprometida" o "realista" incluye en su funcionamiento un pacto que hace de ella aquel caso límite del que yo hablaba antes: la distinción entre actos y palabras parece que deja de tener vigencia. El signo pretende borrarse como signo: valer por la cosa misma. Recuérdese, por ejemplo, del famoso poema de *España en el corazón:* "Explico algunas cosas." El poeta hace como si arrancara la vieja máscara de los signos para dejarnos frente a la desnuda y terrible presencia de la sangre por las calles. Pero ¿qué hace en

---

[1] *Cf.* Philippe Lejeune: *Le Pacte autobiographique.* París, Seuil, 1975.

realidad? Con una frase: "Venid a ver la sangre por las calles", compone cinco versos.

> *¡Venid a ver la sangre por las calles,*
> *venid a ver*
> *la sangre por las calles,*
> *venid a ver la sangre*
> *por las calles!*

La eficacia del discurso poético está en esta particular organización del lenguaje. Esta sangre no corre según las leyes de la naturaleza —o de la historia— sino según las leyes de la escritura. Al arrancar la máscara de su poesía anterior —ese discurso que nos hablaba "del sueño, de las hojas, de los grandes volcanes de su país natal"— el poeta no ha hecho sino sustituirle otra. En otros términos el funcionamiento de la máscara, en la literatura comprometida como en la autobiográfica, consiste en hacerse olvidar como tal. Son literaturas que trabajan —y esto es una condición esencial de su eficacia— en disimular sus propios medios de producción: en ocultar la máscara detrás del rostro. Son literaturas que no se contentan con hacernos creer en su propia realidad lingüística sino que intentan dar a ésta una transparencia que, paradójicamente, la disimulara. La transparencia también es máscara. Es lo que la crítica nerudiana —y en ella me incluyo autocríticamente— no ha tenido suficientemente en cuenta. Mi propósito con las reflexiones que siguen es dar un paso tímido en esa dirección, mostrando, a través de los dos tipos de relación que establece con la historia el discurso autobiográfico del *Canto general* y el del *Memorial de Isla Negra,* la configuración del yo poético nerudiano como máscara, una máscara que evoluciona hacia una conciencia cada vez más nítida de sí mismo.

Se han escrito muchas páginas sobre la visión y concepción que tiene Neruda de la historia en el *Canto general.* No está seguro de que éste sea el mejor modo de abordar el poema. Este enfoque, no sé si llamarlo histórico o filosófico, no permite entender por qué este libro, tan totalmente "comprometido" —y que en el detalle puede llegar, por momentos, a estereotipar ciertas debilidades de la literatura así etiquetada—, ofrece tanta resistencia a los adversarios de toda poesía social o politizada. Si no fuera el miedo de entrar en la perspectiva contenidista que aquí procuro combatir, yo diría que ideológicamente el *Canto general* carece de interés. El análisis del proceso histórico y el programa político que encierra repite, acentuando tal vez cierta rigidez, el análisis y el programa del movimiento obrero en los años cuarenta, es decir en los comienzos de la guerra fría y de la hegemonía estaliniana. Es cierto que es exagerada la acusación de maniqueísmo tanto formulada a propósito del *Canto.* Pero el problema esencial está en otra parte: en su inscripción dentro de una perspectiva propiamente poética —es decir: dentro de un proyecto mucho anterior a la toma de conciencia histórica, un proyecto casi tan antiguo como la poesía de Neruda (recuérdense *El hondero entusiasta* (1923-24) y *Tentativa del hombre infinito* (1925-26), el proyecto totalizante.

Este proyecto, que encontrará su más perfecta expresión teórica en el manifiesto de 1935: "Sobre una Poesía sin Pureza", fue definido, en "Algunas reflexiones" que hizo el poeta en torno a sus trabajos en 1964 durante un homenaje realizado por la Biblioteca Nacional de Santiago, como el de "una poesía aglomerativa en que todas las fuerzas del mundo se juntaran y derribaran". Se trata de un proyecto —y esto me parece esencial para la lectura del *Canto general*— que se distingue radicalmente del proyecto ideológico del materialismo histórico en cuanto se trata de un proyecto utópico. Lo utópico es lo que funda la palabra poética nerudiana, y, anticipando sobre lo que diré más adelante, añadiré que es lo que la funda sobre el silencio. La utopía totalizadora ya está presente en este gesto extraordinario que lleva un niño-poeta de quince años a abandonar su tres nombres para llamarse Pablo Neruda. Él mismo lo explicará en un texto de *El mar y las campanas*:

> *Yo no nací sino que me fundaron:*
> *me pusieron todos los nombres a la vez,*
> *todos los apellidos:*
> *me llamé matorral, luego ciruelo,*
> *alerce y luego trigo...*[2]

"Yo no nací sino que me fundaron...": el nacimiento como poeta, el estatus de la escritura nerudiana supone este paso a lo indefinido. Nombre que permite tener todos los nombres al mismo tiempo, el seudónimo es un anonimato. Es la máscara —"mi máscara nocturna" dice Neruda en el mismo poema— gracias a la cual el autobiógrafo podrá vivir en su vida —en la escritura de su vida— todas las vidas: "Tal vez no viví en mí mismo", constata en *Confieso que he vivido,* "tal vez viví la vida de otros... mi vida es una vida hecha de todas las vidas, las vidas del poeta". Se habrán fijado en el sutil desliz del singular al plural ("vida hecha de todas las vidas") y del plural al singular ("las vidas del poeta"): no se puede desear mejor definición de este yo ficticio que se inventa el yo nerudiano para escribir su poesía. Ahora bien: ésta es tam-

[2] "Yo me llamaba Reyes..." *El mar y las campanas.*

bién la definición del yo poético presente en el *Canto general*: no
el yo de la existencia biográfica, sino ese yo proteico e imaginario
capaz de vivir en la escritura todas las vidas de la historia. Ser
Cuauhtémoc y Bolívar, Las Casas y Recabarren, ser el pueblo chileno en la infinita multitud de sus nombres anónimos es lo mismo
que ser matorral y ciruelo, alerce y trigo. Lo que, antes que nada,
salva el *Canto general* de los escollos en que se quiebran muchas
creaciones derivadas del realismo socialista es esta maravillosa ductilidad del yo poético nerudiano, su capacidad para producir máscaras, bien sea por la protagonización heroica del narrador (por
ejemplo en "El fugitivo"), bien sea por un procedimiento aparentemente opuesto ilustrado por "la tierra se llama Juan" y que consiste en la fingida desaparición del sujeto narrador. Esta otra máscara del yo poético, el autor de las *Odas elementales* la llamará
"El hombre invisible", el hombre cuyo canto se confunde con la
palabra silenciosa del pueblo anónimo.

Con "el hombre invisible", la utopía totalizante nos ha conducido hasta el silencio. Es que ella implica que el discurso poético
arranque de su propia incapacidad a convertirlo todo en escritura.
La palabra nerudiana tiene como fondo y como fundamento su
propia negación en el gran silencio de las cosas, ese "silencio con
raíces" evocado en la primera página de las *Memorias* a propósito
de la "espesura" austral. Tal vez sea esto lo que le falta a un libro
como *Las uvas y el viento* y lo que lo hace más vulnerable: no se
nutre íntimamente, como el *Canto general*, de silencio. Alguna vez
un crítico marxista[3] le reprochó, con qué ingenuidad, a Neruda
haber incluido en su libro los poemas del "Gran océano". Esta sección es la que mejor ilustra esa necesidad que experimenta el verbo
nerudiano, aun en lo más fuerte de la urgencia política, de sumergirse en este silencio material que es su fundamento utópico. Del
mismo modo, en *Alturas de Macchu Picchu*, el silencio de la Poderosa Muerte, el silencio convertido en piedra es lo que determina
el gesto órfico con que termina el poema, rescatando por la palabra
los héroes sumidos en ese olvido petrificado que son las ruinas
de Macchu Picchu. En el *Canto general* el verbo militante está
dialécticamente encadenado con la palabra silenciosa:

> *Pero yo soy el nimbo metálico, la argolla*
> *encadenada a espacio, a nubes, a terrenos,*
> *que toca despeñadas y enmudecidas aguas,*
> *y vuelve a desafiar la intemperie infinita*[4]

Al sumergirnos en aquellos abismos deshabitados que constituyen,

[3] Roberto Salama: *Para una crítica de P. N.* Buenos Aires, Cartago, 1957.
[4] *Canto general* VII "Canto General de Chile": "Eternidad".

según nuestro parecer, la base nutricia del poema nerudiano, nos hemos apartado solamente en apariencia de nuestro tema que era lo autobiográfico en relación con la historia: estos viajes dentro de la materia no son sino el envés secreto de aquellos que el poeta cumple dentro de su propia biografía o dentro de la historia, y protagonizan el mismo yo ficticio. Este yo lo hemos situado dentro de ese espacio a la vez autobiográfico y totalizante que es el espacio poético de toda la obra de Neruda. Pero lo hemos hecho sin referirnos a la sección propiamente autobiográfica del *Canto general*, la que lleva el título de "Yo soy". El examen del solo título bastará para caracterizar la función de lo autobiográfico "retrospectivo" en el *Canto* y para preparar una comparación con la función que tiene en el *Memorial*.

El ser que en "Yo soy"[5] proclama orgullosamente su nacimiento es aquel cuya génesis está simbólicamente descrita en la ascensión de Macchu Picchu. Esta primera versión del ser histórico difiere de la que se inaugurará con la crisis del 56 en que lo histórico pretende sustituir totalmente lo individual: absorberlo, borrarlo. Además de ese yo dilatado y proteiforme al que recién aludíamos, el producto de este afán utópico es un yo que ha evacuado su propia temporalidad para fundirse con el devenir histórico:

Yo tengo frente a mí sólo semillas,
desarrollos radiantes y dulzura[6]

Aun en sus evocaciones de acontecimientos remotos, el *Canto general* es un libro escrito en el presente. No hay, en la perspectiva lineal que elige, sitio para el pasado: todo está como aspirado por el futuro. La autobiografía también. El pasado en ella sólo cobra sentido a partir de ese nacimiento a la historia, esa epifanía que parece retrospectivamente gobernar su curso. La retrospección queda esencialmente actualizada por el presente absoluto de la praxis militante. Esta situación explica que el yo del *Canto general* sea incapaz de aprehenderse a sí mismo como yo poético. Para ser reflexivo le falta temporalidad. Al resurgir después de un paréntesis de más de veinte años, la vieja preocupación temporal hará el rostro nerudiano presente a sí mismo, evidenciando la máscara.

Del yo poético anterior a *Estravagario* se podría decir que era un yo inocente: una máscara que necesitaba para su propio funcionamiento la ilusión de una total coincidencia con el rostro que cubría. A partir del 56, una serie de motivos históricos y biográficos que no hay para qué examinar aquí, la reflexión se apodera del sujeto nerudiano,

[5] *Canto general* XV "Yo soy".
[6] *Canto general*.

y se rompe la unidad ilusoria que él pensaba haber logrado con la adhesión al movimiento histórico. Por la brecha así creada una interrogación se abre paso: ¿Quién soy?

> *... porque de tantas vidas que tuve estoy ausente*
> *y soy, a la vez, soy aquel hombre que fui*[7]

Lo que, más allá del sujeto existencial, está en juego en este debate que acaba de abrir la autobiografía es el sujeto de la escritura. El "¿Quién soy?" es en realidad —y no puede dejar de ser, en cuanto la pregunta que formula se inscribe dentro del espacio literario— un ¿Quién escribe? La respuesta que se puede descifrar en *Estravagario*, o el *Memorial* es doble: el sujeto revelado por la autobiografía es plural y es un sujeto ausente. Es plural: ya hemos aludido a este importante tema de la meditación nerudiana que es "las vidas del poeta". La medalla del rostro heroico se rompe, y el poeta hace el recuento melancólico de aquellos rostros sucesivos que componen su imagen, y que la vuelven ausente. La ausencia: éste es el estatus que descubre el yo poético después del 56:

> *... mientras escribo estoy ausente*
> *y cuando vuelvo ya he partido...*[8]

advierte el autor de *Estravagario* en un poema que lleva el título significativo de "Muchos somos". El yo ausente acompaña de un modo subyacente e insistente el yo plural en todo el último periodo de la producción nerudiana. Dentro de la ausencia es donde se forma ahora la imagen autobiográfica, en un juego de espejos y sustituciones con el cual Neruda se complace en desconcertar al lector criado en la ilusión de la coincidencia:

> *Cuando quieran verme, ya saben:*
> *búsquenme donde no estoy,*
> *y si les sobra tiempo y boca*
> *pueden hablar con mi retrato*[9]

"Búsquenme donde no estoy": esta paradoja es la de toda literatura autobiográfica: búsquenme donde no existo sino por el sustituto de la escritura; búsquenme en esta ausencia convertida en presencia o en esta presencia hecha de mi ausencia que es mi retrato escrito. Falta aquí espacio para hacer otra cosa sino mencionar los futuros

---

[7] *Memorial de Isla Negra*, II "La luna en el laberinto": "No hay pura luz".
[8] *Estravagario*: "Muchos somos".
[9] *Ibid.*: "Sobre mi mala educación".

desarrollos del tema del ausente, principalmente en *Las manos del día* donde el sujeto, rezando la letanía de "lo que no hizo", acaba por resignarse a su condición de "porfiado ausente",[10] y donde el yo poético acepta no ser más que un yo de papel:

> *No encendí sino un papel amargo...*[11]

Lo que aquí interesa es esbozar muy brevemente para concluir qué cambio de perspectiva introduce en la relación con la historia esta autodefinición del yo poético como ausente.

Diciéndolo abruptamente: tan absurdo sería elogiar desde un punto de vista ideológico los libros posteriores a la destalinización, como criticar desde el mismo punto de vista los libros de los años anteriores. Por más cambiado que esté el enfoque ideológico en el *Memorial* o en *2000*, la historia que se escribe en estos libros no es menos fantástica, menos imaginaria en su fundamento que la historia narrada en el *Canto*. De igual manera la sigue transformando en mito el prurito totalizante, la ficción de un futuro que rebasa los límites del yo individual y biográfico para negarlo como tal. Pero ese futuro, sin dejar de identificarse con la revolución, ha cambiado de signo. Ya no se encarna en aquella continuidad que hacía de la historia algo como una versión laica de la eternidad, sino que se encarna en la ruptura. Con razón se ha subrayado la dimensión apocalíptica que está presente en los últimos grandes textos nerudianos:

> *¡Qué siglo permanente!*
> *Preguntamos:*
> *¿Cuándo caerá? ¿Cuándo se irá de bruces*
> *al compacto, al vacío?*
> *¿A la revolución idolatrada?*
> *¿O a la definitiva mentira patriarcal?*
> *Pero lo cierto*
> *es que no lo vivimos*
> *de tanto que queríamos vivirlo.*[12]

Este cansancio —"Cierto cansancio" para repetir el título de un poema de *Estravagario*— es la última forma que viste la esperanza en la poesía de Neruda. Fin de mundo: éste es el nuevo lugar utópico que elige el yo nerudiano para realizar su propia negación ficticia, su propia conversión poética en yo ausente. Se trata de otro modo de ausentarse. Pero el compromiso no es menos exigente. Vivir la historia como ruptura es vivirla —escribirla— desde la perspectiva de la

---

[10] *Las manos del día*, LV "La sombra".
[11] *Ibid.*, XVI "Adioses".
[12] *Fin de mundo*, Pról.: "A puerta".

propia muerte. Al organizar su propia ausencia en la utopía del proyecto poético, el poeta ya sabe que no hace sino anticipar su próxima e inaceptable disolución dentro de la muerte. La postrera ambición de Pablo Neruda, el último avatar de su proyecto totalizante es hacer coincidir la necesaria, la esperada ruptura histórica con la espantosa ruptura de la propia muerte, dejando —cito los últimos versos de *2000*—:

*... en vez de canto o testimonio
un porfiado esqueleto de palabras* [13]

Ésta es la última máscara que nos entrega el yo nerudiano: una máscara que dolorosa, patéticamente prepara su coincidencia con el rostro definitivo de la muerte.

[13] *2000*, IX "Celebración".

III. NERUDA EN ISLA NEGRA, ISLA NEGRA EN NERUDA

Marjorie Agosín

a Leonor Sobrino de Vera

Macondo, Comala, Santa María... son lugares, invenciones casi míticas dentro del texto imaginativo y geográfico de la literatura latinoamericana actual.[1] Sin embargo, el Nobel chileno, Pablo Neruda (1904-1973), difiere de sus compañeros al hablar en su poesía de un espacio físico y geográfico netamente real: Isla Negra. Resulta imposible mencionar a Neruda y omitir Isla Negra. Tanto el lugar como el habitante de esta caleta de pescadores permanecen íntimamente ligados a un espacio vivencial, imaginativo y lírico.

Pocos autores han logrado crear una imagen tan vital de un sitial como lo hace Pablo Neruda al referirse a Isla Negra, ya que éste combina por medio de su lírica toda una cosmogenia del lugar y de sus habitantes. Como también, la forma en que el espacio de Isla Negra actúa y trasciende en su poesía. Isla Negra funciona como visión geográfica y como discurso poético.

Para muchos, el nombre de Isla Negra ya presenta ciertas incógnitas rodeadas de misterios. Muchos creen que es una remota isla en el Pacífico chileno o un confín perdido entre la desquiciada costa del país. Sin embargo y como muy bien lo atestigua Rita Gibert en sus conversaciones con Neruda,[2] la periodista afirma que la Isla Negra, no es isla ni es negra sino la caleta de pescadores ubicada a unos 120 km de Santiago. Según Neruda, el nombre de Negra proviene de unas oscuras rocas que enmarcan a esta pequeña aldea de pescadores.

Isla Negra, como lugar geográfico, es un típico pueblo pesquero. Tranquilo durante los meses de invierno y más agitado durante los veranos; donde acalorados santiaguinos visitan el lugar para refrescarse en sus playas. La caleta poco tiene que ver con los próximos centros turísticos cercanos del Quiosco, San Antonio y El Tabo. La Isla no tiene ningún cine y hay un solo teléfono público en el único restaurante de la Isla donde don Pablo, según la anfitriona de la hostería, se deleitaba con los deliciosos congrios fritos, plato típico chileno, convertido en una sabrosa oda. La verdadera Isla Negra es la Isla Negra de Neruda, en el invierno o en el comienzo de la primavera:

---

[1] Macondo es la ciudad imaginaria de *Cien años de soledad*; Comala la de *Pedro Páramo*; Santa María la de *El astillero* y *La vida breve*.
[2] Rita Gibert: *Seven Voices*. Nueva York, Knopf, 1972, p. 4.

Dividimos nuestro tiempo común en largas permanencias en la solitaria costa de Chile. No en verano, porque el litoral reseco por el sol se muestra entonces amarillo y desértico. Sí en invierno cuando en extraña floración se viste con las lluvias y el frío, de verde y amarillo, de azul y de purpúreo.[3]

Isla Negra no es sólo caudal poético del lugar como tal, junto a su alquimia de rocas, bosques y mares sino también sus habitantes que forman parte de su magnética geografía. Un ejemplo concreto es el de las famosas bordadoras de Isla Negra que ocupan un lugar muy especial dentro de este territorio como también en la historia de la cultura popular chilena. Éstas son amas de casa, en su mayoría esposas de pescadores, que durante los extensos meses de invierno bordan en lana hermosas telas, donde cuentan de sus infancias en el campo. Edulia, Adela, Antonia, son conocidas artistas cuyas obras han sido expuestas en museos europeos. Pablo Neruda se interesó por ellas, estimuló sus trabajos, pero lo más importante, escribió sobre ellas:

> En Isla Negra todo florece. Se arrastran por el invierno pequeñísimas flores amarillas, que luego son azules y más tarde con la primavera toman un color amaranto. El mar florece todo el año. Su rosa es blanca. Sus pétalos son estrellas de sal.
> En este último invierno comenzaron a florecer las bordadoras de Isla Negra. Cada casa de las que conocí desde hace treinta años sacó hacia afuera un bordado como una flor. Estas casas antes eran oscuras y calladas, de pronto se llenaron de hilos de colores de inocencia celeste, de profundidad violeta, de roja claridad. Las bordadoras eran pueblo puro y por eso bordaron con el color del corazón. Se llaman Mercedes, la señora de José Luis, se llaman Eufrasia, se llaman Edulia, Pura, Adela, Adelaida. Se llaman como se llama el pueblo, como deben llamarse. Tienen nombre de flores, si las flores escogieran sus nombres, y ellas bordan con sus nombres, con los colores puros de la tierra, con el sol y el agua, con la primavera.[4]

Por medio de este texto, observamos nítidamente cómo el espacio concreto adquiere una dimensión poética matizada por los habitantes de este lugar que bordan con sus lanas multicolores de la misma manera que Neruda borda con sus palabras. Además, acierta muy bien cuando dice "en Isla Negra todo florece". En realidad, estas humildes bordadoras comenzaron a despertar un interés internacional con sus trabajos. Sin embargo, la verdadera hada madrina de estas mujeres es la "señora Leo", como dicen en el pueblo. Doña Leonor Sobrino de Vera, cuyo padre llegó de España a estas lejanas tierras, se enamoró de Isla Negra y ahí ancló sus raíces.

[3] *Confieso que he vivido*, SB, p. 378.
[4] *Para nacer he nacido*, SB, p. 118.

Doña Leonor, valiente personaje que sólo desea que el trabajo de las bordadoras se conozca, y prefiere permanecer anónima, es el motor central de estas mujeres. Ella examina las telas, las ayuda con la elección de los colores. Más que nada, las apoya y en las noches del crudo invierno beben chocolate caliente mientras bordan y cuentan penas y alegrías.

No tan sólo la geografía marina adquiere un matiz especial para Neruda sino que sus habitantes como lo ejemplifica el párrafo anterior y como lo demuestra en su libro *Una casa en la arena* donde se dedica gran parte de la prosa a los hombres de Isla Negra, esposos en su mayoría de estas bordadoras. Al hablar sobre la construcción de su casa en Isla Negra contemplando al inmenso océano chileno aparecen nombres de carpinteros, y especialmente a Rafita que aún vive en la Isla:

> Así como yo me pensé siempre poeta-carpintero pienso que Rafita es poeta de la carpintería. Trae sus herramientas envueltas en un periódico bajo el brazo, desenrolla lo que me parecía un capítulo y toma los mangos gastados de martillos y escofinas, perdiéndose luego en la madera. Sus obras son perfectas. El chiquillo y el perro lo acompañan y miran sus manos circulando prolijas. Él tiene esos ojos de San Juan de la Cruz y esas manos que se levantan troncos colosales con tanta fragilidad como sabiduría. Escribí con tiza los nombres de mis amigos muertos, sobre las vigas de raulí y él fue cortando mi caligrafía en la madera con tanta velocidad como si hubiera ido volando detrás de mí y escribiera otra vez los nombres con la punta de un ala.[5]

Resulta reveladora la conexión que Neruda hace aquí entre su propia escritura y la escritura del carpintero, que vendría siendo otra forma de decir, o de crear, no con las palabras sino que por medio de la artesanía manual.

Tal vez una de las raíces más fundamentales de Isla Negra es la casa de Neruda donde germina su poesía. Tras los inmensos ventanales el poeta medita, contempla y escribe. El comienzo de su construcción aparece en *Una casa en la arena,* donde dice: "Aquí, dijo don Eladio navegante y allí nos quedamos. Luego la casa fue creciendo, como la gente, como los árboles."[6] El hábitat nerudiano es necesario para la comprensión de su obra y, sobre todo, de su lírica nutrida del paisaje de Isla Negra. En el citado libro aparecen muchos de los elementos que llenan su poesía, especialmente a partir de los años cincuenta, como la sal, las ágatas, las piedras y, por supuesto,

---

[5] "Rafita" en *Una casa en la arena*, B, Lumen, 1966, todas las citas de este texto, cuyas páginas no están numeradas.
[6] "Don Eladio", *op. cit.*

el océano.⁷ También la casa en la Isla ocupa un lugar central, no sólo como entidad arquitectónica donde el poeta habita sino que, como un lugar que conjuntamente va unido al oficio literario:

> Encontré una casa de piedra frente al océano, en un lugar desconocido para todo el mundo llamado Isla Negra. El propietario, un viejo socialista español, capitán de navío don Eladio Sobrino la estaba construyendo para su familia, pero quiso vendérmela. ¿Cómo comprarla? Ofrecí el proyecto de mi *Canto general*, pero fue rechazado por la Editorial Ercilla, que por entonces publicaba mi obra. Con ayudas de otros editores que pagaron directamente al propietario, pude por fin comprar mi casa de trabajo en Isla Negra.⁸

Nótese que Neruda utiliza la palabra trabajo para acentuar la unión de su casa con el quehacer literario. Es frente al mar de Isla Negra donde termina *Canto general* como también los cinco libros de poesía agrupados bajo el título de *Memorial de Isla Negra*. Por medio del mismo poeta, comenzamos a descubrir los secretos de su casa incrustada en el litoral chileno. En sus memorias *Confieso que he vivido*, afirma que su casa está llena de colecciones de juguetes, de botellas y mascarones de proa:

> Como muchas cosas mías, estos mascarones han sido retratados en los diarios, en las revistas. Los que los juzgan con benevolencia se ríen comprensivamente y dicen:
> —¡Qué tipo tan deschavetado! Lo que le dio por coleccionar.⁹

Pablo Neruda en su gran vivienda que mira hacia el mar y parece estar colgada entre el cielo y la arena acumula mucho más que mascarones de proa. No olvidemos que su colección de malecología, ahora en poder de la Biblioteca de la Universidad de Chile, es una de las más impresionantes de Latinoamérica.

Neruda es un coleccionista de materia esencial, de piedras, ágatas, rocas y flores. Su geografía poética nace de la geografía de la Isla y de este paisaje concreto que se registra en su poesía. Como por ejemplo las ágatas que aún se pueden encontrar sobre la arena, en particular los días de marea baja. Neruda en su *Casa en la arena*, poetiza las ágatas, y el acto de recogerlas:

> Y en la mano las misteriosas gotas de luz redonda, color de la miel o de ostra, parecidas a uvas que se petrifican para caber en los versos del Genil de Espinosa, suavemente espolvoreadas por alguna dei-

---

⁷ Me refiero a la poesía a partir de *Canto general*, *Memorial de Isla Negra* y los ocho volúmenes de poesía póstuma.
⁸ *Confieso que he vivido*, p. 196.
⁹ *Op. cit.*, p. 372.

dad cenicienta, horadadas a veces en su centro por algún aguijón de oro... Ágatas de Isla Negra, neblinosas o celestes, suavemente carmíneas o verdiverdes, o avioletadas o rojizas o ensaladas por dentro como racimos moscateles: y a menudo estáticas de transparencias, abiertas a la luz, entregadas por el chupón al roquerío, sustentándose con una división de flotadores que sostienen la cabellera del alga macrocristis con millares de tetitas de ámbar.[10]

Con un encantatorio lirismo, Neruda captura todo el colorido de las ágatas, elabora su descripción como un cronista cauteloso de no perder ningún detalle, y las funda, nombrándolas, desplegando su visión de poeta que personifica a estas bellas piedras amarillas con cabelleras y gotas de luz. Cabe mencionar que en muchas de las descripciones sobre la Isla Negra son comunes las imágenes de las manos, ya sea en el acto de tallar en las vigas de las casas los nombres de los amigos muertos como recoger ágatas o caracoles. El acto de escribir sobre estas acciones y exaltarlas por medio del lenguaje se unen al acto de primero vivir cercanamente a lo que se escribe y más que nada, vivir concretamente la experiencia metaforizada en el poema. Neruda incluso compara la cara de Matilde Urrutia con las ágatas de Isla Negra: "Matilde tiene cara de sol y los ojos de ágata." [11]

La arena es otro símbolo constante y en especial cuando se refiere a Isla Negra:

> Las arenas doradas de Isla Negra están hechas como pequeñísimos peñascos, como si procedieran de un planeta demolido, que ardió lejos allá arriba, remoto y amarillo.
> Todo el mundo cruza la ribera arenosa agachándose y buscando, removiendo, tanto que alguien llamó a esta costa "La isla de las cosas perdidas".[12]

Y a esto habría que añadir, perdidas para que Neruda las recoja y las nombre.

En *Geografía de Pablo Neruda*, un libro con magníficas fotografías de Sara Facio, todo el paisaje de Isla Negra, junto al mar intempestuoso, los enormes mascarones de proa, aparece ante el lector como un lugar mágico y telúrico. Visualizamos la casa del poeta uniéndose a las rocas. El espacio de la Isla Negra aparece como geografía primordial, húmeda, llena de sal y agua. En una de sus *Odas* precisamente titulada "Oda al espacio marino", Neruda habla de su credo poético, con los mismos elementos reales del lugar y también ejemplifica cómo su poesía se cubre y se nutre de este territorio llamado Isla Negra:

[10] *Una casa en la arena*: "Las ágatas".
[11] *Geografía de Pablo Neruda*, fotos de Sara Facio. B, S. A. Edit., 1973.
[12] *Una casa en la arena*: "Arena".

> *Diez años o quince años,*
> *no recuerdo*
> *llegué a estas soledades*
> *fundé*
> *mi casa*
> *en la perdida arena*
> *y como arena fui desmenuzando*
> *las horas de mi vida*
> *grano a grano:*
> *luz, sombra, sangre, trigo,*
> *repulsión o dulzura.*[13]

En el mismo poema aparece la idea de su casa vinculada a la poética de su obra:

> *Los muros,*
> *las ventanas,*
> *los ladrillos, las puertas de la casa*
> *no sólo*
> *se gastaron*
> *con la humedad y el paso*
> *del viajero,*
> *sino que con mi canto*
> *y con la espuma*
> *que insiste en las arenas.*
> *Con mi canto y el viento*
> *se gastaron los muros,*
> *y del mar y las piedras*
> *de la costa*
> *recogí resistencia,*
> *espacio y alas*
> *para el sonido*
> *recogí la sustancia*
> *de la noche marina.*

El poema continúa con el tono autobiográfico, combinando el lenguaje poético con la geografía real de la Isla Negra. El concepto del sonido es una imagen central en esta extensa oda, ya que es el ruido del mar, del viento, de las enormes campanas de su casa y, por cierto, del sonido de las caracolas, lo que nutre a esta imaginería celestial.

Continúa el poema con una larga enumeración de los elementos terrestres que aparecen en la Isla como la arena, las algas y las flores, pero siempre como majestuoso telón de fondo, el mar:

[13] "Oda al espacio marino" en *OE*, pp. 57-58.

> *pero detrás de todo*
> *el mar como un caballo*
> *desbocado*
> *en el viento,*
> *caballo azul,*
> *caballo de cabellera blanca,*
> *siempre*
> *galopando,*
> *el mar*
> *marmita*
> *siempre*
> *cocinando,*
> *el mar.*

Junto a este espacio marino que, según el poeta, es materia prima para su inspiración diaria, y atestiguo esto de varias personas de la Isla que contaban que Neruda, cada mañana, se sentaba a contemplar las olas del mar antes de escribir, aparecen otros elementos que rodean a la Isla y que son elementos esenciales de la realidad externa y del texto poético como los cactus de la costa y sobre todo las flores. En "Oda a las flores de la costa" Neruda revela claramente su adhesión al lugar, a preferir a ese rincón marino y primordialmente sobre todo los lugares específicos que nutren a este paisaje:

> *Soy pastoral poeta.*
> *Me alimento*
> *como los cazadores,*
> *hago fuego*
> *junto al mar, en la noche.*

La estrofa inicial de la "Oda a las flores de la costa" puede compararse a los bordados de las mujeres de la Isla, que también se comparan a las flores:

> *Han abierto las flores*
> *silvestres de Isla Negra,*
> *no tienen nombre, algunas*
> *parecen azahares de arena,*
> *otras*
> *encienden*
> *en el suelo un relámpago amarillo.*[14]

Finaliza el citado poema con los elementos constantes que forman

---

[14] "Oda a las flores de la costa" en *OE*, p. 71.

parte tanto de la poética como de la escenografía isleña, madera, bosques, arena y mar:

> *Al despedirme*
> *una vez más*
> *del fuego,*
> *de la leña,*
> *del bosque,*
> *de la arena,*
> *me duele dar un paso,*
> *aquí*
> *me quedaría,*
> *no en las calles.*
> *Soy pastoral poeta.*

Otro poema clave que incorpora la geografía de la Isla a la poesía de Neruda es "La noche en Isla Negra" donde el poeta, utilizando la metáfora central de un estado nocturno casi surrealista, describe el transcurso del tiempo a partir de la noche hasta la claridad casi furiosa del alba. El poema abarca una experiencia trascendental y un proceso encadenado que consta del día completo en la Isla, en su casa rodeada de todos los materiales que forman parte de su poética:

> *Antigua noche y sal desordenada*
> *golpean las paredes de mi casa:*
> *sola es la sombra, el cielo*
> *es ahora un latido del océano,*
> *y cielo y sombra estallan*
> *con fragor de combate desmedido:*
> *toda la noche luchan*
> *y nadie sabe el nombre*
> *de la cruel claridad que se irá abriendo*
> *como una torpe fruta:*
> *así nace la costa.*[15]

Estos poemas muestran cómo Isla Negra, espacio concreto en Neruda, no sólo funciona como acto metafórico de su escritura y lugar mítico-fundacional lleno de cosas, algas, botellas azules, personajes como las bordadoras o el Rafita sino como texto que desmadeja una serie de imágenes fundacionales en su poesía.

Isla Negra se nombra como una realidad visible que posteriormente se transforma en un raudal imaginativo, además es un espacio vivido y una experiencia inextricable para el poeta. La geografía de Isla Negra aglomera bosques, leñas y objetos preciosos que

---

[15] *Plenos poderes*, p. 25.

permanenecen en la casa del poeta que actúa como una extensión de Isla Negra junto a la naturaleza acuosa y agreste del sitial. El contacto con el paisaje marino y sus gentes es tan fundamental en la poesía madura de Neruda como es el contacto con Temuco y sus experiencias infantiles y adolescentes.

La casa de Pablo Neruda y Matilde Urrutia permanece sellada, un letrero dice: "No se visita." Sin embargo, basta asomarse a las rejas de suaves maderas para ver poemas, nombres de enamorados grabados en estos cercos que son el ejemplo más claro que aún don Pablo y doña Matilde siguen cada vez más aferrados a este lugar. El día en que Matilde Urrutia falleció, un dorado enero de 1985, estas mismas rejas se llenaron de cardenales rojos para nunca despedir a Matilde Urrutia que acompañará a Pablo Neruda en un sueño de aguas.

IV. CONTRA LA MUERTE: LOS ÚLTIMOS POEMAS DE NERUDA

Fernando Alegría

[Septiembre de 1973]

Se ha dicho de Neruda que fue un poeta de inmensos y entrelazados ciclos y que estos ciclos coincidieron con serias crisis personales: tal cosa me parece una teoría geológica para describir su obra poética.

También podría decirse que Neruda fue un portentoso constructor de casas [1] y que cada casa coincidió con un cambio en su vida y cada cambio con un ciclo poético: teoría arquitectónica. Me interesa especialmente esta teoría porque pienso que, para morir, Neruda escogió deliberada, concienzuda y visionariamente su casa de Isla Negra; me refiero no al acto final, por supuesto, sino al proceso ocurrido entre noviembre de 1972 —su retorno definitivo a Chile— y septiembre de 1973. Hablemos, entonces, de la casa de Isla Negra.

Tiene la forma de lo que crece: empezó alrededor de una gran chimenea de gruesas piedras marítimas, aposento de llamas violentas y troncos olorosos, humo antiguo, biblioteca de techo alto, galería circular, pieza de viejos sillones muy tranquilos; aquí Neruda sentado, una pierna en posición reumática, hace un gesto envolvente con las manos, levanta la voz, se le arruga un poco la frente, entre los dedos aparece una copa de *cognac* y él la enciende como una pipa.

Abajo está el mar, pero más bien rocas y una marea pujante y revoltosa que, a veces, cae como una vajilla sobre las piedras y otras veces se levanta como una cristalería y no cae, permanece en el aire, crece y, luego, se desploma para deshacerse en espuma.

En un promontorio hay un palo de bandera, nunca vi nada flameando allí, excepto, tal vez, el abrigo oscuro de algún invitado, Cotapos o Asturias o González Vera, y también bufandas. La arena del suelo es de color violeta en invierno y carmesí a la luz del verano, portulaca menuda y húmeda. Entre el promontorio y la casa, el caminito pasa junto a un monumental zapato, botín blanco

---

[1] Neruda dirigió la construcción de tres casas ya célebres en Chile: la de Isla Negra, la Chascona de Santiago y La Sebastiana en Valparaíso. *Cf.* Margarita Aguirre: *Genio y figura de Pablo Neruda*, Buenos Aires, Eudeba, 1964, pp. 158-164. Los mascarones de proa que Neruda trajo de diversos lugares del mundo se llaman Cymbelina, María Celeste, Guillermina y La Novia.

y negro, que desafía las lluvias, la niebla, las tempestades, el viento. No recuerdo si es el derecho o el izquierdo. Su dueño habrá sido un cíclope con un solo pie descomunal.

La casa, creciendo, hizo su curva, estiró un corredor, dejando el living-biblioteca atrás, oscuro, lleno ahora de estatuas de proa, gigantescas damas de palo, blancas y rubias, de poderosos pechos y pezones colorados, ojos celestes, señoras que Neruda amarró con cables a las paredes y se lo pasan haciendo fuerza, pujan contra el viento y tratan de arrancarse hacia el mar con casa, Neruda, Matilde, zapato y todo.

El corredor, entonces, desembocó en algo que empezó como una gran pieza, pero después tomó forma de nave de iglesia y hasta los *vitreaux* se han coloreado con el matiz de un vino de consagrar, aunque a decir verdad Neruda dirigió al maestro que los cortaba, los pegaba y complicaba en una especie de *puzzle* sin solución.

Dos niveles: en uno preside Neruda y dicta. Homero Arce, sonetista y secretario, ayuda la misa; en el otro están los libros y en el ambiente flotan maravillosos globos del mundo, verdes mapamundis, azules océanos, amarillentos desiertos y montañas.

Afuera, en el jardín, hay una locomotora negra y roja, el viento le toca la campana, nadie la maneja, nadie le da su carbón y su agua, suena a veces el pito, pero es de otro tren muy lejano que pasa en la noche hacia la madrugada en dirección a San Antonio.

Yo he dormido en un altillo independiente, pequeña torre circular, como una veleta de tablas mojadas girando al soplo de las olas.

Neruda, igual a ese tren remoto, ha venido parando, deteniéndose, forcejeando con sus ejes y sus bielas, lejos, tan lejos ya de Temuco y de la sombra de su padre ferroviario —ese padre indefinido que dudaba de la poesía y al que, años, muchos años más tarde, Neruda hizo trasladar de tumba y vio cómo, al abrir el ataúd, se soltaban las tablas y de adentro salían gruesas aguas de lluvia—, buscando el punto de partida, colocando sus piernas en posición favorable, levantadas, de una silla a una mesa a una silla a una cama, descartando los bastones, que lo observan callados y redondos desde sus rincones, con cuellos y cabezas de tortugas, mirando impasibles, cansados pero no resentidos.

En los últimos años Neruda escribió como un desesperado, pero es de 1972 acá que ha escrito tal vez lo más profundo, maduro y lento de sus pronunciamientos sobre la muerte. Se conocerá esto algún día (si los ladrones que saquearon su casa en Santiago no metieron mano en sus manuscritos). Cuando se conozca se sabrá que Neruda revisó su biografía con cuidado, sacó cuentas y resolvió que la muerte era cosa digna de considerarse a la luz de una mística familiar, es decir, medida dialécticamente en su propia casa y en su propia cama, consigo mismo, aceptando una pequeña, muy pequeña dosis de oscuridad e inseguridad, un poco de duda, pero sin gritos ni ansiedad alguna, apenas una playa lejana de la cual dice:

> *O lo que miro desde lejos*
> *es lo que no he vivido aún?*

Simple posibilidad de que la muerte pueda ser, en algún aspecto, parte de una vida no experimentada aún. Pero, al fin y a la postre (postre que elimina de raíz todo intento de sobremesa), la muerte no es un enigma ni nada que tengamos que recordar. Así lo dice Neruda en "Animal de luz":

> *Porque una vez, porque una vez, porque una*
> *sílaba o el transcurso de un silencio*
> *o el sonido insepulto de la ola*
> *me dejan frente a frente a la verdad,*
> *y no hay nada más que descifrar,*
> *ni nada más que hablar: eso era todo:*
> *se cerraron las puertas de la selva,*
> *circula el sol abriendo los follajes,*
> *sube la luna como fruta blanca*
> *y el hombre se acomoda a su destino* [2]

Acomodarse a su destino. He aquí algo de importancia, acostarse de espaldas, hacerse el hueco necesario, moviendo un poco los hombros y las caderas, estirando las piernas, cruzando los brazos, y llenar con su cuerpo el mundo entero de luz y, en seguida, apagar decidida, irremediablemente, el interruptor para empezar a morir.

Esta larga cavilación sobre la muerte a que me refiero, llevó a Neruda de vuelta a sus clásicos españoles, esos que leyó y comentó en discursos y poemas, a los místicos, a quienes desnudó siempre con delicadeza, a quienes sacudió y puso a secar al sol (más o menos como él mismo se iba secando bajo el sol de cobalto), y los examinó con sabiduría. Volvió a acercarse a Quevedo, polvo al fin, pero polvo enamorado, y a san Juan de la Cruz. Sin embargo, Neruda no sucumbió a la tentación de un diálogo con Dios que, en su caso, hubiera sido idólatra; más bien, intentó otra vez —de modo reposado, valeroso, estoico— contraponerle a la muerte el peso del amor, como en sus poemas de juventud; y decidió equiparar la desaparición con la reaparición en la energía de la materia, como en *Residencia en la tierra;* sólo que ahora pareció entender el misterio de su propia presencia en las cosas, el secreto de su individual identificación con un sol en que la vida, *su vida,* irá

---

[2] Las citas son de los poemas que Neruda enviara a la revista *Crisis,* Buenos Aires, núm. 4, agosto, 1973.

quemando eternamente a *su muerte*. Esta concepción de una **energía** universal en el acto mismo de la muerte, le dio una asombrosa serenidad, casi una indiferencia, en todo caso una perspectiva superior que es la esencia de su poema "El gran orinador".

La serenidad, no la indiferencia, luce profunda y sabia en "Triste canción para aburrir a cualquiera".

*Toda la noche me pasé la vida
sacando cuentas,
pero no de vacas,
pero no de libros,
pero no de francos,
pero no de dólares,
no, nada de eso.*

*Toda la vida me pasé la noche
sacando cuentas,
pero no de coches,
pero no de gatos,
pero no de amores,
no.*

*Toda la vida me pasé la luz
sacando cuentas,
pero no de libros,
pero no de perros,
pero no de cifras,
no.*

*Toda la luna me pasé la noche
sacando cuentas,
pero no de besos,
pero no de novias,
pero no de camas,
no.*

*Toda la noche me pasé las olas
sacando cuentas,
pero no de hoteles,
pero no de dientes,
pero no de copas,
no.*

*Toda la guerra me pasé la paz
sacando cuentas,*

> pero no de muertos,
> pero no de flores,
> no.
>
> Toda la lluvia me pasé la tierra
> haciendo cuentas,
> pero no de caminos,
> pero no de canciones,
> no.
>
> Toda la tierra me pasé la sombra
> sacando cuentas,
> pero no de cabellos,
> no de arrugas,
> no de cosas perdidas,
> no.
>
> Toda la muerte me pasé la vida
> sacando cuentas,
> pero de qué se trata
> no me acuerdo,
> no.
>
> Toda la vida me pasé la muerte
> sacando cuentas,
> y si salí perdiendo
> o salí ganando
> yo no lo sé, la tierra
> no lo sabe...
>
> Etcétera.

El poema, como se ve, es de estructura sencilla e ingeniosa. Siguiendo la antigua estructura provenzal de oponer contrarios, Neruda juega con la frase "todo el tiempo me lo pasé sacando cuentas", pero el *tiempo* en dos estrofas es *noche*, en tres es *vida*, una vez es *luna* (noche) y otra *guerra* y otra *lluvia* y otra *tierra* (espacio-tiempo) y una, al fin, *muerte* (tiempo).

Las palabras se entrelazan y anudan conceptualmente de modo que noche se iguala a vida, vida a luz, luna a noche, noche a olas, guerra a paz, lluvia a tierra, tierra a sombra, muerte a vida y vida a muerte, y todo es igual al tiempo y a un *etcétera* final que significa infinitud.

Los términos de un paso burgués por la vida son negados con suavidad irónica, pero con resolución: las cuentas que se pasó sacando Neruda no son de falsos valores (francos, dólares, coches, camas, hoteles, dientes, copas, cabellos, arrugas, cosas perdidas), ni siquiera de ambiguos términos poéticos (besos, novias, flores, caminos, canciones), las cuentas que sacó fueron secretas.

Íntima, silenciosa, trascendente contabilidad de una vida destilada en sus esencias, no en una computadora celestial, no en un diálogo místico del que pudieron quedar indicaciones indirectas, imprecisas, intentos de revelación, sino en un simple, tosco, libro de contabilidad, donde al concluir la página, entre deudas y haberes, se estampa un ominoso etcétera, como quien dice, total cero; no una negación, sino un supremo y elemental acorde con una respuesta que no se sabrá jamás.

El lector no debe olvidar que el hombre que escribió estas cosas fue valeroso, audaz, decidido, una especie de guerrero, un poeta de privilegiada sensualidad, creador de situaciones pasionales y trascendentes *happenings*, un hombre de vida arriesgada y difícil, cercado por enemigos tenaces, implacables odiantes, maldicientes poderosos, *scouts* y comandos hábiles en armar trampas, perseguidores aguardándolo en cada recodo de sus extensos viajes, hasta en la aduana última, en el cementerio.

De todo esto he venido a darme cuenta sólo ahora, quiero decir cuenta cabal, después de la reciente tragedia chilena, releyendo a Neruda en el contexto de sus luchas políticas, de sus destierros, sus desafíos, sus cóleras y épicos insultos, su desprecio por tiranos, su fervorosa exaltación del pueblo, su entrega íntegra a su partido.[3] En una entrevista dada en agosto de este año 1973, gravemente enfermo ya, dice Neruda:

> Quiero agregar, por último, que una entrevista como ésta debió mantenerse en lo posible, y esencialmente, como una conversación espiritual sobre las perspectivas y derivaciones de la cultura. Pero quiero decir a los lectores de *Crisis* que la vida política de mi país no me ha permitido limitarme de una manera idílica a temas que tanto me interesan. Qué vamos a hacer. Mi posición es conocida y mucho me hubiera gustado hablar largamente de tantos temas que son esenciales para nuestra vida cultural. Pero el momento de Chile es desgarrador y pasa a las puertas de mi casa, invade el recinto de mi trabajo y no me queda más remedio que participar en esta gran lucha. Mucha gente pensará ¡hasta cuándo! por qué sigo hablando de política, ahora que debería estarme tranquilo. Posiblemente tengan razón. No conservo ningún sentimiento de orgullo como para decir: ya basta. He adquirido el derecho a retirarme a mis cuarteles de invierno. Pero yo no tengo cuarteles de invierno, sólo tengo cuarteles de primavera.[4]

[3] La historia de los hechos políticos en la vida de Neruda se encuentra en libros como *España en el corazón, Las uvas y el viento, Canto general*.
[4] *Crisis*, p. 44.

Por eso subrayo la moraleja de tan curiosa y emocionante historia de casas, crisis y poesía: la conciencia y entendimiento de la muerte son en la poesía última de Neruda una exhortación a la vida, a la voluntad de lucha, al valor personal y a una serena comprobación de las posibilidades que el hombre tiene a su favor en la hora de la verdad. Neruda toma el eslogan surrealista y le da su final sentido revolucionario:

Contra la muerte, dice el hermoso poeta que ahora ha comenzado a morir.

EXÉGESIS

1. De *Veinte poemas de amor* al *Canto general*

V. LA BÚSQUEDA INFRUCTUOSA EN "VEINTE POEMAS DE AMOR Y UNA CANCIÓN DESESPERADA"

KEITH ELLIS

CUANDO se toman en cuenta las traducciones, los *Veinte poemas de amor y una canción desesperada* (1924), de Pablo Neruda, constituyen ahora, sesenta años después de su primera edición, tal vez el libro de poesía moderna más popular del mundo.[1] Los críticos que han explicado la obra de Neruda han prestado hábil atención tanto al libro completo como a uno o más de sus poemas por separado, pero su lectura ha producido interpretaciones tan variadas que uno no puede dejar de especular sobre el efecto del texto en los millones que lo han leído. En una reseña aparecida el mismo año que el libro, Mariano Latorre aseveró que la expresión de la emoción era excesivamente retórica y cerebral[2] y su compatriota Alone escribió una crítica semejante.[3] Neruda se defendió en seguida, enfatizando vigorosamente la realidad de una experiencia sinceramente representada y afirmando la autenticidad de los sentimientos hacia las mujeres aludidas en su obra.[4] En 1954 las identificó como dos amantes, fuentes de los sentimientos expresados en los poemas, una de su juventud de provincia y otra de su vida posterior en Santiago.[5] En las *Memorias*, de 1962, elaboró esta declaración con un lirismo que repite algunas de las imágenes del libro:

> Siempre me han preguntado cuál es la mujer de los *Veinte poemas*, pregunta difícil de contestar. Las dos o tres que se entrelazan en esta melancólica y ardiente poesía corresponden, digamos, a Marisol y Marisombra. Marisol es el idilio de la provincia encantada, con inmensas estrellas nocturnas y ojos oscuros como el cielo mojado de Temuco. Ella figura con su alegría y su vivaz belleza en casi todas las páginas, rodeada por las aguas del puerto y por la media luna sobre las montañas. Marisombra es la estudiante de la capital. Boina gris, ojos suavísimos, el constante olor a madreselva del errante amor

---

[1] *O. C.*, vol. 1 (1967).
[2] Mariano Latorre: "20 pemas de amor". *Zig-Zag* (Santiago) (ago 16, 1924).
[3] Alone: "20 poemas de amor". *La Nación* (Santiago) (ago 3, 1924).
[4] Pablo Neruda: "Exégesis y soledad". *La Nación* (Santiago) (ago 20, 1924).
[5] Véase Alfredo Lozada: "Rodeada está de ausencia: la amada crepuscular de *20 poemas*" en Kurt Levy y Keith Ellis (comps.): *El ensayo y la crítica literaria en Iberoamérica*. University of Toronto (Canadá), 1970, p. 245.

estudiantil. El sosiego físico de los apasionados encuentros en los escondrijos de la urbe.[6]

Entretanto, Amado Alonso había escrito elogiosamente sobre la hermosa tristeza del libro.[7] Raúl Silva Castro, Roberto Salama y Mario Rodríguez Fernández han mencionado, con diferentes énfasis, la importancia del aspecto carnal del amor.[8] Por otra parte, en 1970, Alfredo Lozada señaló la centralidad de la ausencia y, dos años más tarde, Jaime Concha evaluó el aspecto sexual del libro y descubrió las condiciones sociohistóricas, invisibles pero palpables, que constituyen su base objetiva.[9] La diversidad de estas perspectivas ha sido ampliada por otros críticos: Giuseppe Bellini, Emir Rodríguez Monegal, Robert Pring-Mill, Eliana Rivero y Alain Sicard.[10] En el presente trabajo, sólo quisiéramos señalar algunos de los rasgos que establecen el carácter del libro e indicar la importancia general de los mismos en la praxis poética de Neruda.

Cualquier base invocada para establecer el predominio de lo carnal en el libro debe fundamentarse sobre todo en el primer poema, con sus palabras iniciales, "Cuerpo de mujer", e imágenes subsiguientes, "los vasos del pecho" y "las rosas del pubis". Son éstas las imágenes que permiten el verso "Oh carne, carne mía, mujer que amé y perdí", de la "Canción desesperada". Sin embargo, ocurren en contextos en los que la aparente ascendencia de lo carnal está, en realidad, subordinada. La mujer carnal debía haber sido una fuente de alivio de la angustia cuya existencia se remontaba a una época anterior al presente poema. Teniéndola, como sugieren los símiles de la segunda estrofa, "como una flecha en mi arco, como una piedra en mi honda", era posible encararse a la vida, no a partir del aislamiento introspectivo anterior —"solo como un túnel"—, sino con la fuerza necesaria para resistir a los peligros de la vida social.

Teniéndola, también ha llegado inesperadamente a amarla; y ante

---

[6] Pablo Neruda: "Memorias y recuerdos". *O Cruzeiro Internacional* (Rio de Janeiro) (ene 16, 1962).

[7] Amado Alonso: *Poesía y estilo de Pablo Neruda,* Buenos Aires, Editorial Sudamericana, 1966.

[8] Raúl Silva Castro: *Retratos literarios.* Santiago, Ercilla, 1932; Roberto Salama: *Para una crítica de Pablo Neruda,* Buenos Aires, Edit. Cartago, 1957; Mario Rodríguez Fernández: "Imagen de la mujer y el amor en un momento de la poesía de Pablo Neruda". *AUCh,* 120 (1962), 74-79.

[9] Lozada, *op. cit.,* pp. 239-248; Jaime Concha: *Neruda (1904-1936).* Santiago, Edit. Universitaria, 1972.

[10] Giuseppe Bellini: *Introduzione a Neruda.* Milán, La Goliardica, 1966; Emir Rodríguez Monegal: *El viajero inmóvil.* Buenos Aires, Losada, 1966; Robert Pring-Mill: *P. N.: A Basic Anthology.* Oxford, The Dolphin Book Co., 1975; Eliana Rivero: *El gran amor de Pablo Neruda.* Plaza Mayor, 1971; Alain Sicard: *El pensamiento poético de Pablo Neruda,* Grados, 1981.

esa revelación de uno de los enigmas del amor, la posibilidad de la paz psíquica se desvanece. Por eso, la melancolía con que, en realidad, se evocan las dos imágenes sexuales, "Ah los vasos del pecho", "Ah las rosas del pubis", no surge de la ausencia, como sugiere Lozada, sino de la condición nueva de dependencia creada por la presencia y del problema del amor, según lo concibe el hablante, como parte de la existencia individual. Por eso, la "sed eterna", la "fatiga" y el "dolor infinito" en la conclusión del poema parecen aludir a la vida misma. Son de índole metafísica y, con ello, se plantean las dimensiones de la preocupación manifestada en los poemas subsiguientes, así como la imagen de la mujer, o las mujeres, que se ofrece en ellos. El otro poema a menudo citado por su contenido de amor carnal, el poema 9, evidencia una preocupación tan intensiva con el "yo" (la vaga y pasiva "tú" es mencionada sólo en la última de las cinco estrofas) que hay fuertes indicios en él de un solitario ejercicio cerebral.

La descripción de la mujer en cada poema, hasta en el primero, es abstracta y nebulosa. Sus rasgos físicos se asocian con una emoción abundante pero ambivalente: por ejemplo "cuerpo alegre" o "cuerpo claro", "ojos infinitos" o "grandes ojos fijos" y "voz misteriosa". Su condición social se identifica sólo a través de algo tan sin personalidad como es la "boina gris", la que, desde el punto de vista del lector, la vincula con la tristeza y confusión que ella provoca en el hablante, quien, en el último verso del poema 17, le pregunta, "¿Quién eres tú, quién eres?" El desarrollo de la incertidumbre respecto de la identidad de la mujer se pone en juego cuando el hablante se da cuenta de que está enamorado: "A nadie te pareces desde que yo te amo" (poema 14); y el poder desconcertante e irresistible del amor se revela en la petición formulada más adelante en el mismo poema: "Ah déjame recordarte cómo eras entonces, cuando aún no existías." Todo esto le quita importancia a la identificación de Marisol-Marisombra y contribuyen otras razones, además de la aducida por Pring-Mill, para justificar la duda de éste respecto de la atribución de los poemas de Neruda a la inspiración de una u otra mujer.[11] Esto también lo confirma la observación de Sicard de que la mujer de los *Veinte poemas* es "inmaterial".[12]

La importancia del papel representado por esta mujer inmaterial, cuyo nombre está escrito con "letras de humo" (poema 14), aumenta cuando se examinan otros aspectos notables de la estructura general del libro, como, por ejemplo, la función del hablante y el escenario. Sicard, por ejemplo, hace borrosa su percepción de la imprecisión en los poemas porque acepta la idea de un escenario preciso. La idea es difícil de resistir porque ha sido propuesta por el mismo Neruda:

[11] Pring-Mill, *op. cit.*, p. xviii, nota 1.
[12] Sicard, *op. cit.*, p. 47.

> Los *Veinte poemas de amor y una canción desesperada* son un libro doloroso y pastoril que contiene mis más atormentadas pasiones adolescentes, mezcladas con la naturaleza arrolladora del sur de mi patria... Me ayudaron a escribirlo un río y su desembocadura: el Río Imperial. Los *Veinte poemas* son el romance de Santiago con las calles estudiantiles, la universidad y el olor a madreselva del amor compartido.
>
> Los trozos de Santiago fueron escritos entre la calle Echaurren y la avenida España y en el interior del antiguo edificio del Instituto Pedagógico, pero el panorama son siempre las aguas y los árboles del sur. Los muelles de la "Canción desesperada" son los viejos muelles de Carahue y de Bajo Imperial; los tablones rotos y los maderos como muñones golpeados por el ancho río; el aleteo de gaviotas se sentía y sigue sintiéndose en aquella desembocadura.[13]

Esta información extrínseca no es confirmada por los poemas. Es verdad que la abundancia de pinos mencionada en los poemas 3 y 18 y el viento del poema 4 entre otros pueden sugerir en un sentido una característica del paisaje del sur de Chile. Pero tal como están presentados estos elementos son comunes a otros lugares y como los principales aspectos de escenario de los poemas remiten a lo expansivo y a lo universal. La evocación de la tierra, seguida de un símil en el que "el mundo" sirve de vehículo, en la primera estrofa del poema 1, establece la amplitud del espacio desde el comienzo. A continuación hay referencias a la naturaleza en sus formas más abiertas. El cielo, las estrellas, la luna, los árboles, la distancia misma (tanto la vertical como la horizontal), son los rasgos del escenario que ocupan la conciencia del hablante. Las comunidades, aldeas, pueblos, continentes, campanas, edificios, cualquier indicador de unidades sociales, están ausentes. Sólo hay un puerto, el que constituye el espacio en dos poemas (13 y 18), sin que se trate de un puerto con vida social. Sirve como el lugar donde, desde los grandes espacios abiertos, el viento, ubicuo en el libro, acude a acometer al poeta. El viento es un *leitmotif* que representa tanto la materialización invisible, inesperada e incontrolable de la inquietud causada por el amor, como la tormenta que brota cuando se manifiesta su fuerza misteriosa. La desesperanza consiguiente del hablante y el carácter esencialmente asocial del fenómeno quedan bien claros en estos versos:

> *El viento, el viento.*
> *Yo sólo puedo luchar contra la fuerza de los hombres.*
> (poema 14)

El escenario, pues, es vasto, impreciso, abierto. Acomoda la imprevisibilidad y el misterio del amor y engrandece épicamente sus efectos.

[13] Pablo Neruda: *Confieso que he vivido*, p. 75.

De hecho, la evocación constante de los elementos tradicionales de
la naturaleza —aire, tierra, fuego y agua— hace que el escenario sea
identificable con casi cualquier espacio y tiempo y, por tanto, con el
presente y pasado de todo eventual lector, lo que, como diría Jung
o Bachelard, es la razón principal por la cual el libro ha sido acogido
tan extensamente. Sin embargo, para comprender su estructura interna, es más importante reconocer que los valores descubiertos en
la descripción de la amada son los mismos que se encuentran entre
los rasgos principales del escenario. No sólo se compara a la amada
con elementos de la naturaleza mediante una mayoría de símiles que
aluden a vastas dimensiones físicas, sino que muchos de estos símiles evocan la vaguedad y la incertidumbre por el carácter general
de los modificantes o la enormidad de los vehículos de comparación.
Se trata de un recurso que aparece en los versos iniciales del primer
poema, donde estos procesos logran atenuar el aspecto concreto de
las imágenes:

> *Cuerpo de mujer, blancas colinas, muslos blancos,*
> *te pareces al mundo en tu actitud de entrega.*

En las primeras dos estrofas del segundo poema, la puesta del sol,
como fuego global, mortal y oscuridad amenazante, acompaña a la
amada tan melancólica y lejana:

> *En su llama mortal la luz te envuelve.*
> *Absorta, pálida doliente, así situada*
> *contra las viejas hélices del crepúsculo*
> *que en torno a ti da vueltas.*
>
> *Muda, mi amiga,*
> *sola en lo solitario de esta hora de muertes*
> *y llena de las vidas del fuego,*
> *pura heredera del día destruido.*

En el poema 6 se sugiere una equivalencia entre mujer y fuego y entre mujer y agua. Los modificantes también merman lo concreto de
imágenes como "cintura de niebla" y "brazos de piedra transparente"
en el poema 3. Estos rasgos de la mujer y del escenario predominan
por todo el libro hasta el poema 20, con su "noche inmensa" imprecisa y su caracterización arquetípica de la amada.

De todo lo anterior, parece evidente que el texto de los poemas,
el mejor testigo para el lector, no favorece la identificación biográfica precisa de la mujer o las mujeres amadas de los *Veinte poemas*.
Tampoco respalda la hipótesis de un escenario específico. Alguna
consideración del "yo" es un primer paso importante en la explora-

ción de la imprecisión común a estos elementos centrales del libro. No cabe duda que los que acuden a las opiniones de Neruda cuando afirman la identificación específica de la mujer o del escenario de los *Veinte poemas* aceptan la fusión completa del Neruda biográfico con el "yo" de sus poemas. Esta tendencia ha sido fomentada por el mismo Neruda, quien, sobre todo en "Memorias y recuerdos" o *Confieso que he vivido*, ha dicho que en sus poemas se representan incidentes de su experiencia social; y es cierto que a lo largo de su vida compuso un número muy alto de poemas que permiten una lectura autobiográfica sin que se distorsionen. Aun así, es más productivo leer los poemas como tales —es decir, como composiciones que revelan una lógica constituida por diversos elementos de significación— sin limitarlos a reflejar sólo una etapa de la biografía social del poeta. Si esto es cierto como observación general, lo es más aún con respecto de un libro como *Veinte poemas*, en el que se desarrolla un drama conceptual. Siendo así, es imprescindible darse cuenta de la complejidad del "yo". Sin duda, como señala Concha, hubo condiciones en la vida de Neruda que fomentaron los sentimientos de tristeza manifestados en su libro, los que le movieron a explorarla a través de la poesía. También es posible que describa en algunos poemas una *persona* comparable con la suya, o que diga algo sobre sus poemas y las circunstancias de composición. Pero en estos casos se comporta como crítico y como cualquier otro lector, quien, además de tener las mismas prerrogativas, también tiene la de poder evaluar tanto los elementos que aportan significación, como los aspectos de significación y de elaboración artística que sirven de indicadores del cambio y constancia en la obra de Neruda. Por eso, hay que identificar a Neruda como persona, a Neruda como creador de poemas, al "yo" como hablante y parte de la estructura de sus creaciones y a Neruda como crítico, tanto de sus poemas, como de la crítica sobre sus poemas.

Como parte de la estructura de los *Veinte poemas*, el "yo" se combina con otros elementos que la constituyen también y es modificado por ellos. El "yo" no reacciona ante una mujer material, o a un escenario concreto, sino que, como ya lo hemos visto, frente a una mujer de "ojos infinitos" en un escenario que bien podría representar a todos los tiempos y todos los lugares. Esta combinación del "yo" con la nebulosidad de la mujer y del espacio define el centro focal de la obra, que es el amor mismo, la idea del amor, el amor que sigue manifestándose como un fenómeno oscuro e inquietante cuyos efectos dolorosos incitan a una exploración de su naturaleza. De acuerdo con la calidad inmaterial de los otros rasgos del libro, el carácter de la exploración emprendida por el hablante es idealista y metafísica. Las dimensiones del escenario son demasiado grandes para que el amor pueda identificarse con él en cualquiera de sus aspectos, salvo en el sentido de que la tendencia a la oscuridad del escenario complementa la oscuridad asociada con el funcionamiento del amor, o que la sensación del hablante de haberse perdido se aumenta en el espacio sin límites. La mujer se funde con el amor, con todo su dolor, elusividad, mutabilidad e imaginadas posibilidades de proveer el placer, de modo que el amor y la amada son símbolos recíprocos. Por eso, cuando el hablante pregunta en el poema 17, "¿Quién eres tú, quién eres?", se dirige tanto a la amada como al amor. Su pregunta encierra toda la frustración del que está atrapado en su aislamiento, según dice en el mismo poema:

Pensando, enterrando lámparas en la profunda soledad.

En efecto, los poemas muestran que una exploración semejante sólo puede dar como resultado el sacrificio del hablante a los procesos inexorables que prosiguen de su concepto del amor, cuyas ironías se revelan como antítesis en el primer poema. El amor debe haber sido consolador,

Pero cae la hora de la venganza, y te amo.

La tormenta surgida de la incertidumbre y de la mutabilidad que golpea al hablante lo incita por fin, en el poema 20, a resumir su inseguridad anterior mediante el empleo sutil del pretérito y el imperfecto:[14]

Yo la quise, a veces ella también me quiso,

o

Ella me quiso, a veces yo también la quería,

y la paradoja:

Ya no la quiero, es cierto, pero tal vez la quiero.

Esta paradoja intensifica la contradicción entre la posesión y la no posesión del ya tan discutido poema 16:

Eres mía, eres mía, voy gritando en la brisa
de la tarde, y el viento arrastra mi voz viuda.

(En realidad, el ambiente comunicado por estos versos, así como los motivos del crepúsculo y el viento, incorporan por completo al libro la refundición del poema de Tagore.) Las paradojas están comple-

---

[14] Véase mi análisis, "Poema 20: A Structural Approach". *RomN*, XI, núm. 2 (1969), 1-11.

mentadas por numerosos casos de oxímoron. El hablante ve la tarde como "resonante y muriendo" (poema 3). Para él, el viento es "como una lengua llena de guerras y de cantos" (poema 5). El hablante es "ardiente y frío" y concibe el movimiento del cuerpo de su amada como "rápido y lento" (poema 9). Y no debemos perder las antítesis que, en estos versos, sugieren su perplejidad ante la búsqueda del amor:

> *Ah los vasos del pecho! Ah los ojos de ausencia!*

y

> *Ah las rosas del pubis! Ah tu voz lenta y triste!*

La "Canción desesperada", con su estructura de círculos apretados y estribillos de desesperanza —"Todo en ti fue naufragio"— indica tanto la imposibilidad de reconciliar las contradicciones, como la permanencia de la tristeza omnipresente. Más aún, la preocupación por un tiempo y un espacio insondables aporta una calidad metafísica al sentimiento. La elaboración tripartita del poema 1, desde la soledad desesperada al consuelo fugaz encontrado en el amor de una mujer y al "dolor infinito" recién descubierto que sigue la experiencia de la emoción, perfila, con su dialéctica negativa, el concepto de la inevitabilidad de la tristeza. Dicha inevitabilidad y dialéctica se remontan a un enfoque egoísta y limitado sobre el amor:

> *Qué importa que mi amor no pudiera guardarla.*
> *La noche está estrellada y ella no está conmigo.*

Una de las condiciones discretas de los *Veinte poemas* es el contraste entre la inmensidad del escenario y el tratamiento introspectivo del poema explorado en el libro. El mundo es un lugar abierto, elemental, infinito, pero mayormente despoblado; y la exploración del amor se lleva a cabo "Pensando, enterrando lámparas en la profunda soledad". Por eso, sólo se permiten aquí el oxímoron y la paradoja, la tesis y la antítesis:

> *Porque en noches como ésta la tuve entre mis brazos*
> *mi alma no se contenta con haberla perdido.*
> (Poema 20)

No puede haber una reconciliación, una síntesis en un plano superior.

En las etapas posteriores de la obra de Neruda se revelarán otros métodos y estructuras. En *Residencia en la tierra*, por ejemplo, el poeta (hablante) ve los árboles del bosque tanto en el mundo natural como en el social. Examina la sociedad como realidad viva, aunque opresiva y sin sentido, y la compara poco favorablemente con la naturaleza. En cuanto al amor, la exploración de sus procedimientos en *Residencia* produce algo que no emergía de los *Veinte poemas*. En el poema "Fantasma", el hablante sufre los estragos del tiempo en el presente del poema, pero posee la ecuanimidad que le permite distanciarse lo suficiente del presente para que pueda someter su conducta pasada a un examen crítico. Madura abandonando el egoísmo de su época anterior, el que le recuerda al lector el del poema 1 de los *Veinte poemas* y que incorpora también la imagen de la mujer como recurso capaz de dar confianza:

> *En la altura de los días inmóviles*
> *el insensible joven diurno*
> *en tu rayo de luz se dormía*
> *afirmado como en una espada.*

De esta forma se hace responsable de su aislamiento y tristeza actuales. En el *Canto general*, la exploración se sitúa en el contexto de la realidad externa de la historia social. "La lámpara", que en *Veinte poemas* estaba "enterrada en la soledad profunda", es ahora, según lo anuncia el título de la primera parte de *Canto general*, "La lámpara en la tierra"; y las contradicciones encontradas prometen solucionarse en el curso de la historia con tal que haya para ello alguna contribución humana apropiada. Esta actitud se traslada más adelante al dominio del amor en *Los versos del capitán*. Aquí la amada es más específica; tiene pies y manos, caderas y pechos, piel y uñas, labios y boca, piernas, rodillas y cintura, es decir, rasgos distintos, como lo son también su inteligencia, su voz y su risa. El hablante la ve en un mundo con otras mujeres, algunas tan atractivas como ella, aunque la atracción que ella ejerce sea de algún modo singular. La plenitud de la realidad del hablante se impone no sólo a través de su reconocimiento del contexto social inmediato y la atracción física de otras mujeres ("El inconstante"), sino también a través de su conciencia social más amplia y su sentimiento de responsabilidad. Así, en el poema "Pequeña América", la lámpara en la tierra revela la sobreposición de una geografía en otra: la de la amada sobre la de los países latinoamericanos y sus necesidades sociales. La amada, por tanto, no representa al amor como algo en sí y por sí. He aquí un proceso que, por su vitalidad y trascendencia útil, ofrece un contraste completo con el "atlas blanco de tu cuerpo" unidemensional del poema 13 de los *Veinte poemas*. En efecto, desde la perspectiva del hablante, la idea de un amor aislado parece ser imposible ahora; el amor ha de verse como parte de los intercambios sociales en general. Este concepto, indicativo de la madurez superior, contribuye a liberar al hablante de *Los versos del capitán* de la tristeza concomitante con el esfuerzo inútil y tortuoso por comprender el amor como concepto idealista. Esta tendencia a especificar y a reconocer el contexto social en *Los versos del capitán* se manifiesta también en los *Cien sonetos de amor* y hasta en el poema "Final" de *El mar y las campanas*.

Pese a lo anterior, no hay que considerar los *Veinte poemas* sólo como el punto desde el cual emanan todas las diferencias posteriores en la poesía de Neruda. Los aspectos del libro que hemos comentado abarcan tendencias sostenidas por toda su obra poética. Encontramos el uso repetido del "yo" como recolector de experiencias e instrumento principal utilizado en la tarea inagotable de explorar la realidad. Y por toda su poesía ha continuado la tendencia, iniciada en los *Veinte poemas*, a recurrir extensamente a los elementos básicos de la naturaleza en sus imágenes. Además, la pauta descontento-alivio-descontento, revelada en el primero de los *Veinte poemas*, se repite en las distintas etapas de la poesía de Neruda. Se manifiesta, por ejemplo, en "Las alturas de Macchu Picchu" en la búsqueda de la armonía entre el funcionamiento de la naturaleza y las costumbres de la sociedad humana, en el descubrimiento de este estado y el reconocimiento subsiguiente de sus imperfecciones. Esta pauta se ve también en el desarrollo general de la vida de Neruda como poeta, desde su descubrimiento de la historia como una salida de actitudes que fomentaban el aislamiento y la tristeza, hasta su desengaño posterior con aspectos importantes de su perspectiva histórica.

Los *Veinte poemas*, por consiguiente, aunque revelan una búsqueda infructuosa, representan en su totalidad una imagen persuasiva de un caso de amor adolescente, de un deseo absorbente que es al mismo tiempo poco constante y que socava la capacidad para poseer y ser poseído. El uso del "yo", en sus relaciones particulares con la amada y con el escenario, para ilustrar esta situación que toca cuerdas en las experiencias o en las observaciones de muchos lectores, es un logro considerable de Neruda el poeta, conforme o no con los detalles de sus intenciones críticas, y explica esencialmente el atractivo que tiene el libro para tantos lectores. El libro además se establece como un hito riquísimo a partir del cual es posible evaluar los cambios y las constantes subsiguientes en la obra de Pablo Neruda.

VI. "RESIDENCIA" REVISITADA *

Hernán Loyola

Residencia en la Tierra I (1925-1931)[1]

Lo que la oscura noche preserva

Hay en *Residencia* una zona, anterior a "Galope muerto", reconocible por su residual propensión nocturna. Prolongación del lenguaje y del significado de *Tentativa* es en efecto "Serenata", el más antiguo de los poemas de *Residencia*, que especialmente en su versión original (*Zig-Zag* 1086, 12.XII.1925) se identifica aún con la declaración "no sé hacer el canto de los días / sin querer suelto el canto la alabanza de las noches" (*Tentativa* 6:1-2).

El texto es una verdadera oda a la Noche, desde la perspectiva de un sujeto que en el espacio nocturno vive, se siente cómodo, protegido y estimulado: "Al hombre apasionado en tu altura de pronto / lo sobrecoge tu alegría planetaria / oh noche soltera y alegre tu vestidura es mía / pegado a tus embarcaderos mi corazón quiere soltarse." Así rezaba un fragmento desechado de la versión original, que el texto definitivo de *Residencia* reelaborará como experiencia ya distante y madurada ("El joven sin recuerdos te saluda, te pregunta por su olvidada voluntad", etcétera) pero sin alterar la sustancia del significado. No cambiará por ello la invocación final, revelando que al momento de la modificación y fijación del texto la imagen de la noche ya no llega a Pablo con aire ligero y desenvuelto, pero sí, todavía, con aura de poder: "Oh noche, mi alma sobrecogida

---

* Convencionalmente llamo *Pablo* al yo enunciador-protagonista del discurso poético nerudiano, de cuya "biografía simbólica" —documentada en los textos— esbozo aquí un periodo bien caracterizado. Con las fórmulas *Neruda* y *Pablo Neruda* remito al poeta en cuanto autor-escritor de los textos.

[1] Para ambas *Residencias* acepto la cronología de Neruda: 1925-1931 y 1931-1935, respectivamente, aunque el poema "El fantasma del buque de carga" (*RST-I*) fue escrito a comienzos de 1932, durante el viaje de regreso a Chile desde oriente, y aunque al parecer ningún poema de *Residencia II* es anterior a ese regreso. Pero conviene tener presentes las etapas de escritura del libro:
 1) en Chile 1925-1927;
 2) en Asia sudoriental 1927-1931;
 3) en Chile 1932-1933;
 4) en Argentina 1933-1934;
 5) en España 1934-1935.

te pregunta / desesperadamente a ti por el metal que necesita." La noche resta fuente de fuerza (metal).

"Madrigal escrito en invierno" (versión original: "Dolencia", en *Atenea*, julio, 1926) evoca por su lado la función de la noche como sustentadora de identidad, en asociación con la memoria: "Ahora bien, en lo largo y largo, / de olvido a olvido residen conmigo / los rieles, el grito de la lluvia: / lo que la oscura noche preserva" (texto original: "lo que de noche queda fuera de las cosas"). La noche subsiste para preservar la continuidad del yo precisamente cuando Pablo está por ingresar en una extensión de ruptura e incertezas ("en lo ilimitado / en lo sin orillas", decía la versión original). Otra noche, una diversa oscuridad expande su hostil dominio en el nuevo territorio, como lo declara algunos meses más tarde el poema "Fantasma" (original: "Tormentas", en *Atenea*, diciembre, 1926): "Mientras tanto crece a la sombra / del largo transcurso en olvido / la flor de la soledad, húmeda, extensa, / como la tierra en un largo invierno." Ese nuevo infinito territorio de sombras y olvido es el Día (es decir, el tiempo progresivo).

Probablemente de fines de 1926 es también "Alianza (sonata)", poema nocturno por excelencia, pero que, a diferencia de "Serenata", sitúa ya el discurso de Pablo en la aventura diurna que caracteriza a *Residencia*. Colocado inmediatamente después de "Galope muerto", el texto se configura como homenaje de *despedida* a la Noche en cuanto espacio de habitación-refugio: "Oh dueña del amor, en tu descanso / fundé mi sueño, mi actitud callada." La declaración se refiere al pasado. En el presente, resta sin embargo un pacto de fidelidad entre Pablo y la Noche, como el que ligase a un novel caballero andante con su soberana y alta señora. Esa es la *alianza* a que alude el título del poema.

Lo novedoso del texto es que ahora la Noche no viene representada como dominio sacro y aparte, como espacio divinizado de refugio o como *otra* dimensión. La noche no es, tampoco aquí, la obvia región de los sueños en oposición al prosaísmo diurno. El poema parte describiendo a la noche en función del día, resultante del desgaste y de la usura del día: "[Estás hecha] De miradas polvorientas caídas al suelo / o de hojas sin sonido y sepultándose. / De metales sin luz, con el vacío, / con la ausencia del día muerto de golpe." La noche no es zona de evasión ni territorio de la diversidad, sino fase integrante del metabolismo del día: "Teñida con miradas, con objeto de abejas, / tu material de inesperada llama / precede y sigue al día..."

La perspectiva de Pablo ha cambiado: al interior de la economía general del tiempo progresivo (en el que noche y día se reconocen), la noche cumple sí un rol de restauración y —sobre todo— de preservación de estímulos, sueños y nutriciones *para la travesía del día*:

7 *Tú guardabas la estela de luz...*
    [...]
12 *Los días acechando cruzan en sigilo*
    pero caen adentro de tu voz de luz.
    [...]
18 *detrás de la pelea de los días blancos de espacio*
    y fríos de lentas muertes y estímulos marchitos,
    siento arder tu regazo y transitar tus besos
21 *haciendo golondrinas frescas en mi sueño.*

Galope muerto

El verdadero objeto del discurso de *Residencia* es entonces, más allá de la aceptación, la difícil *afirmación* del Día. No porque Pablo busque de nuevo el espacio de la luz y de la claridad,[2] como antes de *Veinte poemas*, sino simplemente porque el Día, con su ambigüedad y su tristeza, es el espacio de la Realidad y de la Vida. Residir en la Tierra es, ante todo, residir en el Día.

"Galope muerto" es el poema que inaugura esta nueva fase del discurso de Pablo y por ello Neruda, consciente, lo situó al comienzo del libro.[3] En su escritura el extraordinario texto emerge de pronto, con la fuerza confusa de una erupción que brota desde zonas profundas de reflexión y desconcierto. Es una primera tentativa hacia la configuración directa del tiempo progresivo en sus encontradas connotaciones de acumulación y pérdida, de inmovilidad y movimiento, de silencio y sonido, de crecimiento y putrefacción, de lentitud y rapidez, de desorden y unidad, de sol y hielos, de alturas y abismos, de luz y sombras, de vida y muerte.

Todas estas instancias acuden al texto sin precisarse. La imagen tiene la borrosidad de una panorámica torpemente enfocada, pero la intensidad y la eficacia de esta irrumpente aproximación son asombrosas. En el tiempo progresivo lo real es "como cenizas, como mares poblándose, / en la sumergida lentitud, en lo informe", y el Día mismo aparece a Pablo como "aquello todo tan rápido, tan viviente, / inmóvil sin embargo, como la polea loca en sí misma, / esas ruedas de los motores, en fin".

[2] Por ahora la Noche es el verdadero espacio de la luz y de la claridad (y del movimiento), mientras el Día es espacio de sombras (y de inmovilidad).

[3] Publicado originalmente en *Claridad* 133 (agosto, 1926). Durante años, en nuestras conversaciones, Neruda insistió sobre la existencia de una publicación de "Galope muerto" en 1925, al punto de hacerme dudar sobre mi experiencia en contrario. Tardé en darme cuenta de que la memoria del poeta sobreponía dos cosas diversas: 1) que la escritura de *RST* había comenzado de hecho en 1925: 2) que "Galope muerto" era el verdadero punto de partida para el clima definitivo de *RST*. Pero estos dos recuerdos no eran coincidentes en el tiempo objetivo. (Para un análisis del texto, véase especialmente Alonso, 1951, Bennett, 1974-1975, Concha 1974.)

Al mismo tiempo el texto introduce un momento de *ars poetica* correspondiente a la nueva etapa del discurso de Pablo: "Por eso, en lo inmóvil, deteniéndose, percibir, / entonces, como aleteo inmenso, encima, / como abejas muertas o números, / ay, lo que mi corazón pálido no puede abarcar, / en multitudes, en lágrimas saliendo apenas, / y esfuerzos humanos..." La visión de lo real ha cambiado, pero la función que Pablo atribuye a su nuevo discurso es en definitiva un ulterior *aggiornamento* de la tenaz tarea de proponer una representación del mundo (y sobre todo de sí mismo como parte del mundo) que revele y descifre su sentido.

El afán desciratorio, como siempre, tiende a configurarse como acción, esto es, responde a la necesidad de Pablo de situarse en el mundo como sujeto activo. Su actual deber es "deteniéndose, percibir": en lo inmóvil distinguir y registrar "acciones negras descubiertas de repente / como hielos, desorden vasto, / oceánico, para mí que entro cantando, / como con una espada entre indefensos". Dura obligación la de documentar el rostro negativo del Día, apenas endulzada por el propio impulso indagador ("es que de dónde, por dónde, en qué orilla?") y por indicios de respuestas escondidas: "Ahora bien, de qué está hecho ese surgir de palomas / que hay entre la noche y el tiempo, como una barranca húmeda?" Los interrogantes son el signo de la tarea de desciframiento que ha asumido el poeta. Individuar las preguntas es en efecto más importante que las respuestas que Pablo puede por ahora ofrecer.

"Galope muerto" textualiza el momento en que Pablo abandona el privilegio —pero también los límites— del recinto nocturno para asumir en cambio el Día —la Realidad— así como éste es, con su ambiguo "rostro inaceptable". En este riesgo el yo nerudiano se reconoce finalmente, se acepta, y es por ello que "Galope muerto" significa el ingreso en una etapa de real madurez del discurso de Pablo y del sistema de autorrepresentación.

Sujeto fuerte

El sujeto contracto (débil) de *Tentativa* y *Anillos* ha crecido al atravesar la Noche y deviene sujeto fuerte en *Residencia*. Deja atrás el espacio de la compensación para entrar en el espacio del riesgo. De la insatisfactoria acción débil (en situación protegida) pasa a la acción decidida y descubierta. El equilibrista (*cf. Tentativa* 13:37) desecha la red. A esta liberación del coraje y de la agresividad —conquista de sí mismo— corresponde en el nuevo discurso de Pablo la conciencia de haber conquistado la autenticidad del propio lenguaje. Dos cartas, escritas en Rangún a mediados de 1928, confirman desde el metadiscurso la convergencia.

"Pero, verdaderamente —escribe Neruda a Héctor Eandi—, no se halla usted rodeado de destrucciones, de muertes, de cosas aniquiladas? En su trabajo, no se siente obstruido por dificultades e imposibilidades? Verdad que sí? Bueno, *yo he decidido formar mi fuerza en este peligro*, sacar provecho de esta lucha, utilizar estas debilidades. Sí, ese momento depresivo, funesto para muchos, es una noble materia para mí." (Aguirre 1980: 344. La cursiva es mía.)

Por otro lado, en carta a González Vera el poeta manifiesta conciencia y orgullo de haber logrado un importante salto de cualidad en su lenguaje: "Ahora bien, mis escasos trabajos últimos, desde hace un año, han alcanzado gran perfección (o imperfección), pero dentro de lo ambicionado. Es decir, he pasado un límite literario que nunca creí capaz de sobrepasar, y en verdad mis resultados me sorprenden y me consuelan. Mi nuevo libro se llamará *Residencia en la tierra* y serán cuarenta poemas en verso que deseo publicar en España. Todo tiene igual movimiento, igual presión, y está desarrollado en la misma región de mi cabeza, como una misma clase de insistentes olas. Ya verá usted en qué equidistancia de lo abstracto y lo viviente consigo mantenerme, y qué lenguaje tan agudamente adecuado utilizo."[4]

Por fin en la ruta tanto buscada. Esta satisfacción se proyecta al discurso de Pablo como complacencia en la autorrepresentación: léanse desde esta perspectiva, además de "Galope muerto", los poemas "Caballo de los sueños", "Débil del alba", "Unidad" y "Sabor", probablemente escritos en 1927, todavía en Chile; también "Diurno doliente", "Arte poética", "Sistema sombrío" y "Sonata y destrucciones", todos pertenecientes a la primera sección de *Residencia I*, y agregando en este mismo nivel los tres poemas que cierran el volumen: "Cantares", "Trabajo frío" y "Significa sombras". Todos estos textos admiten ser leídos como directas variaciones sobre el modelo de autorrepresentación propuesto germinalmente en "Galope muerto": una figura del yo que se recorta, no contra un escenario —un *afuera*— circunscrito (el del sur), sino contra un escenario tentativamente *esencial*, contra una sustantivación *destilada* del entorno, de lo real.

Otros textos de *Residencia I*, en los que el autorretrato de Pablo emerge desde una particular circunstancia, situación o anécdota, tienden en cambio a perfeccionar o a intensificar en modo diverso el nivel *circunstancial* del escenario, según la línea que inician los *Veinte poemas* y que *Tentativa, Habitante* y *Anillos* desarrollan. Así los poemas de amor "Fantasma", "Lamento lento" y "Ángela Adónica", más adelante "Caballero solo" y "Tango del viudo", las *prosas* de la sección segunda: "La noche del soldado", "Comunicaciones desmentidas", "El deshabitado", "El joven monarca", etcétera, y los

---

[4] Carta a José Santos González Vera, fechada en "Rangoon, agosto 6, 1928". Citada en Loyola 1967: 84-85.

casos especiales de "Juntos nosotros" y "Ritual de mis piernas" (atentos a la dimensión física del yo).[5]

Los primeros poemas de *Residencia I* se disponen como momentos emblemáticos de una secuencia inaugural que en conjunto delinea un vasto proyecto. "Galope muerto" esboza el supuesto general; "Alianza (sonata)" protocoliza el pacto de despedida con la noche; "Caballo de los sueños" da cuenta de motivaciones y esperanzas que han decidido la ruptura, o sea el pasaje desde la noche al día, con su bagaje onírico a cuestas; "Débil del alba" narra literalmente el ingreso de Pablo en el día, equiparándolo al trabajoso nacimiento mismo del día que viene proyectado al mundo desde la tibieza materna de la noche; "Unidad" comporta un acto de afirmación del día al declarar que tras su aspecto confuso, disperso, inconexo, hay un fondo de compacidad homogénea a la de la noche y cuya revelación sería capaz de conferir sentido al nuevo afán del poeta. La secuencia se cierra coherentemente con un poema-autorretrato, "Sabor", que resume la actual identidad y los títulos de Pablo para erigirse en protagonista de la aventura en marcha.

Degradación

Al nombrar sus libros *Tentativa del hombre infinito* y *El habitante y su esperanza*, Neruda hace recaer el acento de la experiencia y de la revelación sobre la figura misma del sujeto: el hombre infinito, el habitante. *Residencia* (y no *residente*) *en la tierra* hace depender el autorretrato, en cambio, de la afirmación apasionada de un *afuera*, de un *no-yo*. El discurso de Pablo implica ahora una instalación en el mundo, una asunción minuciosa e inventariada de lo real (de cosas, seres, objetos). Sobrepujando el precedente antagonismo, Pablo se sitúa en el mundo con sumisión —diríamos— erótica, sin ilusiones, sin desesperación. Su angustia del riesgo se niega al desamor.

Por eso en *Residencia I* la retórica del autodiseño incluye una primera constante de alienación y dependencia, similar a la fervorosa porfía de un amante tenazmente rechazado. "Quién puede jactarse de paciencia más sólida? [...] mis criaturas nacen de un largo rechazo", dice Pablo en "Sabor", después de proponer en "Débil del alba" una imagen de sí mismo que es explícita y ejemplar en el sentido apuntado:

24 *Estoy solo entre materias desvencijadas,*
   la lluvia cae sobre mí, y se me parece,

[5] Sobre el trasfondo biográfico, circunstancial y anecdótico de *RST*, cf. Aguirre 1964, 1967, 1980; Loyola 1967, 1971; Rodríguez Monegal 1966, y de Neruda: CHV (cap. 3 y 4), *CLR*, *CMR*, *NJV*, *PNN* (cuaderno 2 y *passim*).

*se me parece con su desvarío, solitaria en el mundo
muerto,*
27 *rechazada al caer, y sin forma obstinada.*

Esta porfía, aquí homologada a la de la lluvia,[6] asume en otros textos variadas configuraciones que van desde la impotencia a la esclavitud. La llamaré constante de *degradación,* cifra de un servicio de amor no correspondido por la entidad destinataria, y no merecido a juzgar por las apariencias, pero que Pablo se obstina en sostener, movido por una radical cuanto desolada confianza en el objeto de su afán. Esta tensión gobierna a *Residencia,* no la desesperación.

He aquí algunos momentos del libro, claramente alusivos a un servicio degradado: "Ay, lo que mi corazón pálido no puede abarcar" ("Galope muerto"); "Innecesario, viéndome en los espejos / con un gusto a semanas, a biógrafos, a papeles" ("Caballo de los sueños"); "Trabajo sordamente, girando sobre mí mismo / como el cuervo sobre la muerte, el cuervo de luto" ("Unidad"); "De pasión sobrante y sueños de ceniza / un pálido palio llevo, un cortejo evidente, / un viento de metal que vive solo, / un sirviente mortal vestido de hambre" ("Diurno doliente"); "Como un camarero humillado, como una campana un poco ronca, / como un espejo viejo, como un olor de casa sola", etcétera ("Arte poética"); "Así, pues, como un vigía tornado insensible y ciego, / incrédulo y condenado a un doloroso acecho" ("Sistema sombrío"); "Aquel que vela a la orilla de los campamentos, / el viajero armado de estériles resistencias, / detenido entre sombras que crecen y alas que tiemblan, / me siento ser..." ("Sonata y destrucciones"). Un momento de síntesis en el autorretrato de "Sabor":

1 *De falsas astrologías, de costumbres un tanto lúgubres,
vertidas en lo inacabable y siempre llevadas al lado,
he conservado una tendencia, un sabor solitario.*

De conversaciones gastadas como usadas maderas,
5 *con humildad de sillas, con palabras ocupadas
en servir como esclavos de voluntad secundaria,
teniendo esa consistencia de la leche, de las semanas muertas,
del aire encadenado sobre las ciudades.*

[6] Nótese que la figura-modelo de la porfía ha sido desplazada —temporalmente— del mar a la lluvia, como queriendo subrayar el carácter degradado o insatisfactorio de la obstinación (el mar no habría servido a tal propósito). A su vez la lluvia, antes invocada para que destruya "el deseo de acción" (*cf.* ANS, "Soledad de los pueblos"), aquí viene propuesta como paradigma de valor contrario.

9 Quién puede jactarse de paciencia más sólida?

Esta instancia de degradación se verifica también en los textos de autorrepresentación circunstancial: "Por cada día que cae, con su obligación vesperal de sucumbir, paseo, haciendo una guardia innecesaria" ("La noche del soldado"); "Aguardo el tiempo militarmente, y con el florete de la aventura manchado de sangre olvidada" ("Comunicaciones desmentidas"); "Me miro, sostenido por maderas miserables, tendido en la humedad como un ataúd envejecido" ("El deshabitado"); "Difícilmente llamo a la realidad, como el perro, y también aúllo" ("Establecimientos nocturnos"); "Y mi cuerpo vive entre y bajo tantas cosas abatido, / con un pensamiento fijo de esclavitud y de cadenas" ("Ritual de mis piernas"); "Cuántas veces entregaría este coro de sombras que poseo, / y el ruido de espadas inútiles que se oye en mi alma" ("Tango del viudo"). Se advierten las autorreferencias degradadas en algunos de los títulos: soldado (comp. alférez, capitán), deshabitado, viudo.

Al interior del tema de la degradación, el motivo de la guardia innecesaria y la figura del soldado radicalizan la línea de desacralización del yo actualizada en *Tentativa* con la figura del "centinela" (también repropuesta como "vigía" y "aquel que vela a orilla de los campamentos" en *Residencia*). Pero no se trata de un problema personal de Pablo: es función del poeta asumir la degradación general que parece afectar a todas las actividades humanas, y no sólo a la suya, en el tiempo social: "Mirando mucho el aire aparecerían mendigos, / abogados, bandidos, carteros, costureras, / y un poco de cada oficio, un resto humillado / quiere trabajar su parte en nuestro interior" ("Colección nocturna"). La degradación como servicio de amor no correspondido encuentra una representación emblemática en "Tiranía", cuyo inicial requerimiento-reproche va enderezado a una amante desdeñosa que al mismo tiempo es figura de la realidad diurna:

> *Oh dama sin corazón, hija del cielo,*
> *auxíliame en esta solitaria hora,*
> *con tu directa indiferencia de arma*
> *y tu frío sentido del olvido.*

Profecía

Pero Pablo contrapone a la degradación, con simétrica regularidad, una constante compensatoria de *profecía* ("lo profético que hay en mí", "mi sentido profético").[7] El estatuto retórico del autorretrato

---

[7] De "Arte poética" y "Comunicaciones desmentidas", respectivamente.

se caracteriza y define, en *Residencia I*, precisamente por esta dialéctica coexistencia de Degradación y Profecía. Cada vez que se explora o describe en términos de impotencia, debilidad, alienación o esclavitud (en el sentido recién explicado), Pablo termina por reintroducir en su discurso, sin negar lo anterior, vale decir sin mengua del ánimo de servicio, la dignidad y el orgullo de la propia figura, y en particular la razón misma de toda la operación. No hay antagonismo ni exclusión, entonces, en este contrapunto degradación/profecía, antes bien hay un mutuo reforzamiento al interior de los textos.

Así se conectan a pasajes ya citados los siguientes: "...para mí que entro cantando, / como con una espada entre indefensos" ("Galope muerto"); "yo sueño, sobrellevando mis vestigios morales" ("Débil del alba"); "Yo busco desde antaño, yo examino sin arrogancia" ("Colección nocturna"); "Un esfuerzo que salta, una flecha de trigo / tengo, y un arco en mi pecho manifiestamente espera, / y un latido delgado, de agua y tenacidad / ..." ("Diurno doliente"); "Amo lo tenaz que aún sobrevive en mis ojos / .../ adoro mi propio ser perdido, mi substancia imperfecta" ("Sonata y destrucciones"); y con particular evidencia: "Pero, la verdad, de pronto, el viento que azota mi pecho, / las noches de substancia infinita caídas en mi dormitorio, / el ruido de un día que arde con sacrificio / *me piden lo profético que hay en mí*" ("Arte poética").[8] De nuevo es "Sabor" el texto que mejor nos acerca a las claves y materiales para una definición de lo que Pablo entiende por "lo profético":

15 *Vivo lleno de una substancia de color común, silenciosa*
   como una vieja madre, una paciencia fija
   como sombra de iglesia o reposo de huesos.
   Voy lleno de esas aguas dispuestas profundamente,
   preparadas, durmiéndose en una atención triste.

20 *En mi interior de guitarra hay un aire viejo,*
   seco y sonoro, permanecido, inmóvil,
   como una nutrición fiel, como humo:
   un elemento de descanso, un aceite vivo:
   un pájaro de rigor cuida mi cabeza:
25 *un ángel invariable vive en mi espada.*

[8] Santí (1982) define así *lo profético* residenciario: "The other issue that 'Arte poética' clarifies is prophecy. The poem shows the coincidence of a Romantic imagery with the speaker's claim to prophetic identity. Thus by providing a secular, or at least nonbiblical, context, it views prophecy as vision: not a speaking *before* or prediction, but a speaking *forth* or revelation, a mission with more of a rhetorical than an exclusively religious sense. [...] Prophecy is, finally, the fiction that identifies the visionary act." (p. 42). *Cf.* también Franco 1975.

El "sentido profético" tiene alas de ángel, vuelo de pájaro, fuerza de espada y de aceite vivo, pero está hecha también de paciencia u obediencia (*cf.* Sicard 1981: 105), de atención y de rigor, sobrepujando de este modo, como *Residencia* entera, cualquier estrecha filiación neorromántica.[9] Se trata de algo vivido por Pablo como deber irrenunciable y acariciado, como horizonte de preciso perfeccionamiento de su misión desciframiento de su misión desciframiento de su misión descifratoria (partiendo de una hipótesis positiva), pero al mismo tiempo de algo difícil, duro, a contrapelo y de problemática consecución. Por esto la tarea profética en *Residencia I* aparece sujeta a amenazas, a insidias y asechanzas de la tentación de renunciar. "Aquellos días extraviaron mi sentido profético", documenta e ilustra la prosa "Comunicaciones desmentidas". El mejor testimonio de la lucha de Pablo contra la tentación se lee en el espléndido "Tango del viudo", que esconde bajo una superficie anecdótica (la difícil ruptura de un ligamen sentimental) la narración simbólica de una íntima epopeya de heroísmo: justamente la preservación del propio sentido profético y al precio de un oscuro sacrificio.[10] Sólo esta perspectiva de lectura esclarece —a mi entender— las extremadas contraposiciones al cierre del texto:

37 *Y por oírte orinar, en la oscuridad, en el fondo de la casa,*
 como vertiendo una miel delgada, trémula, argentina, obstinada,
 cuántas veces entregaría este coro de sombras que poseo,
40 *y el ruido de espadas inútiles que se oye en mi alma,*
 y la paloma de sangre que está solitaria en mi frente
 llamando cosas desaparecidas, seres desaparecidos,
43 *substancias extrañamente inseparables y perdidas.*

Noches/día

"Las noches de substancia infinita" y "el ruido de un día que arde con sacrificio" solicitan la condición profética de Pablo, según de-

[9] Es dentro de este contexto que va entendida la afirmación de Neruda en carta a Eandi: "porque verdaderamente nunca hubo cosa más estéril que un deseo de encaramar metáforas en cada verso como en una percha: esa es labor de *sportman* o de humorista. El poeta no debe ejercitarse, hay un mandato para él y es penetrar la vida y hacerla profética: el poeta debe ser una superstición, un ser mítico" (Aguirre, 1980: 60).

[10] El relato anecdótico de Neruda en *CHV* (124-125) parece ignorar o anular la significación simbólica del episodio que determinó el poema (ligado a la figura de la birmana Josie Bliss). Voluntaria o no, tal reducción del alcance profundo de un acontecimiento de su vida no es un caso aislado en el metadiscurso autobiográfico de Neruda. *Cf.* una relación similar entre la prosa "La copa de sangre" de 1938 (recogida en *PNN*: 159-160) y el relato del mismo episodio en la conferencia "Infancia y poesía" de 1954, según el texto de la primera edición de *Obras completas* (Buenos Aires: Losada, 1956), p. 15, citado en Loyola 1967: 187.

clara "Arte poética". El discrimen numérico *noches/día* confirma que lo decisivo en *Residencia* es la afirmación del Día. La homogeneidad siempre positiva del espacio nocturno permite evocarlo en plural, en tanto que la uniformidad negativa de "los días blancos de espacio" constriñe a Pablo a recortar en esa masa hostil algún breve segmento favorable: *un día* azarosamente sorprendido, elegido o aislado entre tanta tristeza.

Dejando aparte los iniciales poemas nocturnos —"Serenata", "Alianza (sonata)", "Madrigal escrito en invierno"—, en general los textos de *Residencia I* proponen para el singular *noche* una valencia negativa como la del plural *días:* "Ay, de cada *noche* que sucede" ("La *noche* del soldado"), "No sientes de lenta manera, / en trabajo trémulo y ávido, / la insistente *noche* que vuelve?" ("Trabajo frío"). Los dos valores de la nocturnidad coexisten en un solo texto, "Tango del viudo". Por un lado el singular hostil: "Maligna, la verdad, qué *noche* tan grande, que tierra tan sola!", y por otro el plural propicio: "Daría este viento del mar gigante por tu brusca respiración / oída en largas *noches* sin mezcla de olvido".

Sin mezcla de olvido: sin la contaminación de los días, que en efecto son el espacio del olvido y de la discontinuidad homogeneizantes en *Residencia I*. Los días son los que hasta aquí he llamado el Día. Los define ese rasgo de uniformidad mortal a que se alude en "los días blancos de espacio" ("Alianza (sonata)"), en "lo interminable, / una repetición de distancias" ("Colección nocturna"), en "esa consistencia de la leche, / de las semanas muertas" ("Sabor"), y con opuesto color pero con igual sentido en

> *De cada uno de estos días negros como viejos hierros,*
> *y abiertos por el sol como grandes bueyes rojos,*
> *y apenas sostenidos por el aire y por los sueños,*
> *y desaparecidos irremediablemente y de pronto,*
> [...]
> *frente a la pared en que cada día del tiempo se une,*
> *mis rostros diferentes se arriman y encadenan*

("Sistema sombrío")

Al desaparecer "irremediablemente y de pronto" los días generan un sistema de vacío, un *sistema sombrío*, así como las noches —la Noche— son un sistema de plenitud y de luz ("Los días acechando cruzan en sigilo / pero caen adentro de tu voz de luz", ha dicho Pablo en "Alianza (sonata)"). Por lo mismo, los días se ofrecen como repetición discontinua, con homogeneidad de leche o de pared interminable, porque son la negación del aumento, del crecimiento, de la acumulación que rige la vida en la naturaleza.

De esta verificación proviene, para Pablo, la exigencia de recortar en la uniformidad letal de los días un día especial, el *día elegido* cuyo modelo germinal es aquella *hora* sola que "crece de improviso, extendiéndose sin tregua" ("Galope muerto").[11] El *día elegido* se define como segmento capaz de esa expansión o aumento que a los *días* parece negada. Frente a la rutina dolorosa de los días "fríos de muertes lentas y estímulos marchitos", el *día* especial establece un contrapunto alentador: Qué día ha sobrevenido! (...) / He oído relinchar su rojo caballo / desnudo, sin herraduras y radiante. / Atravieso con él sobre las iglesias, / galopo los cuarteles desiertos de soldados" ("Caballo de los sueños"); "Porque la ventana que el mediodía vacío atraviesa / tiene un día cualquiera mayor aire en sus alas, / el frenesí hincha el traje y el sueño al sombrero, / una abeja extremada arde sin tregua" ("Diurno doliente"); "Así, plateado, frío, se ha cobijado un día, / frágil como la espada de cristal de un gigante, / ... / ... un día que fue esperado" ("Monzón de mayo").

El "día mejor", en *Anillos*, era una operación caprichosa del tiempo circular, es decir, de la naturaleza proyectándose como efímero regalo al mundo de los hombres. En *Residencia I* la naturaleza está ausente como nivel de referencia: la sucesión repetitiva y discontinua de los días residenciarios nada tiene que ver con los ciclos naturales de las estaciones y de las jornadas. Bien al contrario, *Residencia I* implícitamente establece que la circularidad letal de *los días* es vivida por Pablo como lo opuesto a la fecundidad cíclica y desenvuelta de la naturaleza. Función clave de *Residencia I* es precisamente la de ensayar una representación autónoma del tiempo circular *en el ámbito social*, de hecho —sin precisarlo— distinta, separada, aislada o independiente de una imagen del tiempo circular en la naturaleza (*cf. Anillos*), imagen reintroducida indirectamente —no obstante lo anterior— mediante el motivo del *día elegido*.

En efecto, el día especial es el único modo de experiencia del tiempo social que Pablo logra individuar como semejante al tiempo vivo de la naturaleza. Es por esto que en "Caballo de los sueños", después de la entusiasta caracterización del día singular ("Qué día ha sobrevenido!", etcétera) Pablo cierra el texto formulando un deseo de perseverancia y obstinación para ese tiempo de plenitud demasiado efímero: "Yo necesito un relámpago de fulgor persistente, / un deudo festival que asuma mis herencias." Lo que sigue a la formulación de tal deseo, en la disposición nada inocente ni azarosa de *Residencia*, es en cambio el ingreso en escena del gran antagonista y (a la vez) co-protagonista: el día habitual, común, el más normal y ordinario de *los días*:

[11] *Cf.* "el mes de junio se extendió de repente en el tiempo" (*THI*: 14:1).

1 *El día de los desventurados, el día pálido se asoma*
con un desgarrador olor frío, con sus fuerzas en gris,
sin cascabeles, goteando el alba por todas partes:
4 *es un naufragio en el vacío, con un alrededor de llanto.*

("Débil del alba")

A través de la oposición especular entre las parejas *días-noche/ noches-día*, un primer nivel del discurso de Pablo intenta en *Residencia I* la representación del tiempo de los hombres (tiempo social) como circularidad uniforme y letal, como "cláusulas indefinidamente tristes", si bien interrumpida de vez en cuando, esa circularidad, por cortes verticales de fulgor y plenitud que se injertan en el tiempo social como efímeras invasiones de la circularidad fecunda de la naturaleza. Pero esto no es suficiente como descripción del discurso. En un nivel de fondo Pablo se obstina en sostener, contra toda experiencia y lógica, la falsedad básica de su propio esquema vivencial. No es la muerte (discontinuidad y olvido) quien reina en el tiempo humano. No puede ser. Por ello el discurso de Pablo en *Residencia I* se configura como tarea a contrapelo, como tensión hacia la revelación de un sustrato de verdad que no sólo persiste en ocultarse sino que incluso parece burlarse de la paciencia y tenacidad de su obstinado cortejante. En vano éste protesta de trecho en trecho: "Quién puede jactarse de paciencia más sólida?" ("Sabor"); "Quién hizo ceremonia de cenizas? / Quién amó lo perdido, quién protegió lo último?" ("Sonata y destrucciones"). Porque en definitiva, entonces, para Pablo *el día elegido* no se contrapone radicalmente a *los días*: por el contrario, es su verdadero rostro, que ellos, por misteriosas razones, persisten en esconder.

El testigo

Frente al "largo rechazo" el testimonio es el único comportamiento en dignidad que Pablo puede adoptar. Situado entre la degradación y la profecía, el *testigo* deviene así la suprema figura autoalusiva en *Residencia I*. En el testimonio convergen y se confunden, por un lado las categorías 'obediencia', 'paciencia' y 'tenacidad', ligadas al servicio degradado, y por otro 'guardia' o 'ceremonia' o 'galope' o 'amor', actividades proféticas: "Acecho, pues, lo inanimado y lo doliente, / y el *testimonio* extraño que sostengo, / con eficiencia cruel y escrito en cenizas, / es la forma de olvido que prefiero" ("Sonata y destrucciones").

El testimonio es una transacción, un *compromesso*: la tensión que gobierna los textos de *Residencia I* es el resultado de un *control* expresivo que a nivel de autorrepresentación se formaliza precisamente en la figura del *testigo*, último eslabón del proceso desacralizador de la imagen del yo. En modo alguno el testigo es el simple espectador, neutro y pasivo, de su propio drama (como dice Sicard 1981: 109): es más bien el empecinado *manifestante* de una difícil relación yo-mundo. Neutro, sí, el testigo, pero sólo en el sentido de un sujeto que, no pudiendo ni celebrar ni renegar el objeto de su amor, se limita a rendir un controlado pero ardiente testimonio de él. Por eso el testigo es la figura en que desemboca la desacralización del sujeto hablante.

Me parece prueba contundente de la alta intencionalidad de la figura del testigo el hecho que más allá de todas las crisis, y en particular después del paréntesis de extremo desaliento y de parálisis que es "Trabajo frío", *Residencia I* concluye con esta reafirmación tan obstinada como nítida: "Sea, pues, lo que soy, en alguna parte y en todo tiempo, / *establecido y asegurado y ardiente testigo*, / cuidadosamente destruyéndose y preservándose incesantemente, / evidentemente empeñado en su deber original" ("Significa sombras").

Residencia en la Tierra II (1931-1935)

Tiempo muerto

El poema "El fantasma del buque de carga", de *Residencia I*, puede ser leído como pasaje de introducción a *Residencia II*, cuya atmósfera y retórica anuncia.[12] "Quién es ese fantasma sin cuerpo de fantasma, / con sus pasos livianos como harina nocturna / y su voz que sólo las cosas patrocinan?" Quién es ese fantasma que baja como una ola de aire las escalas, / y cruza corredores con su cuerpo ausente, / y observa con sus ojos que la muerte preserva"? En primer lugar, es el tiempo objetivado en las cosas. "El fantasma es *de las cosas*. Las cosas y no el nombre hablan de su presencia. Es a patir de las cosas que se constituye su presencia." (Schopf, 1971: 123.)

Representación en negativo de una presencia omnímoda, el fantasma se revela al mismo tiempo como ausencia (carencia) y como acción (usura): "todo ha sufrido el lento *vacío* de sus manos, / y su respiración ha *gastado* las cosas". Al interior del buque de car-

---

[12] A comienzos de 1932 se embarcan Neruda y su mujer (María Antonieta Hagenaar) en el carguero *Forafric* de la Andrew Weir Company, de regreso a Chile vía estrecho de Magallanes. En abril desembarcan en Puerto Montt para seguir viaje por tren hasta Temuco. Don José del Carmen Reyes los recibe fríamente: el hijo vuelve con mujer pero sin dinero y sin mayor fama, prácticamente derrotado.

ga, imagen del mundo, Pablo subraya la victoria o tiranía del fantasma sobre la aliada del poeta, la Noche, reducida a espacio de la esterilidad y de la pasiva ineficacia, degradada a "bodegas interiores, túneles crepusculares / que el día intermitente de los puertos visita: / sacos, sacos que un dios sombrío ha acumulado / ... / y vientres estimables llenos de trigo o copra, / sensitivas barrigas de mujeres encinta, / pobremente vestidas de gris, pacientemente / esperando en la sombra de un doloroso cine" (*cf.* Concha 1974: 45-46). Sólo el mar es invulnerable a la acción-ausencia del fantasma, sólo el mar porfía en contraponer a la insidia del fantasma tentativas de penetrar la nave con su potente vitalidad: "Sin gastarse las aguas, sin costumbres ni tiempo, / verdes de cantidad, eficaces y frías, / ... / roen las aguas vivas la cáscara del buque". Pero el océano resta fuera del buque-mundo: resta "aguas exteriores".

Desde una segunda perspectiva, no excluyente, el fantasma es también una representación del poeta mismo y de su relación con el propio tiempo progresivo, que no le consiente vivirlo sino sólo percibirlo y registrarlo. El *testigo* entra en crisis: ¿a qué sirvió que Pablo se haya establecido como sujeto fuerte en *Residencia I* si su poesía resta débil al interior del tiempo progresivo, si su canto sigue revelándose ineficaz, innecesario, incapaz de incisión y de descifración, impotente?

Es por esto que la complacencia y proliferación del autorretrato en *Residencia I* desemboca, al momento de proyectarse hacia *Residencia II*, en la figura reductiva del fantasma, que supone una crítica anulatoria de la anterior prestancia para redevenir imagen sin forma ni contornos, sombra sin identidad ("olor de alguien sin nombre"), privación de manos y de ojos: precisamente un fantasma, sólo capaz de mirar con melancolía ese mar que a su vez ha devenido ajeno y exterior, desconectado:

> 47 *Se desliza y resbala, desciende, transparente,*
> *aire en el aire frío que corre sobre el buque,*
> *con sus manos ocultas se apoya en las barandas*
> 50 *y mira el mar amargo que huye detrás del buque.*
> [...]
> 63 *Mira el mar el fantasma con su rostro sin ojos*
> [...]
> 66 *y desciende de nuevo a la vida del buque*
> *cayendo sobre el tiempo muerto y la madera,*
> *resbalando en las negras cocinas y cabinas,*
> 69 *lento de aire y atmósfera, y desolado espacio.*

De lo sonoro sale el día

En metamorfosis sorpresiva y pasajera, el fantasma deviene *alma* en "Un día sobresale", poema-pórtico de *Residencia II*: "A lo sonoro el alma rueda / cayendo desde sueños / [...] / A lo sonoro el alma acude / y sus bodas veloces celebra y precipita. / [...] / Desde el silencio sube el alma / con rosas instantáneas." La oposición *lo sonoro/el silencio* ha reemplazado y redistribuido anteriores valores contrastantes como noches/días, luz/sombras, plenitud/vacío. Todo está ahora mezclado e incluido, uniéndose y oponiéndose al interior de una sola noción abarcadora que es siempre el Día. Pero no el Día = *los días,* contrapuesto a los signos propicios de la Noche y del Día Elegido, sino el Día Total, el Día-Todo, omnicomprensivo, cifra textual que alude a una realidad constituida de lo sonoro y del silencio, de crecimientos y derrumbes, de muertes y nacimientos. De modo que el título "Un día sobresale" no busca reproponer el motivo del día elegido o del día mejor, ni tampoco una variante de "Débil del alba" (donde el día pálido nace tambaleante desde el seno de una noche fuerte): busca por el contrario manifestar el común día poderoso, cuyo valor y definición emerge —*sale*— por encima y más allá de —*sobre*— sus materiales constitutivos. (En relación a un texto que al inicio trae un "De lo sonoro *salen* números" y al final un "De lo sonoro *sale* el día", es claro que el título "Un día sobresale" quiere proponer un juego de sentido en esa línea.)

En vez de replegarse sobre una zona de refugio, sorprendentemente Pablo persiste en su tentativa diurna. Más aún, empuja a fondo la palanca para potenciar al límite extremo su testimonio. Tal reafirmación a ultranza del Día es el significado de la convergencia advertible en estos dos movimientos opuestos: 1) "A lo sonoro el alma rueda / *cayendo* desde sueños / ... / A lo sonoro el alma acude / y sus bodas veloces [con el día] celebra y precipita"; 2) "Desde el silencio *sube* el alma / con rosas instantáneas / y en la mañana del día se desploma / y se ahoga de bruces en la luz que suena." Me parece clara e intencionalmente probatoria de la voluntad de Pablo —en el sentido indicado— la cursiva de autor que destaca el pasaje final del texto: "*De lo sonoro sale el día / de aumento y grado*", etcétera.

Sin el apoyo de la Noche, y ahora desconectado del Mar, Pablo persiste entonces en su porfía, solo. Esto explica la atmósfera de radical desolación que impera en las tres primeras secciones —el Purgatorio— de *Residencia II*. Signo elocuente: la desaparición de esa complacencia en el autorretrato que caracterizó gran parte de *Residencia I*. Pero lo que en realidad ha desaparecido es aquella búsqueda de un nivel *esencial* para la autorrepresentación, dentro del cual Pablo lograba reencontrar un equilibrio y tener a raya la angustia, y que en *Residencia II* cede lugar y predominio a textos más próximos al nivel que correlativamente he llamado *circunstancial*.

Junto con reducir drásticamente el diseño explícito de la propia figura, Pablo pone ahora un nítido e intensificado acento en el *afuera*, en el examen del entorno, mientras el yo elige la transparencia como vía oblicua para hacerse implícitamente visible. A este desplazamiento del énfasis en el plano retórico de la elaboración de los textos, corresponde, en lo profundo de la estrategia de Pablo, una más radical y coherente puesta en práctica de la poética del testigo. Asumiendo la insuficiencia o debilidad de la propuesta de un *sujeto fuerte* (cuya crítica leo en "El fantasma del buque de carga"), el discurso de Pablo contraataca a fondo y a muerte con la impostación de una *poesía fuerte*, capaz de confrontarse de veras, sin autoengaños ni ilusiones compensatorias (pero siempre sin desesperación), con *toda* la brutal dureza del Día.

Es por esto que el texto sucesivo y complementario a "Un día sobresale", al ingreso de *Residencia II*, es un enfrentamiento directo y sin atenuaciones con la negatividad absoluta, ínsita en el Día: "Sólo la muerte". Significativamente antropomorfizada, como el tiempo en "El fantasma del buque de carga", la muerte instala en el discurso de Pablo su presencia omnímoda y su acción invisible cuanto ineludible. "Sólo la muerte" implica por lo tanto un duro acto de aceptación. Su vínculo con el texto precedente se hace explícito a través de una clara resonancia anafórica de las declaraciones "En lo sonoro la luz se verifica", "A lo sonoro el alma rueda", "A lo sonoro el alma acude":

> *A lo sonoro llega la muerte*
> *como un zapato sin pie, como un traje sin hombre,*
> *llega a golpear con un anillo sin piedra y sin dedo,*
> *llega a gritar sin boca, sin lengua, sin garganta.*
> *Sin embargo sus pasos suenan*
> *y su vestido suena, callado, como un árbol.*

El sur del océano

El comienzo de la escritura de *Residencia II* coincide con el regreso de Neruda a Chile (abril de 1932). Retorno nada alegre, en verdad, ligado en cambio a difíciles circunstancias íntimas y de trabajo. La desolación, ya grande en Oriente, se torna insoportable en la propia patria. Este clima externo condiciona naturalmente el discurso de Pablo y hace admirable la intensificación de la poética del testigo.

La primera sección de *Residencia II* es un nuevo balance, fragmentado esta vez en cuatro textos que rinden sombría cuenta de aspectos claves de la situación: "Un día sobresale" o réquiem del día elegido para sumergirse en el día total; "Sólo la muerte" o la omnipresencia de la corrosión; "Barcarola" o la desolación afectiva, y "El sur del océano" o la imposibilidad de reproponer la provincia de la infancia como refugio de regreso. Los dos últimos textos, vinculados entre sí por un común escenario de "costa lúgubre" y sola,[13] completan y certifican el cuadro de rupturas que actualmente separan a Pablo del amor, de la noche, del mar y del sur-de-la-infancia.

En ambos poemas el sujeto se encuentra "en una costa sola", "a orillas del océano solo", en la arena de "esta región tan sola" (de la cual ya ha hablado, como precisa el texto). En "Barcarola" la invocación-súplica a la mujer tiende no sólo a convocar esa presencia sino a hacer visible la propia situación del yo: "Si existieras de pronto, en una costa lúgubre, / rodeada por el día muerto, / frente a una nueva noche, / llena de olas, / y soplaras en mi corazón de miedo frío, / soplaras en la sangre sola de mi corazón, / [...] / sonarían sus negras sílabas de sangre, / crecerían sus incesantes aguas rojas, / y sonaría, sonaría a sombras, / sonaría como la muerte", etcétera. Las condiciones de extrema soledad e insatisfacción en que Pablo se describe han puesto en correlato la aserción del *día muerto* (cifra de una realidad habitada por la muerte) y la aspiración a una *nueva noche* (a un nuevo e imposible espacio de refugio).

Porque la antigua noche del discurso de Pablo ya no existe: ha perdido su condición protectora y ha devenido ajena e ineficaz. De ahí que en "El sur del océano" Pablo pueda referirse a la noche en términos de menoscabo e invalidación, verificando que en su soledad frente al océano solo "no hay sino la noche acompañada / del día, y el día acompañado / de un refugio, de una / pezuña, del silencio". No la noche, sino el día puede ahora ofrecerle una brizna (pezuña) de refugio en el sur. En el texto, además, la pérdida de la identidad materna de la noche viene acentuada por la impostación fríamente activa de la luna, figura central e imperante en el paisaje, que por un lado se introduce como signo de la noche improductiva e impotente, mientras por otro es imagen del tiempo feroz, "arrastrando su cargamento corrompido, / buzos, maderas, dedos, / pescadora de la sangre que en las cimas del mar / ha sido derramada por grandes desventuras".

Rota su alianza con la noche, Pablo ha perdido su pretérita identi-

---

[13] La costa es la de siempre, la de Puerto Saavedra, al oeste de Temuco. La "pisada de caballo vago" y "esas huellas de caballo" que menciona el poema "El sur del océano" bien podrían asociarse a las del caballo del narrador-protagonista en *HYE*, III: "A galope violento alcanzo mi camino, desciendo los cerros, y al lado del mar apuro salpicándome, pegándome fuertemente el viento de la noche del mar."

dad nocturna mientras tampoco logra conquistar la identidad diurna que anhela. Rota su relación con el mar, Pablo retrocede a ser de nuevo figura de la costa, como en los poemas prenocturnos de *Veinte poemas* ("la costa del espanto", costa-crepúsculo, zona fronteriza opuesta a la totalidad del mar). El océano se resta ahora a Pablo, le sustrae sus estímulos y misterios dejándolo otra vez expuesto al viento y a la lluvia. Rotos en fin sus vínculos con el sur-de-la-infancia, no siendo ya posible un retorno a los presupuestos de *Anillos* (el sur como refugio de regreso), Pablo vive ahora el viejo espacio protector como "muros de ceniza", "superficie herida por las olas", orilla "donde azota / el mar con furia", "arena de la triste república", "región tan sola" donde "no hay nadie sino unas huellas de caballo, / no hay nadie sino el viento, no hay nadie / sino la lluvia que cae sobre las aguas del mar". En suma, frente a Pablo se extienden el desierto y el vacío, por lo cual no es sorprendente que en su discurso asome esta declaración extrema: "sólo quiero morder tus costas y morirme".

"Walking around"

Por lo cual tampoco es sorprendente que el balance inaugural de *Residencia II* desemboque en una tentativa *límite* de autorrepresentación del sujeto hablante: el poema "Walking around". La secuencia final "Yo paseo con calma, con ojos, con zapatos, / con furia, con olvido, / paso, cruzo oficinas y tiendas de ortopedia, / y patios donde hay ropas colgadas de un alambre", etcétera, evoca nada casualmente aquella otra de *Residencia I*: "Paseo, haciendo una guardia innecesaria, y paso entre mercaderes mahometanos, entre gentes que adoran la vaca y la cobra, paso yo, inadorable y común de rostro" ("La noche del soldado"). Los verbos *paseo, paso, cruzo* —como en otros lugares *voy*— aluden al modo de existir Pablo en el mundo, indican el único modo que le es posible de vivir o sobrevivir en el día, o sea, de residir en la tierra. Estas formas de obligado y penoso desplazamiento, o *walking around*,[14] remiten por comparación a formas tentativamente insinuadas en precedencia, más satisfactorias, como el entusiasta galope onírico de "Caballo de los sueños" y el más sombrío —porque más distanciado— vuelo del pardo corcel en "Colección nocturna".

"Por eso el día lunes arde como el petróleo / cuando me ve llegar con mi cara de cárcel, / y aúlla en su transcurso como una rueda herida / y da pasos de sangre caliente hacia la noche": el paso desde el día domingo (espacio del reposo y del no-movimiento) al día lunes

---

[14] Cf. este *walking around* de Pablo con la narrativa *On the Road* de posguerra (Kerouac) o con los desplazamientos (falsos movimientos) de los personajes en ciertos filmes de Wim Wenders.

es la forma que aquí adopta el tránsito desde la noche al alba (de la semana). Ese día lunes "me empuja a ciertos rincones, a ciertas casas húmedas, / a hospitales donde los huesos salen por la ventana, / a ciertas zapaterías...", es decir, no es ya que los días y las cosas "me piden lo profético que hay en mí" ("Arte poética") sino que la realidad brutalmente "me empuja" a una sórdida circulación.

En este texto y en los sucesivos Pablo se autodescribe burócrata, enajenado, "con un traje de perro y una mancha en la frente" ("Desespediente"), metido hasta el cuello en una organización de la vida que sólo exhala pestilencia y rutina. Desde este temple degradado, Pablo en una zona de *Residencia II* prodiga e intensifica ácidas menciones de establecimientos, lugares y signos que definen la vida urbana: administraciones, papeles, ministerios, estampillas, alcobas, almacenes, peluquerías, negocios, ascensores, habitaciones, hoteles, oficinas, iglesias tenebrosas, bodegas solas, calles deterioradas, sastrerías, vías férreas, telegramas, farmacias, cementerios —exasperando con mayor inmediatez las imágenes de conventos, funerales estaciones, solitarios malecones, lenocinios, miserables cinematógrafos y dormitorios en desuso que poblaban el escenario de *Residencia I*.

Lo que Pablo proyecta a su representación del mundo —regida por las nociones de corrosión y de suicidio de todo lo existente, de todo lo que se mueve, incluso el sujeto mismo— es su actual sentimiento de extremo desplacer y de vacío. Vivir, pasar, cruzar el mundo es una desgracia: "Ola de rosas rotas y agujeros! Futuro / de la vena olorosa! Objetos sin piedad! / Nadie circule! Nadie abra los brazos / dentro del agua ciega! / Oh movimiento, oh nombre malherido...!" ("La calle destruida"). Esta zona de *Residencia II* textualiza el grado cero de la poesía del día.

En *Residencia I* la piel del propio cuerpo podía ser —*in extremis*— la última línea defensiva de la vida, de lo auténtico (así en "Ritual de mis piernas"); o podía por sí sola fundar una autorrepresentación celebrativa (así en "Juntos nosotros"). En "Walking around" incluso esa final frontera ha caído, llegando hasta el rechazo del propio ser físico: "Sucede que me canso de mis pies y mis uñas / y mi pelo y mi sombra. / Sucede que me canso de ser hombre." Bien se puede afirmar que este texto registra el nadir del temple moral de Pablo en *Residencia*.

Pero aun en este trance límite, al borde mismo del colapso, el sujeto encuentra fuerzas para repechar, para abrirse todavía un tragaluz, un respiradero profético: "Sin embargo sería delicioso / asustar a un notario con un lirio cortado / o dar muerte a una monja con un golpe de oreja", etcétera.

Hay la muerte en los huesos

La fidelidad del testigo está siendo sometida a dura prueba. El nivel (que llamé) *esencial* en el sistema de autorrepresentación permitía aún a Pablo un cierto *élan* erótico en su relación con el mundo. Eso ya no existe en las secciones iniciales de *Residencia II*. El "ardiente testigo" de la primera *Residencia* asume ahora esta figura despiadada: "como un párpado atrozmente levantado a la fuerza / estoy mirando" ("Agua sexual").

En medio de tanta precariedad la retórica del autodiseño avanza operaciones de tanteo o de búsqueda ansiosa de un nuevo equilibrio. Una de ellas es *la exacerbación de la neutralidad del testigo*, que no sólo prosigue porfiadamente su tarea sino que parece intensificar el inventario desencantado del mundo. "La calle destruida" y "Melancolía en las familias", por ejemplo, son textos elaborados como fríos elencos de verificaciones o como descarnadas actas del acontecer cotidiano, sin contraposición de ilusiones, sin carga profética.

Pero el signo textual más ostensible de esta nueva fase del testimonio de Pablo es la repentina proliferación del verbo *hay* (del cual *sucede* es una variante específica), que comienza con el primer verso de "Sólo la muerte": "Hay cementerios solos" y que sigue en "Hay cadáveres, / hay pies de pegajosa losa fría, hay la muerte en los huesos, / ... / y hay camas navegando a un puerto", para después abundar en poemas sucesivos. Algunos ejemplos: "No hay sino la noche... / y no hay nadie sino unas huellas de caballo, / no hay nadie sino el viento..." ("El sur del océano"); "Hay pájaros de color de azufre ... / hay dentaduras... / hay espejos ... / hay paraguas en todas partes" ("Walking around"); "Y alrededor hay extensiones" ("Melancolía en las familias"); "Hay sombra allí ... / Hay círculos de leche ... / Hay silencio en los muros" ("Maternidad"); "Y hay un planeta de terribles dientes / ... / No hay sino ruedas y consideraciones / ... / hay un río ... / hay el océano ... / hay todo el cielo..." ("Enfermedades en mi casa"); y así todavía en otros textos: "hay mucha muerte", "hay una sala oscura", "y entonces hay este sonido", "y hay un tumulto de objeciones rotas, / hay un furioso llanto de botellas", "hay tantas gentes haciendo preguntas", "hay el ciego sangriento", "hay vapores", "hay ron, tú y yo", "hay tanta luz tan sombría", "hay meses seriamente acumulados", "y hay años... hay la edad... hay la nupcial edad", "hay algo sobre el cielo", y el título del poema "No hay olvido (sonata)" que incluye los versos "hay tantos muertos, / y tantos malecones...", para cerrar con este pasaje de "Josie Bliss" tan citado por Alonso: "de pronto hay algo, / como un confuso ataque de pieles rojas, / el horizonte de la sangre tiembla, hay algo, / algo sin duda agita los rosales."

"Agua sexual"

Los tres poemas de la Sección III ("Oda con un lamento", "Material nupcial" y "Agua sexual") introducen una "secuencia del sexo" que precede a la secuencia llamada "Tres cantos materiales" (Sección IV). Reclamo atención sobre la afinidad entre esta Sección III y la Sección III de *Residencia I*, y en particular entre "Caballero solo" y "Agua sexual", dos poemas vinculados por la común visión de un pulular de energía sexual en torno al yo (y porque, en el extratexto, ambos responden a situaciones biográficas de carencia y de soledad física). Se trata de dos grados diversos de *visión*, o mejor, del *ver*. Y en relación a los precedentes poemas de *Residencia II*, se trata de interpretar el salto que va desde los verbos *paseo, paso, cruzo, voy, llego*, de "Walking around" y "Melancolía en las familias", a los insistentes *veo, miro, escucho* de "Agua sexual".

En "Caballero solo" no aparece el verbo *veo*, primero porque subentendido en cuanto ordinario ver, segundo porque equivalente a un "sentir" con la piel que los efluvios carnales "como un collar de palpitantes ostras sexuales / rodean mi residencia solitaria, / como enemigos establecidos contra mi alma". Sexualidad, entonces, vista desde afuera, distanciada por el yo, vista con los ojos *externos* del yo (y con lo externo de la piel que "siente"), y por ello presentada en el texto a través de un tejido semianecdótico de pequeñas o embrionarias historias de jóvenes homosexuales, de "largas viudas" y "jóvenes señoras preñadas", de un "pequeño empleado" que "después de mucho [...] ha definitivamente seducido a su vecina", de curas que se masturban, profesores que copulan distraídamente, adúlteros entusiastas, etcétera. Visión en superficie, por lo tanto (lo que no equivale a superficial).

"Agua sexual" es en cambio una entrada en la "materia" del sexo, un ver con los ojos *internos* del yo. La visión textualizada es inseparablemente exterior e interior. Al insistir en el verbo *veo* Pablo quiere decir que él ve el mundo pero también que *se ve* en el mundo. En este texto *veo* no implica separación entre el yo que ve y lo visto, sino un movimiento recíproco entre ambos. De modo que este *ver* significa una inmersión en (una zona profunda de) el mundo inmediato y simultáneamente una entrada en sí mismo (en una zona profunda del yo). El *ver* implícito en "Caballero solo" excluía al yo de *lo visto*. Era un ver normal, ordinario, no necesitaba ser mencionado. Este *ver* de "Agua sexual" supone en cambio la inclusión del yo en lo visto, y precisamente por ello es doloroso ("como un párpado atrozmente levantado a la fuerza / estoy mirando"): es el resultado de un difícil esfuerzo del sujeto. Es por lo tanto un *ver* diferente, diverso del de "Caballero solo": de ahí la necesidad de reiterarlo, de hacerlo visible en el texto.

Un aspecto importante de este nuevo *ver* es la "entrada" a la memoria, al propio pasado en cuanto parte del yo actual. Adviértase que en la diacronía de Pablo cada crisis de renovación ha incluido siempre un nuevo grado de inmersión en los recuerdos, como si las sucesivas tentativas de elaboración textual de la imagen del yo (los sucesivos autorretratos) implicasen la recuperación *à rebours* de estratos cada vez más profundos del propio yo, en una tensión utópica a reunirse verticalmente con la totalidad del sí mismo, hasta en sus raíces últimas ("Veo [...] también los orígenes, y también los recuerdos").[15]

Tímida "entrada" a la memoria sexual, en este caso. El verso "Veo el verano extenso, y un estertor saliendo de un granero" me parece sin dudas una débil y, si se quiere, precoz anticipación del episodio de iniciación sexual que Neruda contará por primera vez en detalle sólo en sus *Memorias* ("El amor junto al trigo", *CHV* : 40-43). El verso "Veo barcos" podría aludir en cambio al "cuento de puertos" o fugaz encuentro erótico que en 1934 evocará el final del poema "Las furias y las penas" (*TER*) y en 1964 el poema "Rangoon 1927" (*MIN*-II).

Por otro lado, los verbos *veo, admito, miro* y *escucho* de "Agua sexual" representan, en cuanto modos de existir-actuar del yo, un desarrollo de acercamiento e inclusión respecto de los verbos *paseo, paso, cruzo* y *voy* de "Walking around" y "Melancolía en las familias", los que a su vez se colocan en relación similar respecto de los implícitos "veo" o "miro" de "Caballero solo". Distancia y exclusión del yo en estos últimos (en referencia a la realidad), acercamiento pero exclusión en "Walking around", inmersión (acercamiento e inclusión) en "Agua sexual".[16]

Desde una perspectiva simbólica, la distancia-exclusión de "Caballero solo" se manifiesta en el texto como visión fundamentalmente seca-sólida-terrestre (exterior y en superficie, anecdótica), mientras en "Agua sexual" la visión ha devenido *al mismo tiempo* húmeda-líquida-marina (interior y en profundidad, sustancial). Es lo que Pablo quiere significar cuando describe de este modo su penetración a la intimidad del mundo social que lo rodea y que lo incluye: "Estoy mirando, oyendo, / con la mitad del alma en el mar y la mitad

---

[15] Toda la obra de Neruda es, a un cierto nivel, una difícil recuperación de recuerdos. Grados sucesivos de la recuperación de la infancia son textualizados por ejemplo en *ANS*, "Provincia de la infancia" [1924]; en *PNN*, "La copa de sangre" [1938]; en *CGN*, XV, "La frontera" [1949]; en *CHV*, "Infancia y poesía" [1954]; en *ETV*, "Dónde estará la Guillermina?" [1957]; en las crónicas de *O Cruzeiro* y en el volumen I de *MIN* [1962]; en *CHV*, 1, "El amor junto al trigo" [1972].

[16] "Agua sexual" supone además un *detenerse* (para *ver*), es decir, supone una inmovilidad activa que interrumpe el (falso) movimiento deambulatorio de "Walking around".

del alma en la tierra, / y con las dos mitades del alma miro el mundo."

"Entrada a la madera"

Desde la óptica de la historia simbólica de Pablo, "Agua sexual" es entonces la antecámara de "Entrada a la madera". La penetración a una dimensión íntima del entorno social y de sí mismo (ámbito humano) hace posible el descenso de Pablo a la profundidad secreta de la materia (ámbito de la naturaleza), como si el esfuerzo realizado para reconocer el núcleo *natural* de la vida en el espacio social hubiese desbloqueado el acceso a una clave desciframiento del misterio mismo de la naturaleza, poniendo en nueva conexión los dos ámbitos. "Agua sexual" es una inmersión en la *naturaleza* del hombre. "Entrada a la madera" textualiza el postergado descenso al interior de "los grandes zapallos" que "adentro del anillo del verano [...] escuchan [esperan], / estirando sus plantas conmovedoras": esto es, el poema representa el cumplimiento del antiguo anhelo, ya implícito o embrionario en "Galope muerto" y en algunas prosas de *Anillos*, de aproximar entre sí progresión y circularidad.

"Entrada a la madera" se estructura: primero como peregrinación (descenso-ascenso) del yo a la profundidad y al espesor de la madera, luego como rito de alabanza y maravilla frente a la fertilidad, y finalmente como plegaria por la incorporación del yo a la continuidad fecunda del orden natural. A la caída "en la sombra, en medio / de destruidas cosas" sigue un difícil viaje de conocimiento y asunción de las transformaciones, "un viaje funerario / entre tus cicatrices amarillas / ... / entrando oscurecidos corredores".

El nuevo *ver* conquistado en "Agua sexual", y los conexos *oír* y *sentir*, Pablo aquí los potencia en su escudriñamiento de la intimidad de la materia.[17] Pero los verbos de movimiento —*caer, subir, andar, entrar, llegar*— tienen que ver ahora con el sujeto del discurso más que con lo visto o examinado ("cae el agua" → "caigo al imperio de los nomeolvides", "caigo en la sombra"), o bien adquieren un nuevo estatuto jerárquico en consonancia y armonía con el nuevo mirar ("paso, cruzo oficinas" o "voy por las tardes, lleno de lodo y muerte" → "ando entre húmedas fibras", "en mi hundimiento tus pétalos subo", "llegando a tu materia misteriosa"). Los desplazamientos de Pablo abandonan el espacio de la degradación para reconquistar, en otro nivel de la espiral, un sentido profético.

Porque "Entrada a la madera" se define centralmente como *recuperación*. Para comenzar, recuperación de lo que el texto denomina "tenaz atmósfera de luto", "olvidada sala decaída", "la sombra", "destruidas cosas", "pálidas espadas muertas", "ola de olores mu-

---

[17] "Veo moverse tus corrientes secas, / veo crecer manos interrumpidas, / oigo tus vegetales oceánicos / [...] / y siento morir hojas hacia adentro."

riendo", "cicatrices amarillas", según hábitos de lenguaje (y de visión) arraigados en el sujeto. En "La calle destruida" las cosas, como las hojas en "El otoño de las enredaderas" (*ANS*), eran vistas precisamente en su destrucción, en su desamparo frente a la corrosión del tiempo. Y el ojo de Pablo, que las observaba desde afuera, inermes y sumisas, es ahora un ojo interno que las ve en movimiento, viviendo su destrucción como parte de un proceso que las trasciende.

Recuperar la destrucción significa reconocer en la naturaleza un modo satisfactorio y pleno de continuidad temporal, reconocerla ámbito donde el tiempo es recibido sin zozobras ni desolación (porque es en el tiempo que la vida y la muerte realizan la fecundidad, el movimiento). Significa, en definitiva, la admisión de un tiempo objetivo para el existir de la naturaleza —paso que precede al inminente encuentro de la poesía de Neruda con la historia, esto es, con el tiempo objetivo del hombre.

En esta operación Pablo recupera también sus manos (un sentido de acción), no sólo ojos e intuición: "Con mi razón apenas, con mis dedos, / con lentas aguas lentas inundadas", con estos instrumentos realiza su "viaje funerario" (a lo íntimo de la destrucción —o muerte— en la naturaleza). Con todas sus potencias, entonces. Esta recuperación de sí mismo en unidad autoriza a Pablo a proponer en el texto una autorrepresentación *totalizante y central* a través de un reiterado "soy yo" en el que se conjugan la degradación (precariedad suplicante) y la profecía (vehemencia afirmativa de la propia condición): "Es que soy yo ante tu color de mundo, / ante tus pálidas espadas muertas, / ... / Soy yo ante tu ola de olores muriendo, / envueltos en otoño y resistencia, / soy yo emprendiendo un viaje funerario / ... / soy yo con mis lamentos sin origen".[18]

Este yo, así recuperado, reclama de la silenciosa multitud vegetal su propia integración al profundo batallar de la vida y de la muerte que preside los procesos de la materia: "Poros, vetas, círculos de dulzura, / [...] / ceniza llena de apagadas almas, / venid a mí, a mi sueño sin medida, / caed en mi alcoba en que la noche cae / y cae sin cesar como agua rota, / y a vuestra vida, a vuestra muerte asidme."[19]

---

[18] La asociación entre este *soy yo* y el *yo soy* de *CGN, XV*, señalada por Sicard, 1981: 130-131, es por cierto muy pertinente. Pero desde mi punto de vista ambas autorreferencias son afines y a la vez opuestas: totalidad precaria, anhelada y suplicante (soy yo, *RST*) / totalidad fuerte, realizada y orgullosa (yo soy, *CGN*). La simetría especular entre ambos sintagmas (soy yo / yo soy) no es por lo tanto indiferente.

[19] La formulación "caed en mi alcoba en que la noche cae / y cae sin cesar como agua rota" propone una ambigua recuperación de la *noche*, la que al mismo tiempo se ofrece como sede de los sueños (que deben dejar espacio

Estoy en medio de ese canto

Los otros dos "cantos materiales" registran un movimiento de expansión del nuevo yo hacia el espacio social. En "Apogeo del apio" la vía crucis del vegetal hacia el mercado pone a Pablo en contacto con una dimensión de secreto sacrificio en la circulación de la vida (pasaje desde la naturaleza a la sociedad). Esta participación del yo en la vida profunda de la naturaleza ("Fibras de oscuridad y luz llorando, / [...] / entráis [...] hasta crecer en mí, hasta comunicarme / la luz oscura y la rosa de la tierra") es en el fondo la misma participación que a través de la exaltación y la ebriedad alcanzan los hombres al reconocerse en el "Estatuto del vino". Linfa vital y sangre común, el vino emerge ante los nuevos ojos de Pablo como un factor de conexión y cohesión con otros hombres, al interior de una esfera dionisiaca en lucha con la muerte (es decir, en lucha por la integración de la muerte a la Vida en el espacio social). Desde tal perspectiva, los "hombres del vino" encarnan dentro del ámbito humano la potencia vital de la naturaleza, aparecen investidos también ellos de esa mezcla de "otoño y resistencia" encontrada por Pablo en su viaje a la intimidad de la madera-materia. Aquel "soy yo" recuperado en "Entrada a la madera" y reafirmado en "Apogeo del apio" ("aquí estoy, en la noche, escuchando secretos"), en "Estatuto del vino" se consolida como "soy entre otros", abandonando en parte el estatuto del canto individual para integrarse al canto colectivo, al "coro de los hombres del vino":

50 *Me gusta el canto ronco de los hombres del vino*
   [...]
54 *me gusta el canto ciego de los hombres,*
   y ese sonido de sal que golpea
   las paredes del alba moribunda.

   Hablo de cosas que existen, Dios me libre
   de inventar cosas cuando estoy cantando!
   Hablo de la saliva derramada en los muros,
60 *hablo de lentas medias de ramera,*
   hablo del coro de los hombre del vino
   golpeando el ataúd con un hueso de pájaro.
   Estoy en medio de ese canto, en medio
   del invierno que rueda por las calles,
65 *estoy en medio de los bebedores* [...]

El tríptico siguiente (Sección V de *Residencia II*) desarrolla esta afirmación de la poesía —canto, coro— en su relación con la co-
a la realidad objetiva) y com sede de la sombra y de lo funesto (las derrotas continuas).

"RESIDENCIA" REVISITADA 89

lectividad.[20] Si Federico por su capacidad individual (dotes de sujeto poético fuerte) logra imponerse en el presente [21] como eficaz productor de canto colectivo ("Oda a Federico García Lorca"), Alberto desde la distancia y desde el pasado inmediato acude al discurso de Pablo como encarnación del substrato humilde, de la base social subdesarrollada —común al yo— del "coro de los hombres del vino" ("Alberto Rojas Jiménez viene volando"), en tanto que la resurrección y recomposición del conde de Villamediana ("El desenterrado") supone restituir al canto colectivo un substrato temporal, una base de tradición en sentido amplio (conexiones con el pasado del yo, con el pasado de Federico y del común idioma).

Hay entonces una continuidad en desarrollo que parte de la plegaria de "Entrada a la madera" ("caed en mi alcoba en que la noche cae / [...] / y a vuestra vida, a vuestra muerte asidme"), que prosigue en "Apogeo del apio" con la incubación de un nuevo yo que absorbe desde lo profundo de la materia viva substancias nutricias ("aquí estoy, en la noche [...] / y entráis, en medio de la niebla hundida, / hasta crecer en mí, hasta comunicarme / la luz oscura y la rosa de la tierra") y que tiende a resolverse en fuerza compartida para enfrentar juntos a la noche-invierno ("estoy en medio de ese canto, en medio / del invierno que rueda por las calles").

Desde "Agua sexual" se viene advirtiendo una clarificación dentro del discurso de Pablo, un disiparse de la condición confusa ("un nombre confuso", "confuso de dominios") característica del yo en *Residencia I*. Clarificación que ha conseguido instaurar en los textos una relación fresca y esperanzada entre ámbito natural y ámbito social, entre tiempo circular y tiempo progresivo, entre noche y día, entre testimonio y canto, entre vida y muerte, entre individuo y colectividad. Como lo condensan estos versos de la "Oda a Federico García Lorca":

89 *Para qué sirven los versos si no es para el rocío?*
90 *Para qué sirven los versos si no es para esa noche*
   en que un puñal amargo nos averigua, para ese día,
   para ese crepúsculo, para ese rincón roto
   donde el golpeado corazón del hombre se dispone a morir?

---

[20] Tal desarrollo no es ajeno al arribo de Neruda a Madrid (1934) y a sus contactos de amistad con Federico (desde 1933 en Buenos Aires), con Alberti, Aleixandre y otros. *Cf.* los nombres que firman el *Homenaje a Pablo Neruda de los poetas españoles* [edición separada de], *Tres cantos materiales* (Madrid: Plutarco, 1935).

[21] Se recuerda que Neruda escribe su "Oda a Federico García Lorca" cuando el poeta granadino aún vivía.

> 95 *Sobre todo de noche,*
> *de noche hay muchas estrellas*
> [...]
> 105 *mientras las estrellas corren dentro de un río interminable*
> *hay mucho llanto en las ventanas* [...].

Hay muchas estrellas en la noche, pero Pablo (como Federico) no se detiene sobre ellas y desciende con el amigo a la tierra, porque "Federico, / tú ves el mundo, las calles, / el vinagre" y porque "hay tantas gentes haciendo preguntas / por todas partes". La misión descifratoria —profética— del discurso de Pablo ha cambiado de domicilio y de extensión.

Todo cae a las manos que levanto

Temas de la sección conclusiva: el tiempo y la memoria. Balance al cierre que tiende a asegurar un fundamento a la nueva imagen del sujeto y de su poesía a través de una serie de significativas integraciones: el tiempo en el mar, el transcurso en las manos del canto, el pasado en el hoy. Esta sección podría titularse *Soy Yo* porque en clave residenciaria responde a una intención totalizante, afín a la del *Yo Soy* que quince años más tarde cerrará *Canto general* (véase la nota 18).

"El reloj caído en el mar" redimensiona la temática del "día elegido": los momentos privilegiados o singulares —aquí "un día domingo detenido en el mar" o "meses seriamente acumulados en una vestidura / que queremos oler llorando con los ojos cerrados" o un abrazo de amor sobre el musgo— no son vistos ahora como opuestos a un tiempo total uniforme y negativo, sino, más bien, son aceptados como fragmentos de un todo. La imagen del reloj alude así a un tiempo humano —"algo que toca y gasta apenas"— que tiende a sobrevivir y a preservar su identidad en el seno del tiempo cósmico, cuya cifra en el texto es el mar.

El mismo discurso aparece de hecho reiterado en "Vuelve el otoño", pero desde una perspectiva opuesta. "Un día enlutado", las tristezas y miserias, los pobres trajines humanos, y también las cosas sometidas a las leyes de la usura, todo lo que el ojo ambulatorio de Pablo tendía a ver como signos de destrucción y de caducidad vuelve ahora a ocupar su lugar —precario pero rescatable— en un orden natural, en el tiempo y en el espacio de la realidad. Los momentos destructivos de la existencia son también, en las cosas y en los hombres, momentos de vida y de renacer, por eso "el aire que le [al otoño] sigue tiene forma de océano / y perfume de vaga podredumbre enterrada".

"Vuelve el otoño" es entonces una fórmula de aceptación: "Vuelven las cosas a su sitio, / el abogado indispensable, las manos, el aceite, / las botellas, / todos los indicios de la vida: las camas, sobre todo, / están llenas de un líquido sangriento, / la gente deposita sus confianzas en sórdidas orejas, / los asesinos bajan escaleras", es decir, es verdad que lo real se nos ofrece con un rostro inaceptable, "pero no es esto, sino el viejo galope, / el caballo del viejo otoño que tiembla y dura". La aceptación no excluye la lucha, sin embargo, antes bien la presupone y estimula. De ahí que el poema se cierra con una declaración que equivale al *arte poética* del nuevo yo:

26 *Todos los días baja del cielo un color ceniciento*
que las palomas deben repartir por la tierra:
la cuerda que el olvido y las lágrimas tejen,
el tiempo que ha dormido largos años dentro de las campanas,
30 *todo,*
los viejos trajes mordidos, las mujeres que ven venir la nieve,
las amapolas negras que nadie puede contemplar sin morir,
todo cae a las manos que levanto
34 *en medio de la lluvia.*

El texto elude los ojos del poeta para recuperar su manos. No la repetición de tantos *veo* sino la instalación solemne de un *levanto* (las manos). El testimonio ha devenido —también— canto, forma de la acción. Dicho de otro modo: en la diacronía del discurso de Pablo, el proceso de *hermenéutica* (comprensión o inteligencia de la realidad) ha generado en alguna medida su correspondiente momento de retórica (instrumento y estrategia para manifestar esa comprensión).

Se advierte que la fórmula "todo cae a las manos que levanto" condensa y resume una polaridad presente en los dos textos: *arriba/abajo*, dos espacios extremos —o estratos límites— al anterior del Día-Todo = Realidad. Pablo sitúa ahora a sí mismo y a su poesía en el estrato opuesto al que ocupaban en la óptica de *Crepusculario* (aspiración de cielo, vuelo del "espíritu intocado" por encima de las cosas). El poeta está abajo y alza las manos para acoger el color ceniciento que "todos los días baja del cielo". En el estrato bajo se colocan también las experiencias inmediatas o singulares en que el poeta se reconoce ("un día domingo detenido en el mar, / un día como un buque sumergido"), en tanto que "Los pétalos del tiempo caen inmensamente / como vagos paraguas parecidos al cielo" o "Un enlutado día cae de las campanas / como una temblorosa tela de vaga viuda".

"Josie Bliss"

Esta nueva orientación de las coordenadas espaciales al interior del imaginario poético nerudiano, esta redistribución del arriba y del abajo, a mi entender debe ser leída en correspondencia con la reorientación afín y complementaria de las coordenadas temporales (*pasado/presente*) advertible en los dos últimos poemas de *Residencia II*: "No hay olvido (sonata)" y "Josie Bliss".

En el curso del desarrollo de Pablo, el paso de una etapa a otra va siempre indiciado por la recuperación de estratificadas zonas de recuerdos (véase *supra*, la nota 15). Cada salto en la maduración del sujeto supone experiencias o revelaciones que atraen la *reflexión* (= pasado) sobre estratos profundos más o menos reprimidos, escondidos, oscuros, estratos que la habitual necesidad de *acción* (= presente) tiende a dejar dormir en los sótanos de la memoria. Las cosas no resueltas o no comprendidas del ayer disturban la tarea de fundar el yo en el presente, por eso Pablo procura no removerlas hasta que un nuevo orden de experiencias autoriza su integración al hoy.

Pero al mismo tiempo la exigencia de recuperación de la memoria está siempre latente en el discurso de esta poesía. Porque el pasado equivale para Pablo al espacio irrenunciable de la noche, del abajo, de la naturaleza, del tiempo circular, y sólo de malas ganas lo sepulta cuando siente que a ello lo empujan las exigencias del presente (el día, el cielo, el arriba, la historia, la sociedad, el tiempo progresivo). Importa precisar que también sufre Pablo cuando la falta de respuesta del presente, es decir el desengaño o la derrota, lo obliga a refugiarse provisoriamente en los estratos oscuros del ser: la voluntad de fondo es de integración.

Es lo que se advierte en los textos finales de *Residencia II*. Al percibir la estratificación espacial del presente (del día), Pablo se abandona naturalmente a profundizar la estratificación temporal ya iniciada en la sección penúltima, en el movimiento que va de Federico a Rojas Giménez al conde de Villamediana. Así como en "Alberto Rojas Giménez viene volando" y en "El desenterrado" hay una tentativa de integración del pasado *poético* del sujeto al hoy del canto naciente, así "No hay olvido (sonata)" y "Josie Bliss" tienden a proponer una integración del pasado *personal* (o privado) del yo con el nivel del hoy.

"Pero no penetremos más allá de esos dientes", advierte Pablo a sí mismo en "No hay olvido (sonata)". El plano de la integración es el hoy. La reflexión (pasado) no debe ser un fin en sí, un ejercicio de excavación complaciente, sino un descenso-ascenso a la memoria realizado en la perspectiva de la acción (presente).

VII. "GALOPE MUERTO"

Manuel Alcides Jofré

1 Como cenizas, como mares poblándose,
2 en la sumergida lentitud, en lo informe,
3 o como se oyen desde el alto de los caminos
4 cruzar las campanadas en cruz,
5 teniendo ese sonido ya aparte del metal,
6 confuso, pesando, haciéndose polvo
7 en el mismo molino de las formas demasiado lejos,
8 o recordadas o no vistas,
9 y el perfume de las ciruelas que rodando a tierra
10 se pudren en el tiempo, infinitamente verdes.

11 Aquello todo tan rápido, tan viviente,
12 inmóvil sin embargo, como la polea loca en sí misma,
13 esas ruedas de los motores, en fin.
14 Existiendo como las puntadas secas en las costuras del árbol,
15 callado, por alrededor, de tal modo,
16 mezclando todos los limbos sus colas.
17 Es que de dónde, por dónde, en qué orilla?
18 El rodeo constante, incierto, tan mudo,
19 como las lilas alrededor del convento,
20 o la llegada de la muerte a la lengua del buey
21 que cae a tumbos, guardabajo, y cuyos cuernos quieren sonar.

22 Por eso, en lo inmóvil, deteniéndose, percibir,
23 entonces, como aleteo inmenso, encima,
24 como abejas muertas o números,
25 ay, lo que mi corazón pálido no puede abarcar,
26 en multitudes, en lágrimas saliendo apenas,
27 y esfuerzos humanos, tormentas,
28 acciones negras descubiertas de repente
29 como hielos, desorden vasto,
30 oceánico, para mí que entro cantando,
31 como con una espada entre indefensos.
32 Ahora bien, de qué está hecho ese surgir de palomas
33 que hay entre la noche y el tiempo, como una barranca húmeda?

34 Ese sonido ya tan largo
35 que cae listando de piedras los caminos,

36 *más bien, cuando sólo una hora*
37 *crece de improviso, extendiéndose sin tregua.*

38 *Adentro del anillo del verano*
39 *una vez los grandes zapallos escuchan,*
40 *estirando sus plantas conmovedoras,*
41 *de eso, de lo que solicitándose mucho,*
42 *de lo lleno, oscuros de pesadas gotas.*

Esta lectura de "Galope muerto" se concentra en el hablante del poema, pero intenta no eliminar los otros elementos presentes en una visión globalizadora. El título impresiona como una unidad contradictoria. El galope es vitalidad y movimiento, ritmo y avance. Este sentido semántico está anulado inmediatamente por el segundo término que mienta todos los sentidos opuestos a las cuatro acepciones aquí ofrecidas. Se podría decir que dos fuerzas chocan dentro de la imagen misma, que su unidad es la contradicción que la bifurca y la integra, al mismo tiempo. El receptor recibe en su conciencia esta imagen que impacta primero proyectando un tipo de fuerza que luego se altera convirtiéndose en su opuesto. Al impulso se sucede una petrificación. Refiérase a lo que se refiera, "Galope muerto" estará siempre entregando esta estructura al objeto de su referir.

En el primer verso, como en la primera estrofa, hay alguien que habla. Este alguien es la voz del poema. Por su decir, el receptor se entera de que hay algo presente en el poema como ausencia, y este algo es comparado con los términos que explícitamente se ofrecen. La comparación tiene aquí pues un solo término, y este recurso es el que estructura la totalidad de la estrofa. El primer y único elemento ofrecido es también una unidad significativa contradictoria, como el título. La imagen "como cenizas, como mares poblándose" implica polvo suave y diminuto, y grandes extensiones oceánicas. Por una parte, lo seco, que deriva del fuego, por otro lo líquido, que no es concentración sino expansión y crecimiento. La misma figura que aparece en el título está en el primer verso, y no puede pertenecer sino a la voz del poema. Este argumento podría discutirse pretextando que el hablante del libro es quien habla en el título y el hablante del poema sólo estaría emitiendo a partir del primer verso. Sólo la percepción del hablante en la totalidad del libro, que fue la unidad de publicación, con todos los aspectos problemáticos que ello conlleva, podrá servir como criterio para dilucidar esta cuestión. Por ahora importa ver que quien habla ha repetido un mismo procedimiento en las dos primeras unidades que ha podido articular, y que el receptor recibe esto inmediatamente. Más aún: si la vitalidad muerta era el mensaje final del título, aquí las cenizas continúan el tema de lo muerto, y el mar la idea de vitalidad. El mar está en movimiento, como el galope lo estaba antes de solidificarse.

Se ofrece un nuevo elemento para la comparación. Otra vez, será sólo uno de los dos términos necesarios para la comparación, con lo cual el hablante reitera el procedimiento del primer verso. Estos procedimientos utilizados una y otra vez constituyen las características del decir de este hablante. Desde el verso segundo al tercero salta de lo profundo a lo elevado, y de lo informe a los objetos claramente delimitados. Sin embargo, este espacio de las campanadas es confuso como el espacio de los dos primeros versos, y los materiales que en este espacio yacen sufren una atracción hacia abajo, y un deterioro les acaece. El primer espacio era visual, y el segundo introduce una nueva dimensión, la auditiva. El sonido ha dejado lo sólido —el metal—, y ha seguido una trayectoria descendente convirtiéndose en polvo. Esta ceniza remite al hablante al primer verso de algún modo, y al hacerlo, esto le permite establecer una generalización, que no es sino consecuencia del proceso de repetición que lo ha caracterizado. El mismo movimiento en estos espacios es el del "molino de las formas". Este es un evento donde lo decisivo es la participación de un elemento circular —lo cíclico del proceso— que muele todo lo que tiene forma, reduciéndolo a polvo —seres, objetos, acciones, cualquier cosa—. Este molino no puede estar sino en relación con esa conjunción de ceniza y agua del primer verso, encuentro de muerte que muere y vida que nace. Dos criterios de percepción con respecto a las formas son mencionados: su capacidad de ser recordadas y su capacidad de ser vistas. Estas son dos preocupaciones permanentes del hablante; aquí se denomina a la primera la dialéctica del recuerdo y del olvido; y la segunda se refiere a la visión profética del hablante. En los dos últimos versos de la estrofa hay un traslado a otra esfera de la percepción material: lo olfativo. El término en cuestión, el perfume de las ciruelas, condensa la misma intuición que el hablante hasta aquí ha estado intentando transmitir. Tal como las campanadas, de lo alto caen a la tierra; la ceniza muerta las espera; pero así mismo la reiniciación del ciclo, pues esta cualidad de la realidad —la de emitir o poseer olores— tan leve, diluida y sutil como el sonido de las campanas, intenta permanecer por sobre el proceso temporal. "Infinitamente verdes" significa que el proceso de destrucción se convierte en un proceso de creación, en que las cenizas se harán aguas, y donde la campana volverá a volar otra vez hacia lo alto. Un enorme proceso productivo de la realidad sostiene el aparecimiento del perfume de la ciruela: semilla, tierra, agua, luz, espacio, noche, etc. La ciruela, como la campanada, condensa todo ese esfuerzo en movimiento continuo hasta un cierto punto donde se detiene y cambia de sentido. Este punto no es otra cosa que la conjunción de dos fuerzas: el galope muerto.

Cuatro unidades constituyen la primera estrofa. Las dos primeras contienen cada una uno de los términos de una comparación incompleta, la cual se espera sea completada por el lector con la nueva información que a continuación el texto entregará. La primera habla del espacio, de la ceniza y el mar; la segunda del espacio de las campanadas. El final de la segunda unidad se conecta con el inicio de la primera, como si fuera el reinicio circular de un nuevo ciclo. La primera unidad abarca los dos primeros versos; la segunda incluye desde el verso 3 al verso 6. La tercera unidad está constituida por los versos 7 y 8, y provee de una conexión a los dos espacios previos. Enuncia lo mismo que las otras unidades de diferente manera, al comparar todo el proceso a un amenguamiento de la materia. La primera unidad hablaba de lo profundo, la segunda de cómo lo que surge de lo alto desciende, la tercera comparaba ese proceso al de moler, y la cuarta alude al paso siguiente, cuando al resumir señala que la materia que circula a través de este ciclo sigue conteniendo un hálito vital y material. Y quien en la estrofa ha repetido procedimientos y organizado contrastes, quien ha visto el proceso y lo enuncia, quien le imprime al lenguaje un sentido y un estilo, no es otro que el hablante del poema. Quien separa las unidades sintácticas, quien estructura diferentes planos del contenido y de la expresión, quien está íntimamente ligado al proceso que describe, es el hablante del poema. Para él, esto que aquí está presente en esta estrofa es el "galope muerto".

La segunda estrofa identifica el término de la comparación anterior que permaneció ausente: "aquello", que es caracterizado a la vez por su velocidad y su inmovilidad. Nuevamente, dos aspectos que en el pensamiento de la lógica cotidiana aparecen como opuestos y excluyentes, son aquí integrados dentro de una imagen, en un intento de este hablante de definir la naturaleza de este "aquello", en la cual sin embargo sólo logra un cierto nivel de mención. Cada vez que el hablante se refiere a este "aquello", reproduce una cierta estructura lingüística, la cual revela por lo menos dos aspectos esenciales: uno, que este "aquello" que es lo único de lo cual habla el hablante tiende a escaparse, a escabullirse de la mención; y dos, lo que del "aquello" está revelado es que tiene una capacidad para trasladarse al lenguaje (del hablante) en su contradictoriedad. La estructura sintáctica de las imágenes, las oposiciones de sentido semántico, muestran esa realidad a la cual el hablante se refiere. Esta suma de movimiento vital y detención es la polea loca, otra de las imágenes de la circularidad, como la rueda del motor en el verso posterior. La siguiente unidad, la segunda, transforma la imagen de lo cíclico, en un elemento parte de la naturaleza. Lo cíclico, el "aquello" innombrable, el galope muerto, son este "alrededor", esto callado, esto donde todo se integra. El carácter confuso reaparece nuevamente en la misma perspectiva que en la estrofa anterior: es una cualidad del espacio así mostrado. Entre la segunda unidad y la tercera aparece un nuevo elemento, que no estaba presente en la primera estrofa. Es una pregunta.

La pregunta tiene una posición central en la estrofa porque la constatación que el hablante hacía del fenómeno dentro del cual él está inmerso no puede sino repercutir en la voz misma. El fenómeno presenta una cara muy definida, y otra muy difusa. Ambas exigen respuestas relativas a los límites. Por eso el carácter espacial de las preguntas concretas del verso 17. Todo el poema mismo debe ser considerado como una respuesta a una pregunta similar. Esta pregunta busca la definición de ese "aquello" que el hablante enfoca en cada una de sus afirmaciones. El hablante informa sobre sí mismo en cada una de estas enunciaciones; ahora lo hace de una manera más explícita, más abierta, donde la pregunta no sólo marca la carencia del hablante sino que también establece un diseño de sí mismo, y de cómo él está ligado a ese "aquello". Al hablante le interesa la proveniencia, el desarrollo, el aparecer de este "aquello".

La unidad siguiente también establece un espacio similar al molino de la primera estrofa. Se trata de un convento. Aquí también en el convento hay un olvido de otras dimensiones, una dedicación, pero lo esencial es que las lilas son el círculo que rodea este punto central del convento. El hablante sabe esto, pero no sabe sobre ciertos elementos del "aquello", y en consecuencia, si se examina su grado de conocimiento, habría que calificarlo como relativo, entendiendo que el lenguaje no alcanza a recubrir por completo todo lo que el hablante quiere saber o quiere decir, pero aún así logra el lenguaje capturar ciertas estructuras que más tarde serán perceptibles nuevamente.

La última unidad de la estrofa presenta un elemento altamente vital —la lengua del buey— en una posición y sentido similar al perfume de las ciruelas de la primera estrofa. Esta lengua también cae, en un movimiento hacia abajo que es contracara del erguirse del árbol en la segunda unidad de la segunda estrofa. La lengua es instinto, ternura y contacto, también expresividad. Hay un afán de permanencia en el buey, en sus cuernos, en lo más alto de él, en la más aguda arma frontal. Frente al silencio de este "galope muerto", suma y cifra de la realidad de la cual el hablante quiere hablar, un sonido se yergue: aquello que quiere sonar, el ansia de vida en lo que muere.

Las dos primeras estrofas están centradas en lo objetivo, en el omnipresente "aquello" que sin embargo está ausente. Una diferencia se establece entre los distintos modos de morir, entre el vegetal y el animal: el segundo resiste vanamente a la muerte mientras que el primero se precipita en ella de una manera que la trasciende de algún modo. La tercera estrofa iniciará una transición hacia el elemento subjetivo, hacia el ser que es el foco de esta percepción. Este momento ya estaba anticipado en la segunda estrofa del poema, con la dimensión personal introducida por la pregunta del verso 17.

La tercera estrofa repite el esquema de las estrofas previas, al remitir la forma sintáctica a las unidades de las estrofas anteriores, pero al mismo tiempo un proceso de deterioro de la forma —también anticipada en la estrofa anterior— continúa inexorablemente, al incorporar nuevos elementos. Específicamente, el hablante introduce su propia dimensión dentro del poema, dramatizándose, de tal manera que su conversión en personaje es proyectada casi a la de un protagonista, tanto en el nivel que el conocimiento de este mundo le imprime, como en el nivel conflictivo y práctico de la reacción del hablante.

La primera unidad de la tercera estrofa está encabezada por una expresión consecuencial, que funciona como eje del poema, ya que también inicia la segunda parte de la composición. La actitud aquí poetizada es la tarea misma del hablante íntimamente relacionada con su capacidad constructiva de mundo: su percepción. Hay ciertos elementos que aletean (las campanas, el perfume, y más tarde la paloma) en lo alto, mientras que la segunda unidad —también construida con base en un "como", en forma similar a las segundas unidades de las dos estrofas anteriores— contiene el objeto ya caído, las abejas muertas. Esto es lo que se le presenta al hablante, y que él no puede abarcar, como señala en el verso 25. Esta línea posee una funcionalidad semejante a la pregunta de la estrofa anterior, en la misma posición, y continúa con la incorporación del hablante dentro del mundo mismo del poema. El hablante se califica como "corazón pálido", imagen en la cual un aspecto vital y un aspecto deslucido vuelven a unificarse. El camino que explicita la figura del hablante ya está avanzado; el hablante sin embargo insiste brevemente en la descripción del espacio que tiene al frente, amplio, desordenado, dual —en una palabra: por estos "esfuerzos humanos" que se convierten en "acciones negras". Finalmente, en la última unidad, el hablante extrema aún más el procedimiento de autoexplicación; en la mención anterior aparecía pasivamente, en cambio aquí está marcado por una vitalidad práctica, por el canto, y se define como un instrumento penetrante, agudo. La posición de esta última unidad con respecto a la estrofa, y su contenido semántico, un activo movimiento, contribuyen a reforzar en el receptor la idea de que así como el perfume de las ciruelas y la lengua del buey se comportaban, de la misma manera acontece con el hablante-personaje de este mundo. El hablante no sólo se ve sometido a la misma tendencia que en el mundo a su alrededor advertía, sino que al hacerlo también tendrá que encontrar en sí mismo un aspecto que conoce y otro que desconoce.

Los once versos de las dos últimas estrofas presentan más o menos las mismas unidades que las estrofas anteriores, pero el proceso de desintegración de la forma ha avanzado de tal manera que los elementos han cambiado de posición, se han transformado, han adquirido independencia y fraccionamiento a la vez. Ahora la pregunta ocupa la posición de la primera unidad. Lo que antes siempre fue constatación ahora se ha vuelto duda. Esta duda ha ido surgiendo en el poema a medida que el hablante se ha ido introduciendo en él. Su discurso ha asumido una forma paralelística que ahora entra en un proceso de caotización. El poema mismo ejemplifica en su desarrollo las leyes que tienen vigencia en ese espacio al cual el poema se refiere esencialmente. El poema mismo ejemplifica para el lector, no sólo en la concepción de la materia que se comunica sino en el discurso que transmite ese mensaje, que lo afirmado es verosímil. El acto de lectura sigue la estructura del habla del hablante; en consecuencia el poema en lo formal, lingüísticamente, y como experiencia estética sensorial se entrega como algo que transcurre desde la nitidez de las formas a la disgregación de ellas.

La pregunta va al centro de la cuestión, y al hacerlo, imprime al discurso consiguiente otra terminología, una distinta velocidad. Se refiere a la esencialidad material de este fenómeno en el cual algo alcanza lo alto y luego cae. Los límites de este "aquello", de este "galope muerto", siempre llamaron la atención del hablante: "de dónde, por dónde, en qué orilla?" dice en la segunda estrofa y es lo que su "corazón no puede abarcar" en la tercera. Aquí los límites son la noche y el tiempo, la oscuridad, que todo lo anula pero que es parte de un ciclo donde la fuerza contraria es vencedora para ser más tarde vencida por quien había sido derrotado. Y el tiempo, una fuerza que atraviesa las cosas y al darles vida las mata con su poder invisible. Aquí en el verso 33 está nuevamente la comparación, pero ya no desempeña la función estructurante que tuvo en las estrofas previas. La pregunta del hablante se refiere a este origen y crecimiento, a este emerger proveniente de la barranca húmeda, terreno fértil para la fermentación. En los cuatro versos siguientes se recupera de algún modo el espacio de la segunda unidad de la primera estrofa. Están los sonidos como las campanadas estaban; están los caminos; está "aquello" que cae y muere. Como la última unidad de las estrofas 1 y 2 lo atestiguaba, en todo lo que cae hay un anhelo de permanencia, y el fenómeno así descrito permite la entrada a otro espacio y a otro tiempo. Es un tiempo dilatado hasta el infinito, y este crecimiento es la contracara y continuación de un proceso: la paloma que se convierte en sonido y luego en piedra; desde lo alto, cae, y luego reposa.

Los cinco versos finales instalan un fragmento menor del paisaje anterior en un cierto modo. El hablante se ha alejado del mundo del poema en los últimos nueve versos. El lenguaje recupera un tono descriptivo. La circularidad, lo cíclico del proceso se reitera en la imagen del anillo, y en la perfección del verano que madura y brota, se encuentra un tipo de fruto, macizo y contundente, sólido, pegado a la tierra, que percibe algo: "eso", indudablemente ligado a ese "aquello". Las cualidades que caracterizan a "eso" son decisivas: algo que se concentra y depura, algo pleno, denso, unas gotas que son la esencia material del proceso total. Allí en el fruto que crece hay un algo que el fruto percibe; el poema que el hablante ofrece es de algún modo este fruto que recoge esa substancia. El fruto es el poema, y el poeta, y cada ser que es. Esto en apariencia pasivo, arrojado, inexorable, muerto, también tiene un movimiento, una aspiración permanente por la altitud vital, el galope.

La posición desde la cual se ha enfocado "Galope muerto" ha permitido vislumbrar algunos rasgos de la situación en la cual se encuentra el hablante. La voz del poema es lógica y ontológicamente diferenciable de otros niveles, tales como el personaje y el mundo. Hay aquí un hablante que pertenece por entero a este mundo poético, en el cual existe y al cual hace así mismo existir. Primeramente, este hablante construye un espacio bifurcado entre sujeto y objeto, y él mismo se ubica como sujeto, es decir, como el ser que percibe algunas cualidades de este espacio. El objeto es el centro de su interés. Este objeto no es otro que el mundo. Pero la polarización no se detiene allí. El hablante está en conflicto con este mundo, al cual no puede adecuarse. El hablante también se siente parte del mundo mismo, y por tanto ya no es sólo el perceptor de la contradicción sino una parte de ella. El poema total puede ser encarado como un mundo caracterizado por una fugaz intromisión del hablante. El hablante se convierte en personaje; sólo él enfrenta el mundo como protagonista; luego desaparece. La relación del hablante con el mundo es de carácter teórico, cognoscitivo por una parte, pero también es de carácter activo, práctico: éste es el tránsito de la imagen del corazón a la imagen de la espada. El hablante que es perceptible en este poema entrega una determinada imagen del ámbito que le concierne. Pero necesita diferenciar y asemejar su propia figura con respecto a este ámbito. Pese a todo, él no puede anularse a sí mismo, y en cada modo diferente de nombrar que posee se muestra, así como muestra lo que ese ámbito es.

VIII. "CABALLO DE LOS SUEÑOS"

Carlos Cortínez

I. Innecesario, viéndome en los espejos,
con un gusto a semanas, a biógrafos, a papeles,
arranco de mi corazón al capitán del infierno,
establezco cláusulas indefinidamente tristes.
II. Vago de un punto a otro, absorbo ilusiones, 5
converso con los sastres en sus nidos:
ellos, a menudo, con voz fatal y fría
cantan y hacen huir los maleficios.
III. Hay un país extenso en el cielo
con las supersticiosas alfombras del arco-iris 10
y con vegetaciones vesperales:
hacia allí me dirijo, no sin cierta fatiga,
pisando una tierra removida de sepulcros un tanto frescos,
yo sueño entre esas plantas de legumbre confusa.
IV. Paso entre documentos disfrutados, entre orígenes, 15
vestido como un ser original y abatido:
amo la miel gastada del respeto,
el dulce catecismo entre cuyas hojas
duermen violetas envejecidas, desvanecidas,
y las escobas, conmovedoras de auxilio: 20
en su apariencia hay, sin duda, pesadumbre y certeza.
Yo destruyo la rosa que silba y la ansiedad raptora:
yo rompo extremos queridos: y aún más,
aguardo el tiempo uniforme, sin medida:
un sabor que tengo en el alma me deprime. 25
V. Qué día ha sobrevenido! Qué espesa luz de leche,
compacta, digital, me favorece!
He oído relinchar su rojo caballo
desnudo sin herraduras y radiante.
Atravieso con él sobre las iglesias, 30
galopo los cuarteles desiertos de soldados
y un ejército impuro me persigue.
Sus ojos de eucaliptus roban sombra,
su cuerpo de campana galopa y golpea.
VI. Yo necesito un relámpago de fulgor persistente, 35
un deudo festival que asuma mis herencias.

No parece, a primera vista, inapropiado lanzar sobre el tapete de una mesa abierta al surrealismo algunos versos extraídos de *Residencia en la tierra.* Como no es difícil encontrar por uno y otro lado imágenes y recursos que muevan a considerar el libro capital de Neruda como adscrito a tal credo literario, se ha mantenido, acaso por demasiados y por demasiado tiempo, tal hábito clasificatorio emanado de consideraciones menores. Falta el estudio adecuado que, observando y sopesando los demás elementos poéticos del libro, permita corregir o ratificar fundadamente lo que surgió seguramente como opinión transitoria y luego fue quedando allí a firme por pura inercia crítica.[1]

Aunque este trabajo apunta en esa dirección ineludible, su propósito es más limitado: pretende, concentrándose básicamente en el análisis y la interpretación de un solo poema, mostrar secundariamente la exploración que el poeta intenta en él de la vía onírica y, entrevistos sus límites, finalmente su abandono.

Me refiero al poema "Caballo de los sueños", ubicado en el tercer lugar de la primera *Residencia,* a continuación de "Galope muerto" y "Alianza (sonata)". Que sepamos no ha merecido este poema un estudio monográfico satisfactorio; hay, sí, observaciones sueltas de varios críticos en las que asoma una gran variedad interpretativa.[2]

[1] Entre los críticos que han vinculado a *Residencia en la tierra* (en adelante: RT) con el surrealismo cito como ejemplo sólo a uno, acaso el más rotundo: "Neruda da un salto definitivo (con RT) para participar en las filas del superrealismo. [...] El poeta llevado de un 'delirio de asociación interpretativa' desvela un caos estremeciente, pero rico en esplendentes imaginaciones. Se pronuncia el poema en un estado de fiebre y de tensión, sin atender a la lógica ni a la sintaxis tradicional. Se produce así una poesía oscura, en la que los elementos oníricos y visionarios son esenciales, pero que no carece de significante. Aporta un mensaje y posee definitivas dotes estéticas. Sin gran esfuerzo podríamos relacionar el credo del chileno con la famosa proclamación del 'automatismo psíquico', expuesta en el *Manifiesto* de A. Bretón." (Ángel Valbuena Briones, "La aventura poética de Pablo Neruda", en *CuA* [mar-abr 1961] p. 210).
En cambio, otro crítico, Jaime Alazraki, afirma tajantemente: "RT no es poesía superrealista" (*Poética y poesía de Pablo Neruda.* Nueva York, Las Américas, 1965, p. 164). En un trabajo posterior corrige su apreciación de que *Tentativa del hombre infinito sea* "ejemplo acabado de la técnica superrealista" (p. 144), y expresa: "Lo hasta aquí dicho acerca la poesía de *Tentativa* al canon surrealista. Pero [...] ofrece un reverso que repugna a la estética surrealista. [...] está más cerca de la sensibilidad romántica que del concepto surrealista de la literatura." ("El surrealismo de *Tentativa del hombre infinito* de Pablo Neruda", en *HR,* v. 40 núm. 1 [invierno de 1972] p. 38).

[2] Para Héctor Eandi se trataría de un poema "de puro lirismo" (Carta a PN de 18 de junio de 1933).
Para Amado Alonso la materia aquí poetizada es directamente la experiencia onírica. (*Poesía y estilo de Pablo Neruda,* Buenos Aires, Sudamericana, 1951, p. 305).
Para Antonio de Undurraga ilustra, con toda claridad, la leyenda de la isla de Chiloé denominada el "Caballo marino". El poeta obtendría, mediante actos mágicos, la transferencia de poderes satánicos para darse a empresas

Es otra razón por la cual, aceptando la pertinencia de la pregunta "¿es *Residencia en la tierra* poesía surrealista, y si lo es, hasta qué punto?" prefiero postergar su planteamiento con el objeto de ofrecer, en cambio, un eslabón menor, pero que unido a otros pueda permitirnos en un futuro no remoto, a quienes nos hemos interesado en descifrar lo que de "hermético" va quedando en la poesía juvenil de Neruda, emitir juicios generales sobre ella.

La ubicación y el título del poema nos ofrecen claves, si menores, no desdeñables. "Caballo de los sueños" está situado casi a continuación de "Galope muerto", el poema que inaugura la colección, y a su vez antecede a "Débil del alba". Es evidente, y seguramente deliberado, el contraste con aquel "galope muerto", oxímoron mediante el cual el poeta sintetiza no sólo la temática del poema inicial sino de toda la obra: la alternancia de vida y muerte representada en forma de sinécdoque en el galopar (ya detenido) de un caballo. Ahora, mediante el galope *vivo* de los sueños, se nos señala un posible camino para superar el sin sentido de la vida. Respecto a "Débil del alba" opera un contraste igualmente enérgico. El "día" del sueño que se exalta en un poema, surge en la realidad del otro pálidamente, "con sus fuerzas en gris".[3]

En cuanto al título, lo que nos interesa no es tanto el caballo mismo (aunque la mención titular resalta su importancia simbólica en el poema) sino el plural "sueños" que puede importar para enten-

diabólicas (como atravesar montado sobre las iglesias). ("Poesía y aquelarre: Neruda y su técnica", en *RNC* 138 [enero-feb., 1960] pp. 51-68).

Jaime Concha y Alfredo Lozada formulan observaciones aisladas que hacen coincidir el poema con las tesis centrales de que se valen para la interpretación de la obra, indigenista en Concha, schopenhaueriana en Lozada. (Jaime Concha, *Neruda*, Santiago, Universitaria, 1972. Alfredo Lozada, *El monismo agónico de Pablo Neruda*. México, Costa-Amic, 1971).

Roberto Salama lo considera un hito de descanso en la búsqueda orientadora de Neruda. (*Para una crítica a Pablo Neruda*, Buenos Aires, Cartago, 1957, p. 51).

Hugo Montes estima que el poema revela como ideal del poeta el afán de realizarse a costa de sí mismo, de su singularidad, por ello rechaza la vida de excepción y espera la eternidad salvadora. (*La lírica chilena de hoy*. Santiago, Zig-Zag, 1967, pp. 93-96).

Ramón Díaz ve en el poema reminiscencias de novelas de aventuras y pasionales que pudo haber leído PN en su infancia. ("Pasos entre las dos *Residencias* de Neruda", en *PSA*, 54 [1969], pp. 229-242).

Según Hernán Loyola, en este poema, el poeta, frente a la constatación reiterada de la discontinuidad en el transcurrir de su vida, erige con igual insistencia sus anhelos de continuidad fecunda, de perpetuación creadora, o su tenaz rechazo de la muerte cotidiana. (*Ser y morir en Pablo Neruda*, Santiago, Ed. Santiago, 1967, p. 119).

[3] Si, como cree Jaime Concha ("Interppretación de RT", en *Mapocho* 1, núm. 2, pp. 5-39), fuese la noche la destinataria del poema "Alianza (sonata)", que se inserta entre "Galope muerto" y "Caballo de los sueños", se reforzaría la secuencia que señalo.

der que la experiencia que se está celebrando no es la de un sueño en particular, privilegiadamente gratificador, sino que se poetiza cierta cualidad común a toda experiencia onírica.[4]

Entrando ya al poema en cuestión nos resulta fácilmente detectable la estructura tripartita y su desarrollo lineal y progresivo. La primera unidad la constituyen las dos estrofas iniciales. En la primera hay una descripción enumerativa y deliberadamente monótona de la situación en que el hablante se encuentra: sometido a la rutina, mutilando sus impulsos más valiosos, aburrido de tener que representar un papel de persona razonable. Esta descripción continúa en la segunda estrofa. El impulso del poeta a vivir con intensidad choca contra la rutina ciudadana y sus convenciones sociales. La vida en la ciudad le va resultando no sólo aburrida sino, en cierto modo, hostil.

I. *Innecesario, viéndome en los espejos,*
con un gusto a semanas, a biógrafos, a papeles,
arranco de mi corazón al capitán del infierno,
establezco cláusulas indefinidamente tristes.
II. *Vago de un punto a otro, absorbo ilusiones,*
converso con los sastres en sus nidos:
ellos, a menudo, con voz fatal y fría
cantan y hacen huir los maleficios.

Después de la implacable autocalificación con que se abre el poema ("innecesario"), se menciona un rito absurdo ("verse en los espejos"), segmento de una serie rutinaria que comienza con el levantarse y vestirse de cada día. Los tres sustantivos que escoge para definir su sensación ("semanas", "biógrafos",[5] "papeles")[6] tienen idéntica connotación: lo ordinario, lo de todos los días. Esa impresión cotidiana fuerza al hablante a despojarse de los deseos, de la pasión, y ha de someterse, en cambio, a vivir de una manera insípida, plana.

Es natural que el hombre así descrito por la primera estrofa, sin tarea auténtica, sintiéndose superfluo en la opresora malla de insignificancias cotidianas, aparezca en la segunda deambulando sin sen-

---

[4] A Hugo Montes el título, a diferencia de otros poemas de RT, no le parece que facilite la comprensión del texto. (*Op. cit.*, p. 94.)

A Raúl Silva Castro le permite constatar que la presencia de la noche es obsesiva y que RT es un libro de sugerencias nocturnas. (*Pablo Neruda*. Santiago, Edit. Universitaria, 1964, p. 71).

[5] "Biógrafos" aquí no significa "escritores de biografías" sino "cinematógrafo", "sala de cine" (de uso en Chile y Argentina).

[6] Primera aparición en RT de este símbolo de la vida burocrática, que recurre en el libro como lo opuesto a lo vegetal y representa, metonímicamente, a los notarios, abogados, funcionarios públicos. (Véase especialmente el poema "Desespediente").

tido, víctima del tedio vital (que encontrará su expresión culminante en el libro en el famoso "Walking around"). La conversación casual con los sastres (independientemente del hecho de que el sastre es en *Residencia en la tierra* un símbolo constante de la vida burguesa en la ciudad), es un acto de frecuencia corriente en la vida santiaguina de los años veinte, en que las sastrerías, las librerías "de viejo" (venta de libros usados), las peluquerías y otros establecimientos semejantes son centros tanto de negocios como de suelta conversación.

Al cerrarse esta primera unidad, el poema ofrece una imagen algo expresionista que revela un matiz de hostilidad de parte de ese mundo gris, hasta entonces descrito más como indiferente que como adversario. También hay una nota humorística en esta caricatura en la que los sastres, vistos como bichos parlantes, emiten opiniones desencantadas. Ellas ponen de relieve a su interlocutor (el hablante poético) la distancia que media entre ambos mundos, las diferentes contexturas del poeta, que al someterse a la rutina pierde vuelo, se degrada, se torna "innecesario", y el profesional útil, representante del buen sentido, propagandista de la cordura, alimentado —metafórica y literalmente— por las convenciones sociales. La utilización de esta imagen deformadora, algo irónica, del sastre-pájaro, como puente entre una realidad objetiva y una superrealidad onírica, es uno de los aciertos del poema.

A continuación se abre la segunda unidad. Las estrofas III y IV representan el tránsito desde el prosaico ambiente cotidiano y de vigilia hacia el mundo de los sueños, que se describirá, especialmente, en la quinta estrofa del poema.

En claro contraste con la atmósfera urbana y negativa de las dos estrofas iniciales, aquí en la tercera, en el umbral de lo onírico, asistimos a un espectáculo de rara belleza.

> III. *Hay un país extenso en el cielo*
> *con las supersticiosas alfombras del arco-iris* 10
> *y con vegetaciones vesperales:*
> *hacia allí me dirijo, no sin cierta fatiga,*
> *pisando una tierra removida de sepulcros un tanto frescos,*
> *yo sueño entre esas plantas de legumbre confusa.*

A diferencia del anterior deambular sin rumbo ahora el hablante se dirige hacia algún lugar. Su marcha es fatigosa porque aún es el hombre de la rutina a quien le pesa el lastre ciudadano, pero al menos ya tiene una dirección: "hacia allí me dirijo". ¿Cómo...?: "pisando una tierra removida de sepulcros un tanto frescos". Pasajes como éste, sin duda, han contribuido a la fama surrealista de *Residencia en la tierra*. Pero la imagen onírica de "pisar en lo blando", que se repite en otro poema,⁷ es menos audaz de lo que parece. Parte de la asociación corriente y tradicional entre el sueño y la muerte, y es, en su fidelidad descriptiva, casi realista, como bien lo advirtiera Alonso.⁸

En el proceso de desprenderse progresivamente del día y su rutina, el poeta menciona nuevamente los papeles: el documento sin vigencia, la basura del mundo burocrático. En ruta hacia la noche y sus sueños ha de dejar atrás el papeleo inútil y aun el vestuario, propiciando de este modo la recuperación de una cierta pureza y naturalidad. Se sueña así primigeniamente desnudo en medio del paisaje mágico-onírico por el que transita desligándose de la realidad, pero, a la vez, "abatido", porque no es ya el hombre puro de los bosques sino el hombre caído en la ciudad.

Lo cotidiano benévolo se menciona luego mediante una enumeración de objetos y sentimientos gratos del mundo burgués, tiernos en sí mismos o por su asociación con una época o circunstancia risueña, cargados de una suave melancolía (así por ejemplo, ese catecismo que conserva fragancia de violetas entre sus páginas y evoca la infancia del poeta).

Los versos finales de esta cuarta estrofa resultan bastante enigmáticos y de bien poco ayuda la explicación que el propio Neruda proporcionara a Alonso.⁹ La "ansiedad raptora" podría ser la ansiedad de la vigilia que es necesario destruir para poder dormirse, pero "la rosa que silba" es casi incomprensible.¹⁰

Termina la estrofa con versos que sintetizan la situación:

> IV. [...]
> *aguardo el tiempo uniforme, sin medida:*
> *un sabor que tengo en el alma me deprime.* 25

El tiempo uniforme, sin medida, que bien podría ser una fórmula alusiva a la eternidad,¹¹ ha de entenderse aquí, simplemente, como una referencia al tiempo del sueño, que es sólo mensurable desde afuera.

---

⁷ "Colección nocturna", versos 31 y 59.
⁸ *Op. cit.*, p. 305.
⁹ "Rompo los extremos de mí mismo, me marco límites" (*op. cit.*, p. 197).
¹⁰ Interpretando a Neruda hay a veces la tentación de decirse: "bueno, 'la rosa que silba' puede ser simplemente eso, una rosa que silba". Pero hay que contenerse y recordar que Neruda era muy consciente de que tal territorio, creacionista, no le pertenecía. La necesidad de identificarse a sí mismo, frente a Huidobro, acaso movió a Neruda a adentrarse en las cosas y la materia con mayor decisión. De ahí tal vez ese "Dios me libre de inventar cosas cuando estoy cantando", aplicable ciertamente al poema donde se inserta ("estatuto del vino") pero válido como declaración de principios poéticos.
¹¹ Y así lo interpreta Hugo Montes (*op. cit.*, p. 96).

Es una afirmación científica que no hay estado de sueño o vigilia puro, son estados de la conciencia que se interpenetran mutuamente. El sueño aquí descrito conserva el sabor deprimente de la vigilia, que ha sido, por lo demás, el sabor preponderante hasta este momento del discurso.

La estrofa siguiente constituye la tercera unidad del poema. Ya hemos llegado del todo en ella al país de los sueños, que es, paradójicamente, luminoso y vital. La exclamación "Qué día ha sobrevenido!", resulta evidentemente propicia para la confusión. Más de un crítico ha leído en ella una referencia a un nuevo amanecer, a un haber dejado atrás las horas funestas de la sombra.[12] Pero es, a mi juicio, una lectura equivocada: no hay aquí otro "día" que el así llamado del sueño. El verbo "sobrevenir" está escogido admirablemente para denotar el modo como se llega, de improviso, a la plenitud del sueño, en oposición a la llegada siempre preestablecida del día diurno —valga aquí la redundancia.

"Qué espesa luz de leche" sigue el verso, aludiendo a la luz compacta del sueño que establece el ambiente onírico. Luz "espesa", diferente de la luz diáfana de la vigilia.

Luego surge, abruptamente, el que ha de convertirse en símbolo central de la estrofa, el caballo de prodigiosos alcances que, con sus connotaciones de vitalidad, pasión, movimiento sin trabas y desplazamientos ilimitados, es el adecuado vehículo para las ansias liberadoras del poeta y el contraste preciso para el mundo ahíto de la ciudad.[13]

> V. *He oído relinchar su rojo caballo*
> *desnudo sin herraduras y radiante.*
> *Atravieso con él sobre las iglesias,*   30
> *galopo los cuarteles desiertos de soldados*
> *y un ejército impuro me persigue.*
> *Sus ojos de eucaliptus roban sombra,*
> *su cuerpo de campana galopa y golpea.*

Se cierra así la estrofa con una de las tantas aliteraciones que caracterizan singularmente el perfil sonoro del discurso residenciario.[14]

---

[12] H. Montes: "se ha alcanzado el día favorecedor. Atrás quedaron las horas funestas de la sombra" (*op. cit.*, p. 96).
A. Lozada: "irrumpe la sensación radiante, lechosa, potente, de un desnudo y nuevo amanecer" (*op. cit.*, p. 222).
[13] Más pertinente nos parece intentar, para este caballo, una conexión biográfica con la juventuda del poeta, geográfica con la frontera chilena (la región de Temuco), o mitológica con el pegaso símbolo de la inspiración poética, que, como lo hace Jaime Concha (*Neruda, cit.*, pp. 266 y *ss.*) histórico-social con la época de la Conquista española y el sometimiento de los aborígenes.
[14] La elaboración cuidadosa se hace patente en pasajes como éste y debió

Y llegamos finalmente, en este rápido recorrido del poema, a su clausura, la última estrofa, constituida sólo por dos versos. Ella nos dirá que la vía onírica, si bien ha sacado al hablante lírico del mundo gris y rutinario (y en ese sentido constituye, sin duda, una vía favorable) tampoco lo satisface completamente, en razón de su fugacidad. Él desea algo que sea aún más intenso y duradero.

> VI. *Yo necesito un relámpago de fulgor persistente,*   35
> *un deudo festival que asuma mis herencias.*

¡Un relámpago de fulgor persistente! Qué bella y poderosa imagen en cuya imposible realización hemos de leer el ambicioso anhelo del poeta. Tiene el mismo valor ascensional, de luz y vitalidad que otras imágenes que recurren en el libro, como el "surgir de palomas" o el "deslumbrar de mariposas", por citar sólo dos ejemplos de los poemas inaugurales.[15]

En cuanto al verso final ("un deudo festival que asuma mis herencias"), lo leo como expresión de la voluntad del poeta de transmitir a las generaciones que le sucedan, si no el secreto de cómo advenir a una vida más plena —que lo desconoce—, al menos el anhelo de trascendencia: una suerte de sacudida metafísica, un tirón hacia lo alto que pueda estimular a otros.

Así entendido este poema, interesante y revelador por más de un motivo,[16] resulta sorprendente su relativa desatención por la crítica. Su tema no es novedoso: este mundo cerrado, de la rutina urbana cotidiana, se opone a los deseos del poeta, quien encuentra en el sueño creador un derrotero hacia una vida más plena. Pero ese impulso a vivir intensamente sólo se realiza parcialmente en los sueños. Por esto es que clama por algo aún más luminoso y permanente, una fuente de alegría para todos.

En ese sentido, y con la casi innecesaria salvedad de que no

---

acaso haber alertado a Amado Alonso moderando su juicio sobre la "improvisación" de esta poesía de RT.

[15] "Galope muerto" v. 32 y "Alianza (Sonata)" v. 6, respectivamente.

[16] Así por ejemplo, las afinidades con algunos elementos de la filosofía existencialista (sobre este punto, véase mi trabajo "Comentario crítico de los diez primeros poemas de RT.", Unpublished Ph. D. Dissertation, University of Iowa, 1975), de la cual, probablemente sin haberla conocido, Neruda está muy cerca en RT. Lo emparienta con ella el elemento de la angustia (o, como en este poema, lo que Sartre llama "el gris de lo cotidiano" y que es, según él, el plano natural en que vive el hombre, reflejado en las dos estrofas iniciales del poema) y el que tal sentimiento se refugie en ciertos objetos domésticos. Los versos 20-21 sobre las escobas, reflejan la naturaleza del útil doméstico, el ser de confianza, que Heidegger define en *Sobre el origen de la obra de arte* (en *Arte y Poesía*, México, Fondo de Cultura Económica, 1958) a propósito del cuadro de Van Gogh sobre los zapatos del campesino.

hay en Neruda mención directa de la divinidad, este poema muestra afinidad con la poesía mística española. Lo que motiva la búsqueda de san Juan de la Cruz o fray Luis no es tan diferente de lo que aquí busca Neruda sin nombrarlo más que metafóricamente: "un relámpago de fulgor persistente". Si consideramos un poema como "Noche serena" de fray Luis, podemos apreciar más puntos de contacto con "Caballo de los sueños" que discrepancias: la vida ordinaria como una cárcel, baja, oscura, frente a una morada de grandeza casi inalcanzable y un ansia ardiente en el poeta por ascender a ella. La mayor diferencia está en los caminos propuestos. Para fray Luis la pura contemplación de la noche estrellada le resulta iluminativa. Neruda escoge el inconsciente, los sueños, que aunque le permiten entrever la "inmensa hermosura", lo dejan a mayor distancia que fray Luis de su objetivo. El poeta español llega a describir [17] lo que Neruda apenas enuncia en ese grito final de insatisfacción sublime: ¡yo necesito un relámpago de fulgor persistente! [18]

Queda pues de manifiesto que aún en poemas como "Caballo de los sueños" y "Colección nocturna", que aparentemente formulan la apología de lo onírico, este estado no llega a adquirir en Neruda la relevancia superior, 'la omnipotencia' [19] que sí tuvo para los surrealistas.

Avanzando por la primera *Residencia*, cuando vuelve a presentarse esa forma solapada de aniquilamiento, el *tedium vitae*, vemos que el poeta intenta una vía diferente para superarlo. En el poema

---

[17] "Inmensa hermosura / aquí se muestra toda, y resplandece / clarísima luz pura, / que jamás anochece: / eterna primavera aquí florece."
[18] Aunque por distintos caminos, Gabriela Mistral alude a un cierto misticismo en Neruda: "el lector atropellado llamaría a Neruda un anti-místico español. Tengamos cuidado con la palabra 'mística' que sobajeamos demasiado y que nos lleva frecuentemente a juicios primarios. Pudiese ser Neruda un místico de la materia." ("Recado sobre Pablo Neruda", *RepAm*, 23 de abril de 1936, p. 278.)
Una necesaria aclaración aporta Emir Rodríguez Monegal sobre este punto: "Conviene advertir desde ahora que lo que aquí propone Neruda [se refiere a una afirmación del poeta en carta a Eandi: 'el poeta debe ser una superstición, un ser místico'] tiene muy poco que ver con las experiencias místicas de una religión como la católica. Es el suyo un misticismo laico, un misticismo que busca la unidad final con las esencias materiales, que explora las profundidades de la realidad concreta para encontrar en ella [...] el fundamento del ser. Es un misticismo sin Dios, una trascendentalización metafísica que lleva hacia el materialismo." *El viajero inmóvil*, Buenos Aires, Losada, 1966, p. 211.
En cambio, Carlos Hamilton, por su parte, afirma: "la poesía definitivamente nerudiana es subconscientemente atea". ("Itinerario de Pablo Neruda", en *RHM*, *XXII* (julio-octubre, 1956), pp. 286-297).
[19] Calificativo de André Breton; *Los manifiestos del surrealismo*. Buenos Aires, Nueva Visión, 1965, p. 41.

"Sabor", por ejemplo, es a través de la interiorización, senda que le conduce hasta las honduras serenas de su alma, donde pareciera encontrar una certeza y una fuerza salvadoras. En la fidelidad a su esencia constitutiva halla algo más sólido y confiable que los sueños en que apoyarse para continuar la lucha ya entablada contra la destrucción y de la cual *Residencia en la tierra* ofrece ejemplar testimonio.

> V. *En mi interior de guitarra hay un aire viejo,*   20
>   *seco y sonoro, permanecido, inmóvil,*
>   *como una nutrición fiel, como humo:*
>   *un elemento en descanso, un aceite vivo:*
>   *un pájaro de rigor cuida mi cabeza:*
>   *un ángel invariable vive en mi espada.*   25

Ya en el final de "Galope muerto" había asomado otra vía posible para enfrentar el caos de la vida que el mismo poema denuncia: la contemplación atenta de la materia natural, simbolizada en ese momento de la obra por los generosos zapallos, actitud que ha de culminar de modo más explícito en los "Cantos materiales" de la segunda *Residencia*.

Entre otros, son éstos, a mi juicio, los instantes líricos claves de *Residencia en la tierra* que hemos de tener en consideración, y confrontar con la postura surrealista, antes de que, estimulados exageradamente por ocasionales coincidencias de técnica o expresión, sigamos adscribiendo con liviandad ya inexcusable, a tal escuela tal libro.[20]

Paráfrasis

I. Deambulo sin propósito definido. Me da a veces la sensación de que soy inútil. Me veo reflejado en los espejos y, al verme, me pregunto qué hago en esta vida; todo me parece sin sentido, ru-

---

[20] Por lo demás, el propio Neruda, tan desinteresado siempre de encasillamientos críticos, no perdió ocasión para enfatizar su distancia frente al surrealismo. Valgan como ejemplo estas afirmaciones de sus Memorias póstumas: "No se perdió [Paul Eluard] en el irracionalismo surrealista porque no fue un imitador sino un creador y como tal descargó sobre el cadáver del surrealismo disparos de claridad e inteligencia." (p. 377); "la gente de Huidobro creacionaba, surrealizaba, devoraba el último papel de París" (p. 387); "algunos me creen un poeta surrealista, otros un realista y otros no me creen poeta. Todos ellos tienen un poco de razón y otro poco de sinrazón. [...] Me place el libro, la densa materia del trabajo poético, el bosque de la literatura, me place todo, hasta los lomos de los libros, pero no las etiquetas de las escuelas" (p. 395). *Confieso que he vivido.*

tinario, mezquino, previsto. Cuando tengo arranques verdaderamente originales y audaces, he de frenarme: entraría en conflicto con la ley o la sociedad. Y así, me siento limitado a un comportamiento mediocre, pero que los demás aceptan.

II. Con esta falta de verdadero interés, me da más o menos lo mismo estar aquí o allá. Por esto frecuento diversos sitios y conozco variadas personas. Algunas me confidencian sus vidas y yo mismo a veces les comunico algo de lo que me aflige. Esta gente sencilla, sin mayor imaginación, pero con sentido común, obtenido en el ejercicio diario de alguna ocupación que ellos consideran importante (aunque sea tan absurda como la de fabricar ropas, innecesaria), me recomiendan y aconsejan soluciones banales, pero que tienen el efecto de aplacar momentáneamente mis inquietudes.

III. Y éstas, ¿cuáles son? Que existe un modo mágico de existencia, una región especial sin ubicación precisa, sin limitaciones, maravillosa, llena de los prodigios naturales y de otros impensados: esa es mi meta, pero no he de lograrla sin esfuerzo y sin tener antes que pasar por extremos horrores. Apenas la entreveo, confusamente, delinearse a partir de esa realidad.

IV. Y así prosigo mi existencia, indiferente ante lo que place o preocupa a los demás, con un aspecto extraño y melancólico. Soy tenido por un tipo raro, de gustos arcaicos. Por ejemplo, me agrada un cierto modo de relación humana o pequeños objetos a los que atribuyo un valor sentimental y delicado, u otros objetos domésticos en los que me conmueve su modestia, la utilidad que prestan al hombre y la humanidad que le imponen. Veo en tales objetos una cierta correspondencia con sentimientos humanos, y de tales observaciones aprendo. Esas son las cosas que me conmueven, y no las que son tenidas convencionalmente por hermosas o terribles —contra las cuales me vuelvo. Y reacciono también en contra de seres que quiero, motivado siempre por esa avidez de lograr de algún modo una forma de existencia intemporal: esta apetencia que siento absolutamente esencial en mí es la que causa mi desajuste con la sociedad, y, en consecuencia, la que me da este aire descontentadizo.

V. A veces, en momentos de inspiración poética o en medio del sueño, como un súbito hallazgo me encuentro en medio de lo que tanto he perseguido. Es un modo excepcional de existencia. Me siento guiado, sustentado, bañado, por una cualidad especial: como si fuese tan clara como la luz, pero palpable, densa, pura. Cuando me adviene, siento su potencia explosiva; es como una pura energía que me invita, una gran libertad de acción, un brillo inusitado. Y me dejo llevar por ella, como si galopara y me dotase de poderes sobrenaturales, haciéndome invencible. Los demás me observan admirados y tratan de explicarse mi comportamiento, o reducirme.

Pero voy desatado, penetrando los misterios, desligándome del tiempo, trasladándome y permaneciendo alborozado, sin limitaciones.

VI. Por desgracia, son estados pasajeros. Lo que busco, lo que necesito, es permanecer en ese estado de exaltación para siempre, y poder transmitir esta secreta alegría a todo el género humano.

IX. "SÓLO LA MUERTE"

Alfredo Lefebvre

Hay cementerios solos,
tumbas llenas de huesos sin sonido,
el corazón pasando un túnel
oscuro, oscuro, oscuro,
como un naufragio hacia adentro nos morimos,
como ahogarnos en el corazón,
como irnos cayendo desde la piel al alma.

Hay cadáveres,
hay pies de pegajosa losa fría,
hay la muerte en los huesos,
como un sonido puro,
como un ladrido sin perro,
saliendo de ciertas campanas, de ciertas tumbas,
creciendo en la humedad como el llanto o la lluvia.

Yo veo solo, a veces,
ataúdes a vela,
zarpar con difuntos pálidos, con mujeres de trenzas muertas,
con panaderos blancos como ángeles,
con niñas pensativas casadas con notarios,
ataúdes subiendo el río vertical de los muertos,
el río morado,
hacia arriba, con las velas hinchadas por el sonido de la muerte,
hinchadas por el sonido silencioso de la muerte.

A lo sonoro llega la muerte
como un zapato sin pie, como un traje sin hombre,
llega a golpear con un anillo sin piedra y sin dedo,
llega a gritar sin boca, sin lengua, sin garganta.

Sin embargo sus pasos suenan
y su vestido suena, callado, como un árbol.

Yo no sé, yo conozco poco, yo apenas veo,
pero creo que su canto tiene color de violetas húmedas,
de violetas acostumbradas a la tierra,
porque la cara de la muerte es verde,

y la mirada de la muerte es verde,
con la aguda humedad de una hoja de violeta
y su grave color de invierno exasperado.

Pero la muerte va también por el mundo vestida de escoba,
lame el suelo buscando difuntos,
la muerte está en la escoba,
es la lengua de la muerte buscando hilo.

La muerte está en los catres,
en los colchones lentos, en las frazadas negras
vive tendida, y de repente sopla:
sopla un sonido oscuro que hincha sábanas,
y hay camas navegando a un puerto
en donde está esperando, vestida de almirante.

Este poema no es una meditación ni un lamento elegíaco. Es una imagen poética de la muerte misma, hace sensible a lo largo del movimiento de sus palabras, en la marcha de sus versos, una única realidad: la presencia universal de la muerte; con el vigor de una verdad metafísica, más que simplemente biológica y con el acento poderoso de un ritmo redoblado por reiteraciones de palabras y cadencias. Lo podemos apreciar de inmediato en la entrada misma del poema, pero antes del título: "Sólo la muerte." El adverbio aquí vale por el adjetivo sólo-a y reduce el ámbito que el poeta va a cantarnos. La muerte sola, o solamente, sólo la muerte [...] Es ya una advertencia importante que el poeta defina tan rigurosamente el asunto que va a tratar, más estricto que la anotación del músico al comienzo de su composición sobre el tono, porque nos fija con absoluta claridad, no un "motivo" sino la unidad espiritual que va a mantener entre verso y verso. Todo el poema, por lo tanto, representará a la muerte.

En la literatura de todas partes, la manifestación más característica del tema —entre otras— ha sido siempre la elegía, el canto dolido por la muerte de alguien. El mismo Neruda cuenta entre sus mejores poemas algunos de esta especie: "Alberto Rojas Jiménez viene volando" es excepcional. Pero no es frecuente reducir el horizonte del poema a la sola representación de la muerte.

La manera más tradicional de referirse a ella imaginariamente es la antropomorfización. Suele aparecer como una mujer. El ejemplo chileno más a mano que tengo es de Gonzalo Rojas; en el poema titulado "Pompas fúnebres" de *La miseria del hombre*, dice de la muerte: Esta mujer reposa — dentro del movimiento, y el poeta conversa con ella por teléfono. En el poema de Neruda que nos preocupa, hacia el final, vemos la muerte con una figura bien personificada, vestida de almirante, como si ella fuese la autoridad suprema de esta navegación universal, más bien cósmica, adonde van a dar todos los ríos al morir.

Empiezan a sucederse los versos. No busquemos coherencia estrictamente lógica entre unos y otros; esta especie de inteligibilidad debe pedirse a la poesía tradicional; la de nuestro tiempo se engendró de otros modos, y aquí algo emerge de lo hondo del poeta, una intuición sobre la muerte salta del ser que la experimenta a las palabras, y éstas revelan lo que él ve más con el sentimiento, la emoción y el proceso imaginativo que con la coherencia lógica de los conceptos; por ello se produce en el poema una sucesión de elementos, comparaciones, cuadros marinos, imágenes, colores, sonidos, figuras, cuyo conjunto y concatenación nos dan una visión íntimamente poética de lo que es la muerte y no su sentido, para significar con esta palabra una filosofía del morir. Vamos oyendo esta inmensa presencia de las Parcas:

Hay cementerios solos,
tumbas llenas de huesos sin sonido...

De la manera más absoluta, en un grado de reducción absorbente que excluye toda otra realidad, se nos presenta un lugar, el más abandonado y silencioso, el lugar propio de la nada: Hay cementerios solos — tumbas llenas de huesos sin sonido... Ni siquiera se habla de cadáveres, como recuerdo del alma que allí no está. No. El poeta pone las tumbas llenas de huesos, donde ya no queda forma visible de los hombres que fueron en este mundo, la forma del cadáver. Y huesos sin sonido. Cuando el hombre está vivo en la tierra, cuando en el tráfago diario se padece, se sufre, el lenguaje popular dice que "hasta los huesos crujen". En la tumba los huesos están sin sonido, así es más total la impresión de ese lugar abandonado y en silencio. Y el poeta nos pone más cerca de la muerte, nos sitúa en ella, y empieza a introducirla en los versos siguientes, sin transición ninguna, en la perspectiva misma del hombre, el ser que se muere: el corazón pasando un túnel oscuro, oscuro, oscuro. Es una imagen dinámica del morirse. La tradición cristiana para representar el acto final de la vida terrestre ejemplarizaba con el acto de dormirse, imagen pasiva. Aquí tenemos una expresión dinámica, en movimiento, como el paso de los trenes. El corazón pasando un túnel, el corazón que siempre simboliza —en lo divino y en lo humano— la totalidad y centro de la vida, pasando por un túnel oscuro... y el poeta reitera tres veces el adjetivo, el corazón pasando un túnel oscuro, oscuro, oscuro, para intensificar la sombra, para arrasar con la luz, como esa pequeña experiencia de ir en un viejo ferrocarril cruzando por dentro de la montaña, y padecer más y más la pérdida de toda claridad, hasta la completa desaparición de todas las formas visibles.

El poeta vuela más alto, más allá del caer definitivo de los párpados, y da nuevas y más poderosas imágenes que dicen cómo es la separación final entre el cuerpo y el alma:

> *como un naufragio hacia adentro nos morimos*
> *como ahogarnos en el corazón,*
> *como irnos cayendo desde la piel al alma.*

Admirablemente se han ido graduando las comparaciones que expresan el morirse. Primero se borra el mundo externo: el corazón pasando un túnel — oscuro — oscuro, oscuro. Luego el símil viene de la extensión del mar, tan cara a Neruda: como un naufragio hacia adentro nos morimos, penetramos en una inmensidad del mismo modo que un navío hacia adentro de las aguas se divide, navío de viajes que perece en los naufragios, navío de la existencia que en la imagen tradicional se hunde al fin; como un naufragio hacia adentro nos morimos — como ahogarnos en el corazón, instante mismo de la separación, expresada aquí con la acción mortal del naufragio —ahogarse— y con el elemento más significativo de la vida —el corazón. Y luego una visión total del morirse, que resume todas las comparaciones anteriores: como irnos cayendo desde la piel al alma. De un extremo al otro de la vida se anima con movimiento ferozmente dinámico —el que imprime el verbo *caer* en gerundio— el paso tajante, la recogida violenta, desde la superficie física de tierna materia a la forma sustancial, el alma, la que permanece.

El ritmo de los versos ha ido marcando una cadencia de letanía, de funeral música que conduce el desplazamiento de la estrofa, mediante la repetición sucesiva del mismo elemento "como" introductor de las comparaciones.

Sobraría decir que este sentimiento del ritmo, mantenido a fuerza de eficaces reiteraciones o enumeraciones, es una virtud expresiva muy típica del poeta, en especial en *Residencia;* de este modo ocurre en el presente poema, y así, al pasar a la siguiente estrofa, se reitera la misma forma verbal del comienzo. *Hay cementerios solos.* Ahora nos dirá:

> *Hay cadáveres,*
> *hay pies de pegajosa losa fría,*
> *hay la muerte en los huesos...*

La misma forma verbal insufla en la estrofa la impersonalidad específica de la muerte. Y veamos cómo el virus poético estremece los versos, con determinación funeral. Está muy bien decir: Hay cadáveres; podría ser igual a cualquier afirmación del habla, pero como está afirmado dentro de una sucesión reiterante, ya iniciada al comienzo del poema y ahora vuelta a aparecer, ese verso adquiere valor y conciencia mortuoria bajo el peso lírico de lo que ha precedido, y lo que sigue no vendrá sino a desglosar la penetración y dominio de la muerte de esas figuras sin alma. No dirá que "hay pies sobre frías y pegajosas lápidas o losas pegajosas por la humedad"; sino que nos creará un objeto poético que sensibilice agudamente la identificación de las cosas muertas con ella misma, la muerte, y para esto trasladará la cualidad *pegajosa*, propia de la losa fría expuesta a la intemperie, al sustantivo pies. Hay pies de pegajosa losa fría, con una alteración de fonemas que hace patente la inmovilidad de los cuerpos.

A modo de síntesis de esos versos dirá luego: Hay la muerte en los huesos, en lo único que queda allí; pero como este verso es insuficiente, a pesar de que conlleva sensibilidad por el encadenamiento rítmico a que pertenece, nos configurará a continuación en otra sucesión de comparaciones, la soledad y el abandono de esos restos, donde la Penosa está:

>   *como un sonido puro,*
>   *como un ladrido sin perro*
>   *saliendo de ciertas campanas, de ciertas tumbas,*
>   *creciendo en la humedad como el llanto o la lluvia*

Estos versos proceden de una realidad sumamente cotidiana en el ámbito de la muerte; lo admirable es su uso poético de visión alterada y aparentemente absurda, con la absurdidez connatural al hecho mismo de la muerte.

El poeta ha diseminado algunos elementos. Recordemos el sonido puro y tremendamente grave en su pureza extraterrena, que sale de ciertas campanas, campanas que llaman a duelo. Campanas funerales. Campanas de muerte. Las hemos oído muchas veces. Recordemos en seguida —con un aire un tanto romántico, mas no así expresado en el poema—, esos aullidos, un ladrido que sale de ciertas tumbas, oído en la distancia, desde los cementerios, trasmutados por el miedo, la angustia, el dolor mismo, como un ladrido sin perro, sin que provenga de ninguna parte determinada, creado por nuestra aflicción e interno terror. Y esas señales de las Parcas, el tañido de luto y el ladrido inaudito, el poeta las ve creciendo en la humedad como el llanto o la lluvia. Tantas veces en vida y en poesía van juntos llanto y lluvia, sin necesidad de recordar los dulces versos de Verlaine; más íntimos se ofrecen en la poesía de Neruda de hombre sureño del sur de Chile, que siempre acude en su expresión a los elementos delicuescentes para mostrarnos mejor y más palpable el deshacerse de todas las cosas, según la visión del mundo privativa de *Residencia*.

No dejemos esta estrofa, sin reparar en el paralelismo sintáctico de los dos últimos versos que acrecienta la cadencia: saliendo de ciertas campanas, de ciertas tumbas, — creciendo en la humedad como el llanto o la lluvia.

*Yo veo, solo, a veces,
ataúdes a vela
zarpar con difuntos pálidos, con mujeres de trenzas muertas,
con panaderos blancos como ángeles,
con niñas pensativas casadas con notarios,
ataúdes subiendo el río vertical de los muertos,
el río morado,
hacia arriba, con las velas hinchadas por el sonido de la muerte,
hinchadas por el sonido silencioso de la muerte.*

En esta nueva estrofa se nos ofrece una visión de entierro a lo largo de un río, con ese más allá indefinible del hecho que sirve de motivo poético. Amado Alonso en su libro *Poesía y estilo de Pablo Neruda* cita este fragmento para ejemplarizar sus observaciones sobre el ritmo del poeta y dice que: "en la imagen de los ataúdes-veleros han podido intervenir tanto reminiscencias del viejo mito grecorromano (la barca de Caronte), como experiencias personales del poeta en sus años del Asia oriental". Cita el poema "Entierro en el este".

De acuerdo con el tono y el desplazamiento moroso que impregna toda la composición, aquí también el pensamiento apenas parece avanzar, con la lentitud misma de lo que expresa. Esos ataúdes a vela, visión del poeta, fusión alucinante de caja mortuoria y navío, son el plano principal de las miradas líricas; ellos conducen difuntos, pero el poeta *ralenta* con paso procesional el traslado definitivo, y así, apenas dicho el primer enunciado del objeto que contempla: Yo veo, solo, a veces — ataúdes a vela — zarpar con difuntos pálidos... Antes de seguir con el tránsito y el lugar por donde van, se detiene en una enumeración que describe los muertos, tan particulares que interesa detenerse a verlos pasar.

Difuntos pálidos... Vemos mujeres de trenzas negras. Vemos panaderos blancos como ángeles; vemos niñas pensativas casadas con notarios. Una melancólica ternura envuelve esos cadáveres; de esas mujeres el poeta señala las trenzas muertas, de los hombres muestra a los que hacen el pan y con el color de la harina, elemento simbólico de la alimentación que da vida, comparados en su blancura con los ángeles para aumentar la pureza de esos muertos, y luego aquellas "niñas pensativas casadas con notarios" imagen que al crítico citado hacía pensar en "esas jóvenes que abogan sus sueños virginales en convenientes matrimonios con hombres terriblemente ordenados y razonables". Recordemos cuando Neruda dice en "Walking around": "Sería delicioso — asustar a un notario con un lirio cortado..." para burlarse de los que viven entre expedientes y formalidades de acuerdo con leyes y reglamentos antes que en contacto con la realidad.

Y sigue la visión de la muerte. El viaje se torna universal, está lejos de las fuentes que hubiesen engendrado la imagen de los ataúdes-veleros, ahora vemos:

*ataúdes subiendo el río vertical de los muertos,
el río morado,
hacia arriba, con las velas hinchadas por el sonido de la muerte,
hinchadas por el sonido silencioso de la muerte.*

Ya no estamos dentro del río horizontal de nuestras vidas, que van a dar a la mar que es el morir, Neruda nos ha llevado más allá de Manrique; estamos en el río vertical de los muertos. El tránsito del morirse hacia la eternidad es una ascensión.

Ahora en el prodigioso cambio de unos versos que nos particularizaban un entierro y éstos que tornan universal la visión, se siente como un efecto de sobreimpresión cinematográfica, en la que las figuras se desprenden de su sitio y se alzan a otra dirección, pero con tal eficacia poética que al ver elevarse los ataúdes navegantes, vemos el triunfo de la muerte, soplando, no un aire, que ya no estamos en la tierra, sino una música, un sonido, que de modo análogo a la música celestial de los pitagóricos, es un sonido silencioso, porque nosotros no podemos oírlo, como si la muerte tuviese que ver —y tiene que ver— con el misterio cósmico que mantiene la armonía del cielo y sus estrellas.

Y el ritmo de los versos nerudianos ha seguido la cadencia pausada, que sostienen las reiteraciones dilatando un ámbito de gran solemnidad.

Vuelve el poema a insistirnos en la presencia de la muerte, ahora caminando a nuestro lado. En las estrofas que siguen aparece un carácter de ella, prefigurado antes, cuando era "como un sonido puro" — "como un ladrido sin perro". Con esta preposición "sin", multiplicada en nuevas imágenes, la veremos más cerca y más singular:

*A lo sonoro llega la muerte
como un zapato sin pie, como un traje sin hombre,
llega a golpear con un anillo sin piedra y sin dedo,
llega a gritar sin boca, sin lengua, sin garganta.*

> *Sin embargo sus pasos suenan*
> *y su vestido suena, callado, como un árbol*

Empiécese por ver que el poeta distribuye unas comparaciones que de nuevo nos configuran con apariencia un tanto antropomórfica a la muerte. Un fantasma de ser humano: como un zapato sin pie, como un traje sin hombre, que está buscando ante la puerta de la vida: llega a golpear con un anillo sin piedra y sin dedo, y como nadie quiere oírla: llega a gritar, sin boca, sin lengua, sin garganta. Y toda esta acción terrible y cotidiana en el mundo conlleva en las imágenes que la expresan una especie de contradicción y absurdidez íntima, como signo específico de la muerte, logrado por el uso especial de la preposición *sin*. Ésta engendra allí un trastrueque extraordinario. La vía normal del lenguaje sería "la muerte llega caminando como un pie sin zapato", así es sumamente silenciosa y puede asaltar cual un ladrón nocturno y va tan en silencio que no suena el traje al moverse, como si no lo llevase, como hombre desnudo, sin traje; así entenderíamos según el habla habitual, pero los versos han trastornado ese orden y en una especie nerudiana de sinécdoque, se toma —dentro de la comparación— el continente por el contenido, y queda una visión alucinante y poderosa de la muerte en su esencial absurdidez:

> *A lo sonoro llega la muerte*
> *como un zapato sin pie, como un traje sin hombre,*
> *llega a golpear con un anillo sin piedra y sin dedo,*
> *llega a gritar sin boca, sin lengua, sin garganta.*

Agreguemos todavía que esa expresión contiene todo el presagio de ausencia de la vida visible, de fatal inmovilidad, propia de un zapato sin pie, naturalmente detenido en su sitio como los mismos cadáveres, o traje sin hombre..., con la extraña certeza de que golpea la puerta de la vida y llama y grita, en esa forma despojada de los elementos que en la existencia humana dan llamados y voces. Así silenciosa:

> *Sin embargo, sus pasos suenan*
> *y su vestido suena, callado, como un árbol*

Ya es otro sonido, el mismo que hincha las velas, del navío final, que no perciben los oídos, pero el roce de esa vesta de la Parca, que pasa siempre, es tan fecundo que va creciendo como rumor incesante por todas partes, por donde ella pasa, pero crece "callado como un árbol".

El poeta cree que no puede seguir diciendo, después de esta expresiva contradicción de sonido y silencio de la muerte; siente que su visión ha llegado a una situación límite. Su intuición parece no poder explorar más, como si no tocase nunca esencias; por eso con un modo muy chileno continúa:

Yo no sé, yo conozco poco, yo apenas veo,

y acto seguido vuelve sobre ella con más concentración simbólica en su lenguaje:

*pero creo que su canto tiene color de violetas húmedas,
de violetas acostumbradas a la tierra,
porque la cara de la muerte es verde,
y la mirada de la muerte es verde,
con la aguda humedad de una hoja de violeta
y su grave color de invierno exasperado.*

Un canto que tiene color no es ajeno al lenguaje del habla diaria. Se trata de un sencillo caso de sinestesia. Hay señoras que en la conversación sobre vestidos se refieren a "colores chillones", la calidad policroma de la tela se la califica por un sonido. En nuestro poema sucede al revés: el sonido de la muerte, su canto se percibe a través del color morado, de las violetas mojadas, pero violetas acostumbradas a la tierra. Más que el emblema del color penitencial y fúnereo, esas violetas llevan el signo telúrico, un signo que aquí nos recuerda el gesto propio de la muerte, su conducción fatal al polvo, a la tierra: su canto tiene color de violetas húmedas — de violetas acostumbradas a la tierra

*porque la cara de la muerte es verde,
y la mirada de la muerte es verde,*

Estos dos versos parecen tener la belleza del color que simboliza la esperanza, pero esto cuando los tomamos aislados a nuestro gusto. No van así en el contexto. Se ha levantado la muerte con pleno rostro y luz en los ojos, llevando el mismo color en su cara y en la mirada que tienen los cadáveres en un grado avanzado de descomposición. El mismo color desdichado, de amargura y desgracia que tiene "Romance sonámbulo" de Federico García Lorca, el mismo que en el ballet *La table vert* tenía la muerte.

La llaga delicuescente del vacío, la implacable humedad sobre la tierra, señal de uno de los círculos del infierno del Dante, donde siempre está lloviendo, como en las regiones sureñas de donde viene Neruda, con sus inviernos corrosivos, irritantes, disolventes de la vida, consuma la visión de esta estrofa, donde la muerte se ha arrastrado por el suelo, al nivel de las tumbas y cementerios, justo al lugar que inició este poema de su presencia, entreverada ahora en las flores que no recuerdan modestia sino suma miseria,

> con la aguda humedad de una hoja de violeta
> y su grave color de invierno exasperado.

Las estrofas que van a finalizar el poema ofrecen nuevos aportes expresivos de esta abrumadora visión de la presencia universal de la muerte, que con su fatalidad de genio insobornable y su absurdidez esencial sobrecoge el corazón de un hombre, porque éste presiente con todas sus potencias la íntima sed de inmortalidad, **destino de la especie, definición del individuo.**

> *Pero la muerte va también por el mundo vestida de escoba,*
> *lame el suelo buscando difuntos,*
> *la muerte está en la escoba,*
> *es la lengua de la muerte buscando muertos,*
> *es la aguja de la muerte buscando hilo.*

El poeta nos la muestra como una bruja maldita: **Pero la muerte va también por el mundo vestida de escoba,** para barrerlo todo: **lame el suelo buscando difuntos;** el poeta vuelve a dilatar la universalidad del misterio, y se vale de una imagen que usa como un motivo del cual salen variaciones, con las que se anima toda la estrofa; **es** la idea representada por el término *escoba*. La muerte está en la escoba, identificación casi ya contenida en el primer verso brujesco: ...la muerte va también por el mundo vestida de escoba; del mismo modo al decirnos: es la lengua de la muerte buscando muertos, ya nos la ha dibujado en el segundo verso: lame el suelo buscando difuntos.

Después de toda esta magia reiterante, concluye con un verso formalmente paralelo al anterior, que agrega una mirada más sintética e íntima al proceso que opera la Presencia. Muestra a la muerte metiéndose por las costuras del alma, allí precisamente donde su labor es más precisa, más técnica podríamos decir, allí mismo en la unidad del compuesto humano, donde ella separa el alma del cuerpo: **es la aguja de la muerte buscando hilo.** ¿Qué une alma y cuerpo, quién hace la realidad propiamente humana que es ese compuesto sino la vida, mantenedora de tal unión? Es el hilo de la vida el que mantiene y cultiva la persona a lo largo del tiempo que cesa con el morir. He aquí a la muerte entonces; es la aguja de la muerte buscando hilo.

Concluye el poema. El poeta retorna en cierto modo a la imagen tradicional del dormir semejante al morirse; por esto del lugar de reposo nocturno saca todos los elementos expresivos: catres, colchones, frazadas, posición propia del acostado, camas, y junto a **todos**

ellos, retorna otra vez la clásica composición de la nave del viejo
mito metida por sobreimpresión en el mundo del dormitorio precedente; para anunciar el término del viaje; allí se nos va el poema no
sin antes dejarnos una de las más bellas personificaciones de la muerte, la que finaliza el texto, dándole a Ella la más encumbrada gradua-
ción marina, cuyo sentido, cuya secreta impulsión no se nos revela,
mas no la grandeza y dominio que ella alcanza:

> *La muerte está en los catres:*
> *en los colchones lentos, en las frazadas negras.*
> *Vive tendida, y de repente sopla:*
> *sopla un sonido puro que hincha sábanas,*
> *y hay camas navegando a un puerto*
> *en donde está esperando, vestida de almirante.*

X. "ALBERTO ROJAS JIMÉNEZ VIENE VOLANDO"

Juan Loveluck

La imaginación de la catástrofe

La cosmovisión nerudiana que preside y ordena las *Residencias* —es decir, el estado de dicha obra en 1935, al ser publicados los dos volúmenes iniciales por *Cruz y Raya*— corresponde a la *imaginación de la catástrofe*. Este modo imaginario, seriamente comprometido con las turbulencias de la época, acentúa en la visión del mundo del creador el desvencijamiento perpetuo de seres y elementos y postula una representación de la realidad como irreprimible marcha del caos, en que toda esperanza afirmadora perece y se corroe. Ante esa asechanza del mundo —máximo concretarse de una visión epocal dañada o amenazada—, el poeta responde con un desolado testimonio y un amargo inventario de duelos: el ojo terrestre o submarino que recorre ese "alrededor de llanto" va de cima a sima para establecer constancias de angustia y desvalimiento.

A su amigo bonaerense Héctor Eandi (1900-1965), plantea Neruda desde Oriente esta pregunta que sintetiza muy bien el entendimiento del mundo como espacio de caídas y derrumbes incesantes: "¿No se halla usted rodeado de destrucciones, de muertes, de cosas aniquiladas?"[1]

Debemos a Amado Alonso una vasta iluminación del aspecto arriba indicado de las *Residencias,* y al crítico chileno Jaime Concha, una valiosa serie de precisiones sobre la imaginación *residenciaria*.[2] Todo el libro, así mirado, participa —en cuanto posee unidad de imaginación y de concepción del mundo— del avizoramiento de nuestro final y de la permanente corrosión como amenaza palpable: la muerte a la que damos habitación —en el sentido rilkeano— como el fruto alberga al hueso. O la muerte que aguarda, como entidad concreta, en el decaer y deshacerse o desgastarse de cuerpos, organismos y cosas: de alguna manera, así, se deslizan al libro, con varia intensidad, el tema funeral, la desolación elegíaca.

Por lo mismo, hay poemas y fragmentos de *Residencia en la tierra* en que el tema funeral se aproxima a la tradición de las elegías personales. No por casual ocurrencia los dos personajes objeto de

---

[1] Citado por Margarita Aguirre. *Las vidas de P.N.* Buenos Aires, Grijalbo, 1973, p. 179.

[2] Amado Alonso. *Poesía y estilo en P. N.* Buenos Aires, Sudamericana, 1968.

elegías son poetas: Alberto Rojas Jiménez y Joaquín Cifuentes Sepúlveda. Se da así expresión justa al concepto nerudiano de que el sujeto poético es el de vida más riesgosa y alberga como ninguno fragilidad e indefensión ante la muerte. Otras veces es el suicida que de manera cotidiana —locura, erotismo sin freno, alcohol, bohemia aniquiladora— se aproxima con morbosa imantación a un final invocado y atraído. (El retrato de Chatterton que presidía el destartalado cuarto juvenil de Neruda en Santiago puede iluminar muchos otros recintos de poesía y creación.) Otras veces, el contorno social deteriora y corrompe la figura del artista, lo arrincona, lo seduce con perspectivas falaces que anulan su mensaje o terminan por asfixiarlo en el bosque burocrático del que ninguna inspiración le salvará. Ese es el mundo que despliegan poemas como "Desespediente".

Neruda expresó de aquellos días —ecos de la vanguardia, confusión de ismos— un juicio muy preciso y enriquecido por experiencias posteriores:

Por una parte, el cosmopolitismo cerraba los caminos mostrando como un ideal la neurosis de arrastres de la primera Guerra Mundial. Por otra parte, la burguesía más refinada pedía una literatura estrictamente extranjera, reclamaba los juegos del espíritu, la deshumanización y la desnacionalización. Mientras tanto, se dejaba caer sobre los escritores hiel amarga y ácidos quemantes, hasta derribarlos, condenándolos a un suicidio lento, desenfadado y certero.[3]

Así, el producto literario de dicha época es sombrío, erizado de pesimismos y un arte que de modo malsano conduce a la desesperación. Años más tarde el poeta, en camino hacia la luz más amplia de una poesía de construcción esperanzada, tal como la postula el realismo socialista, escribirá una afirmación ejemplar para Hispanoamérica y sus fuerzas creadoras:

Todo un sistema moribundo ha cubierto con emanaciones mortales el campo de la cultura, y muchos de nosotros hemos contribuido con buena fe a convertir en más irrespirable el aire, que pertenece no sólo a nosotros, sino a todos los hombres, a los que viven y a los que van a nacer.
¿Por qué vamos a dejar marcada nuestra huella sobre la tierra, como la que dejaría en la arcilla mojada la desesperación del ahogado?
Sin embargo, es claro que muchos de los creadores de nuestra época no se dan cuenta de que aquello que les pareció la más profunda expresión del ser, es muchas veces veneno transitorio depositado dentro de ellos mismos por sus más implacables enemigos.[4]

[3] Citado por Margarita Aguirre, *op. cit.*, p. 121.
[4] Pablo Neruda: Discurso pronunciado en el Congreso de la Paz en México

La debilidad del ser poético se afianza ante los ojos de Neruda ya en los años de *Crepusculario* y *Veinte poemas*...: ve desaparecer de la escena literaria santiaguina a casi todos sus jóvenes compañeros de letras. Al referirse a José A. Silva, veinte años después, y a los suicidas de la poesía hispanoamericana, precisará su idea de "las raíces exterminadoras del continente".[5]

Al quedar solo e improvisarse sobreviviente casi único en la tarea poética de su generación desaparecida, se impone en Neruda, en forma temprana, un estado de guardia sin fatiga ante la muerte solapada en el acontecer de cada día. Con acierto ha escrito Jaime Concha en "Proyección de *Crepusculario*": "Su voluntad de existencia poética nace regida por una necesidad de supervivencia. A la vez, el vacío de sus compañeros dotará al único sobreviviente [...] de una honda sensibilidad contra los poderes corrosivos de la vida."[6]

De una generación segada con la implacabilidad de un sistema de exterminio, será Neruda el sostenedor del canto extinguido, el portador de la misión de dar voz a las bocas silenciadas: Domingo Gómez Rojas (1896-1920), Juan Egaña (1896-1928), Armando Ulloa (1899-1928), Alberto Rojas Jiménez (1900-1934), Joaquín Cifuentes Sepúlveda (1900-1929), Romeo Murga (1904-1925). De otros, como Aliro Oyarzún, ni las historias pormenorizadas conservan detalles cronológicos o información.

Alberto Rojas Jiménez: magia y aventura

De los numerosos amigos en los años de Santiago —los de las "desmedidas noches" no experimentadas antes por el joven provinciano—, uno descuella por sus atractivos mágicos y seductores, su aura incitadora e imitable y el poderoso vitalismo que le impulsaba a combatir en Neruda la solemnidad y la vocación melancólica bien establecida: Alberto Rojas Jiménez.

Pequeño poeta maldito, como apunta Neruda, "su vida descabellada era la continuación de otro suicidio". Ante los ojos, aún dormidos, del joven que llegara de Temuco al destierro santiaguino, el mago Rojas Jiménez se aparecía como el modelo que asume con arrogancia la semilla de su propio exterminio. Neruda se sintió atraído por la persona fascinante, como años después por la magia que ema-

---

(1949). *Poesía política* (Discursos políticos). Santiago, Edit. Austral, 1953, tomo II, pp. 218-219.

[5] "Silva en la sombra", *La Nación* (Santiago), (27 de mayo, 1946). Esta importante nota de P.N., referida a la poesía hispanoamericana del siglo XIX, aparece en nuestra contribución "Neruda ante la poesía hispanoamericana", en *ALH*, núm. 2 (1974).

[6] Jaime Concha: Proyección de *Crepusculario. A*, XLII (1965), p. 191.

naba de García Lorca: "Hasta ahora recuerdo con intensa emoción su figura que lo iluminaba todo, que hacía volar la belleza de todas partes, como si animara a una mariposa escondida."[7]

> Entre mis compañeros de aquel tiempo, encarnación de una época, gran despilfarrador de su propia vida, está Alberto Rojas Jiménez. Elegante y apuesto, a pesar de la miseria en la que parecía bailar como un pájaro dorado, resumía todas las cualidades del nuevo dandismo. Una desdeñosa actitud, una comprensión inmediata de los menores conflictos y una alegre sabiduría y apetencia por todas las cosas vitales. Libros y muchachas, botellas y barcos, itinerarios y archipiélagos, todo lo conocía y lo utilizaba hasta en sus más pequeños gestos [...] ¡Cuánta alegría y locura, y cuánto genio había desparramado por las calles! Era una especie de desenfrenado marinero, infinitamente literario, revelador de pequeñas y decisivas maravillas de la vida corriente...

Rojas Jiménez muere en Santiago —tan novelescamente como había existido— en mayo de 1934. Neruda, después de su breve actuación consular en Buenos Aires, ejerce iguales funciones en Barcelona, antes de pasar a Madrid. Él ha contado —bellamente— cómo le llegó la noticia y qué homenaje le rindió, junto al pintor Díaz Cabezón, en la basílica de Santa María del Mar: juntos treparan por muros y altares hasta colocar unos cirios gigantescos en las alturas silenciosas y cómplices del templo de los navegantes y pescadores. Después buscaron dónde beber vino, sin olvidar el "torrencial alcoholismo" —¡Poe, Darío, Pedro Antonio González!— del homenajeado. Y cantaron.[*]

Lo que ahora nos atrae es el homenaje poético que rinde poco después Neruda a su amigo bohemio: la elegía "Alberto Rojas Jiménez viene volando" aparece por primera vez en la *Revista de Occidente*[8] y, desde su publicación, se instituye como una de las páginas más audaces y novedosas en la tradición funeral en lengua española.

Una elegía inusitada

En el mes de julio, 1934, los lectores de *Revista de Occidente* —que ya habían conocido al poeta chileno en esas páginas— se hallaron

---

[7] Este fragmento y la cita que le sigue provienen de Margarita Aguirre: *op. cit.*, pp. 126-127.

[*] En una carta escrita en esos días a Sara Tornú de Rojas Paz, dice Neruda: "Te diré que se me ha muerto mi amigo el poeta Alberto Rojas Jiménez [...] Era un ángel lleno de vino [...] Escribí una poesía que se llama 'Alberto Rojas Jiménez viene volando'. Es un himno fúnebre, solemne, y si lo lees en tu casa, ha de hacerlo Amado Villar, con voz acongojada, porque de otra manera no estaría bien." Véase J. Loveluck, "Una carta desconocida de P. Neruda". *Revista Chilena de Literatura*, núm. 22, noviembre, 1983, páginas 143-147.

[8] *ROcc*, XII, núm. 130 (1934), pp. 47-51. En el título "Giménez".

frente a un poema inusitado, vigorosamente innovador de la tradición elegíaca, de la que se apartaba con audacia: "Alberto Rojas Jiménez viene volando".[9] Se reproduce a continuación, con las variantes que presenta:

Entre plumas que asustan, entre noches,
entre magnolias, entre telegramas,
entre el viento del Sur y el Oeste marino,
  vienes volando.

5 *Bajo las tumbas, bajo las cenizas,*
bajo los caracoles congelados,
bajo las últimas aguas terrestres,
  vienes volando.

Más abajo, entre niñas sumergidas,
10 *y plantas ciegas, y pescados rotos,*
más abajo, entre nubes otra vez.
  vienes volando.

Más allá de la sangre y de los huesos,
más allá del pan, más allá del vino,
más allá del fuego,
  vienes volando.

Más allá del vinagre y de la muerte,
entre putrefacciones y violetas,
con tu celeste voz y tus zapatos húmedos,
20   *vienes volando.*

Sobre diputaciones y farmacias,
y ruedas, y abogados, y navíos,

---

[9] Observa J. Concha: *Alberto Rojas Jiménez viene volando* [...], antes que una elegía en el sentido clásico, en que se poetiza espiritualizadamente el dolor por el amigo ido, es la narración directa de su disgregación material. "Interpretación de *Residencia en la tierra*...", en A., núm. citado, p. 69.

Neruda había publicado otros poemas, como "Galope muerto", en *ROcc*, y ese paso ha de considerarse como de suma importancia en su ascensión poética, que ocurre, precisamente, en su "tiempo español". Rafael Alberti y otros amigos, sabedores de la angustia con que el poeta esperaba por años la aparición de *Residencia en la tierra* en su soledad de Rangoon y Birmania, cuando servía su consulado-destierro en tales regiones, trataron de obtener que el libro fuese publicado con el sello de la revista de Ortega. Fracasaron. Como fracasó también Carpentier cuando trató de obtener la ayuda económica de la mecenas argentina señora de Alvear. Pero que el poeta chileno fuese divulgado por la *ROcc*... es un aspecto decisivo en la propagación de su obra a todos los ámbitos de la lengua española.

y dientes rojos recién arrancados,
vienes volando.

25 Sobre ciudades de tejado hundido
en que grandes mujeres se destrenzan
con anchas manos y peines perdidos,
vienes volando.

Junto a bodegas donde el vino crece
30 con tibias manos turbias en silencio,
con lentas manos de madera roja,
vienes volando.

Entre aviadores desaparecidos,
al lado de canales y de sombras,
35 al lado de azucenas enterradas,
vienes volando.

Entre botellas de color amargo,
entre anillos de anís y desventura,
levantando las manos y llorando,
40   vienes volando.

Sobre dentistas y congregaciones,
sobre cines y túneles y orejas,
con traje nuevo y ojos extinguidos,
vienes volando.

45 Sobre tu cementerio sin paredes
donde los marineros se extravían,
mientras la lluvia de tu muerte cae,
vienes volando.

Mientras la lluvia de tus dedos cae,
50 mientras la lluvia de tus huesos cae,
mientras tu médula y tu risa caen,
vienes volando.

Sobre las piedras en que te derrites,
corriendo, invierno abajo, tiempo abajo,
55 mientras tu corazón desciende en gotas,
vienes volando.

No estás allí, rodeado de cemento,
y negros corazones de notarios,
y enfurecidos huesos de jinetes:
60   vienes volando.

Oh amapola marina, oh deudo mío,
oh guitarrero vestido de abejas,
no es verdad tanta sombra en tus cabellos:
    vienes volando.

65 No es verdad tanta sombra persiguiéndote,
no es verdad tantas golondrinas muertas,
tanta región oscura con lamentos:
    vienes volando.

El viento negro de Valparaíso
70 abre sus alas de carbón y espuma
para barrer el cielo donde pasas:
    vienes volando.

Hay vapores, y un frío de mar muerto,
y silbatos, y meses, y un olor
75 de mañana lloviendo y peces sucios:
    vienes volando.

Hay ron, tú y yo, y mi alma donde lloro,
y nadie, y nada, sino una escalera
de peldaños quebrados, y un paraguas:
80   vienes volando.

Allí está el mar. Bajo de noche y te oigo
venir volando bajo el mar sin nadie,
bajo el mar que me habita, oscurecido:
    vienes volando.

85 Oigo tus alas y tu lento vuelo,
y el agua de los muertos me golpea
como palomas ciegas y mojadas:
    vienes volando.

Vienes volando, solo solitario,
90 solo entre muertos, para siempre solo,
vienes volando sin sombra y sin nombre,
sin azúcar, sin boca, sin rosales,
    vienes volando.*

* En *Revista de Occidente* la estrofa final tiene un verso más y distinta puntuación:

    Vienes volando solo, solitario,
    solo entre muertos, para siempre solo,
    vienes volando. Sin sombra y sin nombre,
    sin azúcar, sin boca, sin rosales,
    extendido en el aire de la muerte,
        vienes volando.

En la historia de la elegía funeral en lengua española —junto a textos felices y posteriores de Federico García Lorca y César Vallejo[10]—, "Alberto Rojas Jiménez" establece novedades radicales que desorientarán por largo tiempo a la crítica con su *extrañeza*. Algunos, como Hernán Díaz Arrieta ["Alone"], se sentirán atraídos por ese poema "sobrecogedor en su desorden"; otros, como Raúl Silva Castro, no sabrán sustraerse a la impresión de las "imágenes de mal gusto" que ellos encuentran en los versos.[11] Ello se explica por el hecho de que en el poema nerudiano reiterados aspectos del esquema elegiaco —panegírico, elogio de virtudes, *planto* propiamente tal— se ofrecían con un aura en todo remozada y audaz, desafiante. La enumeración *atomizada* y torrencial, la atmósfera de espesura y magia oníricas, la maraña de *disjecta membra*, el avance envolvente y ritual del estribillo martilleante y repetido como un estremecimiento de sollozos, los ritmos misteriosos, de rara circularidad fonética, organizaban un conjunto lírico que se habrá comentado con pasión en el Madrid literario de 1934, en que tanto relieve alcanzó la figura del escritor chileno. El poema, por otra parte, ilustraba de modo cabal los rasgos de la lírica del siglo XX —con anterioridad a la irrupción de la *antipoesía* que ella lleva en germen y promesa—, en cuanto se alza ante el lector como un desafío o provocación, como una página oscura y hermética, proclive al asintactismo, el delirio y la concepción visionaria, de los que no son ajenos del todo singulares aspectos de la *imaginación surrealista*, si se la entiende como patrimonio epocal y no como adscripción a "escuela" o grupo.[12]

El poema, en suma, era y sigue siendo un conjunto de versos intranquilizante, en que el aplomo del lector tiende a perderse. El avance del texto es disonante en extremo; el poema no progresa en ampliaciones sintácticas, sino por agregación de elementos que acumula una impresionante enumeración caótica referida a la muerte y la destrucción o derretirse del cuerpo llorado. Todo ello a pesar del metrismo tradicional: la estrofa sáfica de versos sueltos, muchas

---

[10] Nos referimos al conocido "Llanto por Ignacio Sánchez Mejías" de García Lorca —en el cual resuena, de algún modo, el texto nerudiano—, y a la hermosa elegía de César Vallejo, "Alfonso, estás mirándome, lo veo", de *Poemas humanos*, escrita para lamentar la muerte de su amigo el músico Alfonso de Silva.

[11] La opinión de Alone es mencionada por Margarita Aguirre, *op. cit*. Las palabras de Silva de Castro provienen de su *Pablo Neruda*, Santiago, Edit. Universitaria, 1964, p. 91.

[12] La debatida cuestión del "surrealismo" nerudiano merecería largo estudio. Algo se ha adelantado con investigaciones como las de Jaime Alazraki, por ejemplo. Neruda, sobre todo a partir de *Crepusculario*, estuvo muy expuesto al vaivén de los *ismos* del momento: cubismo, futurismo, dadaísmo, etc., con el atraso con que tales direcciones solían repercutir en Chile y América Latina. En el caso del surrealismo, fue el *modo imaginario* vivificante lo que más influyó en su obra.

veces explorada por el poeta (en "Ángela Adónica", por ejemplo, y en otros libros posteriores a las *Residencias*),[13] como homenaje a sus días escolares y a sus primeros contactos con la lírica española de los Siglos de Oro.

Análisis

Lo primero que llama la atención es el estribillo, obsesionante en su cuantía. La reiteración simétrica del *ritornello* "vienes volando" —presente como tal en veintitrés ocasiones en un conjunto de menos de cien versos— logra, por lo menos, dos funciones: impone con energía visionaria el símbolo del *vuelo* como permanencia de lo ardiente y desafiante en la existencia del "deudo" llorado. Que es conducir a altura poética significante la noción cotidiana de que nuestros muertos amados no mueren; es decir, instalar dicha noción en las cimas de la creación estética. Y, en segundo término, confiere a dicha reiteración un valor sonoro y rítmico, ritual y mágico, aceptado como el óptimo para representar la repetición sin cansancio del lamento. Así, el poema, a pesar de su onirismo y la disposición caótica de sus apasionadas series y enumeraciones de destrucción, obedece a un proceso de plasmación cautelosa y siempre sometido al control del creador. Todo ello en la tradición de E. A. Poe, que José Asunción Silva llevara a su máxima tensión dentro del modernismo literario de Hispanoamérica.[14]

La noción de este permanente, inacabable *vuelo* del finado poeta y amigo encuentra apoyada su proyección imaginaria desde el plano de la anécdota biográfica, que el propio Neruda nos comunica: la habilidad de Rojas Jiménez para fabricar pajaritas de papel y hacerlas remontar es la que prepara y condiciona el vuelo poético a que su amigo le impulsará en el poema: "De don Miguel de Unamuno había aprendido [Rojas Jiménez] a hacer pajaritas de papel. Hacía una de largo cuello y alas extendidas que luego él soplaba. A esto lo llamaba darles *el impulso vital*."[15]

1-4 *Entre plumas que asustan, entre noches,*
entre magnolias, entre telegramas,
entre el viento del Sur y el Oeste marino,
vienes volando.

Por sobre la curiosa serie de elementos que la estrofa enumera —plumas, noches, magnolias, telegramas...— y que desde el co-

[13] Neruda, desde sus días de liceo o instituto, conocía de *coro* la oda "Al céfiro", de Esteban Manuel de Villegas.
[14] La admiración de Neruda por el delicado poeta bogotano quedó expresada en el artículo que mencionamos en la nota 5.
[15] Citado por M. Aguirre: *op. cit.*

mienzo nos provocarán una visión desmembrada o desarticulada de la "realidad" que el poema convoca, en los versos iniciales destaca un morfema independiente —es decir, una partícula relacionadora— que se convierte, por iteración, en el valor más significativo de la secuencia: *entre*. La reiteración, desde su inicio apunta al hecho, intensificado por las venideras estrofas, de que el deudo llorado no reposa *en* tal o cual sitio. Ubicuo y volador, está *más allá*, sobre, *bajo, entre, al lado, más abajo*, en caudalosa acumulación. Por paradoja, el muerto es un cuerpo omnipresente que se mueve en todos los sitios y en ninguno está, por lo mismo que ya puebla "el aire de la muerte", como leemos en el verso, después suprimido, del texto primitivo. A pesar de la disposición enumerativa que los versos aportan y como es propio en ese esquema,[16] hay elementos que se atraen o se imantan imaginariamente, potenciándose entre sí: las *plumas*, o sea las aves (agoreras) que vuelan en ese espacio letal, se acercan, por atracción imaginaria a *telegramas* y son seriales en cuanto ambos pueden constituir nuncios de desgracias u horas funestas. No deja de ser significativo para el espacio de fantasmagoría de los primeros versos la condición metonímica de *plumas* y de *telegramas* con respecto a sus asociaciones necesarias: aves de la muerte —comunicación de desgracias—. Lo mismo ocurre entre *noches* y *magnolias* flores estas de asociación mortuoria, por su fría palidez lunar.

> 5-8 *Bajo las tumbas, bajo las cenizas,*
> *bajo los caracoles congelados,*
> *bajo las últimas aguas terrestres,*
> *vienes volando.*

Nos hallamos frente a otra enérgica determinación espacial, esta vez en esquema de profundidad, tumba o caída —*bajo*—, donde, en su mágico vuelo, se desplaza el muerto desolado, entre orígenes y espacios de mineralización, en el secreto oscuro de la profundidad terrestre. El "cuerpo" es visto como deslizándose del nivel de las sepulturas —casi superficie— hasta explorar los estratos calcinados en los enormes cataclismos formadores —*cenizas*—, las zonas de los fósiles que revelan milenios olvidados, el misterio del tiempo hecho materia dura y táctil —*caracoles congelados*—, o el hondor del que manan purísimas aguas de origen. La mirada inquisidora del poeta (subterrestre o submarina) pasea por espacios de preferencia donde ocurre, en la germinación o el crecimiento vegetal o el reposo de los

---

[16] Leo Spitzer: *La enumeración caótica en la poesía moderna* (traducción de Raimundo Lida). Buenos Aires, Coni, 1945. Estudio incluido más tarde en *Lingüística e historia literaria*, Madrid, Gredos, 1955.

metales, el surgimiento de la vida alimentada por destrucciones y desvencijamientos oscuros.

> 9-12 *Más abajo, entre niñas sumergidas,*
> *y plantas ciegas, y pescados rotos,*
> *más abajo, entre nubes otra vez,*
> *vienes volando.*

El yo lírico corrige y amplía, dramatizándola, su búsqueda del muerto llorado. Ciego, como un roedor que no necesita de la visión en su espacio batológico, hurga, huronea otra vez, hasta dar con el fuego central de la tierra (*nubes* - vapores volcánicos) tras averiguar los estratos en que se deshacen bellas fallecidas, se mueven raíces en crecimiento y huellas de mares extinguidos (*pescados rotos*); también vuela en esa zona Alberto, sin estar ya en parte alguna.

> 13-16 *Más allá de la sangre y de los huesos,*
> *más allá del pan, más allá del vino,*
> *más allá del fuego,*
> *vienes volando.*

Regreso a estratos cotidianos, después del desesperado viaje de rescate. Si bien el deudo *vuela* y permanece, sostenido en las memorias que dejó, en verdad está —en la zona de su muerte— más allá de todo lo que fue esplendor o poderío de la vida ardiente (esa vida que lo ha misteriosamente desertado), sustento o revelación cotidiana de su fuerza existencial, instalada con vigor en el mundo concreto. El hablante del poema invoca con melancolía la gloria corporal en la acordada geometría de huesos y músculos, en el riego poderoso de la sangre joven. Y el compañero de las mesas alegres de la noche santiaguina es visto en la privación de las materias primas: el pan, el vino y, sobre todo, el fuego central, principio de existencia y energía.

> 17-20 *Más allá del vinagre y de la muerte,*
> *entre putrefacciones y violetas,*
> *con tu celeste voz y tus zapatos húmedos,*
> *vienes volando.*

El signo positivo y de afirmación vital propio de los elementos antes enumerados se trueca ahora en figuraciones sacrificiales y mortuorias: *vinagre - putrefacciones - violetas*, flores estas asimiladas a lo luctuoso y a los poderes corrosivos de la humedad y la embestida acuática (oleaje-lluvia). En la estrofa, la oposición vida-muerte se significa y acentúa en el contraste *celeste voz - zapatos húmedos*: la intensidad de una voz que permanece en la memoria acústica y el calzado destruido dentro de la tumba, zapatos vacíos de su dueño y de su oficio de llevarlo por calles y caminos.

> 21-24 *Sobre diputaciones y farmacias,*
> *y ruedas, y abogados, y navíos,*
> *y dientes rojos recién arrancados,*
> *vienes volando.*

Primera mirada hacia el contorno social oprobioso, en cuya rutina y repetición nos desgastamos, viviendo sin existencia plena, sin las intensidades salvadoras de los días abiertos al riesgo y la aventura. La voz lírica acumula —seis elementos— lo tedioso que esconden nuestros ritos cotidianos en la urbe que despersonaliza y tortura: oficinas, esperas, aglomeraciones en que uno es ninguno. Farmacias cuyos olores y productos invocan aflicciones y enfermedades, angustias de dolientes. La violencia y sonoridad de la urbe se emblematizan en sus vehículos, vistos metonímicamente a través de sus partes más móviles: *ruedas*. Éstas desencadenan la noción de viajes y traslados engorrosos, como ocurre, asimismo, con *navíos*. Si a primera vista la estrofa exalta el caotismo de una visión desesperada y confusa, el examen muestra la ilación anterior de esos elementos: al constituir un ordenado código de nociones desagradables y heridoras, nos entregan su íntima unidad imaginaria que remata en la cima de significación: los horribles *dientes rojos recién arrancados*, cuya sanguinaria plasticidad es más que palpable.

> 25-28 *Sobre ciudades de tejado hundido,*
> *en que grandes mujeres se destrenzan*
> *con anchas manos y peines perdidos,*
> *vienes volando.*

Estrofa de distensión, con respecto de la anterior. Especie de paréntesis provinciano, de pueblo dormido y vida lentísima. En sordina, se destaca el alcance casi pictórico con que esas "grandes mujeres" picassianas destrenzan su pelo, con amplitud de tiempo.

> 29-32 *Entre aviadores desaparecidos,*
> *al lado de canales y de sombras,*
> *al lado de azucenas enterradas,*
> *vienes volando.*

La imaginación poética elabora "datos" concretos (aviadores nunca hallados: Neruda mismo más de una vez emplearía el chilenísimo "más perdido que el teniente Bello") que se proyectan hacia el vuelo sin regreso, el vuelo de la muerte. Uno de esos aviadores, precisamente, cayó y desapareció en un río del sur (*canales*). *Azucenas enterradas,* como antes *niñas sumergidas,* invoca con patetismo lo hermoso arrancado con violencia y misterio de la vida, del esplendor de la existencia.

> 33-36 *Entre botellas de color amargo,*
> *entre anillos de anís y desventura,*
> *levantando las manos y llorando,*
> *vienes volando.*

El yo lírico elabora otra noción concreta, arrancada del plano biográfico: Rojas Jiménez, como el propio Neruda, era un apasionado de las botellas, sobre todo si formas y colores eran caprichosos. La muy efectiva sinestesia (*color amargo*) traduce el dolor o la amargura con que se recuerda el delicado cromatismo de tales objetos. Por primera vez la representación del desaparecido es dinámica y patética: llora y alza sus manos, como doliéndose de su propio destino e inmovilidad.

> 37-40 *Sobre dentistas y congregaciones,*
> *sobre cines, y túneles, y orejas,*
> *con traje nuevo y ojos extinguidos,*
> *vienes volando.*

Conocidas figuraciones nerudianas de lo oprobioso de la vida reglada por normas y leyes de organización se concentran en esta caudalosa estrofa. La enumeración caótica *dentistas - congregaciones - cines - túneles -orejas,* no lo es tanto si se admite que sus elementos integran, en lo interno, un sistema: traducen lo ingrato o lo complicado y solitario de nuestro existir cotidiano. Por otra parte, parecen ser una respuesta o eco interior a lo planteado en los versos 21-24, serie gemela de cinco elementos dotados de interior analogía tropológica: *diputaciones - farmacias - ruedas - abogados - navíos.* Con ello se acentúa la simetría del texto, a pesar de su aparente desorden y amontonamiento de factores dispersos. Es constante en la poética residenciaria la determinación por oficios o profesiones. La fatiga de la urbe estará siempre significada por profesiones que el yo lírico admite como robadoras de paz o libertad. *Dentista* mienta a quien nos causa dolor, incomodidad extrema, así como el diente arrancado traduce máxima sorpresa dolorosa. *Congregaciones, cines* son entidades o espacios en que nuestra individualidad se borra y somos grupo o montón. *Túneles,* territorios de soledad o sobresalto, que ya configura la poesía temprana de Neruda: "fui solo como un túnel". La *oreja,* sola, segmentada de la cabeza, no es sólo un objeto de sorpresa: acentúa lo que su forma representa: circularidad, repetición, espacio laberíntico. Y es, al mismo tiempo, en la proyección multívoca que potencia todo poema, rápida, cinematográfica visión de gentes que se desplazan, sin ver ni verse, por las calles. Así, la multitud despersonalizada es sorprendida por la visión poética que sólo percibe un desgarrador *close up*. El verso tres de la estrofa contrasta con vigor (como antes ocurriera entre *celeste voz* y *zapatos húmedos*) la vestimenta del muerto, escogida por lo general entre lo mejor de su indumentaria de vivo, y la muerte alojada en los *ojos extinguidos,* apartados de su luz mágica.

41-44 *Junto a bodegas donde el vino crece*
con tibias manos turbias, en silencio,
con lentas manos de madera roja,
vienes volando.

El vuelo del amigo desaparecido circunda ahora las bodegas de las viñas, con sus poderosos perfumes acres y etílicos: el yo lírico apunta a la vida del vino, gestándose en la oscuridad "materna" de odres y cubas (*madera roja*), y visto como un infante, en la expresividad patética de unas manos aún no nacidas, pero impulsadas de vigor. Algo hay de rescatada goliardía en este fragmento que evoca —con intenso empuje imaginario— la larga noche bohemia del grupo de amigos. El difunto, pues, visita la sede del crecimiento del vino elemental, que le trajo en vida alucinaciones y alegría.

45-48 *Sobre tu cementerio sin paredes*
donde los marineros se extravían
mientras la lluvia de tu muerte cae,
vienes volando.

Amado Alonso interpretó el "cementerio sin paredes" como si Rojas Jiménez hubiese muerto en el mar: "El amigo, muerto en el mar —escribe el ilustre crítico— en ese cementerio sin muros donde los marineros se extravían."[17] (Rojas Jiménez murió en Santiago, de una terrestre pulmonía.) La intuición lírica así expresada apunta, más bien, a la ubicuidad voladora del difunto y a la categoría ilímite del espacio en que se desplaza. Los *marineros* no lo son aquí por oficio o trabajos: la muerte es —desde la vieja figuración manriqueña— un mar, un océano en que falta toda derrota o rumbo. El verso tercero de la estrofa desencadena una serie paralela, simétrica y anafórica (que avanzará verticalmente, invadiendo otros segmentos), cuyo propósito es presentar, de modo dramático, la noción del

---

[17] Amado Olonso: *op. cit.,* p. 106.

desgajarse o *derretirse* del cuerpo llorado. El centro imaginario y el acento de significación se instalan en el símbolo *lluvia*, como humedad destructora y corrosiva, dotada de velocidad, de peso, de poder de caída, de actitud de bala (imagen muy frecuente en el periodo de las *Residencias*). Esa lluvia cae de (desde) la muerte —el propio corromperse— del poeta cuya partida se lamenta.

>49-52 *Mientras la lluvia de tus dedos cae,*
>*mientras la lluvia de tus huesos cae,*
>*mientras tu médula y tu risa caen,*
>*vienes volando.*

Continúa la estrofa, y amplía con simetrías de insistencia, la visión terrible, macabra, del deshacerse del cuerpo. La construcción es perfecta en sus valores paralelos, pero, entre ellos, se destaca la acumulación de *cae-cae-caen* por su posición final. La tremenda escena de muerte y postrimerías remata en el verso tres, en que junto al secreto contenido del hueso, cae también hacia su final destrucción la alegría que pobló ese cuerpo, significada en la ahora imposible risa o sonoro. Alonso interpreta esa *risa* como el desmadejamiento de la mandíbula, agente expresivo de la felicidad intensa. No sería extraña esa invocación de acciones por medio de toques metonímicos, a que Neruda nos ha acostumbrado bastante.

>53-56 *Sobre las piedras en que te derrites,*
>*corriendo, invierno abajo, tiempo abajo,*
>*mientras tu corazón desciende en gotas,*
>*vienes volando.*

Recoge esta estrofa la configuración imaginaria de la anterior, en la visión de una *lluvia* orgánica que caía de frágiles dedos, de huesos y médulas. El cuerpo yace sobre las piedras y se derrite: la lluvia, ahora, mana del corazón, que secreta gotas-lágrimas, y el vuelo se determina espacialmente. Ocurre en el *invierno* sin límites, se da en el *tiempo*: la singular construcción con *abajo* (del tipo *calle abajo*) profundiza los límites de desplazamiento como un viaje ultraterreno, con alcances inusitados para el simple recorrido físico.

>57-60 *No estás allí, rodeado de cemento,*
>*y negros corazones de notarios,*
>*y enfurecidos huesos de jinetes:*
>*vienes volando.*

El yo lírico se rebela y desespera al considerar al vital amigo reducido a una negación del espacio amplio, lejos de donde la vida sigue y lanza sus apelaciones amables. A la visión del cuerpo, inmóvil en su nicho de cemento, agrega dos versos dinámicos y vigorosos en su contraste: no sólo le aprisiona el cemento de la tumba. A su lado se libra un combate singular entre los *negros corazones de notarios* —merecedores del destierro de la vida que es la muerte— y los *enfurecidos huesos de jinetes*. El jinete emblematiza o cifra la velocidad, la gracia del movimiento concertado de cabalgadura y caballero, la rapidez —su riesgo— y el dinamismo con elegancia. Los huesos del jinete, como los del deudo llorado, no tendrán conformidad en su condena a la quietud: están *enfurecidos* de falta de vida, de imposibilidad de desplazamiento. Los notarios —sus corazones son negros—, y ya se sabe, en el código simbólico nerudiano figuran como negación de la vida que discurre libre y espléndida lejos de ellos y sus documentos. Los notarios nos hacen pensar en papeles sellados, tintas de colores siniestros, vestimentas nocturnas. En suma de la necesidad de someternos a ajenos mandatos, a regular nuestros días y a aceptar las leyes que codifican el contorno social.

> 61-64 *Oh amapola marina, oh deudo mío,*
> *oh guitarrero vestido de abejas*
> *no es verdad tanta sombra en tus cabellos:*
> *vienes volando.*

Enfrentamos la cima patética y panegírica del poema, y por tal razón la estrofa se formaliza en una tríada exclamativa a la que se deslizan máximas cifras simbólicas de intensidad y autenticidad de vida, *amapola, guitarra (guitarrero)* y *abejas*. El autor no ha sentido la necesidad de acompañar esos fervientes sintagmas con signos de exclamación. Ellos son innecesarios: el *pathos* circula internamente. Que llame a su amigo —a quien tantas veces vio como un marinero desbordante— *amapola marina*, es decir, enérgica, masculina y violenta flor marítima, no puede sorprendernos, si recordamos el tono vital exaltado de Rojas Jiménez (clave de construcción imaginaria a lo largo de la elegía). En la estrofa se plantea el primer elemento de una estructura paralela de negaciones o rechazos de la muerte cuyo máximo desarrollo lo entrega la estrofa próxima, con amontonamientos rítmicos repetitivos (*no es verdad...*) y concatenantes. Es un modo dinámico y elástico de comunicar entre sí los periodos estróficos que conoció la poesía medieval (Berceo, por ejemplo) y que Darío, en el modernismo literario, llevó a máxima perfección de musicalidad, como ocurre, por ejemplo, en "La página blanca".

> 65-68 *No es verdad tanta sombra persiguiéndote*
> *no es verdad tantas golondrinas muertas,*

> *tanta región oscura con lamento:*
> *vienes volando.*

Negación y protesta del yo lírico atribulado. Entre conocidas figuraciones de lo luctuoso, destaca la muerte ensañada con la gracia y el vuelo sorpresivo de las golondrinas, no sólo asociadas con particular estación del año, sino aves portadoras de nostalgia y de convocación lírica.

> 69-72 *El viento negro del Valparaíso*
> *abre sus alas de carbón y espuma*
> *para barrer el cielo donde pasas:*
> *vienes volando.*

Estrofa perfecta y "cerrada" que contiene una espléndida falacia patética —ese "error que la mente tolera cuando es fuertemente afectada por la emoción", como define Ruskin[18]—: las alturas celestiales de Valparaíso se hacen cómplices y homenajean al muerto, lavándole de nubes el espacio de su vuelo. No marginemos el significado del puerto de Valparaíso en la vida y el arte chilenos o su proyección en la vida y obra de Neruda. Aprendió a amar ese puerto en contacto con Rojas Jiménez, descubridor de un lugar de maravillas secretas y repetidas: "Él me mostró Valparaíso, y aunque su visión del puerto era como si nuestro puerto extraordinario estuviera dentro de una botella encantadora, él descubría los colores, los objetos, y hacía de todo algo irresistiblemente novelero."[19]

> 73-76 *Hay vapores, y un frío de mar muerto,*
> *y silbatos, y meses, y un olor*
> *de mañana lloviendo y peces sucios:*
> *vienes volando.*

"Cuadro" porteño, con extrema apelación sensorial: lo visual-pictórico (barcos, peces con color de mar revuelto), lo auditivo, lo térmico propio del invierno porteño. El tiempo (*meses*) es el tiempo de la invocación nostálgica, un *in illo tempore* fugado y extinguido que apenas unas memorias tristes ahora sostienen. Enérgica estrofa cuya dispersión de elementos desazona al lector por su intensa condición heteróclita: un verdadero asalto a la imaginación, como otros segmentos del poema.

[18] "Error [...] which the mind admits when affected strongly by emotion." "Of the Pathetic Phallacy", *Modern Painters* III, 1856. Cit. en *Princeton Encyclopedia of Poetry and Poetics*. Princeton University Press, 1972, s. v. "Pathetic Phallacy".
[19] Margarita Aguirre: *op. cit.*, p. 100.

> 77-80 *Hay ron, tú y yo, y mi alma donde lloro,*
> *y nadie y nada, sino una escalera*
> *de peldaños quebrados, y un paraguas:*
> *vienes volando.*

Suma concentración sentimental de autobiografía y antiguos recuerdos "porteños". En la disociación *ron-tú-mi alma*, ésta se concibe como recinto o espacio, *donde*, como sombría habitación de quejas y de lágrimas por el ausente definitivo. El yo *corrige* su visión y comprueba que no hay *nadie* ni *nada*, como queda todo después del oficio de la muerte. "Redecora" ese vacío con dos violentos símbolos plásticos de destrucción y de fracaso, de fealdad, de soledad pungente y abandono: una escalera que no lleva a ninguna parte, porque sus peldaños aparecen rotos, y un paraguas, la fealdad práctica en color funeral. Tan triste espacio como el que se articula ante nuestra imaginación nos hace pensar en la pintura surrealista contemporánea al poeta. ¿Neruda, surrealista, como propone la vieja pregunta? Sería mejor responder con las palabras de Rafael Alberti a Vittorio Borghini: "La cosa estaba en el aire." ¿Como habría podido sustraerse un poeta inserto tan vivamente en las artes de su tiempo a los efectos de la *imaginación surrealista*?

> 81-84 *Allí está el mar. Bajo de noche, y te oigo*
> *venir volando bajo el mar sin nadie,*
> *bajo el mar que me habita, oscurecido:*
> *vienes volando.*

Mar de Barcelona, es seguro, donde se escribe el poema. El vuelo, mágico y visionario, ahora marcha a su fin, a su última identificación con esa nada que es el *agua de los muertos* de la próxima estrofa. Natación-vuelo, mar interior, incorporado al hablante, chapoteo difícil, ya ciego y sin destino previsto: *sin nadie*.

> 85-88 *Oigo tus alas y tu lento vuelo,*
> *y el agua de los muertos me golpea*
> *como palomas ciegas y mojadas:*
> *vienes volando.*

El verso 85 nos entrega —por primera vez— una calificación de ese vuelo torpe de la muerte. Es ese *lento* de tanta significación en el sistema léxico y de desplazamiento de figuras en las dos primeras *Residencias*. El desolado cantor del amigo muerto parece alcanzar conciencia, por fin, de su definitiva ausencia. Esa seguridad de silencio e inmovilidad es la que le golpea con su frío propio irredargüible *el agua de los muertos me golpea*... Insistamos en esta fuerte intuición lírica del agua-muerte. Sabemos que el poeta, desde la infancia, se familiariza con lo líquido destructor y corrosivo, en las interminables lluvias invernales de Temuco y Cautín: rincones húmedos, verdín creciente e invasor, corrosión-germinación. Neruda insistió, toda vez que pudo, en esa compañía permanente que le proporcionaron las noches de lluvia huracanada, el perpetuo caer de las gotas. Años después, una experiencia pavorosa corroborará en el plano cotidiano lo intuido por el poeta a propósito de la humedad y sus destructoras asociaciones. Tal oportunidad es la que de nuevo le brindó el sur lluvioso de Chile —su mejor espacio de nutrición poética— con motivo del traslado de los restos de su padre a otro nicho:

> Fuimos al mediodía con mi hermano y algunos de los ferroviarios amigos del difunto, hicimos abrir el nicho ya sellado y cimentado el ataúd y, al bajarlo de su sitio, ¡ay!, sin creer lo que veía, vimos bajar de él cantidades de agua, cantidades como interminables litros que caían de adentro de él, de su substancia.
>
> Pero todo se explica: esta agua trágica era lluvia, lluvia tal vez de un solo día, de una sola hora tal vez de nuestro austral invierno, y esta lluvia había atravesado techos y balaustradas, ladrillos y otros materiales y otros muertos hasta llegar a la tumba de mi deudo. Ahora bien, esta agua terrible, esta agua salida de un imposible, insondable, extraordinario escondite, para mostrarme a mí su torrencial secreto, esta agua original y temible me advertía otra vez con su misterioso derrame mi conexión interminable con una determinada vida, región y muerte.[20]

Pero los versos 85-88 no sólo despliegan ante el lector el golpe de tal agua siniestra de vida-muerte: se agrega una comparación concreta que explicita el *lento vuelo* y lo asocia a palomas perdidas en el espacio —¡el ave sin sus ojos!—, trasladándose con vuelo pesado, al contaminarse sus alas con esas aguas de muerte.

> 89-93 *Vienes volando, solo, solitario,*
> *solo entre muertos, para siempre solo,*
> *vienes volando sin sombra y sin nombre,*
> *sin azúcar, sin boca, sin rosales,*
> *vienes volando.*

La estrofa de conclusión del poema, es natural, representa un esfuerzo lírico por concentrar y acentuar, con ritmos que envuelven y se enroscan sobre sí mismos, misteriosos alcances fónicos en torno a la noción de total soledad y abandono de la muerte. Los dos primeros versos juegan —con trágico alcance— en torno a *solo*, partícula destacada en sus posibles posiciones en el verso y en sus variaciones

[20] Pablo Neruda, "La copa de sangre", *OC* (1968). Tercera ed., p. 1055.

verbales: *solo, solitario.* Tal reiteración se acompaña con otra, referida a carencia, dramática falta de algo: *sin,* iterada cinco veces para acrecentar lo que tales faltas significan, como adiós a lo bello y exultante de la vida, como renuncia a la propia corporalidad e identidad (*sin sombra - sin nombre*). Ni lo dulce de la existencia (*azúcar*), ni la posibilidad de canto o beso (*boca*) y, para remate de la serie, lejos ya de todos los placeres posibles (*rosales*). El poeta que creció luchando contra la herencia modernista disuelta en su primer libro, *Crepusculario,* toma el mismo símbolo rubeniano de los rosales (con la cabeza gris me acerco / a los *rosales* del jardín), para sellar así su deuda y dependencia con una tradición poética junto a la que creció.

XI. "REUNIÓN BAJO LAS NUEVAS BANDERAS", O DE LA CONVERSIÓN POÉTICA DE PABLO NERUDA

Mario Rodríguez Fernández

Quién *ha mentido? El pie de la azucena*
roto, insondable, oscurecido, todo
lleno de herida y resplandor oscuro!
Todo, la norma de ola en ola en ola,
el impreciso túmulo del ámbar
y las ásperas gotas de la espiga!
Fundé mi pecho en esto, escuché toda
la sal funesta: de noche
fui a plantar mis raíces:
averigüé lo amargo de la tierra:
todo fue para mí noche o relámpago:
cera secreta cupo en mi cabeza
y derramó cenizas en mis huellas.

Y para quién busqué este pulso frío
sino para una muerte?
Y qué instrumento perdí en las tinieblas
desamparadas, donde nadie me oye?
No,
    ya era tiempo, huid,
sombras de sangre,
hielos de estrella, retroceded al paso de los pasos humanos
y alejad de mis pies la negra sombra!

Yo de los hombres tengo la misma mano herida,
yo sostengo la misma copa roja
e igual asombro enfurecido:
                      un día
palpitante de sueños
humanos, un salvaje
cereal ha llegado
a mi devoradora noche
para que junte mis pasos de lobo
a los pasos del hombre.
                    Y así, reunido,
duramente central, no busco asilo
en los huecos del llanto: muestro

*la cepa de la abeja: pan radiante
para el hijo del hombre: en el misterio el azul se prepara
para mirar un trigo lejano de la sangre.
Dónde está tu sitio en la rosa?
En dónde está tu párpado de estrella?
Olvidaste esos dedos de sudor que enloquecen
por alcanzar la arena?
     Paz para ti, sol sombrío,
paz para ti, frente ciega,
hay un quemante sitio para ti en los caminos,
hay piedras sin misterio que te miran,
hay silencios de cárcel con una estrella loca,
desnuda, desbocada, contemplando el infierno.*

*Juntos, frente al sollozo!
    Es la hora
alta de tierra y de perfume, mirad este rostro
recién salido de la sal terrible,
mirad esta boca amarga que sonríe
mirad este nuevo corazón que os saluda
con su flor desbordante, determinada y áurea.*

La tercera *Residencia en la tierra*,[1] compuesta por poemas escritos entre el año 1935 y 1945, contiene una composición que nos permite fijar el límite preciso en que se produce un grave y profundo cambio en la índole poética de Pablo Neruda. "Reunión bajo las nuevas banderas" se titula este poema. En él se proclama un nuevo y diferente modo de estar puesto en el mundo. El hablante lírico se hace cargo de una imagen de sí mismo hasta ahora ignorada, oculta, y, sin embargo, sentida como la más propia. Ello modifica poderosamente su relación con la realidad que hasta entonces se había mostrado como carente de sentido, de confianza, de familiaridad.

[1] *Tercera Residencia en la tierra* es un libro construido sobre diferentes niveles de realidad y modos de poetizar. El lenguaje lírico de los seis primeros poemas es similar al empleado en las dos primeras *Residencias*, la misma consecuencia se ofrece en el temple de ánimo. La fecha de composición de estos poemas es anterior a 1935 (fecha propuesta como inicial para la redacción del libro), a juzgar por una nota colocada delante del poema "Las furias y las penas" que sigue inmediatamente a los seis poemas. "En 1934 fue escrito este poema. ¡Cuántas cosas han sobrevenido desde entonces! España, donde lo escribí, es una cintura de ruinas. ¡Ay! si con sólo una gota de poesía o de amor pudiéramos aplacar la ira del mundo, pero eso sólo lo pueden la lucha y el corazón resuelto. El mundo ha cambiado y mi poesía ha cambiado. Una gota de sangre caída en estas líneas quedará viviendo sobre ellas, indeleble como el amor. Marzo de 1939."
Se hace evidente en esta cita el papel fundamental que España reclama en la conversión de Neruda. Frente a la revolución española el poeta sintió

El yo se veía así, arrojado a un mundo inhóspito, extraño, imposible de incorporar, de interpretar, de hacer suyo, en fin. Ahora se ha descubierto, se ha desenterrado el verdadero rostro del mundo. En él hay un sentido determinado, un lugar para el yo, un combate viviente que lo llama.

Bajo la nueva imagen de sí mismo y el mundo, es de suyo evidente, que los antiguos modos de existencia deben aparecer no sólo como impropios, sino aun como engañosos:

>	¿Quién ha mentido? El pie de la azucena
>	roto, insondable, oscurecido, todo
>	lleno de herida y resplandor oscuro!
>	Todo, la norma de ola en ola en ola,
>	el impreciso túmulo del ámbar
>	y las ásperas gotas de la espiga!
>	Fundé mi pecho en esto, escuché toda
>	la sal funesta: de noche
>	fui a plantar mis raíces:
>	averigüé lo amargo de la tierra:
>	todo fue para mí noche o relámpagos:
>	cera secreta cupo en mi cabeza
>	y derramé cenizas en mis huellas.

derrumbarse su antiguo mundo fundado en la soledad, la angustia y la preocupación ontológica:

>	Preguntaréis: y dónde están las lilas?
>	y la metafísica cubierta de amapolas?
>	Y la lluvia que a menudo golpeaba
>	sus palabras llenándolas
>	de agujeros y de pájaros?
>	.....
>	Venid a ver la sangre por las calles,
>	venid a ver
>	la sangre por las calles,
>	venid a ver la sangre
>	por las calles!

Frente al dolor del hombre, ante su sangre derramada cae abatida a grandes golpes la poesía metafísica. Nadie podrá reprocharle el olvido de los antiguos motivos poéticos, ¿cómo cantar a las lilas mientras la sangre corre por las calles?

Es así como inmediatamente después de "Reunión bajo las nuevas banderas" (octavo poema del libro), se inserta *España en el corazón*, publicada anteriormente, como libro independiente, en 1938. Esta primera edición de *España en el corazón* es singular. El pie de imprenta dice: Ejército del Este. Ediciones literarias del Comisariado. La edición estuvo a cargo de Manuel Altolaguirre y como tipógrafos actuaron los soldados. Como faltara materia prima para fabricar el papel, los soldados echaron en la pasta una bandera enemiga y la camisa de un prisionero moro.

El hablante lírico comienza preguntándose: ¿quién ha mentido? ¿Yo que fundé mi existencia en lo hostil y caótico, o el mundo que así ("mentirosamente") se me presentaba?

¿Qué condujo al yo a organizar su existir de un modo tan funesto? ¿Quién le abrió este mundo donde la belleza y ternura —de por sí quebradiza— parecía como despedazada (*el pie de azucena roto*), imposible de ser incorporada (*insondable*), encubierta, entenebrecida (*oscurecida*)?

Se trata, en una primera instancia, de poner de manifiesto el engaño a que vivió entregado el yo lírico, a descubrir la impropiedad de sus vivencias inmediatamente anteriores. Aquellas que le entregaban la realidad —azucena, ola, ámbar, espiga— como dolorosa (*todo lleno de herida*) y engañosa (*resplandor oscuro*). Reparemos cómo el hablante para conseguir la idea que la totalidad de los entes del mundo (entendiendo *entes del mundo* como aquellos referidos estrictamente a lo que está *ante los ojos*, a los puramente fácticos) estaba sujeta al encubrimiento doloroso, muestra éste obrando desde lo exacto y regular evidenciado en el ritmo oceánico (*la norma de ola en ola*), hasta lo impreciso y confuso de la construcción del ámbar, sin que deje de tocar la belleza de la más tierna materialidad ni la áspera germinación de los cereales.

En este mundo inhóspito, incierto, despojado de sus valores básicos —ternura, belleza, orden, permanencia, germinación— fundó el yo su peculiaridad más propia. Allí se le hizo perceptible la desintegración, la destrucción mortal (*escuché toda la sal funesta*).[2] En medio de la noche trató, entonces, de fundamentar la propiedad de su existencia, quiso afianzarse en lo telúrico, pero sólo logró aprisionar lo hostil, lo que no se entregó por amargo —*lo amargo de la tierra*— por denso —*noche*— o fugaz —*relámpago*. La dificultad esencial reside en la imposibilidad de incorporar, de hacer suya esta realidad. Ella aparece como ajena, desprovista de estímulo, extraña al yo. La asunción de este modo de ser terminó por enfrentar al yo lírico a la muerte (*cera secreta, cenizas*). Es decir, enfrentado a realidad tan caótica e incierta el yo lírico termina por verse expuesto a la situación más radical y conminatoria: la muerte. Ella se instala en su existencia (*cupo en mi cabeza*), llega a "vivir" en su vida (*cenizas en mis huellas*).

La pregunta que encabeza la estrofa siguiente se nos muestra así, como propia de suyo:

Y para quién busqué este pulso frío
sino para una muerte?

---

[2] "La sal y las sales, además, son elementos imaginativos en lo que es intuición poética nuclear de P. N.: la perpetua desintegración de todo", dice Amado Alonso en su *Poesía y estilo de P. N.* (1951), p. 239.

> *Y qué instrumento perdí en las tinieblas*
> *desamparadas, donde nadie me oye?*
> *No,*
>   *ya era tiempo, huid*
> *sombras de sangre,*
> *hielos de estrella, retroceded al paso de los pasos humanos*
> *y alejad de mis pies la negra sombra!*

Este *pulso frío*, esta existencia fundada en lo ajeno y hostil no estaba hecha sino para una muerte. El yo se sentía destinado a una muerte (reparemos que no es *la* muerte, sino *una* muerte) "nacida" de su peculiaridad ya descrita; en otros términos, una existencia solitaria, desorientada, expuesta a la peligrosidad del mundo conlleva, por así decirlo, una muerte propia, no la *muerte* —categoría de amplitud a la par de *vida*— sino un morir específico que ha madurado en un vivir también incambiable.

Este vivir vuelve a ser mostrado como animado de un cabal sentimiento de pérdida y como arrojado en medio de las tinieblas, falto de amparo y de relación humanos. El yo se siente puesto en una soledad desesperanzada, afianzada sólo en su desorientada subjetividad (*y qué instrumento perdí...*) rodeado, aprisionado por lo lúgubre, sin que haya un lugar de amparo, un real asidero para su atormentado existir. Está negada, también, la posibilidad de comunicación, el establecimiento de un vínculo humano,[3] y por ende, negada la utilidad del canto poético (*donde nadie me oye*).

Doblemente se nos presenta el yo necesitado del otro. La cuestión de franquía y cerrazón es esencial a toda la lírica nerudiana anterior a este momento. Ella se ha resuelto, constantemente, en favor de la cerrazón. Sin embargo, ello no quiere decir que el hermetismo haya sido establecido con premeditación. El yo aparece como fuertemente inclinado a comprometerse, ansioso y anheloso de franquear su existencia, la imposibilidad para que tal cosa ocurra está puesta de manifiesto en estas dos primeras estrofas. Existen, una primera oposición en la excesiva materialidad del fundamento invocado (mar, tierra y vegetales) y, una segunda, en la sostenida negación del vínculo humano. Desde aquí se abre la dual necesariedad del otro: una posibilidad de afianzar la existencia y un destinatario del canto poético, auténtica comunicación fundada en sentido real y positivo que despierta el vínculo humano accedido.

[3] En *El sentimiento de lo humano en América. Antropología de la convivencia*. Santiago, Ed. Universitaria, 1953. Tomo II, en el capítulo IV "El mundo poético de Neruda como voluntad de vínculo", Félix Schwarzmann ve el universo lírico de Neruda fundado en la voluntad esencial de vincularse al otro. Esta voluntad de vínculo obstaculizada por la impropiedad de uno de sus términos: el prójimo, que se muestra como *fugaz, remoto e incierto*, **nos evidenciaría la unidad espiritual de esta poesía, su núcleo significativo esencial.**

Si la cerrazón ha atraído sólo angustia, desamparo, incertidumbre no podrá dejar de ser rechazada enérgicamente por el hablante lírico: *no, ya era tiempo, huid, sombras de sangre...*

Se conjuran las sombras amenazantes y ominosas, la frialdad cósmica (*hielos de estrellas*) en que se mueve esta existencia por solitaria, bajo la luz radiante —evidenciada por antítesis— de la presencia de los otros hombres. El entenebrecido temple de ánimo (*stimmung*) hasta ahora poetizado se hace luminoso y franco en cuanto el hombre se incorpora como tema y destinatario de esta lírica.

Quiere decir ello que la poesía inmediatamente anterior —nos referimos a las dos primeras *Residencias*— puede ser concebida como *deshumanizada?*

En rigor, no cabría afirmarlo. Lo que ocurre es que estamos frente a una conversión, que podría ser definida como el paso de un individualismo hermético a un *socialismo* franco. En ninguno de los dos momentos falta el hombre, lo que hay es una concepción diferente del sentido propio de la existencia, especialmente en lo que se refiere a la relación de hombre y mundo.

En *Residencia en la tierra* está presente la idea de "prisión". El hablante lírico se intuye a sí mismo como rodeado por lo impenetrable, limitado por lo insalvable, estrechado por lo ominoso y hostil. La idea se concretiza en una imagen decidora: *Las cosas se unen en torno a mí como paredes* ("Unidad"). Mundo llega a ser, así, el ámbito donde todas estas categorías negativas se ejercitan sobre el yo que se siente aprisionado en medio de ellas, sin un lugar de amparo, sin medio de salvación, incapaz de penetrar en la dureza pétrea que lo oprime. La idea puesta de manifiesto es que el ser humano ha sido arrojado a una situación de suyo insuperable, ajena y opresora. Ahora bien, el peso de este mundo es tan considerable en lo que hace referencia a lo fáctico —piedras, mar, tierra, estrellas, nieve, sonidos, zapallos, cebollas, etc.— como a lo utilizable manualmente —escobas, zapatos, herramientas, utensilios, etc.— que conduce al yo a tratar de entenderse a sí mismo desde todo esto que no es el mismo, sino lo que le hace frente aprisionándolo. De aquí proviene la materialidad de la poesía de *Residencia en la tierra* como su angustia y oscuridad.

Ahora, el mundo, entendido en este momento como contorno humano, se hace familiar, se hace suyo, se vuelve acogedor en cuanto percibe el yo la semejanza fundamental entre su modo de ser y el de los otros. La hostilidad es por el amparo, la angustia por el entusiasmo, la soledad por la solidaridad, las tinieblas inhóspitas por la más alta claridad.

Los términos con que se presenta el mundo han sufrido una radical conversión:

Yo de los hombres tengo la misma mano herida,
yo sostengo la misma copa roja
e igual asombro enfurecido:
                    un día
palpitante de sueños
humanos, un salvaje
cereal ha llegado
a mi devoradora noche
para que junte mis pasos de lobo
a los pasos del hombre.

El yo proclama las estructuras fundamentales que existen entre su vida y la de los otros hombres. Para ello se hace cargo de una nueva imagen de sí mismo, como hemos dicho, que lo aproxima justa y plenamente a la existencia comunitaria. Ella está vista, también, bajo una nueva imagen. Ya no se presenta como anodina y banal, sino como dolorosa (*mano herida*), pero también como esperanzada (*la copa roja*) y como posible de erguirse enfurecida (*el mismo asombro enfurecido*).

El hablante lírico participa, hace suya esta condición dolorosa, esperanzada y enfurecida de la existencia humana. El yo se siente puesto apropiadamente en medio de la corriente de la vida del hombre. Vida que fluye con un sentido justo, alto y apropiado. Basta incorporarse a ella para captar este sentido y edificar los fines propios de la existencia.

Es de suyo evidente que el mundo aparezca ahora como comprensible, familiar, valioso y amparador y que el yo se sienta seguro en él como en su casa (la casa es aquel espacio que por familiar, seguro y nuestro aparece como el símbolo más justo del amparo).[4]

Reparemos cómo ha cambiado la relación hombre-mundo. La existencia se encuentra referida ahora a lo social, no entendida al modo de *Residencia en la tierra*, como el lugar donde puede *caer* y degradarse la existencia, sino el ámbito justo donde ella puede realizarse plenamente. La opuesta concepción de la relación comunitaria es lo que origina, según sea el caso, la cerrazón o franquía de esta lírica.

Ha llegado a las sombras angustiosas en que se debatía el yo lírico (*devoradora noche*) la claridad de lo cotidiano sustentado en la más profunda plenitud humana (*un día palpitante de sueños*) y en la radicalidad renovada de lo vegetal (*un salvaje cereal*). Todo ello viene

---

[4] Gaston Bachelard, en *La poétique de l'espace*, París, 1958, ha propuesto una clase especial de símbolos, que él llama *símbolos especializados*. La casa es uno de estos símbolos. Ella es un espacio feliz, óptimo. Frente a la hostilidad del mundo, un espacio ajeno y enemigo, la casa es amparadora y especialmente dichosa en los niveles que nos recuerdan la infancia: el desván o la sala de juegos. (Edición en español, FCE, 1965.)

o moverlo, a vincular su existencia solitaria (*pasos de lobo*) a los otros hombres, de quienes el yo se siente uno más.

Si el mundo poético de *Residencia en la tierra* se presenta como constituido por la más opresora materialidad y como definido por la incertidumbre y la heterogeneidad, el proclamado en "Reunión bajo las nuevas banderas" se establece bajo el fundamento y la dirección proporcionados por el vínculo humano establecido. La realidad ya no puede aparecer como limitativa y hostil sino como abierta y estimulante, el yo se encuentra puesto en un mundo hecho a semejanza suya, destinado a contenerlo con la exactitud y justeza con que —recurriendo a una imagen— el aire sostiene el vuelo del pájaro. En rigor, se ha recuperado la confianza en el mundo y se ha abierto el alto quehacer que allí aguarda.

> *Y así, reunido,*
> *duramente central, no busco asilo*
> *en los huecos del llanto: muestro*
> *la cepa de la abeja, pan radiante*
> *para el hijo del hombre: en el misterio el azul se prepara*
> *para mirar un trigo lejano de la sangre.*
> *Dónde está tu sitio en la rosa?*
> *En dónde está tu párpado de estrella?*
> *Olvidaste esos dedos de sudor que enloquecen*
> *por alcanzar la arena?*

El vínculo humano (*y así reunido*) permite al hablante lírico centrarse firmemente sobre sí mismo (*duramente central*). Ello le mueve a rechazar la posibilidad de entregarse a la lamentación, a la dolorida sentimentalidad (al fin de cuentas un asilo para la angustia del ser humano) y a cantar los valores más puros de la existencia, lo radicalmente vital, lo entusiástico, lo ardoroso (significaciones todas atraídas por la imagen "la cepa de la abeja"[5]) tan necesario para el hombre como el pan. No es, pues, la existencia de la angustia, de lo incierto, lo que debe patentizar la poesía, sino lo que "alimenta", "nutre" al hombre: la certeza, la radicalidad de las fuerzas vitales, lo renovado indestructiblemente.

Al cambiar el temple de ánimo poetizado ha cambiado el concepto y función de la obra lírica.

Desde el nuevo estado que ha ganado el hablante cuestiona tu anterior modo de existir: qué se ha hecho —se pregunta— tu erotismo (*sitio en la rosa*), qué se ha hecho tu obsesionante mirar frío, *párpado de estrella* manifiesta a la par lo permanente y fijo —jamás

---

[5] Son símbolos del ardor de la vida, del frenesí amoroso o báquico o dionisiaco. Podría explicarse bien con un verso del mismo Neruda: "delirante población de estímulos" ("Trabajo frío"). *Cf.*, Alonso, *op. cit.*, p. 217.

la estrella cierra sus párpados— y lo lejano y frío —recordemos la imagen anterior *hielos de estrella*— has logrado, en fin, olvidar aquel manipuleo frenético (*dedos de sudor que enloquecen*) que no conduce a ninguna parte sino a lo que se escurre entre los dedos (*la arena*)?

La respuesta que tiene el hablante lírico para estas cuestiones obsesionantes es que, ya ha llegado el tiempo de olvidar la angustia, lo erótico y el desamparo. Ahora su corazón requiere paz para entregarse y cantar libremente a lo que espera en el camino, en las piedras y en el dolor del hombre.

> *Paz para ti, sol sombrío,*
> *paz para ti, frente ciega,*
> *hay un quemante sitio para ti en los caminos,*
> *hay piedras sin misterio que te miran,*
> *hay silencios de cárcel con una estrella loca,*
> *desnuda, desbocada, contemplando el infierno.*

Le aguarda al yo el combativo agitarse de la vida, su aspereza elemental y el dolor de los hombres expuestos a la expresión o maltrato de otros.

Consciente de la tarea que le espera el hablante vuelve a proclamar su nuevo puesto en el mundo:

> *Juntos, frente al sollozo!*

Vinculado profundamente a los otros, solidario frente al dolor, alcanzada la hora de máxima plenitud el yo se ofrece a los otros como recién escapado del caos y la angustia —estamos frente al náufrago salvado del vasto y terrible desorden del mundo de las *Residencias*:

> *Es la hora*
> *alta de tierra y de perfume, mirad este rostro*
> *recién salido de la sal terrible,*
> *mirad esta boca amarga que sonríe,*

En medio de la plenitud del tiempo, e instalado entre los otros, el hablante lírico se autopresenta con dos imágenes típicas de *Residencia en la tierra*: "sal terrible" y "boca amarga", aludiendo a su existir anterior expuesto a la desintegración y angustia. Frente a ellas aparecen las nuevas imágenes propias del hombre nuevo: esta boca amarga *sonríe*, esta sal terrible ha sido vencida. Ahora hay un corazón renovado que saluda, solidario, decidido (pleno de sentido) y entusiasta:

*Mirad este nuevo corazón que os saluda
con su flor desbordada, determinada y áurea.*

Estamos ante una conversión poética. Ante un grave cambio lírico. ¿Qué ha cambiado, en rigor?
Básicamente el temple de ánimo.
La lírica es poetizadora de temples de ánimo. Es decir, se trata de una estructura de lenguaje en que las objetividades representadas, lo enunciado, no tiene valor en sí, sino en la medida que permitan que se despliegue, un temple de ánimo. De este modo las objetividades en la lírica se presentan como *traspasadas*, como vividas de antemano, como atemperadas, como radicalmente transformadas e iluminadas por el temple de ánimo. ¿Qué debemos entender por este último? Es una *imagen* de sí mismo y del mundo que nos presenta el hablante lírico, el modo de hacer patente su ser, no como algo conseguido mediante la meditación abstracta, sino como algo vivido por única vez.[6]

Ahora bien, ¿cuál es el temple de ánimo poetizado en *Residencia en la tierra*?
La impresión más a la mano que nos da esta poesía es la de encontrarnos ante un temple de ánimo dramático, singularizado por tensiones irresolutas, angustioso y trágico. El hablante lírico concibe su ser como arrojado a un mundo inhóspito, heterogéneo y opresor. Se ve a sí mismo instalado en la inseguridad más profunda, expuesto a la peligrosidad, confusión y animosidad de una realidad enemiga y abrumadora. Se ha desplomado aquel mundo (poetizado en la lírica moderna)[7] que por su racionalidad, acabo y comprensibilidad

---

[6] Johannes Pfeiffer. *La poesía*. México, 1954. Se refiere al temple de ánimo en los siguientes términos: "Heidegger habla de la fuerza reveladora del temple de ánimo; Jaspers, de su virtud iluminadora. En este nuestro estar templados, atemperados, y por medio de él, se pone de manifiesto lo que ocurre en lo más profundo de nuestro ser; el temple de ánimo nos coloca ante nosotros mismos, traiciona algo de las secretas profundidades de nuestra verdadera situación" (p. 54).
Si la obra lírica podría ser definida como aquella en que el estrato substancial es el estrato del hablante ficticio en cuanto "expresado" (*Cf.* Félix Martínez. *La estructura de la obra literaria*. Universidad de Chile, 1960), debemos entender que esta revelación del ser del hablante (justa manera de concebir la dimensión expresiva) sólo es posible a través de un temple de ánimo. Mediante él es vuelto patente el ser como una carga, se *visualiza* ante nosotros, se *objetiva* ante nuestros ojos.

[7] Distinguimos nosotros tres momentos, tres conceptos del género lírico. 1. La lírica clásica; 2. la lírica moderna (que comienza en el siglo XIX con el romanticismo), y 3. la lírica contemporánea (que se inicia con Baudelaire, Mallarmé, Rimbaud y se extiende hasta nuestros días).
Cada uno de estos momentos está singularizado por un tipo de imágenes, un temple de ánimo, una estructura y una función diferentes.
Así, la lírica clásica nos ofrece una metáfora fundada sobre la similitud

hacía sentirse a los hombres como en su casa. Ya no hay un orden natural ni una realidad racional en la cual baste participar para sentirse seguro. Ya *nada hay de precipitado, ni de alegre, ni de forma orgullosa (débil del alba)*. En rigor, el yo de *Residencia en la tierra*, es un yo aprisionado en medio de un mundo extraño. Estamos frente a la idea de "prisión".

Estructura. Un temple de ánimo de esta naturaleza exige una estructura peculiar. La tensión dramática propia de esta lírica nace del enfrentamiento de un yo a un *tú*. En los términos aquí dados, del enfrentamiento del hablante lírico de *Residencia* al mundo concebido es prisión. Es decir, el ser del hablante se nos revela a través del encuentro con una situación dada. Se configura de este modo una estructura apostrófica.[8] Ella crea *formas interiores específicas* como "la anunciación" (en *Barcarola* encontramos esta forma. Allí el hablante proclama la posibilidad de advenimiento de un ser numinoso) "la decisión" (esta forma nace como resultado del encuentro entre el yo y el *tú*), "el ensalmo", "el llamado", etcétera.

Ahora bien, el temple de ánimo poetizado en "Reunión bajo las

física del plano real y el evocado —perlas de la boca—; la lírica moderna funda la imagen en un nivel básicamente espiritual —*un pajarillo es como un arcoiris*—; la lírica contemporánea termina definitivamente con la relación de planos, anula uno de ellos (el real) y construye la visión. Ella no es una máscara que oculte un rostro. Es la expresión de una entidad desconocida, un *símbolo real - miradas polvorientas caídas al suelo*.

El temple de ánimo clásico nos revela un hablante lírico altamente seguro del exacto sentido del mundo, reticente a una fácil entrega al dolor contenido, capaz de discernir entre lo accesorio y lo esencial, entregándonos la atemperada iluminación del ser puesto adecuadamente en el mundo.

El temple de ánimo de la lírica moderna está implícito en la definición romántica de la poesía: expresión de un estado de alma (definición inconcebible en la lírica clásica). Casi siempre este estado de alma se ofrece como perturbado ya sea por el dolor (la categoría más común), o la dicha más alta. Ambos se ponen de manifiesto abiertamente, se *confiesan* al lector con toda plenitud. La poesía llega a ser así un modo de idealizar las situaciones más triviales, una manera de prestigiar con bellas imágenes los sentimientos más comunes del hombre: el amor a la novia, a la esposa, a la patria, el dolor frente a la muerte, el respeto por los ancianos, la melancolía etc. La poesía se mueve en el ámbito de los sentimientos familiares. Ello revela seguridad en el mundo, aprehensión de un sentido propio de él. Si los románticos aparecen a menudo como excesivamente doloridos para sentir confianza en el mundo, jamás ellos han perdido la fe en el orden natural y en la inteligibilidad de lo real.

La poesía de Pablo Neruda, anterior al poema analizado, nos patentiza cabalmente el temple de ánimo de la lírica contemporánea. Basta leer los términos propuestos por nosotros para aprisionar la esencialidad de tal temple.

La estructura de la lírica clásica es eminentemente enunciativa, la del segundo momento corresponde a la estructura de la canción, y la del último al apóstrofe lírico.

[8] *Cf*. Wolfgang Keyser, *Interpretación y análisis de la obra literaria*, **Gredos**, Madrid, 1954; el capítulo "Actitudes y formas de lo lírico", p. 541.

nuevas banderas" alude al temple de ánimo de *Residencia* como ya perteneciente al pasado. Se proclama una nueva imagen de sí mismo y de la realidad que exige, como de suyo, una nueva y diferente estructura. El yo se siente rescatado del caos del mundo por el vínculo humano establecido y a la par capaz de fundar un sentido justo para su existencia. La ensimismada soledad ha dejado paso a la más alta solidaridad. El yo está frente a un mundo, lo comprende y lo expresa, se configura así la estructura enunciativa.

Ella se hace evidente en el poema analizado. La primera estrofa se realiza a través de la forma interior [9] de "la proclamación". El yo objetiva su existir anterior y lo propone sentenciosamente: *fundé mi pecho...* Se ha logrado distancia en tal modo de su interioridad —favorecido por el carácter de pasado de ella— que se le aparece como posible de ser aprehendida y enunciada con plena claridad.

La segunda estrofa que comienza con dos preguntas destinadas también a abrir el mundo pasado, se configura bajo la forma interior del conjuro (propia, como la anterior, de la enunciación). Se conjura un modo de vivir sentido como angustioso: *huid sombras de sangre,* volviéndose de este modo a objetivar una realidad independiente del yo.

En la estrofa siguiente el hablante se halla frente a otra objetividad y la proclama. Es el nuevo mundo encontrado. El mundo claro, lleno de sentido, amparador.

La última estrofa nos revela inequívocamente que la forma interior básica del poema "es la proclamación". Se proclama la salvación, la gracia descendida sobre el yo, la verdad encontrada.

Ha cambiado el temple de ánimo poetizado y consecuentemente ha variado la estructura.

El concepto y función de la lírica

El temple de ánimo de *Residencia en la tierra* es, por lo demás, el temple de ánimo peculiar en la lírica contemporánea que ha transformado a esta poesía en un *saber de salvación*, en una búsqueda de la verdad del ser, en un intento de encontrar un orden que no existe en el mundo. Por este camino la poesía tiende a convertirse en una ética o no sé qué instrumento irregular de conocimiento metafísico, afirma Raymond; [10] le inquieta la nece-

---

[9] Para la comprensión adecuada de lo que significa *forma interior* en el poema *lírico* debe pensarse que "en la obra lírica actúan, como aspecto genérico, dos cosas conjuntamente: una actitud en que se habla y una forma en que el discurso se redondea y llega a constituir una unidad y un todo". Esta forma tan peculiar la llamamos *forma interior*.

[10] Marcel Raymond. *De Baudelaire al surrealismo.* FCE, México, 1960, p. 9.

sidad de "cambiar la vida", como quería Rimbaud, de cambiar al hombre haciéndole tocar lo más hondo del ser. Tal aspiración se deriva, en buena parte, del rechazo general de los poetas contemporáneos de la posibilidad que la literatura pudiera concluir en sí misma. Tal negación no supone necesariamente una vuelta a los conceptos y funciones que tradicionalmente se han asignado a la lírica: deleitar, enseñar, elevar las almas, proporcionar belleza: sino el de aprehender, presentir sobre todo una realidad unitaria en la cual el mundo interior y exterior se fundan en una correspondencia exacta. Esta realidad absoluta o este espíritu absoluto ha llegado a transformarse en una *presencia* cierta pero inasible, invocada tierna y dramáticamente en esta poesía: *vago ideal, paraíso perdido, ardiente espiritualidad, lo imperecedero, presagio puro, azul material vagamente invencible,* son los términos con que se ha pretendido designar tal realidad desde Baudelaire a Saint John-Perse y Neruda. Bien puede, entonces, el poeta mostrar la falta de sentido del mundo, denunciar el orden establecido, revelar que las convenciones han suplantado lo real, hacer perder la seguridad y el aplomo del hombre, porque ellos son los únicos procedimientos adecuados —el quebrantamiento de las apariencias— para hacer patente el fundamento de la existencia.

Ahora hay dos modos de aprehender la existencia como tal. Uno en que la conciencia intelectual se separa del objeto y ahonda el mundo bajo su mirada en una abstracción creciente (la actitud científica) y otro en que sólo cabe poner de manifiesto la existencia, más allá de la zona puramente intelectiva, hacerla evidente como algo plenamente contemplado, profundamente vivido (la actitud poética).[11]

La lírica contemporánea pretende conciliar estos modos opuestos para entregarnos una nueva experiencia de lo real, fruto del maridaje de ciencia y poesía.

Este concepto y esta función de la lírica han variado totalmente en *Reunión bajo las nuevas banderas.*

El canto poético nace del afianzamiento social del yo y está destinado a exaltar los valores más propios del hombre. Al mismo tiempo la realidad determina imperiosamente la materia propia de la poesía, el canto poético no queda librado al azar, o al egotismo del hablante lírico, sino sujeto a expresar categorías de mundo sentidas como ineludibles: el dolor del hombre oprimido, la solidaridad, la radicalidad de las fuerzas vitales.

En rigor, la función de la lírica es esencialmente edificante. Pre-

---

[11] Lírica sería así una revelación del ser fundamentalmente diversa (y con posibilidades diversas) de la épica como de la filosofía, que son esencialmente decir, revelar representado, hablar temático. (Félix Martínez: *op. cit.,* p. 129.)

tende construir un mundo fundado en el amor y la fe, proclama la hermandad entre los hombres.

"Reunión bajo las nuevas banderas" fija con claridad el momento en que la lírica de Pablo Neruda cambia básicamente. Se podrá sostener, con razones no mal fundadas, que esta poesía ha sufrido hasta este punto tantas alteraciones que no debe inquietarnos una más, sino en la medida que podamos decir: la poesía de Neruda ha cambiado nuevamente.

Un juicio de esta especie es ante todo tranquilizador. Infunde en el lector confianza. Consigna la naturaleza de esta poesía como cambiante, ello es su modo propio de ser, de tal manera que no pueden producir sorpresas las sucesivas realizaciones de este modo.

Pero ahora estamos, más bien antes que frente a un cambio, puestos enfrente de una conversión.

Hasta este instante la poesía de Neruda conservó básicamente un mismo temple de ánimo, un mismo concepto y función de la lírica. El temple de ánimo de *Veinte poemas de amor y una canción desesperada* vuelve a darse en las *Residencias* sólo que agudizado, extremado —como lo demuestra Alonso. En verdad, la naturaleza cambiante de la poesía nerudiana se había patentizado en la gradación y en la evolución.

Ahora nos hallamos enfrente de un temple de ánimo y un rechazo de otro anterior, se nos propone con entusiasmo una recién alcanzada función y concepto de la obra lírica junto con una negación de la sustentada anteriormente. La entrega plena y dichosa a una realidad recién descubierta y la negación de la hasta el instante vivida fija los términos propios de una conversión.

Dos imágenes básicas

Las imágenes propuestas al comienzo y al final del poema pueden confirmar lo expuesto.

El poema se abre con la imagen de una flor destruida y se cierra con la de una flor naciendo. Ambas imágenes se refieren respectivamente al antiguo y al nuevo modo de existencia.

Si penetramos con rigor extremo en la forma interior de la primera estrofa se nos hará evidente que antes que una proclamación se trata de una *antiproclamación*.

El yo proclama la angustia, el caos, la muerte, en verdad, se proclama la perdición, en este peculiar sentido se trata de una antiproclamación.

En esta forma interior no sólo nos ayuda a comprender la singularidad más propia de la primera estrofa del poema, sino también, aquellos poemas de *Residencia en la tierra* que no ofrecen una estructura apostrófica. Nos referimos a poemas como: "Débil del alba", "Sistema sombrío", "Sólo la muerte", "Walking around", etcétera. La estructura de ellos es, sin duda, la enunciativa, y la forma interior que este lenguaje sentencioso crea la antiproclamación.

Y no puede ser de otro modo. Ni *Residencia en la tierra* en ningún momento se ofrece la salvación, la gracia, la verdad (contenidos que definen una proclamación) sino, más bien, la perdición, lo perverso, lo falso (contenidos que definen una antiproclamación). En verdad el hombre residenciario proclama su perdición en el mundo.

Si nos remitimos a la última estrofa del poema, en donde se ofrece la imagen de la flor naciendo del corazón, vemos cómo se patentiza a través de ella la gracia que ha descendido sobre el yo, la verdad encontrada. "Reunión bajo las nuevas banderas" proclama la salvación del hombre residenciario que pareció definitivamente perdido.

XII. "ALTURAS DE MACCHU PICCHU"

Hernán Loyola

De regreso a Chile

El primer día de septiembre de 1943 Pablo Neruda abandona México e inicia su retorno a la patria. Durante el viaje el poeta hace escala —con recitales y honores, con ataques y polémicas— en varios países de la costa del Pacífico: Panamá, Colombia, Ecuador y finalmente Perú, donde visitará las ruinas de Macchu Picchu (octubre, 1943). De nuevo en Chile, y en especial durante el año 1944, Neruda absorbe todavía otra experiencia de integración a varios niveles. Candidato independiente a senador (en la lista comunista) por las provincias del extremo norte, Tarapacá y Antofagasta, el poeta vivirá más de un año en continuo e intensificado contacto con los obreros de las minas de cobre y de salitre. Otra dimensión de Chile y de su pueblo, opuesta a la provincia de la infancia: el desierto, el sol y los villorrios mineros en lugar de los bosques, la lluvia y las casas de madera. Los mineros del norte —área de concentración obrera— tienen una conciencia de clase y una tradición de lucha sindical más desarrolladas que las de los campesinos e indígenas del sur. Pero el poeta verifica cada día la singular unidad humana de su patria tan larga, varia y desigual.

1945, año crucial en la vida y en la poesía de Neruda. El candidato Neftalí Reyes resulta triunfalmente electo en las elecciones de marzo. Neruda ha debido usar todavía su nombre originario para los efectos de la votación. Ese mismo 1945 inicia los trámites destinados a legalizar su seudónimo (con sentencia en 1947). En junio, Neruda obtiene el Premio Nacional de Literatura, que en realidad viene sólo a confirmar una consagración que en el ámbito chileno y latinoamericano ya existe de hecho. El 8 de julio asume explícitamente su condición de comunista al recibir por primera vez el carnet del Partido. Una semana después lo encontramos en el estadio Pacaembú, en la ciudad de São Paulo, Brasil, hablando a cien mil personas que se han reunido allí en homenaje a Luiz Carlos Prestes. Finalmente en septiembre de ese importante 1945, Neruda, después de muchos meses de intensa actividad pública, se retira a Isla Negra para dar forma a un poema que lo asedia desde casi dos años.

Yo extraviado / yo naciente

La estructura de "Alturas de Macchu Picchu" (*Canto general*, II) divide el discurso en dos zonas que, en primer lugar, contraponen dos sistemas de autorrepresentación de Pablo:[1] uno es operación de su memoria (zona I: fragmentos i-v), el otro se refiere a su experiencia actual (zona II: fragmentos vi-xii). Pasado del yo en la zona I, con dominio de verbos en pretérito, y presente del yo en la zona II. La dicotomía *pasado/presente* se propone exaltar el momento actual de la trayectoria de Pablo, en cuanto momento de consolidación y de renacimiento del yo, al confrontamiento con su historia precedente que es textualizada como memoria crítica de un extravío.

Pero la estructura binaria del poema contrapone también dos representaciones del *otro*, es decir, de los demás hombres (o del *hombre* genérico), con inversión de las zonas: el *otro actual*, contemporáneo del yo, aparece en la zona I del texto, mientras en la zona II domina el *otro pretérito*, el hombre de Macchu Picchu. En la zona I el otro viene aludido con fórmulas en tercera persona: "el hombre", "un racimo de rostros o de máscaras", "el ser", "todos (desfalleciecon)", "el pobre heredero de las habitaciones". En la zona II las alusiones en tecera persona (fragmentos vi, x y xi: "los pies del hombre", "los dormidos", "el viejo corazón del olvidado", "el hombre", "el antiguo ser") alternan con apóstrofes invocatorios que primero varían un genérico "vosotros" en el fragmento vii ("muertos de un solo abismo [...] vuestra magnitud", "os desplomasteis", "ya no sois"), que después proponen un "tú" de cercanía y de fraternidad ("Juan Cortapiedras [...] Juan Piesdescalzos [...] sube a nacer conmigo, hermano", "mírame desde el fondo de la tierra") para concluir con un retorno solemne al "vosotros" ("Acudid a mis venas y a mi boca. / Hablad por mis palabras y mi sangre."). Esta diversidad de alusiones corresponde a diferencias de comportamiento de Pablo en relación al otro en cada una de las zonas. Tiende a distanciarse del otro en la zona I, al autodiseñarse —dentro de la comunidad del extravío— refractario a la aceptación de la muerte en el mundo, buscador angustiado, sujeto de tentativas (si bien descaminadas por el extravío) y objeto de tentaciones ("la poderosa muerte me invitó muchas veces"). En la zona II tiende en cambio al contacto, a la analogía, a la identificación con el otro, busca superar el abismo que a pesar de ambos los separa.

El poema se constituye entonces sobre la intersección de dos

[1] En el presente ensayo —fragmento de un trabajo más extenso en vías de publicación— llamo convencionalmente *Pablo* al personaje que al interior de los textos enuncia y vive el discurso poético (es decir, al sujeto hablante o enunciador), para distinguirlo de Pablo Neruda o Neruda, con que aludo al poeta mismo, al autor.

coordenadas opositivas: el eje vertical *pasado/presente* y el eje horizontal *yo/otro*. En un primer nivel se verifican estas oposiciones cruzadas: a) zona I: pasado del yo/presente del otro; b) zona II: pasado del otro/presente del yo. En un segundo nivel, el texto establece en ambas zonas una oposición básica entre un yo *vivo* y un otro *muerto*. Pero el *yo naciente* de la zona II es desarrollo y resolución del *yo extraviado* de la zona I: las dos *vidas* del yo son una sola, se integran en la unidad del propio crecimiento, del "propio ser" ("ven a mi propio ser, al alba mía"). En cambio el *otro actual* = el hombre contemporáneo (zona I) no es la prolongación del *otro pretérito* = el hombre de Macchu Picchu (zona II), sino su negación, su ruptura, su guillotinamiento. Esto, porque sus *muertes* respectivas se oponen entre sí con oposición radical: *falsa(s) muerte(s) / verdadera muerte*.

Primer descenso órfico

En acuerdo con su estructura binaria, el poema "Alturas de Macchu Picchu" puede ser leído como la proposición de *dos descensos órficos*. En cada una de las dos zonas básicas del texto (pasado y presente) Pablo construye una imagen de sí mismo en vínculo con el relato de un descenso a la profundidad de la muerte y de un sucesivo retorno a la superficie de la vida, al mundo actual de los hombres. El desarrollo de cada uno de estos descensos órficos (DO_1 y DO_2) supone tres momentos claves: a) extravío precedente; b) descenso; c) retorno.

En DO_1 los momentos a) y b) se concentran en el primer fragmento del texto. El extravío inicial aparece configurado como vacío o futilidad de una cierta existencia *pretérita* de Pablo ("Del aire al aire, como una red vacía, / iba yo entre las calles y la atmósfera"): un transcurrir inmóvil, repetitivo, circular, apenas interrumpido por fugaces instantes de plenitud, energía o sueños: "días de fulgor vivo... aceros... noches... estambres...", todos degradados o consumidos o corroídos en el tiempo. Pablo refiere luego cómo una cierta imprecisada revelación o guía [2] abrió la posibilidad a una tentativa de poner término a tal situación: un descenso a la intimidad telúrica, una experiencia de sumersión hasta la entraña vegetal y mineral de la naturaleza: "hundí la mano turbulenta

---

[2] "Alguien que me esperó entre los violines": uno de los versos más enigmáticos en toda la obra de Neruda. "Se refiere a una experiencia amorosa", me declaró el poeta en 1972. ¿Aludía quizás a su primer encuentro con Matilde Urrutia durante un concierto de Chaikovski al aire libre, en Santiago, probablemente a fines de 1945 o comienzos de 1946? *Cf.* entrevista a Matilde en *El País*, Madrid (23.5.1983), p. 30. Ello supondría que la escritura definitiva del fragmento inicial del poema hay que situarla en los comienzos de 1946.

y dulce / en lo más genital de lo terrestre / [...] / descendí como gota entre la paz sulfúrica".³ Todavía deslumbrado, "como un ciego", Pablo regresa a la superficie *humana* del mundo (desde la naturaleza a la historia) para buscar en esta otra dimensión el correlato de aquella experiencia en la profundidad.

El tercer momento de DO_1 ocupa los restantes fragmentos (ii-v) de la zona I del poema. La representación del retorno comienza con una imagen emblemática del contraste entre los modos de existencia temporal en la naturaleza y en la sociedad humana. Mientras la flor y la roca perpetúan la vida bajo formas diversas, sin conflictos con la muerte, el hombre en cambio parece complacerse en malograr los instantes de plenitud a su alcance o en esterilizar las capacidades de que dispone ("y taladra el metal palpitante en sus manos"). En vano Pablo repite, en el ámbito humano, el gesto de "hundir la mano" que en el ámbito natural lo había acercado a la desciframiento del secreto: "Yo levanté las vendas del yodo, hundí las manos / en los pobres dolores que mataban la muerte, / y no encontré en la herida sino una racha fría / que entraba por los vagos intersticios del alma" (fragmento v).⁴ El retorno se configura así como réplica fallida del descenso, como derrota del yo.

La ruptura *descenso/retorno*, que en el plano simbólico contrapone la luz de la profundidad (abajo) a la oscuridad de la superficie (arriba), deviene la forma específica con que Pablo establece al interior de la zona I del texto (es decir, al interior de su memoria) el antagonismo *naturaleza/historia* (sociedad), lo que a su vez introduce un primer bloque de reflexiones sobre la muerte. Desde la perspectiva actual del texto, en efecto, el antagonismo era experimentado por el yo pretérito (zona I) como oposición irreductible e inexplicable entre un sistema regido por la vida (naturaleza) y otro oprimido por la muerte (sociedad).

Así, en el sistema *descenso-naturaleza* la serie flor, roca, ciruelo, rocío, cereal, agua, nieve, olas, manantial, antracita, cristal (ii), forma conjunto con la serie transmisión, continuidad, herencia, "historia amarilla" (del cereal), "eterna veta", corriente, comunicación, conservación. En el sistema *retorno-historia*, en cambio, la serie hombre, ser, "la ropa y el humo", mesa, papel, odio, cólera, mercancía, calles, ciudad, autobús, barco, fiesta, "placer humano", rostros, máscaras, "razas asustadas", almacenes, silbidos, polvo, gusano, "el lodo del suburbio" (ii, iii), forma conjunto con las categorías fealdad ("el hombre arruga el pétalo..."), destrucción, inautentici-

---

³ No me parece arbitrario asociar esta evocación a los "Tres cantos materiales" de *Residencia* II, en especial a "Entrada a la madera".

⁴ El mismo gesto reaparecerá, con esperanza esta vez, en el fragmento xi: "déjame hundir la mano / y deja que en mí palpite, como un ave mil años prisionera, / el viejo corazón del olvidado!"

dad, enmascaramiento, discontinuidad, aislamiento, dispersión, incomunicación, letalidad, perecimiento, etcétera.

Pequeña muerte / poderosa muerte

El desarrollo del primer descenso órfico implica en suma: a) un extravío originario; b) un viaje a la profundidad de la vida-muerte en la naturaleza; c) un retorno infeliz, fracasado. En la etapa del descenso, el secreto que en definitiva Pablo refiere haber descifrado es que *en la naturaleza la muerte no existe*: la "muerte" allí forma parte de la dialéctica de la vida dominante, es sólo factor y condición de la Vida (ii).[5] Impostando una analogía fundada sobre el peculiar léxico del poema mismo, sería posible hablar aquí de *verdadera muerte* en la naturaleza (la fórmula será usada en el fragmento vii del texto como equivalente a "la verdadera muerte en la historia") para oponerla a las formas visibles de la *fasa muerte* en el ámbito de la sociedad humana.

Al interior de las falsas muertes del hombre, la memoria de Pablo (zona I) distingue y contrapone "pequeña muerte" y "poderosa muerte". La primera es ante todo cifra de la discontinuidad temporal en cuanto común experiencia de los hombres: "y no una muerte sino muchas muertes llegaban a cada uno: / cada día una muerte pequeña, polvo, gusano, lámpara / que se apaga en el lodo del suburbio, una pequeña muerte de alas gruesas / entraba en cada hombre como una corta lanza" (iii). Es también cifra de la muerte individual que cierra definitivamente la serie agobiante de "cortas muertes diarias" y "falsas resurrecciones" que cada hombre experimenta durante su existir.

La fórmula "poderosa muerte" alude en cambio a la muerte en cuanto dimensión-misterio de la existencia, en cuanto problema, desafío o término de confrontación para el sentido de la vida, y, por todo ello, no desprovisto de fascinación para el antiguo yo: "La poderosa muerte me invitó muchas veces / era como la sal invisible en las olas, / y lo que su invisible sabor diseminaba / era como mitades de hundimientos y altura" (iv). A través de la oposición *pequeña muerte/poderosa muerte*, la zona I del poema introduce implícitamente (para explicitarlo en la zona II) el problema de la Muerte como problema del Hombre y no de los hombres, es decir, como experiencia tendencialmente comunitaria que la sociedad moderna (el presente del otro) constriñe en cambio a vivir en soledad, como si fuese una experiencia perteneciente a la sola esfera del individuo. Al contrario de lo que Pablo advierte en la naturaleza, en la sociedad presente el sentido de la muerte con-

---

[5] Cf. *Residencia II*, "Entrada a la madera".

cierne —insoportablemente— a cada individuo y no a la comunidad, no al Hombre.[6] De ahí la ruptura *descenso/retorno*.

Importa subrayar que en esta zona I el discurso de Pablo no tiende a rechazar ni a maldecir la muerte, sino a interrogarse sobre su sentido. Por eso la noción de "poderosa muerte" implica un reconocimiento de fuerza y majestad, un respeto que supera lo inexplicable: "...ancho mar, oh muerte! de ola en ola no vienes, / sino como un galope de claridad nocturna / o como los totales números de la noche". La grandeza de la muerte nada tiene que ver con la atomizada sordidez de la "pequeña muerte" que rige el mundo: tiene que ver en cambio con la compacidad unitaria de la noche, con su iluminación sombría ("claridad nocturna"). Ligada a la memoria de Pablo, la "poderosa muerte" rescata una intuición afirmada y defendida contra toda esperanza en su pasado textual (en *Residencia*), rescatando así la continuidad entre el yo de ayer y el yo de hoy. La "poderosa muerte", en efecto, es el nombre que la memoria de Pablo da a su antigua intuición o presentimiento de la muerte como experiencia comunitaria, integradora, total "como los totales números de la noche", en oposición a la "muerte pequeña" dominante en el mundo, vivencia aislada, solitaria, mísera, opaca, silenciosa y desprovista de sentido.

Este rescate del pasado del yo y de su continuidad explica la presencia misma, en el conjunto del poema, de una zona I que es como la prehistoria de la experiencia central vinculada a las ruinas de Macchu Picchu. La zona I se justifica así como contrapunto dialéctico frente a una zona II que acentúa en cambio la dimensión de ruptura, la conquista de un nuevo ser.

Segundo descenso órfico

El poema subraya la insuficiencia del primer descenso órfico puesto que no logró impedir, al momento del retorno, el nuevo extravío de Pablo, el engaño determinado por el dominio de la falsa muerte en el ámbito humano. La superación de este nuevo extravío será posible en el texto a través de un segundo descenso órfico (DO_2), esto es, a través del viaje a las alturas-profundidades de la *verdadera muerte* en la historia. El enunciador básico del poema, el yo naciente, refiere su experiencia de Macchu Picchu como desciframiento del antagonismo falsa muerte/verdadera muerte en términos de esterilidad/fecundidad (posibilidad de vencer a la muerte y de perpetuar la vida individual en el humus colectivo), y, más radicalmente todavía, como revelación de *que tampoco en el ámbito histórico de la muerte* (por eso aquí la muerte es falsa) y de que

---

[6] *Cf.* Norbert Elías, *La solitudine del morente* (Bolonia: Il Mulino, 1985).

en definitiva el antagonismo naturaleza/historia era sólo aparente, era sólo una percepción engañosa determinada por el extravío.

De ahí que el primer descenso órfico, por cuanto desembocó en extravío, deviene globalmente el punto de partida para la representación del segundo descenso, cuyos tres momentos se pueden por lo tanto formalizar así: DO_2 = a) DO_1 (el extravío) → b) ascenso-descenso a Macchu Picchu → c) retorno a la historia presente. A este nivel de lectura la estructura binaria del texto se resuelve en unidad.

La etapa del descenso ocupa casi todo el espacio de la zona II. El fragmento vi refiere sumariamente los grados de la trayectoria hacia la verdadera muerte: 1) ascenso a las ruinas que manifestarán al yo el rostro auténtico del hombre: "por fin morada del que lo terrestre / no escondió en las dormidas vestiduras"; 2) deíxis: éste es el sitio, aquí el hombre trabajó la tierra (maíz) y la lana (vicuña), aquí el hombre desarrolló sus ritos, sus fatigas, sus amores, sus combates, aquí descansó; 3) contemplación de los vestigios: "miro las vestiduras y las manos"; 4) asunción personal de la experiencia cotidiana del *otro* pretérito ("que miró con *mis* ojos [...] / que aceitó con *mis* manos...") y también de su caída colectiva, y 5) descenso.

Las ruinas son los vestigios tangibles de una remota comunidad, cuya abrupta y total desaparición —ruptura absoluta con el presente histórico— sugiere a Neruda una aproximación inicialmente mítica. El fragmento vi da comienzo al proceso mitificante con una introducción circunstancial del propio yo enunciador: "Entonces en la escala de la tierra he subido / entre la atroz maraña de las selvas perdidas / hasta ti, Macchu Picchu." Sigue una invocación solemne, exaltadora del objeto del canto por su condición de espacio sacro originario, al mismo tiempo altura poderosa y profundidad materna, armonía del todo primordial: "Alta ciudad de piedras escalares / [...] / En ti como dos líneas paralelas / la cuna del relámpago y del hombre / se mecían en un viento de espinas. / Madre de piedra, espuma de los cóndores. / Alto arrecife de la aurora humana."

La sucesiva deíxis aproxima la focalización para encuadrar la actividad comunitaria de los hombres de Macchu Picchu, subrayando el acuerdo entre el trabajo agrícola ("aquí los anchos granos del maíz...") y el trabajo artesanal ("aquí la hebra dorada..."). La armonía entre naturaleza y sociedad, que define a este mundo mítico, viene propuesta por Pablo a través de sus peculiares categorías, esto es, como contigüidad *noche-día*: "Aquí los pies del hombre descansaron de noche / [...] y en la aurora / pisaron con los pies del trueno la niebla enrarecida." No hay fractura: en la elaboración del mito es esencial que la noche represente una experiencia significante para el día.

Un brusco salto en el tiempo y el yo enunciador retorna al discurso: "Miro las vestiduras y las manos, / [...] / la pared suavizada por el tacto de un rostro / que miró con mis ojos las lámparas terrestres, / que aceitó con mis manos las desaparecidas / maderas..." Pablo mismo se propone en el texto como puente que asegura una inicial contigüidad *pasado-presente*, prolongación de la contigüidad *noche-día*. Los espacios del ayer y del hoy aparecen en efecto unificados en los niveles que más interesan al discuso de Pablo: el de los sueños (ojos) y el de la acción (manos). Pero el paso importante es aquí la inserción misma de la figura del yo en la elaboración del mito (miro-miró, mis ojos, mis manos), lo que establece una correspondencia entre la *caída* del hombre de Macchu Picchu ("porque todo [...] cayó a la tierra") y el *descenso* del poeta a las honduras-alturas de la verdadera muerte.

"Muertos de un solo abismo [...] / [...] es así como al tamaño / de vuestra magnitud / vino la verdadera, la más abrasadora / muerte [...] / os desplomasteis como en un otoño / en una sola muerte": estas ruinas de Macchu Picchu, en cuanto signos de una ruptura absoluta con el presente histórico, hacen tangible al poeta la experiencia de la muerte total, comunitaria y no aislada. Las condiciones específicas y excepcionales de la desaparición del hombre en Macchu Picchu (la abrupta caída colectiva) consienten su elevación a suprema categoría mítica del poema: la "verdadera muerte" ("un solo abismo [...] una sola muerte").[7] Desde la perspectiva del texto, la "verdadera muerte" presupone una "verdadera vida" comunitaria, así como la "pequeña muerte" corresponde a una vida degradada en la sociedad (hacer visible este contraste es la función de la zona I del poema). Por esto la individuación de la "verdadera muerte" es el objeto central de la búsqueda mítica de Pablo, de su segundo *descenso* en el poema: alcanzar ese conocimiento es la experiencia que necesita para intentar la descifración y superación del extravío en el nivel presente del texto (de la historia).

Hablad por mis palabras y mi sangre

Así como en la zona I del poema los fragmentos ii-v se detienen a explorar el retorno, así los fragmentos vii-xi, en la zona II, amplifican el final del descenso. Residencia en la profundidad, esta etapa

---

[7] La *verdadera muerte* es en el poema una intuición dialéctica: a su proposición explícita (fragmento vii) corresponde una contrapartida implícita, formulable como posibilidad, para el hombre, de perpetuarse en la vida concreta de su comunidad y —en definitiva— de la humanidad toda.

del poema desarrolla morosamente un minucioso y articulado discurso ritual ante las ruinas, con sucesivos pasos retóricos de reconocimiento (vii), invocación (viii), contemplación, exaltación y loor (ix), interrogación (x) y plegaria o petición (xi).

Aquel tiempo mítico de Macchu Picchu, interrumpido por la muerte comunitaria y substituido por el dominio del aire sin memoria,[8] ha sido preservado por las ruinas: "Pero una permanencia de piedra y de palabra: / la ciudad como un vaso se levantó en las manos / de todos, vivos, muertos [...] / Cuando la mano de color de arcilla / se convirtió en arcilla... / quedó la exactitud enarbolada" (vii). En este legado de piedra Pablo descifra un mensaje mítico primordial que busca recepción en el hoy de América. Pablo se propone como intermediario: "Sube conmigo, amor americano" (viii).[9] La extensa invocación del "amor americano" tiende por un lado a inscribir en el texto el fundamento último del mito y, por otro, a atraer su participación a la experiencia órfica para que legitime sus ambiciosas proyecciones. De ahí que esta invocación venga sucesivamente reforzada por una letanía de adoración (ix), entre cuyos 43 versos bimembres hay uno que concentra la dialéctica cruzada del arriba y del abajo, de la luz y de la oscuridad, de la acción y de los sueños, tan cara a Pablo: la ciudadela de piedra es "noche elevada en dedos y raíces".[10]

Los fragmentos viii y ix asedian las ruinas de Macchu Picchu por el costado del mito, con categorías que asimilan la presencia y los trabajos del hombre a la totalidad primordial de la naturaleza. El registro del discurso es, en esos fragmentos, análogo al del texto "América, no invoco tu nombre en vano" (*Canto general*, VI) que tiende a difundir en el uno-todo telúrico (la tierra) la variedad del mundo americano. Las ruinas de Macchu Picchu serían la cifra visible, materializada, del mito primordial de la tierra-madre americana. Esta energía mítica es la que viene convocada por Pablo

---

[8] "Y el aire entró con dedos / de azahar sobre todos los dormidos: / mil años de aire, meses, semanas de aire" (vi); "Hoy el aire vacío ya no llora, / ya no conoce vuestros pies de arcilla, / ya olvidó vuestros cántaros..." (vii). *Cf.* el motivo del aire como vacío en el fragmento inicial del poema: "Del aire al aire, como una red vacía", etcétera.

[9] "Amor americano": categoría neridiana de incierta definición. Para Sicard (*La pensée poétique de Pablo Neruda*, Lille, 1977) es "l'ensemble de la consciencie américaine" (255). A mí me parece que en esta etapa de la composición de *Canto general* "amor americano" es una fórmula totalizante que designa en conjunto la representación mítica primordial, o fundacional, de América. El primer capítulo de *Canto general*, que propone una especie de Génesis del continente, se abre con un texto introductivo escrito antes de 1945 y que se llama precisamente "Amor América" (¿título originario de todo el capítulo?).

[10] *Cf.* el análisis de Edmond Cros al fragmento ix, en: H. Loyola, ed., "Estudios sobre Pablo Neruda", *AUCh*, núm. 157-160 (1971), pp. 167-175.

como fundamento sustentador de sus proyectos del retorno: "Sube conmigo, amor americano" (*cf. Canto general*, I, "Amor América").

Pero al poema no basta el sustrato mítico. Los fragmentos x y xi sobreponen al mito la perspectiva de la historia; a la armonía originaria, los conflictos y miserias del orden social. El fragmento x interroga a las ruinas y al tiempo sobre el hombre histórico y concreto de Macchu Picchu, sobre sus condiciones de vida, de trabajo y de muerte: "Piedra en la piedra, el hombre, dónde estuvo? / [...] / Macchu Picchu, pusiste / piedra en la piedra, y en la base, harapos?" La interrogación afronta incluso la dura posibilidad de una asimilación entre las miserias existenciales del hombre actual y del hombre de Macchu Picchu: "Fuiste también el pedacito roto / de hombre inconcluso, de águila vacía / que por las calles de hoy [...] / va machacando el alma hasta la tumba?" (versos significativos para la comprensión de la zona I del poema). El momento desmitificante culmina en modo explícito con la confrontación entre el mito y el hambre:[11] "Antigua América, novia sumergida, / [...] América enterrada, guardaste en lo más bajo, / en el amargo intestino, como un águila, el hambre?"

El fragmento xi se configura como plegaria o petición de aquiescencia —enderezada a la América sumergida, es decir, a las ruinas en cuanto depositarias del mito primordial americano— para privilegiar en la misión órfica de Pablo el rescate de ese hombre histórico y concreto de Macchu Picchu, no sólo con sus armas, su artesanía, su nobleza, sino también con su hambre, sus fatigas, sus humillaciones: "Déjame olvidar, ancha piedra, la proporción poderosa, / la trascendente medida, las piedras del panal, / y de la escuadra déjame hoy resbalar / la mano sobre la hipotenusa de áspera sangre y cilicio."

La zona II del poema se define precisamente por esta transición *desde el mito a la historia* (así como la zona I por el pasaje desde la naturaleza a la historia) que integra a ambos en la unidad del reconocimiento. El cruce de las coordenadas mítica e histórica determina, en el texto, el lugar en que Pablo encuentra al *otro* pretérito [12] y puede finalmente verlo: "veo el antiguo ser, servidor, el dormido / en los campos, veo un cuerpo, mil cuerpos, un hombre, mil mujeres". Sólo entonces puede reconocerlo, individuarlo y —significativamente— *nombrarlo* en el Texto (como antes a ciertas mujeres amadas, a ciertos amigos): Juan Cortapiedras, Juan Comefrío, Juan

---

[11] En este periodo, *hambre* es la palabra-cifra de los conflictos sociales, es decir, de la historia. Ejemplos en "Oda de invierno al río Mapocho" y en "Melancolía cerca de Orizaba" (*Canto general*, VII), poemas escritos respectivamente en 1938 y 1942.

[12] Este *encuentro* en lo profundo (zona II) se opone diametralmente al *desencuentro* con el otro actual en la superficie, producto del cruce entre coordenadas de naturaleza e historia (zona I).

Piesdescalzos. Así reconocido y nombrado, así identificado además por su trabajo ("labrador, tejedor, pastor callado", etcétera), es a este *hermano*, mítico e historizado a la vez, que Pablo endereza ahora su apóstrofe final, la invitación a compartir el retorno: "Sube a nacer conmigo, hermano" (xii).

El fragmento final del poema supone, en su nivel de sentido más hondo y ambicioso, un principio de resolución del conflicto entre las zonas I y II: el rescate del otro pretérito (el hombre de Macchu Picchu) sitúa a Pablo en el umbral de la superación de su desencuentro con el otro actual (el hombre contemporáneo). A través del descenso al territorio de la "verdadera muerte"[13] Pablo ha conquistado, por así decirlo, el derecho a proponerse como portavoz del oscuro trabajador de ayer, al que llama con los nombres de sus oficios:[14] labrador, tejedor, pastor, domador, albañil, aguador, joyero, agricultor, alfarero. Lo cual significa soldar simbólicamente la fractura entre el pasado y el presente del otro, reanudar el hilo cortado. Implícitamente, con esto, Pablo se propone también como portavoz del oscuro trabajador de hoy. En el rescate del otro ha rescatado su propia identidad y la de su discurso poético, ha conquistado su renacer: "traed a la copa de *esta nueva vida* / vuestros viejos dolores enterrados".

Al privilegiar jerárquicamente la historia respecto a la naturaleza y al mito (sin negarlos, pero resituándolos), el discurso de Pablo ha cumplido un paso importante. La representación simbólica de este paso se configura en el texto como instauración de un nuevo vínculo entre la *noche* (el abajo, lo profundo, lo oscuro, lo irracional, la poesía) y el *día* (el arriba, la superficie, la claridad, la razón, la acción): "A través de la tierra juntad todos / los silenciosos labios derramados / y desde el fondo habladme toda esta larga noche / como si yo estuviera con vosotros anclado." La noche para el día, el silencio para la palabra, la muerte para la vida a través del yo unificado: "Hablad por mis palabras y mi sangre."

[13] Este *descenso* puede ser leído, en justicia, como imagen condensada y final de todas las indagaciones nocturnas y subterráneas de Pablo a lo largo del entero desarrollo precedente de su discurso poético.

[14] Ahora Pablo denomina *al otro* según categorías históricas. Neruda dejó atrás la concepción residenciaria del *otro* —del hombre en sociedad—, concepción de raíz romántica que situaba a los seres humanos (no individualizados por el amor o la amistad) en dos campos: por un lado, el sector *prosaico*, apoético, rutinario (poblado de notarios, sastres, monjas, abogados, dentistas, boxeadores, sacerdotes, tahúres, mendigos, empleados, profesores, etcétera); por otro lado, el sector *poético*, creativo, espontáneo, auténtico (habitado por niños, novias, enamorados, adúlteros, doncellas; amigos, compañeros; marineros, guitarreros, poetas). En esa dicotomía, claramente fundada sobre la oposición sociedad/naturaleza, era ya significativa la tendencia a definir al otro por su actividad social, por su trabajo. *Cf.* H. Loyola, *Ser y morir en Pablo Neruda* (Santiago, Edit. Santiago, 1967), especialmente pp. 125-141.

El poema concluye, así, abriéndose al presente, al día. Confundido entre los silenciosos, entre los oscuros, entre los trabajadores y creadores de vida que con él reemergen, el yo naciente cruza el umbral del retorno.

Sassari, 1985.

XIII. "CARTA A MIGUEL OTERO SILVA"

Ariel Dorfman

*Un viajero me trajo tu carta escrita
con palabras invisibles, sobre su traje, en sus ojos.*

Qué alegre eres, Miguel, qué alegres somos!

*Ya no queda en un mundo de úlceras estucadas
sino nosotros, indefinidamente alegres.*

Veo pasar al cuervo y no me puede hacer daño.

Tú observas al escorpión y limpias tu guitarra.

*Vivimos entre las fieras, cantando, y cuando tocamos
un hombre, la materia de alguien en quien creíamos,
y éste se desmorona como un pastel podrido,
tú en tu venezolano patrimonio recoges
lo que puede salvarse, mientras que yo defiendo
la brasa de la vida.*

Qué alegría, Miguel!

*Tú me preguntarás dónde estoy? Te contaré
—dando sólo detalles útiles al Gobierno—
que en esta costa llena de piedras salvajes
se unen el mar y el campo, olas y pinos,
águilas y petreles, espumas y praderas.*

*¿Has visto desde muy cerca y todo el día
cómo vuelan los pájaros del mar? Parece
que llevaran las cartas del mundo a sus destinos.*

*Pasan los alcatraces como barcos del viento,
otras aves que vuelan como flechas y traen
los mensajes de reyes difuntos, de los príncipes
enterrados con hilos de turquesa en las costas andinas
y las gaviotas hechas de blancura redonda,
que olvidan continuamente sus mensajes.*

*Qué azul es la vida, Miguel, cuando hemos puesto en ella
amor y lucha, palabras que son el pan y el vino,
palabras que ellos no pueden deshonrar todavía
porque nosotros salimos a la calle con escopeta y cantos.*

Están perdidos con nosotros, Miguel.

*Qué pueden hacer sino matarnos y aun así
les resulta un mal negocio, sólo pueden
tratar de alquilar un piso frente a nosotros y seguirnos
para aprender a reír y a llorar como nosotros.*

*Cuando yo escribía versos de amor, que me brotaban
por todas partes, y me moría de tristeza,
errante, abandonado, royendo el alfabeto,
me decían: "Qué grande eres, oh Teócrito!"
Yo no soy Teócrito: tomé a la vida,
me puse frente a ella, la besé hasta vencerla,
y luego me fui por los callejones de las minas
a ver cómo vivían otros hombres.*

*Y cuando salí con las manos teñidas de basura y dolores,
las levanté mostrándolas en las cuerdas de oro,
y dije: "Yo no comparto el crimen."*

*Tosieron, se disgustaron mucho, me quitaron el saludo,
me dejaron de llamar Teócrifo, y terminaron
por insultarme y mandar toda la policía a encarcelarme,
porque no seguía preocupado exclusivamente de asuntos
 metafísicos.*

Pero yo había conquistado la alegría.

*Desde entonces me levanté leyendo las cartas
que traen las aves del mar desde tan lejos,
cartas que vienen mojadas, mensajes que poco a poco
voy traduciendo con lentitud y seguridad: soy meticuloso
como un ingeniero en este extraño oficio.*

*Y salgo de repente a la ventana. Es un cuadrado
de transparencia, es pura la distancia
de hierbas y peñascos, y así voy trabajando
entre las cosas que amo: olas, piedras, avispas,
con una embriagadora felicidad marina.*

*Pero a nadie le gusta que estemos alegres, a ti te asignaron
un papel bonachón: "Pero no exagere, no se preocupe",*

y a mí me quisieron clavar en un insectario, entre las
  lágrimas,
para que éstas me ahogaran y ellos pudieran decir sus
  discursos en mi tumba.

Yo recuerdo un día en la pampa arenosa
del salitre, había quinientos hombres
en huelga. Era la tarde abrasadora
de Tarapacá. Y cuando los rostros habían recogido
toda la arena y el desangrado sol seco del desierto
yo vi llegar a mi corazón, como una copa que odio,
la vieja melancolía. Aquella hora de crisis,
en la desolación de los salares, en ese minuto débil de
la lucha en que podríamos haber sido vencidos,
una niña pequeñita y pálida venida de las minas
dijo con una voz valiente en que se juntaban el cristal y el
  acero
un poema tuyo, un viejo poema tuyo que rueda entre los
  ojos arrugados
de todos los obreros y labradores de mi patria, de América.
Y aquel trozo de canto tuyo refulgió de repente
en mi boca como una flor purpúrea
y bajó hacia mi sangre, llenándola de nuevo
con una alegría desbordante, nacida de tu canto.

Y yo pensé no sólo en ti, sino en tu Venezuela amarga.

Hace años, vi un estudiante que tenía en los tobillos
la señal de las cadenas que un general le había impuesto,
y me contó cómo los encadenados trabajaban en los
  caminos
y los calabozos donde la gente se perdía. Porque así ha sido
  nuestra América:
una llanura con ríos devorantes y constelaciones
de mariposas (en algunos sitios, las esmeraldas son espesas
  como manzanas),
pero siempre a lo largo de la noche y de los ríos
hay tobillos que sangran, antes cerca del petróleo,
hoy cerca del nitrato, en Pisagua, donde un déspota sucio
ha enterrado la flor de mi patria para que muera, y él
pueda comerciar con los huesos.

Por eso cantas, por eso, para que América deshonrada y
  herida
haga temblar sus mariposas y recoja sus esmeraldas

> *sin la espantosa sangre del castigo, coagulada*
> *en las manos de los verdugos y de los mercaderes.*
>
> *Yo comprendí que alegre estarías, cerca del Orinoco,*
> *cantando,*
> *seguramente, o bien comprando vino para tu casa,*
> *ocupando tu puesto en la lucha y en la alegría,*
> *ancho de hombros, como son los poetas de este tiempo*
> *—con trajes claros y zapatos de camino—.*
>
> *Desde entonces, he ido pensando que alguna vez te*
> *escribiría,*
> *y cuando el viajero llegó, todo lleno de historias tuyas*
> *que se le desprendían de todo el traje*
> *y que bajo los castaños de mi casa se derramaron,*
> *me dije: "Ahora", y tampoco comencé a escribirte.*
> *Pero hoy ha sido demasiado: pasó por mi ventana*
> *no sólo un ave del mar sino millares,*
>
> *y recogí las cartas que nadie lee y que ellas llevan*
> *por las orillas del mundo, hasta perderlas.*
>
> *Y entonces, en cada una leía palabras tuyas*
> *y eran como las que yo escribo y sueño y canto,*
> *y entonces decidí enviarte esta carta, que termino aquí*
> *para mirar por la ventana el mundo que nos pertenece.*

Ésta es una carta. Lo dice su título.
Una carta que es simultáneamente un poema.
No sabemos si Neruda alcanzó a mandarla por correo ordinario a su lugar de destino. Sospechamos que sí. Pero, además, eligió otro método para efectuar el envío, para asegurar que fuera recibido no una, sino muchas veces: utilizó ese mensajero especial que es un libro, se podría decir que certificó y registró la misiva. La colocó como un poema más dentro del innumerable dominio de esa epopeya sobre América, el *Canto general*, en la sección XII, Los ríos del canto, donde manda saludos y homenajes a otros escritores, todos, asimismo, amigos suyos (Rafael Alberti, González Carbalho, Silvestre Revueltas, Miguel Hernández). Supondría Neruda —con razón, como veremos— que un modo adecuado de lograr que Miguel Otero Silva leyera esa carta era que otros lectores la recibieran además.

La confluencia del género epistolar y lírico no es una gran novedad: su cooperación es tan antigua como la palabra escrita. A pesar de tener en común con esas obras literarias anteriores una serie de rasgos de índole general (los versos son de carácter privado y, a la vez, público, la relación entre el hablante y el oyente se refiere a vidas personales, aunque, a la vez, se inserta dentro del desarrollo poético mayor de toda la obra, la aparición de dos tipos de lectores superpuestos, la continua referencia a la carta misma como el centro de atención), Neruda ha adoptado un modo sumamente original de resolver y renovar esta conjunción, llegando a entregarnos claves para la comprensión de su *ars poética* en ese momento de su vida. En cada oportunidad en que abrimos su libro en esa página, Neruda nos continúa enviando esa carta, exigiendo que cumplamos con la tarea de ser otra vez más los intermediarios, confiado en que el destinatario primigenio recibe este mensaje sólo en tanto que uno de nosotros lo lee. Y que esta idea de la comunicación no es un jueguito literario, no es mera retórica, lo vamos a probar. Ahora que se dice que Neruda ha muerto, quizás sea hora de responder a esa correspondencia, hora de acusar recibo como lector americano.

La carta-poema está concebida como una respuesta, largamente diferida, a ciertos mensajes que Miguel Otero le ha estado mandando. Dos veces antes estuvo Neruda a punto de escribir de vuelta, y sólo ahora, la tercera, ha decidido poner manos a la obra.

En efecto, los versos se abren con la llegada de noticias de Miguel Otero Silva, traídas por un viajero (que, sabremos por una versión corregida años más tarde, resulta ser Nicolás Guillén). Pero éste no es el portador de una carta personal, redactada con tinta y papel, para Neruda, sino que viene impregnado de "palabras invisibles, sobre su traje, en sus ojos". El escritor venezolano ha elegido un modo indirecto, derramado, extraño, de hacerse presente ante su amigo chileno. Convirtió el mensajero en mensaje: imprimió tan fuertemente sus huellas en él que el puente es, también, signo de la orilla que acaba de dejar. El encuentro del viajero con la personalidad y el modo de vida y lucha de Miguel Otero ha sido tan significativo y estremecedor que Neruda puede recorrer en el cuerpo y la vestimenta un mensaje que no ha necesitado para su transmisión pronombres ni adverbios ni cláusulas adjetivas. No puede tampoco caber duda sobre el sentido inequívoco de la comunicación, que se desprende, en seguida, como un racimo: "Qué alegre eres, Miguel, qué alegres somos." En el paso del "eres" al "somos", de la segunda persona del singular, alejada y solitaria, a la primera persona del plural, íntima y extendida, podemos traslucir la certeza de que la carta ha sido recibida: la alegría de uno se ha convertido en la alegría del otro. La misiva no es de aquellas que se hojean someramente para pasar a ser guardadas en un viejo cajón: ha producido la identificación de emisor y receptor, ya ha generado consecuencias en el mundo circundante.

No es esta la primera ocasión en que Miguel Otero ha utilizado un método tan poco ortodoxo para tomar contacto con Neruda. Ni es la primera oportunidad en que el poeta haya contemplado la posibilidad de enviar una respuesta. La llegada del mensajero-mensaje ha provocado la rememoranza: hace años en una huelga salitrera en la pampa, cuando el poeta había vivido una hora de crisis, sintiendo renacer en su interior "la vieja melancolía" que ya había dejado atrás, "en ese minuto débil de la lucha", Miguel Otero se hizo presente. La tristeza se había autoconvocado: era el mundo de las residencias enterradas y desterradas en el pasado, eran los fantasmas que volvían a rondar atraídos por la miseria de los rostros, por las grietas en la jauría de los trabajadores. En ese instante en que Neruda podría haber dicho, qué triste soy, otra carta de su amigo venezolano había llegado a tiempo para derrotar la desolación que venía a beberlo.

Nuevamente, la aparición del "tú", del otro, del que pone orden en un universo a punto de fracturarse, a punto de recaer en el caos y la desesperanza, se hace de un modo inhabitual: el cartero esta vez es una "niña pequeñita y pálida venida de las minas", que dice un poema del venezolano. Tal como la otra vez, el resultado de esas palabras es la alegría:

> *y bajó hacia mi sangre, llenándola de nuevo con una*
> *alegría desbordante nacida de tu canto.*

El paralelismo entre los dos mensajes recibidos es evidente. En ambas ocasiones, Miguel Otero no se ha preocupado de dirigir una carta personal a Neruda, con nombre, código postal ni estampillas. Por medio de un viajero, por medio del cuerpo del viajero mismo, transformado en poesía, en una obra moldeada por su comportamiento cotidiano, consecuencia de su modo de luchar y actuar, alterado por su personalidad. No ha tenido la *intención* de que *tal persona* absorba esa carta inasible. Le ha bastado con desbordarse, con rodear incesantemente a cada objeto y persona con su manera de ser, envolver con amor y decisión al mundo. Para Neruda, el venezolano convierte la realidad entera en la vibración y continuación de su alegría. El que pase cerca tiene que ser moldeado por aquella influencia: basta con vivir luchando, basta con cantar entre las fieras.

Es de la misma manera que comete el acto de fe de escribir, enviando poemas a destinatarios desconocidos y anónimos, para que afloren cuando sea necesario, produciendo para todos los que algún día puedan comprender y retransmitir sus palabras. Cada acto suyo de creación, cada alumbramiento, crece de boca en boca. En ese instante difícil en la pampa, ha llegado hasta Neruda, reanimándolo. Para que haya podido llegar hasta allá, antes tuvo que recorrer las gargantas de América, que se hubiera hecho carne en cada trabajador, pan en cada combate, compañero en cada represión. La niña que recita, que desembarca justo, a tiempo, que enarbola las palabras en el limpio y duro momento mágico, es el penúltimo y definitivo eslabón en esa cadena de voces y tímpanos y voces, antorchas de sonido.

Este mensaje de Otero, este "viejo poema tuyo que rueda entre los ojos arrugados de todos los obreros y labradores de mi patria, de América", destruye otro mensaje, un susurro mandado por el pasado de Neruda, la "vieja" melancolía, que insiste en ocupar el cuerpo y la mente del hombre comprometido. El peligro es inminente. La pobreza, la imagen derrumbada de los rostros recogiendo lo que las venas, sin sangre, del desierto han esparcido y secado, no lo lleva a luchar sino que a sumergirse en el dulce y feroz desaliento, volver a fragmentar y dispersar la realidad, excavar en los sueños que destilan los mendigos al amanecer, desplegar su ego como sufriente centro que percibe la miseria como una lluvia inacabable y uno mismo como un charco culpable que la recibe y refleja.

"Podríamos haber sido vencidos."

El poema de Miguel Otero, encarrilándose por medio de la multiplicada voz del pueblo, pone las cosas en la perspectiva correcta. Las condiciones de vida que la explotación, la tiranía y el subdesarrollo han determinado en los pueblos americanos pueden servir, naturalmente, para retorcerle los nervios y reventarle los ojos a cualquier ser humano normal.

Esa situación desgarradora puede constituirse en el punto de partida para una tristeza inabarcable, cuya única certidumbre y quizás último consuelo es que todo sea irreal, pasajero y lentamente imposible. Hundirse en los límites del propio aislamiento, explorando las fronteras y fluctuaciones de un universo enloquecido y de un cuerpo incomunicado, e intentando descubrir un nuevo lenguaje que pueda denominar las débiles correspondencias entre la dimensión humana y el mundo que la rodea, puede terminar por fundar el mayor sentido que el hombre quiera alcanzar. Es el subterráneo que Neruda acaba de abandonar, la residencia en una tierra podrida y sensual y hechizante, la aventura de superar el abismo entre el hombre y sus semejantes, entre el hombre y la naturaleza, entre el hombre y sí mismo, por medio del salto al vacío para construir allá cuerdas flojas con las cuales se puede seguir avanzando. Comprender a medias la relación entre un ser humano descuartizado y un universo que lo es, igualmente, pero de otra incomprensible manera y cuyas leyes hostiles no excluyen ciertas lejanas correspondencias o acercamientos, tangencias que intensifican la frustración; bucear en la propia alienación adolorida hasta extraer de ella los fundamentos precarios (tenaces y fluidos diría Neruda), de una unidad que vuelve a disolverse a medida que se endurece; profetizarse como un borde de ánimo más que un estado, como una nieve más que un roquerío, sembrarse como un casi, un cómo, un quizás, dónde, cuándo, en qué orilla, con la esperanza de que en la aduana de lo real se produzca la iluminación: éstos son algunos de los objetivos —si así se los puede llamar— de la poesía de Neruda en su etapa anterior a *España en el corazón*. El mundo exterminado y polvoriento de la pampa, las otras agotadas existencias como una columna vertebral exprimida y despedazada, la fatiga transitoria de una lucha que no parece nunca extenderse hasta la playa de una victoria, puede hacer cavilar al poeta, puede reflorecer con su olor sangriento el mundo intenso, descendente, recaído, de la muerte.

La niña que recita es, físicamente al menos, una exhalación de este tipo de universo: "pequeñita y pálida", ha quedado disminuida, fantasmagorizada, "venida de las minas", habitante de la explotación y el sufrimiento. Pero lo que le emerge a esa hija del salitre no es la desesperanza, sino que una "voz valiente en que se juntaban el cristal y el acero". Frente a la palidez, producto de la desnutrición, el cristal que simboliza la transparencia, la luminosidad. Frente a la fragilidad de lo que es débil y minúsculo y agredido, el acero que funden los obreros para levantar usinas y ciudades. Frente a las minas donde no tiene coto la voracidad de los patrones, la valentía de perdurar y seguir.

No es sólo el mensaje mismo de Miguel Otero el que termina por inclinar la balanza en favor de otra actitud, en favor de otro tipo de poesía, en favor de otra manera de comunicación. Casi se diría que, de nuevo, es más importante el emisario que lo que lee. La alegría que respira sobre Neruda no es una felicidad fácil, burbujeante, superficial. Todo va bien con Coca-cola... No es eso. Por el contrario, el poema que dice la chiquita desencadena a continuación una serie de imágenes negativas: "Venezuela amarga", "los encadenados trabajaban en los caminos y los calabozos donde la gente se perdía", "siempre a lo largo de la noche y de los ríos hay tobillos que sangran..." El resultado de este panorama destructivo, aunque parezca paradójico, es la alegría, el espíritu que se expande en medio de los desechos y las ruinas.

Estamos ante otro elemento más en el paralelismo que ya advertíamos entre los dos mensajes tan desacostumbrados que ha enviado Miguel Otero: crecen precisamente en medio de una situación infernal. El viajero-carta que inicia el poema está visitando a Neruda en la clandestinidad, en momentos en que su pueblo ha sufrido la traición de González Videla, elegido a la presidencia gracias a una brega prolongada y costosa. Parecería en épocas como esas (como estas?) volverse frágil y acorralada la esperanza de edificar una fraternidad más vasta y compacta, un mundo sin miseria.

Aquella alegría se hace árbol, por lo tanto, a pesar de la degradación del mundo, y casi a raíz de ella:

> *Ya no queda en un mundo de úlceras*
> *estucadas*
> *sino nosotros, indefinidamente alegres.*
> *Veo pasar el cuervo y no me puede*
> *hacer daño.*
> *Tú observas el escorpión y limpias tu*
> *guitarra.*
> *Vivimos entre las fieras, cantando, y*
> *cuando tocamos*
> *un hombre, la materia de alguien en*
> *quien creíamos,*
> *y éste se desmorona como un pastel*
> *podrido,*
> *tú en tu venezolano patrimonio recoges*
> *lo que puede salvarse, mientras que*
> *yo defiendo*
> *la brasa de la vida.*

Estas acechanzas interiores y exteriores están plasmadas con la imaginería típica, si bien menos compleja y rica, que abundaba en su etapa poética anterior, y que servirá en el *Canto general* para describir a los traidores a América, los que prefirieron desoír lo que la tierra y los pueblos exigían: descomposición, animales salvajes, enfermedades, insectos, materiales de construcción. En una situación extremada de desamparo, perseguidos por poderes implacables y rondados por la pudrición, no se dejan reducir al silencio: responden con el canto, con la guitarra, con la defensa de la dignidad como muralla y armadura. Son "indefinidamente" alegres porque no hay aparente motivación para permanecer en ese estado de ánimo. Todo debería conducirlos de vuelta a la penumbra, a las alas que no son de aves en la penumbra.

Sin embargo, hay también diferencias entre ambos encuentros, el de las salitreras y el de la clandestinidad, una evolución se ha verificado entre un mensaje y otro.

Durante la huelga, la alegría de Miguel Otero había derrotado la vieja melancolía de Neruda:

"Yo comprendí que alegre estarías..."

"...ocupando tu puesto en la lucha y en la alegría..."

Es decir, la degradación del mundo había comenzado a contaminar al poeta chileno. Pero en el momento actual (1948), ya hay una plena concordancia, porque dentro de Neruda reside la misma fortaleza de espíritu que Otero le envía por medio del viajero. El Neruda de ahora, el que responde la carta, el que escribe el *Canto general*, es la consecuencia de los cambios operados en él con anterioridad, una de cuyas etapas es el Neruda de las pampas escuchando a aquella niña. En esa ocasión, las dos trincheras eran "tú" (alegre) y "yo" (momentáneamente triste y luchando por superar esa condición); ahora es el entrecruzamiento del tú y del yo, ambos alegres, los dos mezclándose en el "somos" inmenso y floreciente, el *nosotros*.

Ese momento en la pampa en el cual Neruda vuelve a enfrentar su pasado es un símbolo central que vale por todos los instantes anteriores, asomado tanto al pasado como hacia el porvenir, cada lucha que había dado ya y estaba dando y daría, la historia resumida y esencial de toda su existencia, la verdad irrepetible de su búsqueda. El camino transcurrido entre un mensaje de Miguel Otero y el otro es lo que inunda de sentido el poema, lo que justifica la carta que estamos leyendo. No obstante lo cual, en ninguno de los dos instantes, contestó Neruda. Ni en las salitreras, ni al llegar el viajero:

> *Desde entonces, he ido pensando que alguna vez te escribiría,*
> *y cuando el viajero llegó...*
> *me dije: "Ahora", y tampoco comencé a escribirte.*

Este último verso no puede, sino sorprender al lector. Teníamos la impresión de que esta carta sobrevenía como una respuesta automática e inmediata a la carta de "palabras invisibles" que se derramaban desde el traje del viajero. Todo lo hacía suponer. Muchas cartas comienzan con la referencia a una que acaba de llegar y que exige respuesta, y las líneas "Tú me preguntarás dónde estoy? Te contaré —dando sólo detalles *útiles* al Gobierno—" que sugieren un intercambio coloquial.

Sin embargo, no es así. Hizo falta un tercer mensaje de Miguel Otero, usando senderos aún más recónditos y secretos para comunicarse que en las dos ocasiones anteriores, para que Neruda se viera forzado ("Hoy ha sido demasiado") a responder.

Los intermediarios no son esta vez siquiera seres humanos, sino que pájaros. En dos oportunidades anteriores, en el mismo poema, había mencionado las aves de mar, y ahora —en la culminación de su carta— las asocia a un nuevo e infinito mensaje que Miguel Otero le está enviando:

> *...pasó por mi ventana*
> *no sólo un ave del mar, sino millares,*
> *y recogí las cartas que nadie lee y que ellas llevan*
> *por las orillas del mundo, hasta perderlas.*
> *Y entonces, en cada una leía palabras tuyas...*

Este último eslabón que une a los dos poetas y que *obliga* a Neruda a contestar, aparece como el más débil y lejano de todos. Tres emisarios se han sucedido en la progresión cronológica: el primero, la niña, era humano, usaba un lenguaje oral; el segundo, sin sonoridad, transportando historias invisibles, seguía incorporado a una persona; y el tercero no sólo se desliga del lenguaje, sino que, además, se despersonaliza del todo. Mientras más se identifican el "tú" y el "yo", más tenues parecen tornarse los lazos. Puede advertirse, obviamente, un paralelismo entre el entusiasmo con que Miguel Otero prodigaba energía en los viajeros o poemas al viento para que los recibiera quien pudiera y necesitara leerlos, y la fuerza con que la naturaleza emana de sí misma signos y señales por el universo: serían igualmente actos creadores los del poeta venezolano (sea en el plano de la vida, sea en el del lenguaje), como los de la vida misma, que puebla el espacio con significados, aunque se pierdan, aunque nadie los lea. En todo caso, está claro que Neruda ha escogido para finalizar el encuentro una forma de comunicación que ni siquiera se origina concretamente en su amigo. Esos pájaros no son una línea recta entre los dos escritores separados. Simplemente están ahí, pasan.

Se ha acentuado, de esta manera, la situación lingüística inhabitual que ya se habían adelantado en los dos casos anteriores. La vinculación por medio de las aves marinas se manifiesta como arbitraria y contingente, como impersonal, y al emisor le falta incluso cualquier tipo de relación (intencionalidad, conocimiento, uso) con los mensajeros.

No obstante, mientras más alejado parezca Miguel Otero, más próximo se encuentra de hecho. Como los dos puntos vecinos de una circunferencia, que no saben de su cercanía hasta que sus espaldas se tocan. Es este último mensaje el que termina por sellar la unidad de los dos poetas, progresando más allá del primer momento (superación de la tristeza de Neruda por medio de la alegría de Otero, encuentro de la alegría de Neruda con la alegría de Otero), y que ahora adviene a su absoluta fundición. Han viajado más allá de un tú y un yo que juntos son un nosotros. Son simplemente, así, nosotros: uno se ha convertido en el otro, uno escribe lo mismo que el otro, uno *es* el otro. Para ponerlo de otro modo: Otero está presente para Neruda más acá de su existencia física (que se imprimió en el viajero) o de su existencia poética (que se imprimió en versos que repiten y a los cuales dan contexto los oprimidos de América). No es necesario un viajero o un poema para que se comuniquen. ¡Ni qué hablar de utilizar un medio tan convencional y vetusto como escribir una carta común y corriente o mandar saludos! Desde la revelación de los pájaros frente a su ventana, desde ese momento en adelante, en todo acto natural (y social) del mundo, Neruda leerá las palabras de Otero, que son sus propias palabras:

> *Y entonces, en cada una leía palabras tuyas*
> *y eran como las que yo escribo y sueño y canto...*

A lo largo del poema, Neruda no ha hecho otra cosa que contestar una serie de cartas que nunca han sido enviadas directamente a él. Y dentro de su respuesta, lo que ha venido haciendo es clarificar sus términos, redefiniéndolos. Para colmo, Neruda pone punto final a su carta en el mismo momento en que se da cuenta de que no es necesario escribirla: basta con mirar el mundo que es de ellos.

> *Y entonces decidí enviarte esta carta, que termino aquí*
> *para mirar por la ventana el mundo que nos pertenece.*

Ahí afuera (aquí adentro) las cartas de Otero (las de Neruda) son un río, ilimitado y eterno: la realidad ha sido concebida y proclamada como algo que pertenece por igual a los dos poetas, que existe en cuanto compartida y participada, y la posesión de ella es suficiente para asegurar una comunicación constante, un diálogo que se vocaliza en toda piel, en cada momento, en cualquier objeto. Esto significa que Otero puede estar leyendo a Neruda de la misma manera, y en el mismo orden, por medio de poemas en bocas ajenas, viajeros, o un árbol, pongamos, que crece a orillas del Orinoco.

La mejor manera de mandar un mensaje a Miguel Otero es leer las cartas que éste nunca envió, pero que se gestan profundamente desde lo que ambos han descubierto y hecho. La identificación mágica con el otro se realiza al convertir el mundo entero en las palabras invisibles de otro poeta. Leer la realidad, comprender el mundo, cambiar ese mundo, son actos comunicativos de tanta trascendencia como un lenguaje escrito. Las aves marinas son parte de una comarca que tiene leyes, signos y estructuras. Quienes pueden comulgar con esa realidad profunda, y la interpretan, quienes la posibilitan por sus actos y la multiplican, son los que coparticipan en el fundamento último de lo que es la humanidad. Desde el punto de vista de lo real, Miguel Otero Silva (el "tú") y Pablo Neruda (el "yo") son la misma persona, constituyen una unidad.

Es este un tema sumamente socorrido entre los escritores de la generación de Neruda (Borges, Marechal, Carpentier, Manuel Rojas): el hombre como individuo resolviéndose en el arquetipo, en lo mayúsculo, "yo soy todos los hombres". La realidad es una escritura, una obra de arte, y leerla es, desde ya, vivirla plenamente. La vida se torna una insaciable búsqueda de umbrales: cuando ingresa al más allá de sí mismo, a su origen, cuando logra habitar el mito y abolir el tiempo y el espacio, encuentra ahí, reunidos quintaesencialmente, a todos los demás seres humanos.

No es el momento para ver de qué manera cada uno de estos autores desarrolla esta intuición (la espiral marxista del tiempo y de la historia en Carpentier, los abismos de la reprimida psiquis colectiva en Yáñez, el sufrimiento como confín y redención en Rojas y Marechal, la salvación en el conocimiento transitorio y congelado que se disuelve a sí mismo en Borges, etc.), pero sí podemos observar que, para Neruda, a fin de que ese acto de comunidad con el otro se realice, a fin de que haya ese asalto a lo mítico (americano), se debe establecer previamente que la llave de entrada a ese reino es haber abrazado la causa de los explotados y, concretamente, haber desarrollado una lucha liberadora consecuente. Las leyes de funcionamiento del mundo, cuyo conocimiento permiten aquel salto hacia el corazón de lo real y aquella identificación con los otros seres humanos, son las que el marximo ha revelado mediante su teoría y su práctica. La única manera que tiene el hombre —y, especialmente, el que surge en los climas subdesarrollados— para comunicarse permanente y crecientemente con la realidad es asumiendo el riesgo de cambiarla junto con los explotados que se organizan para vencer. La lección de la solidaridad educa al pueblo y al poeta para unirse, convierte a un ser humano en algo más que el espacio que encierra su propia piel. Neruda mismo ha resumido esta visión en el poema número XII de la serie "El fugitivo", en el mismo *Canto general*:

> *No soy una campana de tan lejos*
> *ni un cristal enterrado tan profundo*
> *que tú no puedas descifrar, soy sólo*
> *pueblo, puerta escondida, pan oscuro,*
> *y cuando me recibes, te recibes*
> *a ti mismo, a ese huésped*
> *tantas veces golpeado*
> *y tantas veces*
> *renacido.*

La travesía de las aves marinas por el horizonte de Neruda aparece ahora en otra dimensión: son el factor que cataliza, que hace manifiesto, la condición mágica —y, a la vez, poderosamente material— de unirse a otros ojos.

La navegación de los pájaros no es repentina, al final del poema. Antes de constituirse en el tercer mensaje "enviado" por Otero Silva, ya habían aparecido dos veces antes, aunque no hermanados, sino vagamente a las dos "cartas" anteriores. Tres veces vienen mensajeros a Neruda; tres veces hay aves. Las series paralelas se unen al final.

La primera ocasión se introduce casi como un paréntesis, parte de la descripción del paisaje donde actualmente habita Neruda. Desde ya toman la forma de carteros:

> *Parece*
> *que llevaran las cartas del mundo a sus*
> *destinos.*

Pero nada hace anticipar la función que, en definitiva, asumirán para servir de puente entre los dos poetas. No hay ningún contenido particular en esos mensajes. Por el contrario, aparecen muy alejados por un clima de cuento de hadas, por una atmósfera más bien irreal o ficticia que los rodea:

> *Pasan los alcatraces como barcos del viento,*
> *otras aves que vuelan como flechas y traen*
> *los mensajes de reyes difuntos, de los príncipes*
> *enterrados con hilos de turquesa en las costas andinas.*

El poeta no es más que un espectador de tales fenómenos, y las aves dibujos sobre el paisaje.
En seguida, como conclusión emocional, aunque no lógica, de aquel vuelo y revuelo:

> *Qué azul es la vida, Miguel, cuando hemos puesto*
> *en ella*
> *amor y lucha...*

palabras cuya dimensión y alcance todavía no medimos, pero que logran asociar, a nivel pre-racional, las aves y la alegría, la esfera natural y social. El color azul trasunta, por ende, una cohesión de las dos situaciones: color del cielo y del mar por donde zumban las aves, también el de la vida donde actúan los hombres.
La segunda vez que las aves estallan sobre las dunas del poema ya estamos en condiciones de establecer una conexión más importante entre el mundo animal y el mundo humano. Esas alas marcan un cambio en su actitud vital y poética. Antes, cuando escribía "versos de amor, que me brotaban por todas partes, y me moría de tristeza, errante, abandonado, royendo el alfabeto", se lo saludaba como Teócrito, como gran escritor. Las palabras eran, entonces, como huesos, y el poeta flotaba a la deriva, sin compañía. Pero no se quedó en eso, no aceptó la definición que los detentores de la cultura dominante y de las tradiciones poéticas hicieron de él y de su obra. Se fue por los callejones de las minas. Buscó a los otros hombres.

Sobrevendrá la experiencia radical de la lucha de clases, de la cual emergerá con las manos "teñidas de basura y dolores". Toda su acción, toda su poesía, estará modificada. Con las consecuencias inevitables: vienen primero los insultos, después la policía.

Reiteramos, sin embargo, que su viaje hacia la cordillera de la miseria, no le produce melancolía:

> *Pero yo había conquistado la alegría.*
> *Desde entonces me levanté leyendo las cartas*
> *que traen las aves del mar desde tan lejos,*
> *cartas que vienen mojadas, mensajes que poco a poco*
> *voy traduciendo con lentitud y seguridad...*

Prolongación inmediata —en la poesía— de su decisión de no compartir el crimen de la explotación, es el hecho de que puede acceder ahora a los mensajes de las aves. No se dice qué contenido traen esas cartas, y siguen sin un emisor, pero se enfatiza que el rol del poeta ya no es contemplativo frente a esa naturaleza que transcurre, sino que bullente de actividad: "soy meticuloso como un ingeniero en este extraño oficio". Se entiende con los pájaros dinámicamente: él interpreta, transcribe lo que transportan. Esta capacidad, que trae aparejada la alegría, es algo que ha conquistado, un derecho que se ha ganado. Y su intervención viene a ser importante para que existan esos mensajes.

Podemos percibir, por lo tanto, un doble proceso: por una parte, para convertirse en el recipiente de esas cartas, que antes pasaban frente a él sin que las notara o pudiera leer, ha debido hacerse combatiente, solidario de los trabajadores en su guerra libertadora, ha tenido —es el resultado natural al que debe llevar este tipo de iluminación— que militar en un partido de la clase obrera, en el caso de Neruda, el Partido Comunista. Su poesía será el resultado de la praxis: la creación literaria es posible, y es verdadera, porque presupone que el poeta ha participado en la transformación del mundo, transformándose a sí mismo. El acto político de elevarse desde la miseria para luchar con alegría es equivalente y determinante para el acto estético de escuchar las voces escondidas de la realidad. Como veremos, la materia de América, su geografía, está pensada como una voz, que hablará por medio del pueblo que se va acumulando en sus llanuras, costas y junglas. Neruda, obrero de la palabra, puede leer el mundo que sufren, cambian y edifican con el mensaje de sus manos y pulmones los trabajadores explotados y organizándose. En el mismo *Canto general* se ha establecido esta visión del mundo en el poema "La letra" (en la sección "Las flores de Punitaqui"):

> *Así fue. Y así será. En las sierras calcáreas, y a la orilla
> del humo, en los talleres,
> hay un mensaje escrito en las paredes
> y el pueblo, sólo el pueblo, puede verlo.
> Sus letras transparentes se formaron
> con sudor y silencio. Están escritas.
> Las amasaste, pueblo, en tu camino.*

En cuanto el pueblo es quien hace de verdad la historia, el que acciona de verdad sobre la naturaleza aunque no reciba sus frutos, el que de verdad escribe la palabra dolor y la palabra liberación, el poeta podrá acceder no sólo a ese mensaje, en cuanto se panifica con ese pueblo, en cuanto adopta su punto de vista, sino que se le abrirán también las secretas ventanas de lo natural, y una vegetación de aves traerá mensajes. El rechazo a la visión dominante, la lectura de todo lo que el pueblo ha venido escribiendo y los "poetas oficiales" han estado olvidando, significa acercarse a la naturaleza, borrar las etapas, equivocaciones y abusos que se han amontonado sobre los hombres de la geografía americana. La peregrinación de Neruda —como todos los de su generación— hacia el Origen se hace retrazando el verdadero camino por el cual el hombre perdió esa relación con lo natural.

El tercer momento en que golpean las aves, y que ya hemos comentado a raíz de que es también el punto tercero y culminante de la correspondencia entre Otero y Neruda, cobra un nuevo significado: cuando el poema finaliza

> *y entonces decidí enviarte esta carta,
> que termino aquí
> para mirar por la ventana el mundo
> que nos pertenece*

Neruda está tomando posesión del universo social y natural, a nombre del *nosotros* que tan laboriosamente ha venido cimentando a lo largo de su poema (y de su epopeya). Si las aves son cartas que le manda Otero, también Neruda manda esas mismas cartas, las escribe en ese momento. No sólo es espectador, ni traductor activo: el nosotros es *fuente* de los mensajes de la naturaleza, el nosotros *produce* las aves. Perseguidos, explotados, escondidos, miserables y fluyendo de sí un manantial de aves y un océano de significados y una galaxia de luchas, el nosotros posee el mundo.

El mundo que nos pertenece

Este tercer momento —de aves y cartas— permite plantear algunas interrogantes que no han quedado hasta ahora del todo des-

pejadas. La primera: lejos de convertirse en un apéndice de la lucha popular, en una voz subordinada a medida que se entrevera con su pueblo, el poeta parece en Neruda como un ser cuyo rol es esencial y complementario para la liberación. ¿Cómo resuelve Neruda el tan discutido problema de compromiso social frente a interpretación visionaria, sociedad y arte, masa e individuo? La segunda: ¿de qué manera la naturaleza no arriesga convertirse en una emanación del trabajo social y poético, las aves existiendo sólo en cuanto leídas y escritas?
Podríamos citar una serie de textos y referencias.
Preferimos hablar aquí de América, como siempre. Porque la respuesta tiene que ver con la exploración y fundación de este continente que realiza el poeta en el *Canto general*, una visión de mundo que se puede decir es la que nos ha enseñado a amar, comprender y luchar por nuestra tierra. En este mismo poema-carta, América ha quedado definida, además de un baldío de dolor, despotismos y sangre, como una "llanura con ríos devorantes y constelaciones de mariposas (en algunos sitios, las esmeraldas son espesas como manzanas)". Este mundo —no cabe duda— no le "pertenece" al hombre, cuya única herencia termina por ser la muerte temprana, la enfermedad, la ratas en un burdel inacabable.

> *Por eso cantas, por eso, para que América deshonrada*
> *y herida*
> *haga temblar sus mariposas y recoja sus esmeraldas*
> *sin la espantosa sangre del castigo, coagulada*
> *en las manos de los verdugos y de los mercaderes.*

Sin dejar de observar que Neruda recae acá —como en otros lugares del *Canto general,* en un idioma cliché y panfletario para sacudir a un lector con una situación demasiado injusta e inexpresable,* digamos que América también se yergue acá como una región, y casi una categoría ontológica, en cuya naturaleza existen dos dimensiones, una que podríamos llamar de fuente estética (mariposas) y otra que es fuente de riqueza y utilidad para el hombre, que está pensada como alimento y mineral (esmeraldas espesas como manzanas). Esta potencialidad de América es lo que funda el canto del poeta: el anticipo del día en que el hombre podrá gozar de los frutos de su trabajo creador de valores (sean artísticos o de consumo material, aunque tienden a confundirse a

---

* Es notable que Neruda alcanza su única pobreza expresiva cuando describe a los verdugos. Veinte años más tarde, surgirá una generación que se interesará, en la novela, en la lírica, por los diferentes rostros de la clase dominante. Neruda, en cambio, es mejor mientras retrata al pueblo, sus ciudadelas, su construcción imborrable.

veces ambas formas), sin el sistema capitalista, sin la sangre, sin las cadenas, sin el insectario en que quieren ahogar al que no calla y no otorga. Si los pájaros cargan mensajes para Neruda y, desde Neruda, para Otero y, desde él, para la voz del pueblo y desde la oreja del pueblo, es porque la naturaleza aparece como algo que el hombre va develando y poseyendo a medida que libera su propia naturaleza enajenada por un sistema clasista, a medida que se hace alegría, como algo que le pertenece al ser humano por definición pero que se pierde continuamente.

No se trata, por ende, tan sólo de que la palabra de Miguel Otero en esa huelga —y la de Neruda hoy y mañana—, haya contribuido a que el pueblo siguiera luchando, que no fuera vencido por las fuerzas derrumbantes de la tristeza, aliado anímico de los patrones. No se trata tan sólo de que era factible que esos versos cumplieran aquella función porque era el pueblo el que cantaba ya antes en la voz del poeta y que después transmitió por sus medios pobres esas hojas. Se trata de que, al vulcanizar la realidad de esa manera, al arrojarse a la lucha social y a la consiguiente brega por comprender y re-emitir el mundo, existe la confianza de que se está respondiendo a la vez a los signos y designios de la naturaleza, esa salvajura desde la cual emergió el hombre americano y a la cual todavía está mágicamente ligado.

Hemos arribado a una de las tareas fundamentadoras del *Canto general*: superar hasta donde sea posible el antagonismo profundo entre barbarie y sociedad, entre materia informe y voluntad ordenadora, entre lo inanimado vibrante y la palabra insuficientemente capaz, que constituyó la gran angustia de las *Residencias*. Tratar de llenar el abismo que (supuestamente) separa al hombre como ser social y al hombre como ser natural, explorar la ambigüedad del ser americano, el gran tema que reaparece en cada generación nuestra desde que Cristóbal Colón comenzó el extraño proceso híbrido de prospectar una realidad incógnita con ojos culturalmente determinados desde Europa, desde que los primeros resistentes culturales americanos tuvieron que ir forjando su mirada con perspectivas a veces prestadas, a veces torcidas, a menudo perdidas.

Todos los días baja del cielo un color ceniciento que las palomas deben repartir por la tierra

Palabras que no son del *Canto general*, sino de *Residencia en la tierra* (poema "Vuelve el otoño"). También aquí hay aves, mensajes, un clima que derramar, alguien que contempla:

No sé si se me entiende: cuando desde lo alto se avecina la noche, cuando el solitario poeta

> *a la ventana...*
> *hay algo sobre el cielo, como lengua de buey*
> *espeso, algo en la duda del cielo y de la atmósfera.*

O la imaginería de vuelo y alas en "Enfermedades en mi casa", también de *Residencia en la tierra:* "es tanta la niebla, la vaga niebla cagada por los pájaros...", "el día se cae en las plumas deshechas...", "el mar se ha puesto a golpear por años una pata de pájaro".

Las aves no pueden ser las que anudan poeta y naturaleza: son síntomas de que el mundo anda mal, distante, ausente, pero, a la vez, inevitablemente próximo, prohibidamente vecino. Imposible, en esa etapa poética, que las mismas leyes rijan el cuerpo humano y el cuerpo natural. Hay que acosar esa realidad solitaria y arrinconada, hay que concentrar y sobre-excitar las sensaciones del ego sufriente y buscador, hay que inventar, imaginar, construir un nuevo tercer mundo, con la esperanza de que en el lenguaje mismo se puedan ir estableciendo las correspondencias, lejanas, disueltas, corrompidas, entre hombre y circunstancia. El poeta intuye que el mundo se le parece (como la lluvia en el poema "Débil del alba"), pero no puede entregarse ni sabe hacerlo, a lo que lo rodea. Tiene que defender su aislamiento y colonizarlo, para no caer en el silencio o el caos, que son las características del mundo. No se trata de unir dos alegrías en *Residencia en la tierra:* se trata de enfrentar, fundiendo y replegándose, dos definitivas destrucciones.

En "Ritual de mis piernas" se puede examinar la cercanía y lejanía de la tierra o, si se quiere, del hombre mismo: "Habrá entre mis pies y la tierra/ extremando lo aislado y solitario de mi ser,/ algo tenazmente supuesto entre mi vida y la tierra,/ algo absolutamente invencible y enemigo."

Hay que ser fiel al dolor, entonces, que es lo único cierto en tanta ciénaga y destrozo, aunque esa misma verdad esté también corroída: "Hay algo enemigo temblando en mi certidumbre,/ creciendo en el mismo origen de las lágrimas" (poema "Tiranía"). Se ha extraviado el código que puede unificar al hombre con el mundo. Queda la sed de la unidad, de la comprensión, queda el bardo-vidente que, hecho de agua pero también de tenacidad, sintiendo su blandura aunque asimismo cierta inexplicable furia que se rigidiza como cadáver, agrede los objetos o se deja inundar. La necesidad de superar la enajenación no se borró, ni su incesante hallazgo: el hombre debe aferrarse a su aullido para saberse algo más corpóreo que un fantasma.

Lo que nos interesa retener de esta poesía, profundamente materialista en su tacto de los confines del mundo, es que este acecho y asalto del fundamento, da algo unitario que sea más que apenas, quién sabe, cómo, prepara el territorio, donde finalmente se encontrarán pies y tierra, prepara las aves que serán mensaje humano y mensaje natural, prepara la unitaria garganta de los ríos, de los poetas y del pueblo. Porque la desesperación y vitalidad de *Residencia en la tierra*, la tensión magnífica de lo que trata de abarcar y no puede, nace de la fe de que existe aquel idioma perdido, de que lo que se quiebra perpetuamente, y se reconstruye con igual sigilo incesante, sigue estando, tiene una unidad en alguna parte.

No se evidencia, en las *Residencia*, una relación simple con el mundo. No hay allá un ser angustiado frente a una naturaleza pura y salvadora. Él sabe que, como poeta, él le está torciendo, e imponiendo, proyectando se podría agregar, un sentido suyo sobre las cosas, que no siempre son como se ven. Pero no hay forma de medir el límite de lo que proyecta y de lo que recibe. Este intento de moldear lo real está condenado al fracaso, pero es "la forma de olvido que prefiero" (poema "Sonata y destrucciones") y logra rescatar ciertos parecidos entre él mismo y el mundo. Las semejanzas no son suficientes: mientras más pesca, menos agua hay. Demasiadas dimensiones se le escapan. "Como un hombre desnudo en una batalla/ levantando su ramo blanco, su certidumbre incierta,/ su gota de sal trémula entre lo invadido", Neruda parte del supuesto de América como promesa, posibilidad y principio. Al estar más cercano del origen perdido americano, más consciente de la imposición de lo enajenante (europeo) y del rezago peculiar que asume en nuestro continente el lenguaje parcialmente importado y la realidad que no le viene del todo, al ser el representante de un mundo cuya marginalidad sólo acentúa y agiganta la crisis de todos los centros de los que depende, Neruda también siente redoblarse su percepción de que tiene que haber algo más que caos, debe existir un *fundamento* desde el cual construir un lenguaje que asuma ese caos y le dé, si no estabilidad, cuando menos arquitectura.

Se podría decir que *Residencia en la tierra* quisiera repetir la uterina aventura natural del hombre americano en su origen: volver de un flechazo al momento en que el ser humano habitaba la intimidad mágica de los árboles, rocas y cataratas. Y esto en un mundo de ladrones, viudas, prostitutas, botellas rotas, violines ahorcados. Un mundo donde lo natural ha sido contaminado y poseído por la sociedad, y donde la sociedad ella misma se descompone y entristece. La imposibilidad del intento tensa las imágenes, enfurece a las palabras.

En el *Canto general* el hombre también tiene que *ganarse* la naturaleza. Pero el descenso hacia el escondido idioma que se deshizo, pero que se sabe subyacente, no es básicamente natural, sino *social*.

Para llegar hasta la tierra, y poseerle, se debe asumir el punto de vista de los demás, del colectivo que sufre y lucha para que aquella materia sea para todos los hombres y no para algunos privilegiados. La liberación que emprende el pueblo es la continuación de la lucha de la naturaleza por permanecer humana y positiva.

Todo a lo largo del *Canto general* es la tierra (hecha cuerpo, madre, padre, humanidad metálica) la que combate. "Primero resistió la tierra", asevera Neruda en el poema "La tierra combatiente". Pero la tierra sola no guarda la fuerza suficiente para destruir a los conquistadores primero, a los explotadores después, a quienes traicionan su arena una y otra vez. El hombre que va a continuar esta labor que está descrita y sentida en términos terrenales, se la va *naturalizando*: "Se hicieron sombra los padres de piedra,/ se anudaron al bosque, a las tinieblas/ naturales, se hicieron luz de hielo,/ asperezas de tierras y de espinas:/ uno era un árbol rojo que miraba,/ otro un fragmento de metal que oía,/ otro una ráfaga de viento y taladro, otro tenía el color del sendero" (poema "Se unen la tierra y el hombre"). El hombre contemporáneo puede desandar la distancia que lo divide de lo natural en cuanto recoge los estandartes que durante toda la historia anterior la naturaleza americana ha prestado a sus liberadores y a los Juanes que están detrás.

No se trata, por lo tanto, sólo de una relación metafórica o literaria con la naturaleza, una transferencia de virtudes: el hecho de que no se puede amar el bosque si no se une el poeta a quien quisiera convertirse en bosque (paz, alimentación, permanencia, crecimiento) o a quien ha sacado del bosque sus características de luchador (espinas, unidad, altura, resistencia). Se trata de que la lucha contra el invasor, la independencia prolongada, difícil, semifrustrada, la organización sindical y política, la revolución, además de actos humanos y sociales, son los puentes que dejan que la tierra americana vuelva a hablar o más bien comience a hablar auténticamente. El origen americano no está sino en la larga historia de su corrupción, destrucción e intento de no dejarse borrar, y por ende el único himno de entrada es por medio del combate presente y de las leyes que esa marcha va revelando hoy y ahora. Retornar a la naturaleza pasa por la travesía de la historia. La manera de desfalsificar el pasado es —ante todo— modificar el presente.

Si alguna imagen ejerce su dominio en el *Canto general*, más que la semilla, es la de la piedra, la piedra luminosa, subiendo a la luz que le pertenece, nutriendo las raíces y convocándolas, piedra que es estabilidad, purificación, permanencia, firmeza.

En el primer poema, introductorio, del *Canto general*, queda claro el diálogo entre hombre y geografía.

El hombre primitivo fue tierra, pero también fue tierno y sangriento, por lo tanto entregado a las cualidades humanas del amor y la agresividad. Su cercanía le permitía leer "las iniciales de la tierra" que estaban escritas en "la empuñadura/ de su arma de cristal humedecido". Siglos más tarde, Neruda busca ese lenguaje:

> *Toqué la piedra y dije:*
> *Quién*
> *me espera? Y apreté la mano*
> *sobre un puñado de cristal vacío.*

Usando las mismas imágenes, se enfatiza que ya no se hallan allí las iniciales de la tierra: la piedra está vacía de mensajes.

> *Nadie pudo*
> *recordar después: el viento las olvidó, el idioma del*
> *agua*
> *fue enterrado, las claves se perdieron o se inundaron*
> *de silencio o sangre.*
> *No se perdió la vida, hermanos pastorales.*
> *Pero como una rosa salvaje*
> *cayó una gota roja en la espesura,*
> *y se apagó una lámpara de tierra.*

Residencia en la tierra es un intento por remontar hasta esas claves o crearlas de una vez por medio del aullido imaginativo, para derrotar el silencio. *Canto general* afirma que para derrotar el silencio, hay que derrotar la sangre, asumir las masacres de la tierra y de los habitantes de América, restituir la verdadera historia saqueada de nuestros países. Integrar la lucha de la hora actual es participar y continuar la del pasado, es recorrer —hacia atrás, hacia adelante, hacia ahora— la tierra original, interna y externa, en cada instante, renovándose en cuanto el hombre se obsesiona por no traicionarla. Sólo en cuanto los hombres guardaron la memoria o la alternativa de la lámpara de tierra, sólo en cuanto son ellos la lámpara, son tierra que exige alumbrarse, sólo en cuanto ellos adoptan la tierra como resplandor posible y pretérito, puede la naturaleza convertirse en amada del hombre.

La fusión de espacio y luchador se repite en casi cada canción de la epopeya. Basta, para comprenderlo, asistir a la culminación y amalgama en la figura de Recabarren que, como fundador de su partido, tiene para Neruda, y para la clase obrera chilena, una significación especial:

> *Y cuando tantos dolores*
> *reuní, cuando tanta sangre*
> *recogí en el cuenco del alma,*

> *vi venir del espacio puro*
> *de las pampas inabarcables*
> *un hombre hecho de su misma arena*
> *un rostro inmóvil y extendido,*
> *un traje con un ancho cuerpo,*
> *unos ojos entrecerrados*
> *como lámparas indomables.*

Podría estar describiendo América.

Tal como un objeto natural (las aves) puede llevar a cabo la comunicación humana (cartas entre dos poetas), así un ser humano (Recabarren) puede ser la emanación del orden terrenal y pedregoso, puede ser el puente de barro para que la tierra siga siendo hacia el futuro. Y el revolucionario no pierde humanidad a través de este contacto: se hace más hombre. Es evidente que el líder proletario existe independientemente de la mirada de Neruda. Sin embargo, su aparición es —aunque autónoma— extrañamente resultado del sufrimiento, consecuencia de la capacidad de ver, América se reproduce en sus hijos; y los poetas tienen que merecer la descripción y presencia.

La historia de nuestro continente es, por lo tanto, la germinación de lo mineral y de la palabra. De la misma manera en que Miguel Otero manda tres mensajes por medios tan subalternos, así a lo ancho del *Canto general* se advierten los modos en que los hombres perduran, hacen continuar la tierra que son, que descubrieron. Si bien entre Otero y Neruda hay palabras, éstas toman un cuerpo y un volumen y un peso extremadamente *materiales*. América es la que permite que sean poemas los mensajeros mismos, el viajero, la niña, las aves. Mágica es esta facultad de la cordillera y el mar de hablar, mágica la suspensión del tiempo y del espacio, mágica la identificación de todos los hombres por medio de la solidaridad y el amor. Pero es una magia de lo sensual, de lo que es cuerpo, de lo que es sustancia y materia.

Si la voz puede rescatar lo innominado y falseado de la naturaleza americana, de los libertadores, de los anónimos héroes de la cotidianidad actual o pasada, es porque a su vez la historia y la naturaleza se han encargado, y se encargarán, de permitir y recuperar lo que cada poeta auténtico pronunció o está pronunciando. La comunicación no es del dominio exclusivo del hombre de letras: es la forma que toma la acción, la geografía, la resistencia.

> *Tierra mía sin nombre, sin América, tu aroma me trepó*
> *por las raíces hasta la copa que bebía, hasta la más*
> *delgada*
> *palabra aún no nacida de mi boca.*

Final de "Amor América", introducción a todo lo demás que vendrá. Cuando se apagó la lámpara de tierra, el resultado fue que la tierra no tuvo nombre, no tenía América, no tenía lenguaje. Pero ya era "mía", ya pertenece, "el mundo que nos pertenece", ya puede moldear al poeta como labora con los árboles. Si ese origen es anterior entonces a la palabra, se diría que su fundamento, los poetas y libertadores que vinieron después, es el diálogo que permite, que *causa*, esa naturaleza. "No se perdió la vida." El descubrimiento de que es la tierra la que nutre el árbol (la imagen más perduradora y positiva de Neruda, el Sur, su infancia, la vegetación) acompaña la revelación, y aclara los alcances, de que es el pueblo el que nutre al hombre individual. Tal como ha sido violada la tierra, ahora será cultivada para que nazca el orden: "Fue dura la verdad como un arado." Frente al yacimiento explotador, el poeta puede cavar en el pueblo, no para explotarlo, sino para que allá se mineralice la solidaridad y el empuje. América como cabellera y amante, el poeta como árbol y padre. No puede nunca borrarse las mordeduras de la violación. Pero el amor propio puede responder a ellas. Siempre que no niegue lo que ocurrió. Olvidar o apartar el dolor no da alegría, es hacerse cómplice del silencio, de la sangre: "Te obligaré a vivir una vez más entre sus quemaduras/ ...para que la severidad sea la condición de la alegría,/ para/ que así seamos invencibles." Recorrer la explotación, la traición, las llagas, es de alguna manera empezar a superarlas, unirse a quienes las han resistido siempre. Si la tierra trepó con su fuerza por las raíces de Neruda, él deberá asumir el hacha que ha cortado esas raíces, el explotador que ha incendiado los bosques y saqueado los pies del pueblo. Del sufrimiento nació el orden. Y la alegría.

Si bien la naturaleza existe en cuanto el hombre la esculpe y la domina (producción), en cuanto el pueblo la defiende (lucha libertaria), en cuanto el poeta la nombre, desentrañando su ley, su dirección no-neutra, su anhelo comprometido (poesía), si bien el resultado de esto, en el plano del lenguaje, es la mezcla y transfusión de imágenes de los más variados órdenes, demostrando vitalidad, unidad, cercanía, Neruda transmite, a la vez, la certeza de que la naturaleza americana conserva un cierto grado de independencia, de autonomía. El hombre nunca la puede poseer del todo: hay sectores que seguirán escapándosele, profundidades para las que no hay idioma formulable. Este reconocimiento de Neruda, su tolerancia de zonas misteriosas, de una manera de América que no se puede explicar ni comunicar en cualquier lenguaje, de un origen anterior a sí mismo, que se posee por medio de la acción, la palabra, el amor, pero que nunca se incorpora del todo a la humanidad, se entrecruza y tensa con su feroz certidumbre de que la fusión totalizadora se realiza a cada instante, sobre el camino, andando, para volver a perderse y otra vez construirse, profundizando la imagen del hombre que escucha a la niña en la pampa, cada vez más hondo en las raíces de la patria. *Canto general* no es, en este plano, una ruptura total con *Residencia en la tierra*: hay sutiles continuaciones de esa búsqueda, ahora en otro contexto y bajo un nuevo signo.

América nunca puede ser absolutamente agotada: en cada momento se puede instalar el hombre en su magia, remontando el tiempo y deteniendo el espacio. En cada momento habrá que volver al sufrimiento actual, a la lucha, a la palabra que cicatriza y ensaya, para acceder otra vez a lo mítico cotidiano. Las aves que unen a los poetas frente a la costa desconocida de la clandestinidad seguirán allá, seguirán pasando mientras los hombres luchen, seguirán pasando aunque algunos de sus mensajes no sean legibles.

Sobre la costa de Chile —y es Neruda el que habla— es bueno saber que los pájaros siguen llevando las cartas, que siguen llevando las cartas de sótano a sótano, de yacimiento en fundo, de fábrica en escuela, en población, las cartas que el pueblo manda y recibe, las cartas que los usurpadores no pueden leer porque son ciegos y sordos y mudos para la realidad aunque tengan todo el poder, es bueno saber que se forja, ahora mismo, el próximo capítulo del *Canto general* que Neruda no alcanzó a presenciar, pero que —dicen que está muerto— sigue escribiendo en el corazón de nuestro silencio y de nuestra sangre.

2. De *Las uvas y el viento* en adelante

XIV. NERUDA, DESDE 1952

Jaime Concha

A Jacqueline
A Roger

Desde 1952, en que vuelve a Chile, hasta su muerte en septiembre de 1973, Pablo Neruda escribe y publica una enorme cantidad de libros de poesía, que hacen de él uno de los fenómenos líricos más prodigiosos de nuestro tiempo. Por su número y variedad, esta obra resiste posibles clasificaciones y es un desafío para quien trata de sorprender en ella la secreta unidad que la preside. La multiplicidad de sus especies poéticas, que van desde las odas elementales hasta himnos de entonación rapsódica (*Canción de gesta*, 1960); las diversas orientaciones espirituales, desde las picardías de *Estravagario* (1958) a la manera grandiosa y solemne de algunos *Cantos ceremoniales* (1961); la distancia misma entre los anclajes geográficos de su imaginación: todo ello conspira contra los intentos de articular convincentemente estos inabarcables dominios de su canto. Después de *Residencia en la tierra* (1935), después del *Canto general* (1950), este nuevo universo nerudiano parece esconder la ley de sus galaxias. Las vías de su luz se definen como elípticas.

La simple mirada a la sucesión vertiginosa de sus libros durante este tiempo pone al descubierto dificultades de ordenación. ¿Cómo integrar, por ejemplo, en este conjunto mayor la existencia de un puñado de ciclos "chilenos", para llamarlos de algún modo, como *Las piedras de Chile* (1961), *Arte de pájaros* (1966) y *Una casa en la arena* (1966)? ¿Cómo explicar, por otra parte, esas actividades literarias marginales a que se entregó Neruda, entre las que se cuentan principalmente sus ejercicios teatrales, la traducción de *Romeo y Julieta* junto a su pieza *Fulgor y muerte de Joaquín Murrieta* (1967)? ¿Cómo hallar, en fin, índices de periodización relativamente válidos que permitan distinguir fases en el interior de esta gran etapa última de su producción?[1] Hojas, hojas, hojas, todo parece ser un follaje augusto que gira y se extiende sin cesar, ocultándonos, en expansivas nebulosas, la línea de su tronco y el lugar ubicuo de sus raíces.

---

[1] El intento más serio y sistemático de justificar una periodización interna de esta etapa nerudiana es el de Hernán Loyola: "El ciclo nerudiano 1958-1967: tres aspectos". *AUCh*, 157-160 (ene-dic, 1971), pp. 235-253.

Si queremos echar las bases para un estudio de este tipo, resulta imperativo determinar una perspectiva unificadora que, aun contra riesgos de reducción o mutilación, ayude a entender el crecimiento de este gigantesco organismo poético. Y, en principio, habría que conceder bastante importancia a los años de incubación situados entre 1949, en que el poeta pone punto final a su *Canto general*, y el momento en que aparece el primer jalón de su nuevo ciclo, a saber, *Los versos del capitán*, en 1952.[2] Ya este poemario nos advierte hasta qué grado pesarán en los orígenes de la etapa así inaugurada experiencias de orden privado y personal. La biografía es un factor no despreciable, por cierto; pero las ondas de su repercusión sólo se cruzan e interfieren con otras mareas mayores, en último término decisivas. Hay que deslindar, por lo tanto, ese terreno más ancho y fundamental dentro del que, incluso, las peripecias sentimentales del sujeto creador cobran relieve particular.

Son ésos los años del segundo exilio de Neruda, no ya un exilio voluntario como el anterior de 1927 a 1932, sino un destierro forzoso al que lo condena la dictadura imperante en Chile en ese entonces. Desde el día en que debe dejar el país, a comienzos de 1949, hasta que regresa en agosto de 1952, un nuevo campo de experiencias se abre a su destino poético, ligándolo a las fuerzas históricas más poderosas y avanzadas del presente siglo.

Para indagar esta experiencia crucial, recurriremos en primer lugar, como a un cuerpo suministrador de sentido, a un gran libro de esta época, *Las uvas y el viento* (1954).

Un cántico socialista

Basta recorrer someramente esta obra, a través de sus 21 secciones, para darse cuenta que estamos en presencia de un extenso y jubiloso cántico al mundo socialista que acaba de imponerse en la historia. Neruda, en "Algunas reflexiones improvisadas sobre mis libros", se refiere a *Las uvas y el viento,* lo mismo que a *Tentativa del hombre infinito,* como a dos de sus obras menos estudiadas y comprendidas por la crítica.[3] Es casi seguro que esta eventual comprensión deba pasar por varias coordenadas, pero una de ellas parece ser la de estar

---

[2] Según Jorge Sanhueza, Neruda habría terminado de escribir el *Canto general* en diciembre de 1949, después de su salida de Chile. *AUCh*, 157-160 (ene-dic. 1971), p. 207.

[3] Este juicio del poeta, válido en 1964, ya no lo es más. Desde esa fecha, han aparecido tres estudios capitales sobre el poema de 1926: Alain Sicard: "La eternidad en el instante: Un análisis de *Tentativa del hombre infinito*." *AUCh*, 157-160 (ene-dic. 1971), pp. 108-116; René de Costa: P.N.'s *Tentativa del hombre infinito*: Notes for a Reappraisal" *MPhil* (1975) [y luego, "The Van-

en el cruce de los nuevos caminos emprendidos. Pues así como la *Tentativa* de 1926 fue un gozne decisivo en la transformación de su visión poética, también el libro de 1954 resulta una especie de "tentativa" socialista, la de un hombre que empieza a avizorar una residencia infinitamente más justa y más plena para todos.

El trazado geográfico del canto es muy preciso y responde bien a un diseño consciente del poeta. Más tarde, éste dirá:

"*Las uvas y el viento*, que viene después, quiso ser un poema de contenido geográfico y político, fue también una tentativa en algún modo frustrada, pero no en su expresión verbal que algunas veces alcanza el intenso y espacioso tono que quiero para mis cantos. Su vastedad geográfica y su inevitable apasionamiento político lo hacen difícil de aceptar a muchos de mis lectores. Yo me sentí feliz escribiendo este libro."[4]

Luego de un "Prólogo", al que nos hemos referido en otro lugar,[5] el poeta sobrevuela en la primera sección, "Las uvas de Europa", la axila mediterránea de Italia del norte y el Mediodía francés, más rincones fragmentarios del campo socialista (Rumania, Checoslovaquia), a los que volverá después sistemáticamente. Preludia así un despliegue, mediante el elemento eslabonador de los ríos (Arno, Danubio, Moldava), como en una suave sonata natural antes de la eclosión y desarrollo de la marea sinfónica. (¿Hasta qué punto hay aquí influencia de grandes designios artísticos de origen soviético: trilogías cinematográficas de Eisenstein, composiciones y cantatas épicas de Shostakovich? Es muy posible que el marco que el muralismo mexicano ofreció en su oportunidad a la epopeya americana del *Canto general* sea desplazado y reemplazado por construcciones de otra procedencia, más afines en espíritu y en temas a un propósito substancialmente distinto). Para aludir solamente a las secciones que con claridad se refieren a países socialistas, indiquemos que "El viento en Asia", II, nos introduce con amplia mirada en las tierras de China; "Regresó la sirena", III, nos trae de vuelta a Polonia; la sección V, "Conversación de Praga", está dedicada completamente a Checoslovaquia; la VI a la Unión Soviética, con el significativo nombre de "Es ancho el Nuevo Mundo"; la VIII, llamada "Lejos en los desiertos", se posa en la naciente realidad del socialismo en Mongolia; "La sangre dividida", X, nos sitúa ante el hecho de la partición de Alemania y canta el surgimiento de Alemania Democrática; la XVII es "La miel de Hungría"; la XIX, "Ahora canta el

---

guard Experiment" en su obra *The Poetry of P.N.* Harvard University, 1979, pp. 41-57]; y Hernán Loyola: "*Tentativa del hombre infinito*, 50 años después." *AL* (1975), pp. 111-123.

[4] Véase P.N.: *O.C.* (1957), II, p. 1120.

[5] Véase mi artículo: "Sobre algunos poemas de *Canción de gesta.*" *AUCh*, 157-160 (ene-dic. 1971), pp. 209-215.

Danubio", nos trae una vez más la presencia de Rumania. De modo que, en general, puede decirse que *Las uvas y el viento* constituye un vasto friso integrador del socialismo europeo y asiático existente en esa fecha.

Esta visión del socialismo, sin embargo, no oculta la base amarga que fue necesario superar. Como todo progreso en la historia ("La verdad es amargo movimiento", dirá Neruda en los *Cantos ceremoniales*), también el de la instauración socialista ha supuesto la lucha, la guerra, la destrucción. Coexisten en este libro, entonces, la celebración edificante y luminosa con el espectáculo de las ruinas y de los escombros. Recurrentes y pregnantes al comienzo, estas imágenes siniestras tienden a desaparecer, aunque no del todo. Todavía humean las ciudades después de la devastadora conflagración mundial. Pero el fuego, la ceniza y el humo van cambiándose, de signos destructores, en formas de amistad y de paz:

> *Allí en Frascati*
> *los muros perforados*
> *por la muerte,*
> *los ojos de la guerra en la ventana...*
>
> *Nuevos puentes de Praga, habéis nacido*
> *en la vieja ciudad, rosa y ceniza...*

En cambio, en "Ehrenburg", retrata así al escritor soviético:

> *y él hirsuto,*
> *tranquilo,*
> *con sus mechones grises,*
> *fumando y lleno*
> *de ceniza.*

Junto a este designio más abarcador, el del socialismo y la paz, está el recorrido de los oscuros "enclaves" dictatoriales de la Europa mediterránea: la España franquista en "El pastor perdido", la dolorosa situación de Grecia en que las fuerzas progresistas han sido derrotadas en "El capitel quebrado" y, en "La lámpara marina", el imperio de la tiranía salazarista en Portugal.

A los círculos anteriores, se agrega otro en que asoma la presencia de los países asiáticos donde la guerra ha arreciado o está arreciando: Corea y Vietnam, en sendas secciones: "La flor de seda", XII, y "La luz quemada", XIV, respectivamente. Y un último círculo de suma, con imágenes de países como Italia y Francia, siempre presentes en el libro debido al crecimiento en ellos de las fuerzas democráticas y a la ayuda y solidaridad que han dado al poeta durante su exilio.[6]

Todos estos círculos, mayores y menores, de *Las uvas y el viento* componen una corona que adquiere sentido cuando el poeta, en el centro del libro (XI, "Nostalgias y regresos", Intermedio), enlaza sus experiencias con el recuerdo de su patria (a esta zona pertenece el famoso "Cuando de Chile", incomparable canto en el destierro), para aclararnos así en forma nítida la unificación de los designios depositados en su obra. Se trata, en el fondo y en esencia, de la ampliación de su canto nacional y americano a una poesía que incluye los horizontes europeo y asiático de la humanidad, alumbrados ahora por la luz del socialismo:

> *Yo, americano errante,*
> *huérfano de los ríos y de los volcanes*
> *que me procrearon,*
> *a vosotros, sencillos europeos*
> *de las calles torcidas,*
> *humildes propietarios de la paz y el aceite,*
> *sabios tranquilos como el humo,*
> *yo os digo: aquí he venido*
> *a aprender de vosotros...*

o, como dirá un poco más tarde en su hermoso poema "A Louis Aragon":

> *No sólo la razón, no sólo el amor extenso,*
> *sino los pueblos vivos, los pueblos amarillos,*
> *blancos, negros, del Sur, del Este, del Oeste,*
> *nos piden cada día los deberes del canto.*

Al ingresar en Mongolia el poeta tiene la ilusión, el espejismo casi, de estar en el norte de Chile. Ya el nombre de la sección es ambiguo, pues "Lejos en los desiertos" sugiere tanto las mesetas asiáticas como las distantes tierras del Chile nortino:

> *Alturas de Mongolia,*
> *desérticas alturas,*
> *de pronto vi mi patria,*
> *el Norte Grande, Chile...*

Es el platonismo desesperado del destierro, que hace ver signos y

[6] Hay otras zonas del libro, que por el momento no tocamos; la sección XIII, "Pasando por la niebla", bastante compleja, y la XX, dedicada al Partido Comunista y al Comité Central.

reflejos en ciudades, rostros, en cualquier cosa. Pero el poeta se corrige, supera el espejismo y ve que no se trata de un lugar donde reina la represión, sino de un pueblo que ha llegado al socialismo desde atrasadas formas de organización social.

De este modo, el orden socialista, las dictaduras en el sur de Europa, la periferia asiática y el avance de las fuerzas progresistas en Italia y en Francia se articulan en torno a un vaivén constante de descubrimiento y destierro, y a la complementariedad básica según la cual una poesía nacida en otro continente asimila e incorpora experiencias surgidas en nuevas regiones del mundo. Así, la llegada y el conocimiento de la Unión Soviética se perciben como el hallazgo de un nuevo orbe, de otro reino social que significa la implantación visible del futuro sobre la tierra. Especial interés tienen aquí, nos parece, el "Tercer canto de amor a Stalingrado" y el poema "En su muerte", escrito con ocasión de la muerte de Stalin.

El nudo de la historia

Ya debe atraer la atención la insistencia con que Neruda se ha referido a la batalla de Stalingrado. Los poemas más conocidos son, ciertamente, su "Canto de amor a Stalingrado", escrito mientras las fuerzas soviéticas se desangraban defendiendo a la humanidad contra el fascismo hitleriano, y el "Nuevo canto de amor a Stalingrado", más convencional quizás en la medida en que en él, conscientemente, Neruda celebra la intervención de los aliados y la apertura del Segundo Frente. Pero, aun con esta desigualdad, es claro que la voz de Neruda expresa una profunda conmoción, una ansiedad sobrecogedora como si en ese combate se definiera de una vez por todas el porvenir de la humanidad. Neruda sabe bien, por supuesto, que el tránsito del capitalismo al socialismo implica un largo y complejo proceso en que las fuerzas que representan el futuro entran en pugna con las armas más agresivas del pasado. Con todo, sus dos cantos concentran esa lucha en un acontecimiento privilegiado donde la tensión llega a su máxima crisis y se resuelve finalmente a través de la victoria de las fuerzas progresistas del mundo. De ahí que, recorriendo la Unión Soviética alrededor de 1950, no pueda sino rememorar, en un "Tercer canto", ese triunfo que permitió la supervivencia del Estado soviético y, así, la posibilidad del desarrollo y extensión del socialismo hacia otros pueblos. Mira el poeta la calma cotidiana que se ha renovado en la ciudad de Stalingrado, y escribe:

Sí, es la misma
no cabe duda.
Aquí estuvo la línea,

> *la calle,*
> *la esquina,*
> *el metro y el centímetro*
> *en donde nuestra vida y la razón*
> *de todas nuestras vidas*
> *fue ganada*
> *con sangre.*
> *Aquí se cortó el nudo*
> *que apretó la garganta*
> *de la historia.*

Hay aquí una cantidad en retroceso, como si el poeta quisiera sorprender ese minúsculo fragmento, el átomo del cambio. Pues Stalingrado, más aún que la Revolución de Octubre en este momento de la poesía de Neruda, supone el giro fundamental de la historia contemporánea, el giro hacia la construcción irrevocable de una nueva organización social. Es la victoria que asegura la paz. El aliento del poeta, después de varios años, todavía se corta al rememorar las jornadas que hicieron posible la derrota del invasor fascista-alemán. Y así, vigorosamente, nos presenta su sentido cabal para el desenvolvimiento de la historia:

> *Y hoy en tu aroma el infinito humano*
> *de ayer y de mañana,*
> *de pasado mañana,*
> *nos vuelve a dar su eternidad florida.*

Stalingrado funda así, definitivamente, el transcurso y el horizonte de la historia, permite la continuidad de este gran movimiento. Es el centro, el corazón del presente, la hazaña por excelencia para el poeta. Pero anuncia igualmente una colosal elongación de la mirada, que la poesía nerudiana pondrá en práctica en sus libros posteriores.

El tren, la frontera socialista

En medio de "Es ancho el Nuevo Mundo" vemos cruzar el "Transiberiano". Cruza las estepas nevadas, desde los Urales hasta el puerto de Vladivostok en el Océano Pacífico. Y su travesía se carga con sorprendentes resonancias, no por antiguas menos audaces en la fantasía del poeta.

Comprobamos una vez más el doble curso de movimientos que signa a esta poesía. Por un lado, la relación de continuidad y discontinuidad ofrece una renovada cristalización temática, al ponernos ante viejas experiencias nerudianas que adquieren, sin embargo, otra luz y otros colores. Por otra parte, el ímpetu de penetración en la inmensidad de Siberia hace sensible no sólo el reconocimiento de la nueva tierra, sino una conciencia progresiva de destierro. Ambas tensiones se juntan y potencian mutuamente, para dejarnos la impresión de que llegamos a un territorio propio y extraño a la vez, ajeno y familiar, distante pero situado en el centro más cordial de las convicciones y la fe.

Es el otoño, que es siempre para Neruda un clima móvil y transicional, la estación fronteriza por antonomasia. Las hojas amarillas pueblan con colores de oro la extensión recorrida, lo que irá gradualmente trayendo a la memoria el espejismo áureo de los descubridores. (Es un Macchu Picchu sin alturas, ni ascensional ni horadante, sino con la amplitud firme y estable de la experiencia.) El explorador de antaño es ahora el geólogo; el destructor de antes es aquí un científico que expresa las fuerzas modernas de la paz y del progreso. Es sin duda lo mismo, pero en una vuelta ostensiblemente más alta de la espiral histórica.

Es la infancia ferroviaria del poeta, pues entre la nieve siberiana él va encontrando huellas y signos de la antigua Araucanía. Son las estaciones, la dulzura de la madera, las casas amables de otro tiempo:

>   *La pequeña estación en que la lluvia*
>   *deja un recuerdo de agua en los rincones*
>   *y arriba las antiguas, dulces casas*
>   *de madera; fragmentos de los bosques,*
>   *tienen huéspedes nuevos...*

Es la Frontera socialista, no ya la de los caballos terribles ni de los trenes exactores, sino del tren en que viaja el progreso y la multiplicación de la vida. ¡He aquí realizado, en el plano del esfuerzo y de la creación colectiva, el milagro de la fertilidad tan vehementemente buscado por el poeta!

Es, finalmente, un tren convertido en juguete infantil, un carrusel que da vueltas alrededor del globo, sin peso casi, ágilmente:

>   *Adelante, tren siberiano,*
>   *tu voluntad tranquila,*
>   *casi da vuelta al globo.*[7]

En la muerte de Stalin

Después de Pushkin, el poeta de la época zarista que revive en los

---

[7] El *élan* se propaga en la serie "trenes" contenida en *Navegaciones y regresos*: "Oda a los trenes del Sur" y "Oda a un tren en China".

tiempos del socialismo, Neruda nos habla del instante en que recibe la noticia de la muerte de Stalin. La recibe en Isla Negra y allí instala su poema. El viaje que contiene la sección "Es ancho el Nuevo Mundo" se ha consumado, pues se arriba ahora al litoral del descubrimiento: Stalin es, en su muerte, "el Capitán". Y el hecho que llega "como un golpe de océano" tiene el poder de provocar en las costas del Nuevo Mundo —el de América y el del socialismo— una conmoción que moldea la estatua creciente del líder soviético. Lo mismo que Stalingrado en cuanto esquina de la historia, la muerte de Stalin nos comunica con una gigantesca ampliación de la perspectiva y con un nuevo haz de relaciones entre la naturaleza y la creación social. Esta muerte sentida en el costado de la patria supera de una vez por todas las "nostalgias" del destierro y significa un definitivo "regreso" al Nuevo Mundo.

FORMAS DEL CANTO

No sólo es importante *Las uvas y el viento* porque fija con extrema claridad la nueva perspectiva alcanzada por Neruda. Lo es también desde el punto de vista de las modalidades poéticas que inaugura. En términos generales, se puede considerar que, desde este tronco lírico, arrancan las principales expresiones poéticas que Neruda comenzará a cultivar inmediatamente, en gran escala y, a veces, de una manera torrencial.

Empezando por lo más evidente, vemos que hacia el final del libro se preludian manifestaciones autobiográficas que tendrán una vasta culminación en el *Memorial de Isla Negra* (1964). La última sección se denomina, en efecto, "Memorial de estos años" e incluye muy característicamente la muerte de Paul Eluard y un homenaje al gran poeta turco Nazim Hikmet. No es casual que el par de figuras elegidas en el capítulo sean dos poetas militantes, hondamente comprometidos con la fe que Neruda acaba de cantar. Y más expresivo es el hecho de que el poema conclusivo sea "India 1951", siendo ésta una de las primeras retrospecciones que el poeta practica en estos años.

Si se coteja, por ejemplo, este poema con la "Oda frente a la Isla de Ceylán", recogida un poco más tarde en *Navegaciones y regresos* (1959), comprobamos idénticos rasgos y detalles. No estamos ya ante esos balances poéticos que, semejantes a los que en varias ocasiones escribió Darío, eran indicaciones de cambio en su poesía. "Explico algunas cosas", de *España en el corazón* (1937) y el inicio de *Alturas de Macchu Picchu* (1945) están suficientemente en la memoria de todos como para ahorrarnos comentario. Aquí se trata de otra cosa, de una verdadera ruptura biográfica en que la existencia anterior (en India, en Ceilán) pasa a ser un fantasma del pasado. Hay un secreto terror todavía, junto a una alegría intensísima, al verificar el poeta lo que ha dejado atrás en su vida:

> *Sentí que se oprimía*
> *dentro de un vaso roto*
> *mi corazón, oí*
> *pasos,*
> *pasos que han muerto,*
> *pasos.*

El poeta está observando la atmósfera opresiva y miserable de la India. Y vemos que no dejan de asomar, en el terror de la retrospección, imágenes antiguas que fueron obsesivas y dominantes en su etapa de *Residencia en la tierra*. El centro delicado del corazón aún se ve en peligro, amenazado por ese sistema de vidrios cortantes que siempre tuvo que conjurar Neruda durante el predominio de su espanto, de sus fiebres. Pero estos pasos suyos son ahora un "galope muerto" en otro sentido, pertenecen definitivamente al pasado. Luego, en el otro poema, repite casi en los mismos términos:

> *y ahora, sí,*
> *pasó, pasó*
> *el pasado...*

Los golpes isócronos hablan bien de la fuerza con que aún reviven los ecos fantasmales del tiempo muerto. Pero, con alcance más general, nos alertan sobre algo que a menudo se olvida en la consideración de la nueva etapa nerudiana y que borraría muchas polémicas mal planteadas. Y es que, pese a la clara demarcación de la reciente perspectiva es obvio que no se trata de una ruptura absoluta, sin remanencias ni estados supérstites. Hay superposiciones, las diacronías se entrecruzan. El esfuerzo memorialístico mismo, en la medida en que busca comprender la vida pretérita a la luz de la altura ganada, integra los efectos que la poesía ha operado sobre el poeta.[8] La vida anterior pasó pero pesa, está ahí en su poesía, es una carga que se proyecta con gravedad sobre la nueva fe asumida. De ahí que tantas angustias, silencios y gestos del poeta sean vestigios de otro tiempo, sombras prendidas en los pliegues de la luz.

Al lado de esta vena autobiográfica, se insinúa ya en el libro el perfil de las *Odas elementales* (1954, 1956, 1957), esos preciosos caligramas poéticos que definirán el rostro de esta poesía durante el

---

[8] Un precioso ejemplo de esto es el poema "[Llueve]", del libro póstumo *El mar y las campanas* (1973). La lluvia aquí se ha convertido en tema de su poesía y página fiel de su escritura.

decenio 1950-1960. Sólo una muestra, de especial significación dentro
del conjunto ya que se vincula al proyecto y a las exhortaciones de
la paz:

>   *Dulces olivas verdes de Frascati,*
>   *pulidas como duros pezones,*
>   *frescas como gotas de océano,*
>   *reconcentrada terrenal esencia!*
>
>   *las pequeñas olivas,*
>   *frescura, sabor puro,*
>   *medida deliciosa,*
>   *pezón del día azul,*
>   *amor terrestre.*

La incorporación del objeto individual en la plenitud de magnas
realidades (el océano, la tierra, el amor) ya anticipan la arquitectura
de las odas, esa móvil y frágil singularidad de las cosas en medio de
las leyes generales de la materia y de la historia. Las grandes energías de la totalidad pulsan en estos minúsculos granos simbólicos...
y comestibles.

Ya hemos dicho, por otra parte, que la sección de "Nostalgias y
regresos", desde su mismo título, se liga al género que se desarrollará en *Navegaciones y regresos,* ese sentimiento litoral tan permanente en la poesía de Neruda y que aquí está henchido con la
sensibilidad del destierro. E intermitentemente también es posible
encontrar, por aquí y por allá, sembrados entre las páginas de *Las
uvas y el viento,* gestos y guiños picarescos del posterior *Estravagario,* libro que siempre se nos presenta como una adolescencia otoñal
de Neruda. Es éste otro ejemplo de las superposiciones mencionadas.
Al remedar como en un eco —la rima— su primitivo *Crepusculario*
(1923), el poeta se desanda y su volumen trae un nuevo espíritu
juvenil, una juventud al revés, puesta ya en el marco y en el límite
de la madurez a la vejez. Más que pesimista o penumbroso, este libro
nos resulta, desde su primer poema, muy claro y positivo en su cometido: "Pido silencio", sí; ...*para nacer,* decide el poema.

Silencio

Y a propósito de este silencio de *Estravagario,* tan traído y llevado
por la crítica... ¿Se ha observado que está ya presente y que irrumpe, entre los pliegues del viento, en el desenlace de *Las uvas?*
Los purísimos versos de "Desde Dobris la aurora", antes del "Epílogo", proponen ya esta reverencial declinación del canto:

> *No queríamos
> hablar. El viento
> hablaba por nosotros
> Se extendía en el bosque,
> volaba
> con las hojas desprendidas.
> El viento
> iba enseñando,
> cantando
> lo que nosotros éramos,
> éramos y teníamos.
> La claridad terrestre
> nos rodeaba.*

> *Solemne era el silencio.*

La palabra se apaga, el canto sube y se enreda en el viento. La naturaleza ahora propaga el canto porque la verdad, como en la admirable canción pacifista de Bob Dylan, *Is blowing in the wind*, sopla en el viento. Pero ello indica algo más: que lejos de ser el silencio abdicación del canto, es su rebasamiento y coronación, en cuanto expresa el necesario apetito de realidad que informa a esta poesía. Como se dirá en el último verso de *Las piedras de Chile*, con certidumbre absoluta:

> *Trabaja el mar en mi silencio.*

El canto no cesa ni se detiene con el silencio; progresa y se continúa en otras prácticas, si no tan eminentes, más perentorias y fundamentales.

La ronda de las soledades

Silencio, misterio, penumbra, soledad... Estas categorías, manejadas enguantadamente por algunos críticos, montan una construcción seductora que insinúa que el poeta fue genio y figura... pero no hasta su sepultura. *Hélas!*, lástima de militante que se doblegue así al sagrado derecho del hombre a reivindicar la tristeza. Bastaría señalar algunas cosas obvias (avance de la edad, *o tempora, o mores*, etc.), pero, para escaparnos de ellas, preferimos asilarnos en una sencilla y temible verdad expresada por Luckács, a la cual sólo habría que cambiar las circunstancias del contexto: *"If Faust could have two souls within his breast, why should not a normal person unite conflicting intellectual trends within himself when he finds himself changing from one class to another in the middle of a world crisis?"* [9]

Mudando lo que hay que mudar: ¿Cómo pedirle a Neruda, expresión como es su poesía del gigantesco tránsito entre dos épocas históricas, que cumpla rectilínea y monolíticamente este proceso?

Y, a pesar de todo, su poesía asume plenamente esta contradicción principal, dando al sujeto individual el papel que le cabe en su vida y en su muerte. Ya lo ha expuesto Alain Sicard de manera categórica, en su sólido trabajo leído en el Simposio de Carolina del Sur.[10] Es capital tener en cuenta esta precisión suya: "La soledad no es para Neruda el contrario antinómico de la historia en la medida en que, como esta última, tiene como efecto la momentánea negación del individuo en una realidad objetiva que por todas partes lo sobrepasa. La soledad nerudiana es un momento de la dialéctica: aquel cuando la historia rompe con su propia negatividad, la niega sumergiéndose en el mundo natural para confirmarse en sus orígenes naturales."[11]

Lo que añadiremos nos parece reforzar su tesis principal, matizándola apenas, con ejemplos que pudieran ser sumamente ilustrativos.

Navegaciones y regresos y *Las piedras de Chile* son proyectos poéticos diferentes que poseen, sin embargo, mucho en común. El que el primero pertenezca al área de las odas elementales (cuarto volumen de las *Odas* se llama a su edición) y el que el segundo integre un ciclo nacional, no deben hacer olvidar un eslabón que los anuda firmemente, el ser ambos poesía costeña, habitación y residencia del poeta "por las costas del mundo" —como reza el título de una de sus prosas viajeras.

Navegaciones y regresos se presenta como un libro harto homogéneo. A tal fin contribuyen el neto predominio del tema marino (desde "El ancla", su primer poema) y la coherente ambientación en costas de diversas partes del planeta. Aves, puertos, barcos intensifican este tono unitario de una poesía del litoral que Neruda, como en sus mejores ciclos, ordena rigurosamente. No sólo retoma aquí Neruda, como ya apuntamos, la iniciativa adelantada en "Nostalgias y regresos", sino que más largamente hacia atrás toca horizontes como el de "Himno y regreso", del *Canto general*. Ahora bien, lo que allí prevalecía era el contacto con la tierra propia, descubierta desde el extranjero; la fundación poética de la patria. Esto es ya un hecho consumado en la nueva etapa y lo que ahora importa es la

---

[9] Véase Georg Lukács: "Prefacio" de 1967 a *History and Class Consciousness*. Cambridge, Mass., MIT Press, 1968, p. x.

[10] Alain Sicard: "Soledad, muerte y conciencia histórica en la poesía reciente de P.N." Isaac J. Lévy & Juan Loveluck (comps.): *Simposio P.N.* University of South Carolina, 1975, pp. 145-170.

[11] *Op. cit.*, p. 162.

firme y serena dialéctica de arraigo y emigraciones, esa mezcla admirable de reposo y desplazamientos que caracterizará la última residencia del poeta en esta tierra. Desde su retorno en 1952 Neruda se instalará en Isla Negra que será el centro exacto de su vida viajera. "Las raíces de los pájaros", era el ansia confesada de Huidobro; y hela aquí cumplida en este otro chileno, para quien el vuelo es algo tan sólido como la permanencia, para el cual árbol y rocas son criaturas ambulantes en los cauces gravitatorios. En *Estravagario*, dice:

> *Yo soy el que fabrica sueños*
> *y en mi casa de pluma y piedra...*

Y en *Las piedras de Chile*, insiste:

> *El pájaro, pájaro, pájaro...*
> *con tu plumaje de basalto*
> *y tu abdomen de plumapiedra.*

Testimonio de los motivos convergentes del libro de 1959 es el bellísimo poema "Oda al violín de California", pieza nerudiana magistral, aguzadísima cumbre de sus alturas poéticas. Una vez más, en el sonido agudo del violín, el poeta nos hace oír la estridencia de una soledad interior que, sin embargo, coexiste en el volumen con otra de signo muy distinto, la soledad del líder de la Revolución de Octubre en la "Oda a Lenin". La conjunción de estas dos soledades en un libro tan estructurado como es *Navegaciones y regresos* debe, en principio, hacer pensar. ¿Cómo es posible que esto ocurra?

La soledad de Lenin: La "Oda a Lenin" es una verdadera meditación sobre la Revolución de Octubre. A través del símbolo de la estatua,[12] Neruda nos da una imagen progresiva del crecimiento y consolidación del proceso revolucionario soviético, que incluye como una de sus etapas más difíciles la construcción económica y social. "Estatua

---

[12] Noël Salomon ha hecho notar: *"Une étude serait à entreprendre sur la signification de la* statue *(symbole de permanence et stabilité dans le* Canto general" *BHi*, 44 (ene-jun. 1974), p. 120. Y, reparo de detalle, creo que Alain Sicard estrecha demasiado esta significación, al escribir: "Neruda aborrece las estatuas [...] La estatua resume el doble aspecto de una verdad fundada en el culto del individuo y petrificada en su movimiento." *cit.*, pp. 157-158. Quizá la generalización de Sicard proceda de su pasado surrealista. Aunque pueda a veces tener esta significación (los símbolos de N. son eminentemente contextuales), el valor principal me parece que es otro. En un trabajo anterior, escribí: *"Le puissant symbole des statues — omniprésent tout au long du poème — se dresse comme un indice d'inspiration matérialiste par laquelle la créativité humaine prolonge et perfectionne la capacité constructive de la matière elle-même." Études Littéraires*, VIII (abr 1975), p. 137.

ensangrentada", "estatua viva", "torre inquebrantable" son hitos de
un áspero trayecto histórico en que la estatua se hace símbolo de lo
que, en términos de la *Fenomenología* hegeliana, puede llamarse
identidad progresiva del sujeto-objeto: el hombre haciéndose a sí
mismo en objetivaciones cada vez más altas, la autocreación conti-
nuada del sujeto social.

Hay más: desde muy pronto en el poema surge, en conexión con
la figura de Lenin, una noción muy acentuada de lo concreto:

> *Eres concreto como*
> *los hechos y la tierra.*

Si separamos los términos, resulta una banalidad, pues sabemos
que los hechos, por su lado, y la tierra, por el suyo, son, en cierto
grado, concretos. Pero si entendemos los versos nerudianos en su
necesaria conexión, ser concreto significa unir los poderes dobles de
la naturaleza y de la historia. Tal es el "pacto con la tierra" de Lenin. Pues la suprema concreción es la que suma ambas formas de
creación, la de las acciones terrestres y la de la actividad de la tierra.
El milagro leninista se manifiesta precisamente en

> *la electricidad de enérgicas montañas,*

donde el dinamismo de la materia y el de la técnica consuman su
enlace.

Y, sin embargo —y no por paradoja— el poderoso creador social
que es Lenin no es visto en el poema entre el torbellino revolucionario ni en medio de las masas o ciudades, sino extremadamente alejado, en plena soledad:

> *Me gusta ver a Lenin pescando en la transparencia*
> *del lago Razliv, y aquellas aguas son*
> *como un pequeño espejo perdido entre la hierba*
> *del vasto Norte frío y plateado:*
> *soledades aquellas, hurañas soledades,*
> *plantas martirizadas por la noche y la nieve,*
> *el ártico silbido del viento en su cabaña.*
> *Me gusta verlo allí solitario escuchando*
> *el aguacero, el tembloroso vuelo*
> *de las tórtolas,*
> *la intensa pulsación del bosque puro.*
> *Lenin atento al bosque y a la vida,*
> *escuchando los pasos del viento y de la historia*
> *en la solemnidad de la naturaleza.*

La transparencia, el espejo, la superficie plateada son elementos que acentúan, si no la idea de contemplación o de reposo, sí la de conciencia. Lenin allí está *atento*. Esas soledades son *hurañas*, con el sentido antitético de repliegue y agresividad que la palabra comporta: tensión a la vez centrípeta y centrífuga, de envoltura y despliegue. Esas soledades son vigorosamente fértiles, pues allí están las raíces de la sociedad futura, la base material de una historia que empieza en ellas mismas.[13] El hombre no es sino el eslabón —*atento*— que desarrolla y enriquece la naturaleza, observando los secretos que ésta le ofrece en su transparencia, copiándose en el espejo que ella le depara y que él engrandece. En ese quieto "lago" está ya la magnitud, la "electricidad de las enérgicas montañas". Es el manantial, el ojo prístino de la tierra soviética.

El gesto de Lenin, en la escena, es muy sencillo: está *pescando*. Su serena meditación lo comunica con lo profundo, con ese "ramo de verdades sumergidas" que, desde *Alturas de Macchu Picchu*, definirá para Neruda el descubrimiento de la historia. Sabida es también la importancia de la presa y de la red, indudablemente conectadas con la actividad meditativa de Lenin en este momento. El conocimiento es, para el poeta, una red en que el sujeto se revela como presa, como sometido a los cauces mismos y generales de la vida.[14] De ahí que el simple gesto de pescar en el lago implique para el héroe una toma de conciencia de duradero alcance.

La soledad del poeta: En "Oda al violín de California" el poeta llega, errante y desamparado, a un punto de la costa mexicana del Pacífico. "Como una piedra [...] caí", nos dice, rebote o eco de lo que cae en las aguas, con peso e inercia, sin voluntad (¿en las aguas de un lago, quizá?). En ese punto desconocido del planeta, él experimenta una extrema ansiedad, una soledad hiriente. El único indicio de compañía es el sonido de un violín que se oye, por ahí. El poeta lo busca y es toda una peregrinación la que lleva a cabo hasta dar con quien toca el instrumento. Es en la puerta de una taberna ya abandonada por los borrachos. Por fin, semidormindo en medio de la noche, el poeta puede tocar el violín, palpándolo retrocede a su infancia, hasta su nacimiento a lo mejor, descubriendo que, al igual que el violinista con su pobre instrumento, su poesía ha cumplido la función de cantar para los seres perdidos y errantes —como él mismo, en ese instante.

[13] Habría que retener la brillante fórmula de Sicard: "Se trata de un paraíso atravesado por una contradicción *y que no existe sino para manifestarla.*" (*Cit.* p. 163. Las cursivas son de Sicard.)

[14] "*En étroite relation avec la dialectique des yeux et des doigts, si significative de l'évolution idéologique de Neruda, nous voyons ici la transformation du filet en prise — synthèse exemplaire d'un développement qui définit l'abolition d'un sujet conçu de manière idéaliste, en l'objectivant dans le processus général de la matière.*" (*Cit.*, p. 137.)

La anécdota del poema, lo vemos, es muy nítida. Es posible también que la propia ansiedad interior se haya exteriorizado, proyectado, en la voz suplicante del violín. La búsqueda sería entonces un descenso a los pliegues de donde brota el sentimiento.

Desde el inicio del poema, hay cierta gravitación de significaciones que irán presionando hasta constituir una larga conciencia de los orígenes infantiles, de las raíces de la vida:

> *Oh firmamento*
> *grávido, tembloroso*
> *pecho de estatua azul*
> *sobre los arrabales mexicanos...*
> *y yo semidormido,*
> *tragado por la boca*
> *del estuario*
> *toqué el violín, las cuerdas*
> *madres de aquellos solitarios*
>   *llantos, ...*

> *aquel violín de pobre*
> *era familia,*
> *era pariente mío,*
> *no sólo por sonoro,*
> *no sólo porque pudo levantar*
> *su aullido*
> *entre hostiles estrellas,*
> *sino porque aprendió*
> *desde su nacimiento*
> *a acompañar perdidos,*
> *a cantar para errantes.*

El poeta reconoce su infancia solitaria, como lo hiciera en plena adolescencia: (*Figuras en la noche silenciosa. La infancia de los poetas*); pero reconoce simultáneamente, como lo hiciera en su madurez: (*Infancia y poesía*), su contacto con la actividad colectiva, con el trabajo de los otros. Aquí ambos sentimientos se superponen, el poema resulta emocionalmente "penumbroso", pero en virtud del activo juego de sus estratos internos. El violín, figura compleja en la poesía nerudiana, concentra una gama contradictoria de valores. Sin entrar en detalles, los polos simbólicos en que se mueve en este caso son dos recuerdos, la *Sonata* de Vinteuil y las sierras de Temuco. En efecto, en una página de la revista *Ercilla* el poeta confesará el intenso impacto que en su alma provocó la audición, en Asia, de esa *Sonata*, asociada desde entonces para él a la soledad más aguda y percutiente, a su desolada lectura de

Proust.[15] Es, digamos, la literatura como laceración del alma. Pero, en el otro extremo, siempre el violín es, en su fantasía, metamorfosis de los instrumentos de trabajo que escuchó y contempló en su niñez. Muy cerca de estos pasajes, en otro poema de *Navegaciones y regresos*, leemos estos versos contiguos, el segundo de los cuales capta en profundidad la sensación que nos ha transmitido la "Oda":

> ...*de aserradero,*
> *de violín delirante.*
>
> ("Oda a una mañana del Brasil")

Sí, en el fondo de la soledad Neruda descubre no sólo a la compañía humana (lo cual es una tautología), sino un tropismo de utilidad pública; en su extrema orfandad, el poeta funda su mejor capacidad de apertura social. Son los enigmas elementales de la soledad, su pobre alfabeto, tan rico cuando se lo deja ser lo que en verdad es, una experiencia como cualquier otra, inseparable compañera de todo buen cristiano, y no se la mistifica con sonoras batutas tropicales, a lo Rainer María Nietzsche.

Y el sonido del violín es también una red, pesca en el cielo substancias errantes (fuego, cometas...), como en un espejo transparente que devolviera la imagen de la propia errabundez interior. Crea así, desde la desamparada miseria de arrabal, una maravillosa comunidad del orbe en su totalidad.

Moraleja y axioma, después de estas dos *Odas*: no hay, ni en la historia ni en el arte, instrumento solitario.

El reposo, forma superior del movimiento

Tiene razón Alain (no el otro, sino éste), cuando escribe: "*Comme cet autre sommet de la poésie de Neruda qu'est* Alturas de Macchu Picchu, La espada encendida *décourage l'exégèse par l'extrême généralité —et c'est à dessein que nous employons ce mot—, de son propos, à savoir: résumer en une fable lyrique cette* dialectique de la rupture et de la continuité *qui constitue le centre de la pensée poétique nerudienne.*" [16]

Esta "extrema generalidad" se manifiesta también, de modo admirable, en *Las piedras de Chile*. El libro aporta una colosal ampliación de la mirada, un registro dilatadísimo que representa un

---

[15] No tengo a mano el texto de *Ercilla*. Debió ser publicado a fines de 1967 o inicios del 68.
[16] Véase "*La espada encendida* de P. N., une fable matérialiste". *Caravelle*, 20 (1973), p. 160.

paso más, superior, en la visión dialéctica de Neruda, en cuanto elabora y profundiza las relaciones entre la naturaleza y la historia. Desde luego, una consideración de este tipo debería abarcar el ancho arco de la meditación nerudiana, desde las orillas y el altamar de "El gran océano", siempre intranquilos, hasta el "ombligo de la muerte" en *La rosa separada*, el notable libro póstumo del poeta. No hay tiempo para ello; amén de que Ch. Marcilly emprenderá el análisis con mayor competencia que nosotros.

Las piedras de Chile es un puro canto de aguas y de piedras. Neruda está consciente, en varios de sus libros últimos, de la intensa monotonía que alcanza su voz. Es sin duda un valor esencial, ese tono de salmodia litúrgica, canto extenso e interminable, sin fisura, como la tela lisa del mar o la carne perfecta de las piedras. Increíble coincidencia en este punto la de dos poetas como Neruda y Saint-John Perse. Cantos homéricos del siglo XX: tales podrían ser considerados *Amers* (1953) y *Las piedras de Chile*, cántico materialista éste y excelso despliegue —el otro— de las armas del espíritu.

El libro consta de 33 poemas, imitando entonces, en cuanto residencia marina que es, el número de su primera *Residencia en la tierra*. Y vale la pena reparar, antes que nada, en sus puntos inicial y final, los poemas "Historia" y "Nada más".

Historia, editado con letra diferente, es casi un minúsculo pórtico, como si esta "historia" o la historia en general fuera algo exiguo e insignificante frente a las grandes fuerzas naturales que vendrán a continuación. El poema diseña la Araucanía o Chile como un espacio sin dioses, habitado sólo por las piedras y el agua.

El último poema del conjunto es "Nada más", cuyo título puede ser entendido literalmente de modo absoluto (término del libro; abolición del poeta, en silencio o en muerte). Pero si se tiene en cuenta el verso final, ya citado: "Trabaja el mar en mi silencio", que sugiere la prolongación del esfuerzo, habría que pensarlo más bien en su sintaxis dialéctica: *Nada, sí, pero más...*, pues después de la nada, todo sigue y continúa su vida. La nada es disolución, pero juntamente acumulación, adición microscópica a lo infinito.

Si delineamos muy brevemente la sucesión de los poemas, tenemos que, al fin de "Historia", surgen las "estatuas naturales", creadas por el ir y venir del tiempo, supremo arquitecto de sí mismo; en "Toro", vemos enterrarse la fuerza original en el seno del planeta; y en "Los náufragos" las rocas de la orilla toman rostros humanos, el rostro de los ahogados, renovando el viejo tema nerudiano del descubridor muerto en las profundidades ("El sur del océano", antes; ahora, de nuevo, en el poema "El marinero muerto"). En "Los náufragos" se inicia el cántico, la música que ya anuncian la unidad absoluta, sintética, de la materia y el espíritu. Música... u olvido, es decir, el tiempo contemplado desde la eternidad.[17]

"Casa" alumbra las nuevas dimensiones del reposo; "La estatua ciega" es la emanación de la conciencia, conciencia en obra, unidad en curso del picapedrero y su producto, construcción infinita de un retrato todavía *ciego*..., etcétera, ¿para qué seguir? Baste señalar, para aludir al otro cabo del asunto, que en "Yo volveré" y en "La tumba de Victor Hugo en Isla Negra" se desarrolla el tema de la muerte del poeta, suceso individual que trae la concreción de una nueva idea de la inmortalidad, a saber, la transformación del poeta muerto en náufrago, es decir, en piedra junto al mar, silenciosa permanencia. Pues en esta "cristalina eternidad del viaje", los poetas son, como las moles, "atalantes inmóviles", ni Atlantes ni Atalantas, sino ambas figuras a la vez, columnas en la carrera de la vida y la historia.

En una conferencia dada en el *Collège de France* a principios de 1968, Louis Althusser exponía que una de las enseñanzas más fecundas de Hegel era la determinación de un proceso sin sujeto, en que el sujeto no era distinto al movimiento mismo. Aparte de que esto permite entender mejor la índole inmanente del desarrollo de la Idea (y la noción misma de Idea, siempre tan esotérica en los claustros académicos), ayuda igualmente a hacernos comprensible el punto de vista asumido por Neruda en *Las piedras de Chile*.

La meditación poética de Neruda se ofrece aquí como la captación de la pura procesalidad, como la visión del proceso como tal, en el puro despliegue, en su inmaculada plenitud. Piedras y océano expresan aquí la energía dialéctica en un máximo nivel de abstracción sensible, en su más desarrollada concreción. ¿Cómo ha podido el poeta alcanzar tan grandioso encimamiento?

Esta perspectiva superior se ve mejor si se la compara con las formas previas adoptadas por el poeta para manifestar la unión de la negación y el resultado. En *raccourci* muy esquemático, apenas funcional, podemos fijarnos en tres modalidades anteriores.

En "Entrada a la madera", por ejemplo, faltando aún la noción de praxis, se imagina la fertilidad vegetal como oposición de la naturaleza a sí misma ("desgaste", en la teoría joven-hegeliana del instrumento, según Lukács).[18] El poema comienza y concluye así, como bien se recuerda:

---

[17] *"L'oubli, c'est-à-dire la vie"*, escribe con razón Sicard (estudio de *Caravelle*, p. 150); sí, la vida contemplada desde su futuro irreversible, en su totalización progresiva. El tema del olvido merece en sí un estudio particular. Algunos jalones: "El olvido" de *Navegaciones y regresos;* "Casa" de *Las piedras*..., etc.

[18] Véase *El joven Hegel*. Grijalbo, México, 1970.

Con mi razón apenas, con mis dedos,
con lentas aguas lentas inundadas..

y hagamos fuego, y silencio, y sonido,
y ardamos, y callemos, y campanas,

mostrando que un proceso ha tenido lugar, en que por autonegación de las fuerzas naturales (*lentas aguas lentas inundadas*), se da paso al contradictorio dialéctico, el poder ígneo del tiempo y de la vida. Pero es fácil darse cuenta que aun en este universo aparentemente ahistórico de las *Residencias*, hay ya un conato, un germen premonitorio del trabajo humano como forma privilegiada de creación:

Con mi razón apenas, con mis dedos,

que no expresan desde luego una complacencia sensual, un mero tacto, sino una penetración transformadora, pre-instrumental. De hecho, en esta genial compenetración de razón precaria, dedos y aguas organizando el fuego, hay ya una imagen larvaria y primitiva de una negatividad dialéctica humana y natural a la vez.

Pero en "Entrada a la madera", como en todas las *Residencias*, la sociedad está encapsulada en la materia, es todavía una suma de fuerzas ciegas inmanentes en la tierra. En "El gran océano", en cambio, asistimos a un Génesis cosmogónico que nos trae una marcha progresiva desde la creación planetaria hasta el nacimiento de los hombres. La articulación evolutiva hace predominar la sucesión en el paso de la naturaleza al mundo humano. Espacio y amplitud refuerzan la vastedad del camino recorrido por el cosmos y la especie. Sin embargo, ya en el poema final, "La noche marina", vemos surgir las magnitudes de la totalidad, pero una totalidad contemplada desde el lado de la naturaleza. Será necesario que, como ocurre en *Las piedras de Chile*, Neruda devuelva al mundo sus perfiles perdidos para que todo se exalte en totalidad presente, en la apertura y en el esplendor del día. Estamos ahora ante el instante multi-milenario de la piedramar, en la crónica cotidiana de la permanencia.

En "Yo soy" la narración autobiográfica era concebida como totalidad singularizada. Todas las substancias de la tierra y de la vida venían a coincidir en este sujeto que era el héroe del *Canto general*, por una suerte de voraz intussuscepción. La multiplicidad predominaba, sin duda, sobre la unidad; y la diacronía sobre la mirada totalizadora.

Tales énfasis parciales (desgaste, totalidad desde la naturaleza, singularización) quedan ahora subsumidos, en *Las piedras de Chile*, en la perfecta identidad del movimiento, "en la cristalina eternidad del viaje". No es casual que su verso final sea *Trabaja el mar en mi silencio*. Volvemos siempre a este verso, pues se trata de un verso ejemplar. No hay en él agente en sentido propio, substancia material del movimiento. Todo en él es proceso, poder callado y pleno, vehemencia tranquila... y vehemente del Todo.

Esta impresionante diástole del canto se ha podido producir, en último término, por la experiencia del socialismo. Éste hace coincidir, por primera vez para el poeta, el corazón y el infinito. La muerte de Stalin, al ser conocida en Chile "a golpes de mar", aseguraba ya esta conjunción del individuo y la universalidad, de la materia y los acontecimientos. En *Las piedras de Chile* el país entero navegará, será —con una maravillosa intuición captada quizás en Wegener— la proa avanzada del planeta. Al mismo tiempo Stalingrado, desde el futuro inmediato que garantizaba, hacía mirar más allá, hacia un "pasado mañana" que era la utopía tangible de la historia. La totalidad, entonces, en principio, era ya presencia.

Y es que en el *Canto general*, pese a su imponente despliegue dialéctico, prevalecía todavía la lucha contra la adversidad, las fuerzas de resistencia. La mezcla de libertad y de dictaduras que es una contradicción básica de la epopeya (se empieza a escribir durante el Frente Popular, se termina en la persecución, bajo la represión y el reinado de la Guerra Fría) ya permite advertirlo. Es la "ira" a que se refiere el poeta en el desenlace de sus versos.

Después de 1952, después de Stalingrado más precisamente, la historia es otra. En el campo socialista está presente el futuro de su patria, de la América aún subdesarrollada y dependiente. No es un presente sin historia éste del país soviético, pues la "Oda a Lenin" muestra bien que se trata de una eternidad fluida. Pero esta nueva etapa de la humanidad tiene algo diferencial, un rasgo definitivamente superior a todos los demás periodos de desarrollo social: la lucha que ella promueve funda la paz, es una lucha por la paz. Nunca antes se vio esto en las sociedades de explotación. Durante el feudalismo una efímera paz de las familias se consigue sobre los cuerpos muertos de los dos amantes de Verona. Neruda concibe así su traducción de *Romeo y Julieta* como aporte a la condenación de la guerra y del odio, en una de sus formas pretéritas.[19] Y allí están, en una franja estrecha de la era imperialista, Corea, Indochina, Vietnam. Sólo en el socialismo es posible la paz,

---

[19] "Traduciendo con placer y con honradez la tragedia de los amantes desdichados, me encontré con un nuevo hallazgo. Comprendí que detrás de la trama del amor infinito y de la muerte sobrecogedora había otro drama, había otro asunto, otro tema principal. *Romeo y Julieta* es el gran alegato por la paz entre los hombres. Es la condenación del odio inútil, es la denuncia de la bárbara guerra y la elevación solemne de la paz:" OC, II, páginas 1112-1113.

es la lección aprendida por Neruda: la paz es el producto del batallar internacional. Gracias a esto puede intentar Neruda este admirable paso adelante, alcanzar esa perspectiva superior. Porque si el reposo y el silencio eran en su poesía anterior las formas iniciales de toda creación (de la naturaleza en *Residencia en la tierra*, histórica en el *Canto general*), ahora, por el contrario, silencio y reposo son las formas superiores del movimiento, la paz no es otra cosa que la totalidad ya desplegada del combate:

*reposo
de un combate tan largo como el tiempo,*

escribió en el poema "Casa", de *Las piedras de Chile*.

Sería tonto insistir en que no se trata de un término absoluto. De lo que se trata es *sólo* (pero en este *sólo* está todo) de la máxima asunción de la plenitud posible, del ligamen esencial de la lucha al horizonte y a la voluntad de la paz.

En el plano individual del sujeto, la única imagen que hace sensible esta experiencia es el estuario de la muerte. Ella, que pone al hombre fuera del dolor y del conflicto, es tránsito prefigurador de la paz plena de la humanidad. La muerte individual representa, para Neruda, un punto anónimo y ubicuo de conciencia universal. En su silencio, el sujeto mortal instaura el cántico en sentido absoluto. Por eso acercándose ya en su fin, el poeta escribe en su penúltimo poema, "Piedras antárticas":

*Allí termina todo
y no termina:
allí comienza todo:...*

*es sola allí la soledad del mundo,
y por eso la piedra
se hizo música
elevó sus delgadas estaturas,
se levantó para gritar o cantar,
pero se quedó muda.
Sólo el viento,
el látigo
del Polo Sur que silba,
sólo el vacío blanco
y un sonido de pájaros de lluvia
sobre el castillo de la soledad.*

Lo vemos sin lugar a dudas: es éste el mismo espacio blanco delineado en la "Oda a Lenin". Siberia o Antártida son paisajes similares de la muerte y de la construcción. ¿Y no es acaso el fin de Neruda la comprobación, en la verdad de los hechos, de la visión que su poesía nos ha entregado? Pues su actual silencio, después del golpe militar, es voz potente contra la dictadura fascista de Chile; y su soledad diseminada en la tierra y las aguas de su patria es la fuente más pura de solidaridad internacional. Sí, después de la muerte del poeta, su silencio ataca, es piedra contra el odio; y su soledad, mar ya sin fronteras, nos está uniendo más que nunca.

Termino aquí con un epitafio materialista que creo que a Neruda le habría gustado. Brota simplemente de su propia poesía:

*Pablo Neruda,
que trabaje en paz.*

XV. LA ESTRUCTURA DE LA ODA ELEMENTAL

JAIME ALAZRAKI

EL REGUSTO de Neruda por lo elemental asoma ya en el segundo volumen de *Residencia en la tierra*. En los "Tres cantos materiales", publicados primero en España en 1935 en forma de opúsculo, Neruda entra en la materia de la madera, resbala por las venas del apio, y levanta el estatuto del vino. Pero madera, apio y vino son todavía una forma de acceso a esa "ola de misterios" que se agita tempestuosa en la poesía de *Residencia:* lo elemental está internalizado y convertido en vehículo de visiones y entrevisiones de un mundo cuyo centro es el poeta. El regodeo por las cosas elementales como frutos de la tierra y la celebración de esos frutos como realidad que se debe a sí misma aparece en forma embrionaria en la última parte de *Canto general*. En un poema titulado precisamente "Los frutos de la tierra", Neruda anticipa ya los temas, la temperatura y, en algún caso, hasta algunas imágenes que tipifican y definen la poesía de *Odas elementales:*

> *Quiero comer cebollas, tráeme del mercado*
> *una, un globo colmado de nieve cristalina,*
> *que transformó la tierra en cera y equilibrio*
> *como una bailarina detenida en su vuelo.*
> *Dame unas codornices de cacería, oliendo*
> *a musgo de las selvas, un pescado vestido*
> *como un rey, destilando profundidad mojada*
> *sobre la fuente,*
>   *abriendo pálidos ojos de oro*
> *bajo el multiplicado pezón de los limones.*
> . . . . .
> *Dadme todas las cosas de la tierra, torcazas*
> *recién caídas, ebrias de racimos salvajes,*
> *dulces angulas que al morir, fluviales,*
> *alargaron sus perlas diminutas,*
> *y una bandeja de ácidos erizos*
> *darán su anaranjado submarino*
> *al fresco firmamento de lechugas.*[1]

---

[1] Pablo Neruda *O.C.* (segunda edición, 1962), p. 667. Las citas subsiguientes siguen esta edición y se indican con el número de página solamente.

En el poema siguiente del mismo libro, Neruda anticipa, en miniatura, una poética de la oda elemental: "No escribo para que otros libros me aprisionen/ ni para encarnizados aprendices de lirio,/ sino para sencillos habitantes que piden/ agua y luna, *elementos del orden inmutable,*/ escuelas, pan y vino, guitarras y herramientas" (p. 668). Una versión más discursiva y explícita de esta idea aparece en su conferencia "A la paz por la poesía": "Nosotros escribimos para gentes sencillas y modestas que muchas veces, muchas veces, no saben leer. Sin embargo, sobre la tierra, antes de la escritura y de la imprenta, existió la poesía. Por eso sabemos que la poesía es como el pan, y debe compartirse con todos, los letrados y los campesinos, por toda nuestra vasta, increíble, extraordinaria familia de pueblos. Yo confieso que escribir sencillamente ha sido mi más difícil empeño."[2] La poesía de *Odas elementales*, y los tres volúmenes subsiguientes de odas, representa así un esfuerzo de claridad y un intento por convertir al poeta en "el cronista de su época". El propio Neruda ha contado los orígenes cronísticos de sus odas: "Un periódico de Caracas, *El Nacional*, que dirigía mi querido compañero Miguel Otero Silva, me propuso una colaboración semanal de poesía. Acepté, pidiendo que esta colaboración mía no se publicara en la página de Artes y Letras, en el Suplemento Literario, sino que lo fuese en sus páginas de crónica. Así logré publicar una larga historia de este tiempo, de las cosas, de los oficios, de las gentes, de las frutas, de las flores, de la vida, de mi visión, de la lucha, en fin, de todo lo que podía englobar de nuevo en un vasto impulso cíclico de mi creación."[3] La definición de poesía como crónica subraya una inversión: lo que importa ahora no son los asuntos del poeta sino los asuntos de todos; la historia del poeta condesciende a la historia de los hombres y las cosas; el poeta se calla para que hable el cronista:

> *yo quiero*
> *que todos vivan*
> *en mi vida*
> *y canten en mi canto,*
> *yo no tengo importancia,*
> *no tengo tiempo*
> *para mis asuntos*
>
> (p. 939)

---

[2] Citado por Margarita Aguirre en *Las vidas de P. N.*, Santiago, Zig Zag, 1967, p. 278.

[3] P. Neruda, "Conferencia" pronunciada en 1964 en la Biblioteca Nacional de Santiago. Incluida en *Antología esencial* (Selección y prólogo de H. Loyola), Buenos Aires, Losada, 1971, p. 327.

Y aunque Neruda no deja de contar su historia, porque aun en esta poesía que viste la máscara de la crónica asoma el inagotable tema de las vidas del poeta, en la mayor parte de las odas el cronista esconde su bulto, cuelga su centrípeto yo, se hace invisible, y a partir de esa invisibilidad individual levanta la presencia de los otros. El poema que introduce el primer volumen de odas, "El hombre invisible", es un manifiesto y una poética de esta noción de poesía-crónica. Neruda encontró en la oda el género poético que mejor se avenía a sus nuevos deberes de poeta. La experiencia personal cede a la experiencia colectiva, el yo, a "los elementos del orden inmutable". Desde Horacio y Píndaro la oda había tenido esa función pública y hortatoria que ahora Neruda redescubre para su poesía.[4] En contraste con la poesía lírica que ventila la subjetividad del poeta, la oda canta, glorifica y celebra al prójimo, sus experiencias y acciones. Sin embargo, nada más extraño a las odas elementales que los modelos clásicos, neoclásicos o románticos, nada más alejado del ámbito poético de Neruda que las odas pindáricas o anacreónticas o los brillantes ejemplos románticos de Wordsworth, Shelley o Keats. Los grandes hechos de la Historia, con sus héroes, mártires y traidores; los varios rostros de la Geografía con sus ríos, pájaros y bestias; la turbulenta odisea del poeta, entran caudalosamente en la poesía de *Canto general*. Había que redescubrir la grandeza de lo elemental, las maravillas de un tomate, los milagros del picaflor y las hazañas de una abeja. Ya en la elección misma de la oda como forma poética hay una intención y una declaración de principios: la nobleza del género, su tono épico y celebratorio, su rezumada dignidad, descienden ahora a esos seres y cosas mínimas. La admiración de Neruda por ese mundo diminuto y olvidado no se agota en sus odas. A lo largo de toda su poesía posterior esta admiración por caracolas y escarabajos alcanza la magnitud de una fe insobornable en esa realidad primigenia que genera sus epopeyas y monumentos de su propia materia. En uno de sus últimos libros, *Las manos del día,* hay un poema que resume ese credo de lo elemental:

> *Pero el hombre que sale con sus manos*
> *como con guantes muertos*
> *moviendo el aire hasta que se deshacen*

[4] Entre los estudios sobre la oda como género poético que hemos consultado merecen especial mención los siguientes: Carol Maddison, *Apollo and the Nine; A History of the Ode*, Londres, 1960; George N. Shuster, *The English Ode from Milton to Keats,* Nueva York, 1940; Robert Shafer, *The English Ode to 1660; An Essay in Literary History*, Nueva York, 1966; y especialmente el artículo "ode" en Alex Preminger, comp., *Encyclopedia of Poetry and Poetics,* Princeton University Press, 1965.

> *no me merece*
> *la ternura*
> *que doy al diminuto aceanida*
> *o al mínimo coloso coleóptero:*
> *ellos sacaron de su propia esencia*
> *su construcción y su soberanía.*[5]

Pero las odas no se quedan en la pura magia de lo elemental. Neruda las escribe durante sus años más fieles a ese otro credo político que hipoteca un ancho segmento de su poesía: el mar, la lluvia y el invierno son incorporados a la lucha y devienen parte de ese combate en el cual el poeta se sabe soldado. Neruda exige de sus elementales protagonistas tomar partido: o se está con el hombre o con los enemigos del hombre. Todas las cosas están obligadas a salir de sus órbitas milenarias, de su majestad inexorable, de su hermosura estéril, para unirse al destino y al bienestar del pueblo. A las estrellas se les pide:

> *una*
> *llena como un tonel*
> *de milenario vino,*
> *otra*
> *que sea*
> *usina*
> *cargada*
> *de relojes,*
> *otra*
> *con olor a camello,*
> *a buey, a vaca,*
> *otra*
> *repleta*
> *de pescados,*
> *otra*
> *con los ladrillos que se necesitan*
> *en la tierra*
> *para construir casas a las viudas*
> *de los obreros muertos,*
> *otra*
> *estrella*
> *con panes,*
> *si es posible*
> *con mantequilla en medio.*
>
> (p. 1181)

---

[5] P. Neruda, *Las manos del día*, p. 47.

La belleza de la lluvia se agría cuando el poeta recuerda las callampas:

> *Los niños*
> *lloraban en el barro*
> *y allí días y días*
> *en las camas mojadas,*
> *sillas rotas,*
> *las mujeres,*
> *el fuego, las cocinas,*
> *mientras tú, lluvia negra,*
> *enemiga,*
> *continuabas cayendo*
> *sobre nuestras desgracias.*
>
> (p. 1033)

El invierno es un hermoso caballo:

> *niebla te sube del hocico,*
> *gotas de lluvia caen*
> *de tu cola,*
> *electrizadas ráfagas*
> *son tus crines,*
> *galopas*
> *interminablemente*
>
> (p. 1012)

Pero "sus racimos de nieve negra y agua" son como agujas que atraviesan las casas y hieren como cuchillos: comienzan los ataques de tos. La oda concluye:

> *Algún día*
> *nos reconoceremos,*
> *cuando*
> *la magnitud*
> *de tu belleza*
> *no caiga*
> *sobre el hombre,*
> *cuando*
> *ya no perfores*
> *el techo*
> *de mi hermano*
>
> (pp. 1014-1015)

En estos ejemplos no es difícil reconocer una estructura común que se repite en la mayor parte de las odas. Esta estructura se definiría, en líneas generales, en el siguiente esquema: una tesis afirmativa, laudatoria; una negación de esa tesis: eres hermosa (estrella, lluvia, mar) pero mala con los pobres; eres bella pero injusta con el hombre; y finalmente una síntesis que concilia las dos nociones antitéticas: un voto, una promesa, una moraleja, un anuncio, una plegaria, una amenaza. En esta estructura trimembre es reconocible la tríada epódica de la oda clásica que consistía de una estrofa, una antístrofa y una epoda. La nomenclatura responde al diseño de la oda pindárica que incluía además canciones corales y bailes: la estrofa, de versos irregulares y estructura métrica compleja, refleja la forma de una danza que se repite, como su otra mitad, en la antístrofa. La epoda cierra la oda y es de estructura y extensión diferente. Muy poco ha quedado de esas odas que se ejecutaban en teatros dionisiacos o en ágoras para celebrar victorias atléticas. Pero en las limitaciones de Píndaro en el siglo XVII reaparece la estructura triádica: Ben Jonson empleó los términos *turn, counter-turn* y *stand* para indicar en inglés la estrofa, la antístrofa y la epoda del modelo clásico. Sería equivocado aducir que la oda elemental sigue el formato de la oda pindárica que respondía a necesidades, efectos y alcances muy diferentes, pero Neruda encuentra en la vieja estructura trinaria de la oda un modelo que se adecua a sus propósitos y conviene a su propio tratamiento del género.

Dado este primer paso conviene aclarar que esta estructura lejos de ser un molde inviolable es apenas en Neruda una guía, un cañamazo sobre el cual el poeta borda su oda. En algunos casos hay separaciones estróficas que pueden o no corresponderse con cada una de las tres partes de la oda. La "estrofa" puede estar formada por una, dos o más estrofas. La misma reserva es aplicable a la "antístrofa". En algunos casos no llegamos a la materia de la "estrofa" sin antes haber cruzado una presentación, apertura o introducción. Esta introducción forma, a menudo, parte de la "estrofa" porque la tesis es una introducción de la materia de la oda. Pero en algunos casos, como la "Oda a Guatemala", la introducción está desgajada del cuerpo de la oda:

> *Guatemala*
> *hoy*
> *te*
> *canto.* (p. 999)

El tema está marcado aquí con rotundidad hímnica. La introducción que abre la "Oda a la claridad", en cambio, tiene una morosidad lírica que deja una estela de ambiguas evocaciones:

> *La tempestad dejó*
> *sobre la hierba*

> *hilos de pino, agujas,*
> *y el sol en la cola del viento.*
> *Un azul dirigido*
> *llena el mundo.*
>
> (p. 966)

En muchas odas los primeros versos cumplen una función semejante a estas brevísimas aperturas aunque formen parte de la "estrofa". En algunos casos el nombre del objeto que se canta va seguido de una imagen brillante ("Oda a la cebolla", "Oda a la alegría", "Oda a la alcachofa"); en otras, una metáfora deslumbrante alude al tema de la oda ("Oda al átomo", "Oda al hilo"); en un tercer grupo, una breve historia introduce el tema a manera de pórtico ("Oda a los números", "Oda al pájaro sofré"); hay, finalmente, odas en que la introducción se extiende hasta el último verso y las tres partes tienden a fundirse en un solo movimiento.

Ya se puede ver que la estructura trimembre no está exteriormente deslindada. Neruda ha evitado esa facilidad que hubiera cortado las alas de la oda. Más aún: se trata precisamente de la operación contraria, es decir de borrar u ocultar la cuadrícula sobre la cual se dibuja el poema. Pero esa cuadrícula o esquema trinario gobierna la oda desde su espacio interior y determina la dirección de su vuelo. La *tesis* o "estrofa" representa el acercamiento al objeto en su estado natural, es un esfuerzo de contacto elemental, de visión primera y altamente lírica. Por esto mismo la primera parte tiende a la descripción, a la exaltación de cualidades olvidadas, a la revelación de una belleza ignorada, a la presentación íntima, redescubierta, de ese par de calcetines, de esa farmacia, de esa bicicleta que la costumbre y el uso han ido borrando de nuestros sentidos. La "estrofa" los redibuja con todos los colores de que es capaz la paleta de Neruda y volvemos a percibirlos con una intensidad nueva, como si de pronto los tuviéramos ante nuestros ojos por primera vez. La "antístrofa", en cambio, es una reflexión. Un "sí, pero" desde el cual el poeta reexamina el mar, la lluvia o el edificio con una conciencia social, desde una ideología que se propone reordenar el mundo. En su condición natural, el invierno es un magnífico caballo, pero dentro de un contexto social es el frío de los pobres, un cuchillo oxidado que lacera, la enfermedad que amenaza. La "antístrofa" replantea el tema desde una perspectiva que devuelve al poeta a sus compromisos y responsabilidades, al valle de lágrimas donde viven los hombres. En otros casos, la "antístrofa" presenta un reverso sin implicaciones sociales o moralizantes: alude apenas a un estado indeseable que debe corregirse, a viejos hábitos que deben suprimirse. En "Oda a mirar pájaros", por ejemplo, se rechaza la idea de embalsamar pájaros y encerrarlos en vitrinas, y en la "Oda a la tristeza" se prohíbe al "esqueleto de perra" entrar en la casa del poeta que es como decir en "la casa de las odas". En "Oda al traje" la "antístrofa" es una posibilidad, una pregunta: "Yo pregunto / si un día / una bala / del enemigo / te dejará una mancha de mi sangre", pero que al contrastar con la imagen del traje presentada en "la estrofa" conduce a la conclusión epódica de la oda. Esta última parte funciona como una solución o síntesis del conflicto o interrogante o simple oposición entre "estrofa" y "antístrofa". Veamos algunos ejemplos. En la "Oda al edificio" la primera estrofa, en el sentido de un número determinado de versos y que escribimos sin comillas para distinguirla de la otra, actúa como apertura del poema, es un apretado compendio que contiene en germen la totalidad de la oda. A partir de la segunda estrofa se inicia la tesis o "estrofa": se celebra la alegría del equilibrio y de las proporciones del edificio, su "unidad vencedora", los materiales que lo levantan como una "llamarada construida". Solamente en la cuarta estrofa se plantea el elemento antitético. En esta construcción de roca, arena, acero y madera, "dónde está el individuo?" La pregunta recuerda los tres primeros versos del poema X de "Alturas de Macchu Picchu": "Piedra en la piedra, el hombre, dónde estuvo? / Aire en el aire, el hombre, dónde estuvo? / Tiempo en el tiempo, el hombre, dónde estuvo?" (p. 321), y esencialmente introduce un problema semejante. Macchu Picchu es la gran construcción americana, el gran edificio precolombino cuya magnificencia el poeta celebra, elogia y reconstruye, pero en la base de esas "piedras escalares" Neruda descubre "harapos", "lágrimas" y "un goterón de sangre". También en la "Oda al edificio" Neruda encuentra entre el cemento y la arena "al hombre pequeñito (que) taladra, sube y baja". Es ese hombre, el hacedor del edificio, el verdadero centro de la oda, y es hacia ese hombre a quien se dirige el poeta en la epoda:

> *El hombre*
> *separa la luz de las tinieblas*
> *y así*
> *como venció su orgullo vano*
> *e implantó su sistema*
> *para que se elevara el edificio,*
> *seguirá construyendo*
> *la rosa colectiva,*
> *reunirá en la tierra*
> *el material uraño de la dicha*
> *y con razón y acero*
> *irá creciendo*
> *el edificio de todos los hombres.*

(p. 980)

En esta última parte de la oda, el edificio pierde sus cualidades concretas, su realidad física, para convertirse en metáfora. El edificio alude ahora a una sociedad que es el producto de todos los hombres y que todos comparten, a un edificio social construido por el hombre y para el hombre.

Hasta una de sus odas más breves, "Oda a la esperanza", responde dentro de su estrofa única a esa estructura trimembre. Neruda presenta los dones del mar: cielo, movimiento, espacio, luz, espuma, aves, aroma, sal, para luego presentar a los hombres "junto al agua, / luchando / y esperando / junto al mar, / esperando" (p. 988). La epoda no aparece sino en los dos últimos versos, separados del resto del poema y adoptando la forma de un veredicto que los clásicos llamaban *sententiae*. Es también una "sentencia" porque la solución entre la impávida infinitud marina y el hombre, esperando y luchando, adquiere el tono de una sibilina promesa, de un profético anuncio que reúne mar y hombre: "Las olas dicen a la costa firme: / 'Todo será cumplido'."

Hemos escogido como ejemplo paradigmático para examinar más detalladamente la estructura trimembre de la oda elemental la "Oda al mar", tema muy caro a la poesía de Neruda y que alcanza en *Canto general* la dimensión de un libro independiente que constituye la penúltima sección del libro bajo el título *El gran océano*. Los primeros 23 versos de la oda forman su "estrofa". Es la parte del poema menos didáctica y presenta al mar primero en su realidad más concreta e inmediata para convertirlo luego en una suerte de Prometeo golpeándose el pecho, repitiendo su nombre y condenado a un eterno vaivén. Esta representación antropomórfica del mar recuerda uno de los recursos clásicos de la oda pindárica: el antropomorfismo, una tendencia en la imaginería que Píndaro llevó a sus extremos:[6]

> *Aquí en la isla*
> *el mar*
> *y cuánto mar*
> *se sale de sí mismo*
> *a cada rato,*
> *dice que sí, que no,*
> *dice que no, que no, que no,*
> *dice que sí, en azul,*
> *en espuma, en galope,*
> *dice que no, que no.*
> *No puede estarse quieto,*
> *me llamo mar, repite*
> *pegando en una piedra*
> *sin lograr convencerla,*

---

[6] Carol Maddison, *Apollo and the Nine*, Londres, 1960, p. 18.

> *entonces*
> *con siete lenguas verdes,*
> *de siete perros verdes,*
> *de siete tigres verdes,*
> *de siete mares verdes,*
> *la recorre, la besa,*
> *la humedece*
> *y se golpea el pecho*
> *repitiendo su nombre*
>
> (p. 1040)

Como en la mayor parte de las odas, también en ésta la "estrofa" corresponde al contacto primordial con el tema. Neruda no intenta explicarlo o alegorizarlo. El primer miembro de la oda nos confronta con esa realidad elemental de las cosas para las cuales no hay respuesta más allá de su pura maravilla. El mar es un enigma que en su flujo y reflujo recuerda las oscilaciones de un péndulo negándose a revelar su misterio. El poema "Los enigmas" de *El gran océano* proporciona el mejor contexto para leer esta primera imagen del mar. Allí Neruda formula una tirada de interrogantes sobre la joyería del crustáceo, la cristalería de la ascidia, la filigrana de las algas, la electricidad del pólipo, y el marfil del narwhal. Preguntas para las cuales el poeta no tiene respuestas: "El mar lo sabe" dice Neruda. Frente a los enigmas de la vida marina, frente a los secretos de la creación, el poeta se declara derrotado:

> *Yo no soy sino la red vacía que adelanta*
> *ojos humanos, muertos en aquellas tinieblas,*
> *dedos acostumbrados al triángulo, medidas*
> *de un tímido hemisferio de naranja*
>
> *Anduve como vosotros escarbando*
> *la estrella interminable,*
> *y en mi red, en la noche, me desperté desnudo,*
> *única presa, pez encerrado en el viento.*
>
> (p. 637)

Aquí Neruda es todavía el poeta marcado por su residencia en la Tierra, asediado por interrogantes y misterios cuya única respuesta es la búsqueda misma. *Canto general* es la respuesta de Neruda a América, pero frente al mar, frente a la vastedad inabarcable de lo no humano, se declara "red vacía" de la cual se ríe el viento, "ojos humanos" que fallan ante las tinieblas de la naturaleza, "dedos acostumbrados al triángulo" y que más allá de esa geometría tocan tan sólo la sonrisa socarrona de un signo de interrogación. Pero entre

Canto general y *Odas elementales* su conciencia política plantea a su poesía exigencias más radicales: la poesía debe ser ahora "utilitaria y útil, / como metal o harina" (p. 1076) tanto como su poesía anterior buscaba lo profético de su ser ("Arte poética"). En las odas, Neruda retorna a ese mundo natural que lo ha fascinado siempre, pero ya no solamente para evocarlo y para declarar la impotencia humana frente al misterio de sus perfecciones y enigmas, sino para reclutarlo en esa lucha que se propone liberar al hombre y conquistar para todos la cornucopia de los frutos de la tierra. La función de la "estrofa" será pues: hacernos sentir la inimitable hermosura de la naranja, de la gaviota, del tomate o del galope del mar, antes de exigirles "su utilitaria harina".

Conviene notar aquí que la apariencia versolibrista de la oda es equívoca. Es verso libre en cuanto se niega a un metro uniforme y a formas estróficas regulares, pero no lo es en cuanto combina un número de metros muy definidos con la misma travesura con que descubre los costados más imprevistos del tema. Los que han criticado el desaliño métrico de las odas elementales olvidan o yerran por partida doble. Primero, porque desde Píndaro la oda ha tendido a una diversidad de metros combinados ingeniosamente y en esbeltas y ágiles estrofas; el neoclasicismo vio con alarma la tendencia al verso libre de la oda pindárica; los románticos, en cambio, celebraron y practicaron la variedad y libertad métrica de la oda. Segundo, porque si se observan con atención las odas de Neruda se comprueba que sus versos no están escandidos arbitraria o anárquicamente. Muy por el contrario. Neruda evita metros regulares, como lo había hecho siempre la oda, pero combina o escinde metros tradicionales varios. Cualquiera de sus odas manifiesta una clara preferencia por dos metros muy frecuentes en la poesía de Neruda posterior a *Residencia*: el heptasílabo y el endecasílabo. Nótese, por ejemplo, que de los 23 versos que forman la "estrofa" de la "Oda al mar" 15 son heptasílabos, 3, endecasílabos divididos, y uno solo de tres sílabas. El verso de cinco sílabas es el tercero de los metros más empleados por Neruda en las odas. Para enriquecer la flexibilidad y variedad métrica de la oda, Neruda quiebra muy a menudo endecasílabos y heptasílabos creando la impresión de metros más cortos de dos, tres, cuatro o cinco sílabas. Los dos primeros versos de la "Oda al mar" forman un heptasílabo ("Aquí en la isla / el mar") que Neruda ha dividido en un verso de cinco sílabas y en otro de tres; los dos versos siguientes de la misma oda forman un endecasílabo ("y cuánto mar / se sale de sí mismo") fracturado en un pentasílabo y un heptasílabo. Un segundo ejemplo: la composición métrica de la "Oda al edificio" presenta el siguiente esquema: 28 heptasílabos, 22 endecasílabos, dos versos de cinco sílabas, dos de tres, uno de ocho, y uno de dos, contando los versos divididos (nueve en total) como uno solo. La fractura de un endecasílabo o un heptasílabo en versos más cortos no es ni "absolutamente arbitraria" ni "gratuita" como arguye Raúl Silva Castro: su experimento de cambiar la disposición de los versos, restaurando, en el mejor de los ejemplos que Silva Castro ofrece, 14 versos de metros varios (de 2, 3, 4, 5 y 7 versos) en "Oda al color verde" a cinco endecasílabos regulares,[7] indica precisamente hasta qué punto la variedad de metros y la división de algunos metros tradicionales no es ni arbitraria ni gratuita. No solamente porque la oda pierde esa aérea ligereza que genera uno de sus encantos, sino porque la respiración métrica deja de funcionar con el ritmo ágil, casi juguetón, que constituye uno de sus mayores hallazgos para adquirir una lentitud y pesadez que no convienen ni al tema ni al tratamiento que Neruda aplica a ese tema. Tan elemental como los temas quiere ser su textura: un sistema métrico que de tan adelgazado y fragmentado haga pensar en una libertad total; una composición métrica tan flexible y voluble como la ingeniosa manera de aproximarse a sus temas; una agilidad en el verso que aligera el vuelo imaginativo con que Neruda dibuja una gaviota o traza el zumbido de una abeja. Estilísticamente, además, la división de un verso en dos o la conversión de una sola palabra en verso independiente responde a una función semejante a la inversión del orden normativo sujeto-predicado: es una forma de violar la atonía de la norma para otorgar nueva fuerza expresiva al elemento escindido, invertido o aislado. En "Oda al mar" el segundo verso es "el mar", aislado de su heptasílabo para subrayar y reforzar la primera alusión al tema. También en "Oda a la magnolia" el poema comienza con un heptasílabo dividido que acentúa el tema de la oda, a un nivel meramente enunciativo, y en el mismo movimiento saca al adjetivo que lo describe de su atonía distributiva: "Una magnolia/ pura." El procedimiento reaparece en varias odas; en "Oda a la gaviota": "A la gaviota / sobre". En "Oda a la abeja", en cambio, se mantiene el heptasílabo intacto porque más que subrayar el sujeto de la oda se insiste en una cualidad que se exalta: "Multitud de la abeja". Un verso implica una pausa rítmica; tal sería la función de ciertas palabras que Neruda convierte en versos independientes. La palabra "entonces", en el primer miembro de la "Oda al mar", en su calidad de verso número quince genera una pausa necesaria antes de la serie de cuatro versos anafóricos con que Neruda describe al mar procurando convencer a la piedra con su golpeteo incesante. Nótese que estos cuatro versos de estructura paralela que describen siete lenguas de siete perros, de siete tigres y de siete mares, son también de siete sílabas: una coincidencia que refuerza el sentido del número mágico. Son, a su vez, cuatro metáforas que remiten eficazmente a diferentes modos del mar: las lenguas, a la dimensión plástica del

---

[7] Raúl Silva Castro, *Pablo Neruda*, Santiago, 1964, p. 123.

oleaje; los perros, a su mansedumbre; los tigres, a su ferocidad; y los siete mares, a la totalidad marina de los siete océanos.

A partir del verso veinticuatro se inicia la "antístrofa". Aquí, Neruda explica que del mar no le interesa su inexorable vaivén sino su parte en la apremiante situación humana: "no pierdas tiempo y agua, / no te sacudas tanto, / ayúdanos, / somos los pequeñitos / pescadores, / los hombres de la orilla, / tenemos frío y hambre". Al mar se le pide ahora el "pez de cada día" y adoptando un tono de plegaria laica se lo exhorta: "ayúdanos, océano, / padre verde y profundo, / a terminar un día / la pobreza terrestre". Los andares de oración religiosa pasan a la estrofa siguiente que abre con un ruego que extrema el procedimiento: "Padre mar." Este procedimiento consistiría en laicizar la oración religiosa tradicional: el clisé se carga de nuevas resonancias expresivas y deviene recurso estilístico. La desacralización de la oración devota y el tránsito de una actitud contemplativamente lírica respecto al mar a una actitud combativamente utilitaria forman un solo movimiento y transmiten un mismo mensaje. El primero funciona al nivel de la forma, el segundo, de la semántica. El resto de esta segunda estrofa reincide en la necesidad de servir al hombre. "El padre mar" no es ahora una divinidad tritónica de siete lenguas verdes: Neruda lo ha convertido en modesto proveedor de alimentos que distribuye su producto entre los hombres: "Sal por todas las calles / del mundo / a repartir pescado." Solamente en su nueva condición de laborioso repartidor de pescado el mar merece una sonrisa del hombre y una palabra afectuosa del atareado minero que "asomando a la boca de la mina" saluda: "Ahí viene el viejo mar / repartiendo pescado."

La última estrofa cumple marcadamente su función de epoda: el conflicto entre el mar encumbrado en sí mismo, en su eterno e inconducente vaivén, y el hombre que espera del padre mar "el pez de cada día" se resuelve ahora en una amenaza en que el poeta advierte: "Pero / si no lo quieres..." Estos dos primeros versos indican ya una postura de combate: si por las buenas no nos ayudas, te obligaremos a alimentarnos. Es paradójico y extraño que Neruda, poeta de lo elemental, fiel hasta en su poesía más última a la inimitable sabiduría del mundo natural, recurra aquí a la tecnología más devastadora:

> *entraremos en ti,*
> *cortaremos las olas*
> *con cuchillo de fuego,*
> *en un caballo eléctrico*
> *saltaremos la espuma,*
> *cantando*
> *nos hundiremos*
> *hasta tocar el fondo*

> *de tus entrañas,*
> *un hilo atómico*
> *guardará tu cintura,*
> *plantaremos*
> *en tu jardín profundo*
> *plantas*
> *de cemento y acero,*
> *te amarraremos*
> *pies y manos,*
> *los hombres por tu piel*
> *pasarán escupiendo,*
> *sacándote racimos,*
> *construyéndote arneses,*
> *montándote y domándote,*
> *dominándote el alma.*
>
> (pp. 1042-1043)

Esta disyuntiva entre el mar como un mundo poblado de indescifrables enigmas y el mar como un modesto repartidor de pescado replantea desde otra perspectiva uno de los dilemas centrales de toda la poesía de Neruda: su humana atracción por la oscuridad y su militante deber de claridad.[8] Después de su "conversión política" Neruda elude las incógnitas de la oscuridad y abraza un compromiso con la luz, declara a su poesía camarada de combate, de la huelga, del desfile, de los puertos y las minas ("Oda a la poesía") y vuelve la espalda hacia esa "ola de misterios" que inaplazablemente sube por el alma del poeta ("El hombre invisible"). En las odas elementales, su poesía retorna a la prístina realidad de las cosas, a esas fuerzas y criaturas que se deben al enigma de sus perfecciones, con una ambivalencia que expresa ese dilema: la lluvia es una rosa fresca, un violín negro, hermosura: "te amo / no porque seas buena, / sino por tu belleza"; "Amarte, sin embargo" —agrega Neruda— "me dejó en la boca / gusto amargo, / sabor amargo de remordimiento". De la lluvia como del mar y de todas las cosas se exige ahora una respuesta moral. No basta el esplendor de su hermosura, la pasiva contemplación de esa maravilla, la felicidad de sus perfecciones: mientras en el mundo haya desgracias, hambre y pobreza, la poesía está obligada a "trabajar de lavandera", "a golpear hierros en la metalurgia" ("Oda a la poesía"); la lluvia deberá convertirse en "trabajadora", "proletaria", y "fertilizar montes y praderas" ("Oda a la lluvia"); los grandes bosques están "llenos de construcción futura": papel para los libros y silenciosa madera para la vivienda del hombre ("Oda a la madera"); y el mar, caja de enigmáticas sorpresas, es

[8] Sobre este tema véase nuestro estudio "Poética de la penumbra en la poesía más reciente de P. Neruda" *RevIb,* 82-83 (ene-dic. 1973), pp. 263-291.

ahora un ocupadísimo repartidor de pescado. La poesía de las odas no renuncia a la hermosura: la exalta y celebra. Pero a partir de la antístrofa se le exige asumir una responsabilidad moral ante el hombre. El conflicto entre lo que las cosas son y lo que el poeta les pide que sean se resuelve en la epoda: si el mar se niega voluntariamente a repartir pescado, la industria humana lo obligará, con "caballos eléctricos, hilos atómicos y plantas de cemento y acero", a desprenderse de sus alimenticios racimos. La antístrofa y la epoda convierten así al elemental protagonista en metáfora de las tribulaciones y luchas del hombre, de sus sueños y esperanzas. Es en la epoda donde Neruda recarga las tintas respecto a su propia responsabilidad política. El proyecto que busca convertir al mar en fábrica recuerda, por su tono y entusiasmo, los planes quinquenales de los Soviets, una etapa de la construcción socialista que no tendrá lugar sino después que "los hombres / hayamos arreglado / nuestro problema, / el grande, / el gran problema". Es indudable que las odas elementales reflejan un momento de activa militancia política en la poesía de Neruda. Representan además un esfuerzo por retornar a ese mundo de lo elemental que lo atrajo siempre. La estructura trimembre de la oda posibilita ese doble empeño. En los dos últimos miembros de la oda, Neruda abandona su tema y lo convierte en una metáfora, en un vehículo de sus compromisos políticos. Sólo así se comprende que al final de la "Oda al mar", sin dejar de hablar del mar, Neruda defina dos etapas en la doctrina marxista: la lucha de clases y la construcción de una economía socialista.

La estructura trinaria de la oda elemental no funciona como rígido canon sino más bien como principio constructor, como invitación a una forma que busca celebrar la Creación en su abigarrada multiplicidad y se propone, a la vez, encontrar para todas las cosas un oficio utilitario, un sentido desde el cual todo se redefine en función de las necesidades y urgencias humanas:

> *Quiero que todo*
> *tenga empuñadura,*
> *que todo sea*
> *taza o herramienta.*
> *Quiero que por la puerta de mis odas*
> *entre la gente a la ferretería.*
>
> (p. 1130)

La composición de la oda permite a Neruda organizar el material del poema desde una perspectiva doble que realiza al poeta enamorado de lo elemental y le posibilita cumplir con sus deberes políticos. Definido el principio constructor de la oda en términos de una estructura trimembre que asigna a cada parte una función diferenciada pero estrechamente relacionada con el resto, es posible distinguir más claramente sus propósitos últimos: exaltar, celebrar, elogiar, pero en el mismo impulso y medida, exigir, condenar, amenazar. En este sentido la oda elemental se acerca al apólogo o fábula: la historia tiene validez narrativa pero su justificación última descansa en su didactismo. El sistema de la oda funciona de manera semejante: hay una creación lírica irrecusable que inevitablemente desemboca en una enseñanza, en una advertencia, en una lección y, a veces, en una moraleja. Más que ningún otro género poético la oda elemental transparenta al nivel de la forma ese dilema que recorre toda la obra de Neruda: la poesía como expresión de un yo que el poeta quiere salvar y la poesía como una bandera, como un arma de combate, como un compromiso social. Neruda resume todo el drama de esa disyuntiva en un solo verso:

Debo satisfacer o debo ser? [9]

---

[9] P. Neruda, *Memorial de Isla Negra*, vol. II, p. 116.

XVI. LA AVENTURA MARAVILLOSA: "ODA A UN ALBATROS VIAJERO", DE PABLO NERUDA

Juan Villegas

Hay un poema del *Tercer libro de las odas* que llama la atención del oyente o lector. Además de su belleza poética y de su fuerte carácter apelativo, la "Oda al albatros viajero" representa una confluencia de tendencias nerudianas amalgamadas de modo sutil. Encontramos en ella matices de la angustia existencial de las *Residencias*, la fuerza política de algunos poemas del *Canto general* y una raigambre mítico estructural que la asocia con viejos temas poéticos y humanos.

El núcleo temático se constituye por el cruce de dos motivos de larga tradición. El primero es el de la inversión de la fortuna. Es decir, el hablante lírico manifiesta su asombro y dolor frente a la transformación de la suerte del héroe. El ser poderoso, admirable, que lleva a cabo la aventura magnífica de la travesía del océano, concluye su existencia como víctima de la curiosidad y la incomprensión de los mortales que recorren las playas. El segundo es el del viaje en busca de la tierra prometida y la frustración que conlleva la muerte del protagonista antes de realizar su anhelo. El albatros de Neruda, desde este punto de vista, es como un nuevo Moisés: lleva a cabo hazañas inconmensurables, cruza los mares, pero al acercarse a las playas chilenas, sin explicación clara, cae y muere. El personaje yace finalmente vencido, sin prestigio ni fuerza, víctima de la incomprensión. Su triunfo fue en la soledad y el silencio. Sólo el hablante intuye el fondo heroico y el sentido último de esa aventura. Por ello, proyecta su propia visión de mundo y la impregna de nostalgia.

La clave estructural del poema se funda en un motivo típico de la tradición ódica, el del *encuentro*, que permite la iniciación y prosecusión del tema.[1] Técnica que Neruda, a su vez, reitera en sus volú-

[1] El motivo del encuentro como clave estructural de la oda es señalado por W. Kayser: *Interpretación y análisis de la obra literaria*, Madrid, Gredos, 1968, pp. 448-450. Sobre la oda en general y en las literaturas modernas, véase Gilbert Highet, *La tradición clásica*, México, Fondo de Cultura Económica, 1954, 2 vols., especialmente las páginas 348 ss., y 377-378 del primer tomo; George N. Shuster, *The English Ode from Milton to Keats* (Gloucester, Mass., 1964; Robert Shafer, *The English Ode to 1660* (Nueva York: Haskell House, 1960); Carol Maddison, *Apollo and the Nine: A History of the Ode*, Londres: Routledge and Kegan Paul, 1960; John Heath-Stubbs, *The Ode*, Londres: Oxford University Press, 1969.

menes de *odas*.² En principio el hablante parece ser un observador pasajero, un contemplador de una escena callejera. En esta actitud inicial se aproxima al yo poético de Pezoa Véliz en "Entierro de campo". En éste, el hablante ve cruzar los "pobres angarilleros", la tristeza, la melancolía y lo lúgubre de la escena lo llevan a meditar y *pensar* en los infortunios de la existencia. El episodio —*el encuentro*— le ha servido al poeta de la Generación del 900 como punto de gestación para una reflexión semifilosófica. Su posición física y mental implica una distancia contemplativa y la conmiseración proviene básicamente de su misma condición de hombre. En el caso nerudiano, el lector tiene la impresión de que el hablante siente íntimamente la muerte del albatros e intuye que tras lo acontecido yace el destino de ciertos seres humanos, con los cuales parece identificarse. Tanto el yo poético como el oyente captan la tragedia profunda que se esconde en la anécdota de la playa.

El poema es rico en posibilidades de interpretación y éstas surgen de los varios niveles de contenido que pueden advertirse. El más externo, por supuesto, es considerarlo como una simple narración de una anécdota en la playa del Neruda real, poseedor de una casa junto al mar. Desde este punto de vista, se trataría de un poema que acercaría a Neruda a la observación callejera. El tono del poema, sus imágenes, no obstante, niegan de inmediato la validez de esta reducción realista. Un segundo nivel consiste en indagar la posibilidad simbólica del viaje, aventura y muerte del ave. El encuentro en la playa, en esta aproximación, remitiría a un sentido más trascendente en el cual el ave adquiere un valor simbólico, tanto en sus características propias, reales, como aquellas que le proporciona el hablante. En este nivel podría compararse con el famoso poema de Baudelaire.³ Para cualquier lector, hay, además, un alcance político. El hablante afirma que el albatros no tendrá estatua y en

---

² Sobre la oda en Neruda, véase Jaime Alazraki, "Observaciones sobre la estructura de la oda elemental", *Mester*, IV, núm. 2 (abril, 1974), 94-102; Walter Holzinger, "Poetic Subject and Form in the *Odas elementales*", *RHM*, XXXVI, núms. 1-2 (1970-1971), 41-49. Es especialmente importante el ensayo de Alazraki porque estudia las relaciones posibles entre la oda clásica y la nerudiana. Anota, por ejemplo, en cuanto a la estructura que la composición trinaria (estrofa, antiestrofa, epodo) de la forma clásica "lejos de ser un molde inviolable es apenas un guía" (p. 97).

³ Para el poeta francés el ave tiene dos realidades. En el aire es hermosa, pero tan pronto como se posa en tierra se transforma en el hazmerreír de los marineros. El albatros asume el símbolo de la vida del poeta:

> Le Poète est semblable au prince de nuées
> Qui hante la tempête et se rit de l'archer.
> Exilé sur le sol au milieu des huées,
> Ses ailes de géant l'empêchent de marcher.

El poema de Baudelaire fue compuesto en 1842. La última estrofa, aquí co-

cambio algunas se erigen para otros seres, viles políticos o burócratas que no ayudan al pueblo. Por último, emerge una cuarta posibilidad o nivel. Al final, el yo poético expresa un deseo, a modo de *coda* poética, y éste es que el ave magnífica que ha vencido tantos obstáculos también sea capaz de superar el obstáculo de la muerte. A nuestro juicio, este anhelo es una proyección del propio hablante que impregna al poema de nostalgia existencial. El elogio y la admiración del ave maravillosa en la imaginación del yo poético se explica porque el surgimiento de este héroe invencible contra las adversidades marítimas podría traer también la esperanza de superar el temor recóndito de los seres humanos: la muerte. La caída del héroe en las playas chilenas y el escarnio que los "antihéroes" hacen de él —el expolio— ponen en evidencia una vez más la imposibilidad de tan magna hazaña. Al hablante le queda la nostalgia de la esperanza frustrada y el temple de ánimo se impregna de melancolía.

ODA A UN ALBATROS VIAJERO

Un gran albatros
gris
murió aquel día.
Aquí cayó
5 *en las húmedas*
arenas.
       En este
mes
opaco, en
10 *este día*
de otoño plateado
y lloviznero,
parecido
a una red
15 *con peces fríos*
y agua
de mar.

piada, fue agregada en 1859, cuando se publicó en la *Revue française*. Fue incluido en la segunda edición de *Les Fleurs du mal*, 1861.
    En la poesía inglesa es famoso el poema de Coleridge "The Ancient Mariner", en el cual el contenido simbólico y arquetípico del albatros es más rico, tanto por su valor en sí como por su pertenencia a un poema cuya estructura elemental se funda en el mito. Un hermoso análisis de este poema es el de Maud Bodkin en *Archetypal Patterns in Poetry*, Londres: Oxford University Press, 1963.

Aquí
cayó
20 muriendo
el ave magna.
Era
en
la muerte
25 como una cruz negra.
De punta a punta de ala
tres metros de plumaje
y la cabeza curva
como un gancho
30 con los ojos ciclónicos
cerrados.
Desde Nueva Zelandia
cruzó todo el océano
hasta
35 morir en Chile.
¿Por qué? ¿Por qué? ¿Qué sal,
qué ola, qué viento
buscó en el mar?
¿Qué levantó su fuerza
40 contra todo
el espacio?
¿Por qué su poderío
se probó en las más duras
soledades?
45 ¿O fue su meta
la magnética rosa
de una estrella?
Nadie
podrá saberlo, ni decirlo.
50 El océano en este
ancho sendero
no tiene
isla ninguna,
y el albatros errante
55 en la interplanetaria
parábola
del victorioso vuelo
no encontró sino días,
noches, agua,
60 soledades,
espacio.
Él, con sus alas, era

la energía,
la dirección, los ojos
65 que vencieron
sol y sombra:
el ave
resbalaba en el cielo
hacia
70 la más
lejana
tierra
desconocida.
Pájaro extenso, inmóvil
75 parecías
volando
entre los continentes
sobre mares perdidos,
un solo
80 temblor de ala,
un ágil
golpe de campana y pluma:
así cambiaba apenas
tu majestad el rumbo
85 y triunfante seguías
fiel en el implacable
desierto
derrotero.
Hermoso eras girando
90 apenas
     entre la ola y el aire,
sumergiendo la punta
de tu ala en el océano
o sentándote en medio
95 de la extensión marina
con las alas cerradas como un cofre
de secretas alhajas,
balanceado
por las
100 solitarias
espumas
como una profecía
muda
en el movimiento de los salmos.
105 Ave albatros, perdón,
dije, en silencio,
cuando lo vi extendido,

*agarrotado
en la arena, después*
110 *de la inmensa
travesía.
Héroe, le dije, nadie
levantará sobre la tierra
en una*
115 *plaza de pueblo
tu arrobadora estatua,
nadie.
Allí tendrán en medio*
120 *de los tristes laureles
oficiales
al hombre de bigotes
con levita o espada,
al que mató*
125 *en la guerra
a la aldeana,
al que con un solo
obús sangriento
hizo polvo*
130 *una escuela
de muchachas,
al que usurpó
las tierras
de los indios*
135 *o al cazador
de palomas, al
exterminador
de cisnes negros.
Sí,*
140 *no esperes,
dije,
al rey del viento,
al ave de los mares,
no esperes*
145 *un túmulo
erigido
a tu pobreza,
y mientras
tétricos ciudadanos*
150 *congregados en torno a tus despojos
te arrancaban
una pluma, es decir,
un pétalo, un mensaje*

> *huracanado,*
> *yo me alejé*
> *para que,*
> *por lo menos,*
> *tu recuerdo,*
> *sin piedra, sin estatua,*
> 160 *en estos versos vuele*
> *por vez postrera contra*
> *la distancia*
> *y quede así cerca del mar tu vuelo.*
> *Oh, capitán oscuro,*
> 165 *derrotado en mi patria,*
> *ojalá que tus alas*
> *orgullosas*
> *sigan volando sobre*
> *la ola final, la ola de la muerte.*

La estrofa inicial (versos 1-21) proporciona las primeras sugerencias. El poema comienza con la presentación más o menos objetiva de la anécdota, versos 1-4. Aquí difícilmente puede augurarse la trascendencia que ha de alcanzar. Sólo unos datos mínimos sugieren leves posibilidades. Se describe sumariamente al personaje en su dimensión física ("gran albatros") y se establece una distancia temporal entre el acontecimiento y el momento de la narración. Dos menciones iniciales entreabren un tono de colores que se cargará de sentido casi de inmediato. El albatros es gris y el lugar que recibe su cuerpo corresponde a las *húmedas arenas*, que refuerzan el matiz grisáceo. En la coordenada temporal, se precisa la estación del año, cuyos rasgos acentúan la atmósfera anterior. Se trata del otoño, siempre conllevador de nostalgia. Las dos menciones de lo gris en los primeros versos adquieren mayor resonancia por la insistencia en el mismo tono de los versos siguientes: "mes opaco", "otoño plateado", "lloviznero", "red con peces fríos", y "agua de mar". En este ambiente, muere el ave magna. En consecuencia, rodeada de tonos grises y opacos, de tristeza suave, otoñal, de melancolía. Los cuatro versos finales de la estrofa retornan a los motivos de los iniciales, aunque su disposición es inversa. El primer verso parece anunciador de algo grandioso. El último insiste en la misma idea, pero con connotaciones del todo diferentes. Toda la estrofa está construida en sentido descendente, especialmente hasta el verso 17. El proceso de la caída comienza en el verso primero y concluye en "agua de mar". Va desde la altura del vuelo supuesto en el verso inicial y prosigue su descenso anunciado en el *murió* y luego en el *cayó* hasta llegar al atrapamiento atmosférico que sugiere la imagen del día como *red* y que se continúa en las menciones de *peces fríos* y *agua de mar,* que involucran o aluden al sumergirse. Estas dos últimas expresiones, además, contribuyen al tono general de la estrofa con sus significados implícitos en el mundo de la imaginación. Los cuatro versos finales recrean el ritmo del descenso, manifiesto aun en la disposición gráfica y en la gradación involucrada de cada verso:

>*Aquí*
>*cayo*
>*muriendo*
>*al ave magna.*

Versos que parecen ubicarlo de nuevo en las alturas de manera que el oyente presencia la caída, a través de la forma verbal gerundiva.

La estrofa siguiente (versos 22-31) corresponde a la descripción del ave yacente. Se destaca su dimensión ciclópea y su poder maravilloso a través de la caracterización de los ojos, pero con la inmovilidad del vencido.

La breve estrofa que sigue es la única de todo el poema reducida a cuatro versos. Implica una aserción en la que el hablante manifiesta un conocimiento no explicado, que conlleva un hálito de misterio. El origen del vuelo Nueva Zelanda provoca un salto de la imaginación que conduce a países lejanos o desconocidos. El rotundo verso "cruzó todo el océano" parece destacar la magnitud de la hazaña. La estrofa deja en el oyente la extrañeza que este viaje tan digno de recuerdo haya concluido en Chile.

El hablante se desplaza luego hacia una serie de interrogaciones retóricas, las que no sólo expresan las dudas del hablante sino que también aquellas que empiezan a surgir en el oyente. Al mismo tiempo, anticipan emotivamente la pregunta por el sentido y el destino del protagonista. La estrofa concluye con el misterio, con la imposibilidad de la respuesta: "Nadie / podrá saberlo, ni decirlo." Pese a esta incógnita las interrogantes han abierto nuevas resonancias para el significado poético del ave. El acento está puesto en la causa del viaje y en las dificultades del mismo. Ambas dimensiones contribuyen a crear imaginativamente un héroe fantástico: "levantó su fuerza / contra todo / el espacio", "se probó en las más duras soledades". La pregunta por el sentido de la búsqueda eleva aún más el ambiente de misterio y ciclópeo del ave: "¿O fue su meta / la magnética rosa / de una estrella?" El ave parece seguir tras lo infinito, lo inalcanzable. ¿Podría pensarse que esa "rosa de una estrella" es la tierra colgante entre el océano y la cordillera? Posiblemente habrá que pensar que en esa travesía hacia lo desconocido, en ese anhelo de remontarse hacia lo infinito, el ave cayó y murió en las playas de Chile.

Los versos 50 a 104, que cubren cuatro estrofas, se centran en el motivo del viaje. El rasgo fundamental es la magnificencia de la hazaña. Ésta se basa en los muchos peligros y dificultades que debía enfrentar el protagonista y su configuración heroica y maravillosa. El albatros es un héroe solitario. Vence tanto la soledad como las fuerzas naturales. Las dos primeras estrofas de la serie revelan al hablante narrando desde el presente hacia el pasado.[4] Las dos siguientes alteran el destinatario y se dirige directamente al protagonista. El ave parece un argonauta avezado:

>*así cambiaba apenas*
>*tu majestad el rumbo*
>*y triunfante seguías*
>*fiel en el implacable,*
>*desierto*
>*derrotero.*

A este motivo del argonauta se une el de la tierra prometida, al que hemos aludido antes:

>*el ave*
>*resbalaba en el cielo*
>*hacia*
>*la más*
>*lejana*
>*tierra*
>*desconocida.*

Uno y otro motivo están cargados de connotaciones emotivas y arquetípicas en la tradición literaria. En el poema estos motivos enriquecen la dimensión magnificada del héroe.

La serie siguiente (versos 105-163) implica un contraste evidente con los versos anteriores. Se interrumpe el proceso de la descripción admirativa y se retorna al presente del hablante que recuerda su diálogo silencioso con el ave muerta. Se contrapone la descripción fabulosa anterior con el estado en la instancia del encuentro: "Lo vi extendido, / agarrotado / en la arena." Después de elevarlo

---

[4] El profesor Debicki, en un comentario al manuscrito de este ensayo, me hizo notar con mucha agudeza cuán significativos son para la interpretación integral del poema los cambios de perspectiva del hablante. Señaló que oscila entre "una actitud despegada y otra más específica y personal". Esta alternancia de actitudes "contribuye a la experiencia total del poema, que resulta simultáneamente específica (inmediata) y universal (mítica)".

en el viaje imaginario a una dimensión mítica —parecía "como una profecía / muda / en el movimiento de los salmos"— vuelve a la realidad inmediata, a partir de la cual inicia una serie de alusiones políticas. Nadie hará una estatua a este "héroe". En cambio, sí se erigirán monumentos a seres vulgares, a "antihéroes", a toda una galería de personajes nefastos desde la perspectiva de Neruda. Así surgen el político, el soldado, el cazador. Cada uno de ellos es visto en alguna acción y la descripción de la misma hace evidente la crueldad del sistema de valores que cada uno representa o que los considera dignos de ser guardados en el recuerdo de los pueblos. Poéticamente, la máxima injusticia se da en los versos finales de esta serie (versos 135-139) porque la crueldad es aún más gratuita que en los casos anteriores:

> *o al cazador*
> *de palomas, al*
> *exterminador*
> *de cisnes negros.*

Éste es un asesino sin justificación posible. Así, la muerte del albatros le sirve al hablante para hacer evidente el trastrueque de los valores humanos. Mientras al ave maravillosa, que ha llevado a cabo una hazaña inconmensurable, sólo se le concede el expolio en la playa como único homenaje, otros personajes cuyo rasgo dominante es la violencia reciben los laureles sociales. La inversión de valores es más rotunda si se observa que los denigrados en el poema hacen algo semejante a lo que los transeúntes de la playa hacen con el albatros: tratan cruelmente a los desvalidos.

Todo esto justifica la decisión del hablante. Crear una estatua lingüística que, podemos suponer, servirá de ejemplo a generaciones venideras. La duda del oyente, sin embargo, surge de la pregunta por el sentido de la aventura. El albatros no representa un mensaje social, de regeneración o salvación social, como podría esperarse de un poeta comprometido como Neruda. La última estrofa, de este modo, viene a ser la *coda* iluminante, que permite dar un vuelco espectacular al sentido de todo el poema. Es propio de la estructura de la oda clásica el enmarcamiento entre dos tipos de afirmaciones. La estrofa inicial, generalmente, anuncia el tema. La última condensa el sentido del mismo, a veces como corolario del proceso descrito o, en otras ocasiones, como un anticlímax. Este es el caso, por ejemplo, del famoso *Beatus ille* horaciano. Neruda espera llegar a la última estrofa para proporcionar la clave de interpretación más íntima, más personal. Así como Baudelaire identifica el albatros con la miseria y la excelsitud del poeta, Neruda, en el fondo, manifiesta un secreto anhelo, que espera que se realice en el destino del albatros. Se produce la identificación final del protagonista con el hablante. El yo poético espera que el ave poderosa, vencedora de soledades y tormentas marinas, pueda también vencer en la lucha con la muerte. Queda sólo como un deseo. El desarrollo del poema ha visto caer al héroe y éste es ya un derrotado. Ha iniciado un nuevo viaje, ahora hacia la muerte. El poeta anhela que lleve a cabo lo que nunca antes ha sido hecho. Esta imposibilidad, más difícil aún que llegar hasta "la magnética rosa de una estrella", impregna al texto de melancolía. El verso final es un desplazamiento que por su brevedad y falta de anuncio sobrecoge el ánimo del lector:

> *Oh, capitán oscuro,*
> *derrotado en mi patria,*
> *ojalá que tus alas*
> *orgullosas*
> *sigan volando sobre*
> *lo ola final, la ola de la muerte.*

Neruda en esta oda no se ha alejado radicalmente del tema político dominante en su etapa anterior —la del *Canto General*— ni de los motivos cotidianos de sus *Odas elementales*. La preocupación por la muerte persiste, sin la tremenda angustia explícita en las *Residencias*. Ahora es una preocupación soterrada, anulada parcialmente por un contexto histórico social diferente y por el entusiasmo de su nueva existencia amorosa. Soterrada, pero no desaparecida.[5]

---

[5] Sobre la teoría del mito implícita en este ensayo, véase mi libro *La estructura mítica del héroe*, Barcelona, Planeta, 1973.

XVII. "LA BARCAROLA"

FERNANDO ALEGRÍA

"LA BARCAROLA" se compone de una introducción y doce episodios. A cada episodio sigue una glosa recordatoria o un poema íntimamente, a veces secretamente, vinculado a la época de los hechos que se narran. Como en toda poesía autobiográfica, seres y cosas funcionan en forma de signos. A veces los signos se autodefinen a través de la repetición, o entregan ellos mismos sus claves. A veces las personas aparecen con su verdadero nombre —Rubén Azócar, Rubén Darío, Lord Cochrane, Artigas—, o bien con la cara que les da el poeta haciendo de la leyenda un héroe —es el caso de Joaquín Murieta—, o de una mujer, el otro rostro del poeta: Matilde. También las ciudades tienen la forma, las estaciones, los sonidos, las horas, que el paso de Neruda encuentra mientras busca el sitial de la pasión y el camino hacia un regreso donde no termina nada, sino empieza nuevamente la barcarola: canción de gondolero, con ritmo de seis por ocho, redonda, cantada a lo largo de canales sin principio, sin fin, sin dirección, excepto la del remo en el acto de quebrar la luz sobre las aguas turbias. Praga, Budapest, París, Moscú, Santos, Montevideo, Valparaíso, son las ciudades. Finalmente, un tercer grupo de caras sirve de nexo a las vidas del poeta: las máscaras marinas, las señoras y doncellas de madera que enjuagan sus vivos colores en remotos huracanes y se secan en la rosa de los vientos, La Medusa, La María Celeste, de perdurables ojos de vidrio o de palo y oscuros pezones y cabelleras de oro pintado, presidiendo en su vuelo detenido las sombras, los libros y los globos terráqueos de Neruda en su casa de Isla Negra.

La introducción: comienza la barcarola como toda barcarola debe empezar: Amante, te amo y me amas y te amo

un hombre corpulento y suave, guerrero cansado, bota sus viejos trajes, sus anillos, sus bastones, toma por la cintura a una pequeña mujer hecha de sol, y navegan. La estación del año pertenece a los amantes, "la tempestad de septiembre — cayó con su hierro oxidado sobre tu cabeza", los dones y aromas son restituidos, la guitarra de ámbar es Matilde, la chillaneja; los quebrantos de amor son fulgores que despide el invierno. Sonoros versos, lentos, con árboles y casas, ríos, arena, espumas, trigo, en grupos de doce, quince, siete sílabas, aparecen al comienzo de "La barcarola" interrogando llenos de júbilo y asombro. La canción revela, entonces, de a poco, el camino recorrido por los amantes. No ha sido una fácil jornada. Una búsqueda a través de siete fronteras, ecos de calles extrañas, nieve cerrando el paso, preceden al encuentro. El amor es violenta turbación y combate, un súbito resplandor, conmoción prolongada, lenta pausa de un fuego que halla su camino en despaciosa lava. Los términos del encuentro son duros: dientes, besos, espadas, ortigas. La anticipación está llena de sombras, pero también de rosales. Se habla de heridas e incertidumbre, de escondites y lágrimas, ira también y desesperación, nombres a los cuales el poeta les da forma de puertas cerradas y ciego movimiento, entradas y salidas, apariencias de actos finales. Las múltiples heridas se han compartido. En alguna parte queda la imagen expectante de una mujer que amó al poeta y ahora tiene "una lágrima ronca en los párpados".

El gondolero está cantando sinsabores. Aparece un capitán en escena, cubierto el rostro con una máscara negra, y canta versos "fugaces y duros, floridos y amargos". Estos versos anónimos que hablan de un amor secreto saltaron como un volador de luces desde la Argentina y en ellos las gentes vieron la rúbrica invisible de Neruda. La canción del capitán dividió a los amigos. Una canción dentro de una canción, como quien dice una vida dentro de una vida, explica marginalmente la crisis de una poesía al borde de una historia que se acaba y otra que comienza.

El "muro arañado" debe abandonarse. La miel será para los amantes. El pozo clandestino queda ardiendo en las tinieblas. Lo que fue "impura miseria", lo que se buscaba "por agua y por fuego — por tierra y por luna, por aire y por hierro, por sangre y por ira" siempre estuvo allí al alcance de la mano. Vuela el antifaz. Las calles de Roma florecen, el amor reconocido y pasional enseña "a mirar el mundo". Cambian, pues, los términos del amor y, con ellos, los nombres de los amantes. Ahora se llaman Capri. La barcarola se desliza por aguas puras, el amor es "torre invisible que tiembla en el humo", es almendra, zafiro, cola estrellada, miel, por donde navegan una estatua de proa desnuda, ella, y un ciclón de hombre colmándola.

La descripción de Capri se descompone en elementos de color y textura —grietas, musgo, muros—, de sonido —cítara, cuerda, voz—, y signos de soledad: enredaderas, rocío, fragante recinto, alturas. Es una disposición de objetos para situar entre ellos a la mujer que los anima, representa y trasciende. El poema "Tú entre los que parecían extraños" se convierte en declaración de identidad y unidad esencial, fórmula poética de una ecuación cuyos factores son mujer-greda-patria-pueblo-humanidad. Matilde representa a la mujer-tierra, parecida al vino, al trigo, al pan, ánfora araucana que descubre su igual (identidad) en el cántaro etrusco; en ella Quinchamalí y Pompeya adquieren la forma única; los nombres no tienen nombre, "son los misterios del pueblo ser uno y ser todos". La mujer-mundo hace cantar sus caderas. Sombra, música, y barro son el amor, es decir, los materiales que el poeta sopla y transforma en el movimiento de la vida.

Ahora bien, este movimiento tiene sus señales, su sentido secreto y una clara epifanía. Las estaciones van llamándose sueños, nostalgia, destierro, un poco más nítidamente "dulce patria" y, con mayor relieve, resurrecciones, poderes, cantos, barco. El sentido va surgiendo lentamente, al modo de un *cántico espiritual* que, a través de la amada, descubriese no una luz, sino una tierra, y en la tierra la significación del amor. "Tal vez el amor restituye un cristal quebrantado en el fondo del ser, una sal esparcida y perdida". El olvidado despierta de pronto con el beso que, como un relámpago, abre de par en par la memoria. En el mar se navega de vuelta a ciertas raíces que son lugares, cosas, gentes, nombres redescubiertos, cifras que esclarecen el significado de quienes fueron padres, amigos, amantes, en el olvido, rostros desaparecidos en nuevos rostros que se inclinan a mirarnos. Las calles recuperan sus nombres, los pueblos se llaman Rengo, Rancagua, Renaico, Loncoche, Pillalelbún, el campo y el humo reaparecen; las islas, el viento, la nieve, el lodo, el sonido de una campana en el agua dan realidad al lago Llanquihue; todo adquiere forma definida: una torre, un arco, la pareja que lee novelas heroicas después de comida, los trenes desviándose en la madrugada, los ríos oscuros, los bosques, y en su forma reconquistada cierran la dialéctica triste del hombre que atravesó el umbral de una casa en tinieblas y ahora vuelve a salir a la luz.

Es este instante dramático y lúcido en que algo clausurado se abre y alguien detenido se echa a caminar, que celebra la barcarola: sombra y música, barro y luz, letargo y corriente, ausencia y presencia, "como si el día y la noche cortaran su nudo mostrando entreabierta —la puerta que une y separa a la luz de la sombra". Así redescubre el poeta sus propias raíces en un amor que el remero lleva de sus turbios canales al agua clara de una memoria súbitamente abierta a importantes recuerdos.

Pablo y Matilde regresan a la patria, es decir, descubren un país que ahora une todos sus caminos, un país que se amarra, se clava, se enviga, se techa, se llena de domésticos seres y vuelve a ser casa: La Chascona, La Sebastiana, Isla Negra. Ambos sobrevivieron la transición indicada aquí por imágenes que van y vuelven de la naturaleza al hombre, del hombre a la mujer, de la mujer a la naturaleza. Matilde es el fondo del lago, por ella se da nombre a las cosas, es la raíz del canto y la puerta entreabierta que comanda luz y sombra. El amor restituye los poderes, reúne los pedazos del cristal roto y junta la sal; es el equilibrio de una amapola o una abeja, el secreto orden que mantiene girando los pequeños reinos. En suma: a un amante tardío la pasión llega con la fuerza clásica de una revelación mitológica. El amor es saber tanto como creer, reemplazar un reino de estatuas de sal por una compañía gesticulante de amantes y cómplices que ordenan el mundo al vaivén de la barcarola, en tiempo de posesión marcado por un reloj sin minuteros ni números: la esfera blanca donde el tiempo vuelve a levantar su tienda.

La parte última de esta introducción es un canto a las fuerzas que juntas reconstruyen el mundo: la amistad identificada con el amor, corriente continua que permite a las maderas unirse con los clavos, a las flores con el agua, a las raíces con los astros, a la arena con la lluvia, con el horno y el trigo, al mar con los cerros, y a los hombres con países distantes que, a su vez, unen sus puentes, carreteras y ciudades, en un solo movimiento aprendido en la barca de los amantes ocupados.

El primer episodio trata de un suceso tradicional: "Terremoto en Chile." No es una narración sino, más bien, una noticia que llega a través del firmamento hasta la barcarola. La repentina noticia viene con el ruido sordo y subterráneo del primer sacudón, el tañido incontrolable de las campanas, el choque de los cristales, la oscilación de las lámparas, y luego un remezón ondulante que bota cuadros, libros, sillas y botellas, preparación del segundo remezón que se confunde con la carrera de pies desnudos en la noche y el sonido seco de las marquesinas que se desploman, los muros que se parten, algunos gritos pero más rezos, golpes en el pecho de ancianas hincadas y la explosión de cañerías y grifos que inundan los pisos mientras flotan escaleras abajo zapatos, sombreros, cartas y cortinas. Después sigue temblando el mundo, las luces se han apagado, una polvareda se levanta sobre las plazas, continúan cayendo vidrios y algunas puertas no pueden abrirse.

Para el poeta que piensa en su casa, en su gente, el cataclismo es un caballo que "patea el planeta" y deja su marca de herradura en los pobres de Chile. Escombros, viento, hospitales, desiertos, volcanes, silencio, son los huecos por donde cae la patria como un costal abierto de súbito. No obstante, un lado del cataclismo **crea** el otro, como una sombra que, al pasar, revela la luz que la hizo. El episodio se transforma en un canto a Chile y a los chilenos. País-materia cuya excelencia está en su cordillera, sus viñas azules, su vino, sus estrellas que huelen a jazmín y a nieve, sus pescados y cereales, sus metales, maderas y toneles. El poeta nombra cincuenta apellidos de cepa, hermanos de suaves costumbres, trabajadores de invierno y verano. "En medio del mar los llamo y me llamo: el que cae me cae, el herido me hiere, el que muere me mata."

País hecho de cosas duele más cuando lo bota un **terremoto**. Neruda expresa nuestra alarma ancestral ante un enemigo que nunca hemos visto y que insiste en desplomar nuestras paredes y en quebrarnos los muelles, al mismo tiempo que detiene a los vecinos con golpes de teja en la cabeza. El chileno marca el paso del tiempo con la enormidad de su tragedia. Otros dirán "el año del Centenario" o "el año de la Independencia", nosotros decimos "el año del terremoto". "La barcarola sigue para afirmar la indestructibilidad del amor, la impotencia del adversario artero, la voluntad de sobrevivir de los invulnerables.

"Serenata en París" es el segundo episodio, y el primero donde se canta a una ciudad en la imagen de ciertos amigos, ciertos difuntos, techos, vitrinas, panaderías, humo, espejo, río, trenes, iglesias y otoños. En conjunto, es la imagen de una permanencia que se afirma tanto en estructuras materiales, como en la inefable voluntad de ser de una ciudad que sólo es visible a través de sus fantasmas. Una calle, mesas en la acera; de noche, los melenudos se aman los unos sobre los otros; escucho a Neruda, observo los techos torcidos en el pequeño hotel de la Rue Huchette; hay manzanas junto a la ventana; Matilde se asoma; en el bulevar se mueven las hojas del verano, límpianse las calles y sólo queda un eco de los escritorios que caen desde una pensión de estudiantes. Ese amor de dos espesas melenas y pantalones ceñidos, metidos uno adentro del otro sin sexo reconocible, perturba con su silencio industrioso. Pero existe una paz también y significa supervivencia. París renace "de guerra y basura, de besos y sangre — como si en cada hora millones de adioses que parten — y de ojos que llegan" la fueran fundando. La estrecha calle va recibiendo en la soledad de este amanecer tranquilo un río de gentes antiguas y viajeros extraños. Un centro que deja girar la muerte para dar vueltas al amor. Los amigos van y vienen movidos por una barcarola repetida en viejos acordeones. Aragon, Elsa, Vallejo, Crevel. "Se me olvidan los nombres del baile" dice el poeta. Con la voz del novecientos vienen metáforas ultraístas, restos de un baile ya olvidado:

> *duermen las viñas y el vino en las cubas prepara*
> *la salida del sol, profesor de francés en el cielo.*
> .....
> *Amor mío, en la Isla de Saint Louis se ha escondido el otoño*
> *como un oso de circo, sonámbulo, coronado por cascabeles.*

Acaso esa melodía de antaño da la verdadera cara de una ciudad que, en buenas cuentas, parece hecha de demasiados olvidos. Porque la ciudad luz es también de ceniza, "una muchedumbre de pétalos que arden sin rumbo en la noche". Esos pétalos y esa ceniza, como una inesperada iglesia "que muestra sus graves costillas", son reiteraciones de un triste, pero tranquilo, cansancio. En París yacen los amantes:

*tendidos, caídos al sueño, siguiendo el inmóvil camino,
con un día de más o de menos que agregó a tu vestuario
un fulgor de oro inútil que, sin duda, o tal vez, es la vida.*

"La barcarola" sigue y para en Chile: es *azul* regresar, allí está el océano, la espuma, la nieve; y es *eterno* comer, es decir, volver a encontrar las esencias de la tierra en sus frutos.

"Estoy lejos" es un extenso poema en que el tiempo, la soledad, el amor y el arte de la poesía juegan un claro contrapunto autobiográfico. Claro en la intención, ya que los términos siguen siendo cifras para una clave que Neruda guarda celosamente.

La soledad de la Patagonia *es* tiempo, queda dicho en los dos primeros versos y se representa con el paso de rebaños-nubes por el cielo, el olor a campana (tiempo) del espacio (tierra sin habitaciones), el transcurrir de la luna (tiempo) "amarrada al caballo más lento del cielo" (tiempo y espacio). La soledad-tiempo pierde sentido inmediato al aparecer Matilde. La luna va en ella, con ella mueve "su círculo de oro". Matilde es *centro*. Diversas cosas, pero especialmente animales, ayudan a fijar este centro: "el zorro de pies invisibles", "el postrer colibrí" ese "que encendió su pequeño reloj de turquesa en el brazo de las soledades", además de avestruces y caballos. En última instancia, sin embargo, es la tierra sola que da la medida del cambio en la relación de los amantes y en el lugar que ocupan en el mundo. El amor acaba con las dudas, las soledades y la muerte. Reina la primavera y reina Matilde con suavidad y rectitud. Curiosamente, producido el milagro, "La barcarola" se vuelve sobre sí misma y se hace reflejo de su propia poesía:

Yo cambié tantas veces de sol y de arte poética.

¿Qué ha pasado? Neruda aún servía de ejemplo "en cuadernos de melancolía" (*Veinte poemas, Residencia en la tierra*), cuando ya lo inscriben "en los nuevos catálogos de los optimistas". Los críticos lo estudian como aduaneros, lo declaran oscuro, lo declaran claro, lo denuncian a la policía por progresista, alguien se dedica a ser enemigo suyo de profesión en todos los idiomas. Neruda, como un pájaro obstinado e inalcanzable, responde cantando.

Esto tiene que ver con el año en que regresa a Chile de tal viaje. "La barcarola" no nombra a los difíciles enemigos. Los deja atrás y vuelve a hacer sonar los nombres del país: nieve, bosques, arena, océano. El vocabulario luce con una claridad renovada. Nueva vida, dice el poeta, nuevo amor, nueva poesía:

*La borrasca que enciende la espuma coronando el cenit del oleaje
me ha enseñado a limpiar las oscuras herramientas de mi desvarío.*

El envío, quiero decir el cogollo, es una tierna canción de amor, lírica, elocuente, alzada y sonora, un bello nudo de palabras que indican el tiempo, la pasión, el país y las letras, unidas en la imagen final al verano, el trigo y la Araucanía.

Sigamos con los lugares, el quinto episodio se llama "*Las campanas de Rusia*". No es exactamente un lugar que canta "La barcarola", sino el pueblo que se reconoce en el tañer de sus campanas. Rusia es una infinita noche, una estepa vacía; el poeta, solo, escucha "una voz, otra voz, o el total de las voces del mundo", sonido profundo y lento, que sube y baja, y en su movimiento despierta imágenes de guerra (casas quemadas, calles con barro y nieve, huesos quemados, lágrimas, incendios) y, sobre la visión del pasado feudal (un zar coronado por "medievales herreros", siervos con el olor y el vapor del ganado rezando en la iglesia) acelera el vaivén de las campanas y suena "el canto común" de la revolución de noviembre. Las campanas tocan por "la escuela florida" y por el nuevo hogar. Neruda mismo es una campana que "canta la fiesta del mundo":

*Y cuanto acontece recojo como una campana y devuelvo a la vida
el grito y el canto de los campanarios de la primavera.*

El tañer de las campanas se transforma en una sola gran metáfora de su poesía: allí están las sombrías campanas de la guerra, el doblar heroico de la revolución, el revoloteo de los sonidos nupciales, el llanto, el baile, la canción, todo lo que sonó en sus manos haciendo el trayecto de la estepa-soledad hasta la luminosa conciencia de su fraternidad universal. Las campanas, sustantivo sólido, **constante** a través de su poesía, son en "La barcarola" signos de un nuevo arte poético, reiteración de su fe en la poesía como aprendizaje de vida y comunión en los goces de la materia:

*cantemos campanas
por la eternidad del amor, por el sol y la luna y el mar y
la tierra y el hombre.*

Sigue "La barcarola" con un comentario en clave sobre los más fieros enemigos del poeta. Acusaciones, defensas, denuncias y amenazantes augurios, todo en un denso secreto. Es de suponer que se refiere a la jauría literaria y política que lo persiguió en su patria. Su principal defensa es la poesía igualada a "la bondad". Mientras más suenan los gritos de pelea y con mayor revuelo saltan "los clavos del odio", más firme es su confianza en los poderes de su arte y la riqueza de la realidad en que se nutre. Probará la sal, el fuego, el "arroz negro", signos de maledicencia y odio, pero se salvará en la poesía, envuelto en un otoño millonario:

> *me retribuye el Otoño con tanto dinero amarillo
> que lloro de puro cantor derramando mi canto en el viento.*

"Santos revisitado (1927-1967)", noveno episodio, constata lo que hacen cuarenta años de crecimiento industrial a una ciudad distraída. El poeta conoció un pueblo cuyos términos de identificación tropical eran: puerto selvático ("olía como una axila"), café, Pelé, banana, estiércol de oro, rabiosa lluvia caliente, enfermedad del mundo. El consorcio internacional se hace cargo de Santos y le pone algunas cosas ultraístas: frigoríficos que parecen catedrales, edificios que son como "juegos de dados de dioses". Espero, dice el poeta, "que revientes un día de alimentos, de sacos masticados — y de eterno sudor de hombres que ya murieron — y fueron reemplazados para seguir sudando". Luego, pide perdón:

> *perdonen algún día si no vi el crecimiento de los edificios
> porque estaba mirando crecer un árbol, perdón.*

Todo Brasil, le va creciendo a la tierra como un tercer saco hinchado y violento que rebasa sus costuras; Brasil con estirón y humedad tropicales. Crecimiento desigual y monstruoso. Pidamos perdón y tiempo, dice el poeta, para alguna vez ajustarle las medidas y comprobar si los edificios en realidad crecen como los árboles.

Los personajes: Que fuera Rubén Azócar el héroe del tercer episodio "Corona del archipiélago" no es de extrañar, pues fue amigo y compañero leal del poeta y su defensor a través de años de guerras literarias. "Nunca he visto otro árbol como éste", dice Neruda. Yo tampoco, porque Rubén Azócar, el autor de *Gente en la isla,* echó y dejó raíces por todo Chile. Lleno de cicatrices y rayado "el rostro de Azócar, de piedra y de viento, de ley machacada", oscuro y luminoso, a la vez, "estatura de cuero y de pelo", hablaba con voz muy ronca y pronunciaba eses de maestro de escuela, patio asoleado y bancas descoloridas donde los niños dibujaban iniciales y corazones con cortaplumas; "tronco quemado en la selva", Azócar convivió con Neruda años de juveniles duelos y, después, hombres ya, años de dura política, haciéndose fuertes ambos en la Alianza de Intelectuales y en la Sociedad de Escritores, juntando los poderes de la palabra y de la amistad, sacando la cara uno por el otro y poniendo la poesía donde ponían la bala. La "Corona del archipiélago" es para un camarada cuya muerte llega, como esa otra de Rojas Jiménez, en un pedazo de papel, desde la patria remota. Neruda no canta aquí en versos que vienen volando en formación estricta y pareja, sino más bien, y pensando en Azócar, en versos amplios, narrativos, abiertos. Cada recuerdo lleva consigo un gesto de Azócar: su bondad "ojos dormidos", la pobreza "cejas de árbol", la cólera "cejas pobladas por árboles negros", el vigor "tu cabeza de rey araucano", sus desengaños "la tristeza en tus ojos antiguos". Azócar fue hombre de acción y devoción. Fuerte, de pequeña estatura, dirigió la SECH tosiendo, fumando, observando con ojos claros y pacientes. Neruda recuerda algunas cosas en este poema que todos los amigos de Azócar también recordamos. En la estrofa que empieza "Él paseaba en Boroa, en Temuco..." se alude a un poeta que fue el enemigo más encarnizado de Neruda en Chile; en las líneas que dicen "Ya se sabe que un día de Cuba..." se refiere a una pantomima con que Azócar hacía reír a sus amigos, disfrazándose de niño-marinero con los pantalones recogidos y una flor en la mano. Es este recuerdo que conduce al final del poema, el repentino estribillo de la cueca:

Tengo el As!, tengo el Dos!, tengo el Tres! Pero faltas, hermano!
Falta el rey que se fue para siempre con la risa y la rosa en la mano.

Neruda recrea la alegría de Azócar, maestro de buenos porotos, cebollas y tomates que recogía sin levantarse de su silla de paja en el huerto de Pedro de Valdivia, su casa del campanario rojo sin campanas, frente a la cordillera, novelista grueso y arrugado, envuelto en humo, hombre con mucha tempestad adentro y una dulzura y una bondad que fueron su mejor legado.

Es natural que, al seguir "La barcarola", sea a base de recuerdos íntimos, amarrados poderosamente a ciertos años decisivos. Pasa el tiempo en la imagen de la rosa que es transparencia pompa, aroma veloz, vuelo, y es también pasión: cae del sexo para terminar en tierra. Rosa shakespeareana envenenada por el tiempo. La defensa de la vida concierne al poeta quien comparte múltiples existencias y trasciende, sintiendo que es él quien lleva consigo el secreto de la sucesión de los días y los años, así como el movimiento del mar y de las estaciones. Vuelve la vieja imagen de *Residencia en la tierra* a representar ahora un sentido cósmico de la vida diaria:

Sin embargo este día que ardió y consumió su distancia
dejó atrás sus sombríos orígenes...

Desaparecer es aparecer renovado, los días del poeta son anillos que van uniendo la muerte al nacimiento, el júbilo de renacer a diario es la señal de la fe en la unidad central de todo lo que vive. Este poema encierra una de las más claras expresiones panteístas de Neruda. Dice:

> *Yo duermo hecho de noche, hecho niño o naranja*
> *extinto y preñado del nuevo dictamen del día.*

En esta identificación suya con la naturaleza el poeta busca imágenes que lo prolonguen en las casas. Las campanas, sus viejas, constantes campanas, representan aquí la voz de la poesía, el acto gratuito del canto, comunicación sin otro vínculo que el sentimiento.

El amor llega así a convertirse en una manifestación del mundo en medio de signos panteístas; su más alto tono lo alcanza en "Sonata", donde la mujer es mitificada en un proceso de humanización del paisaje y los objetos que condicionan su belleza. Mujer-cántaro, piedra del río, agua, peral, bosque, paloma, tarjeta del rocío, metal, abeja, ámbar, guitarra, y también mujer-greda: Una cadena ascendente de epítetos que culminan así:

> *oh cazuela de aceite y cebolla, vaporosa, olorosa, sabrosa,*
> *oh expulsada de la geometría por arte de nube y cadera,*
> *oh máquina de agua, oh reloj de pajarería,*
> *oh mi amorosa, mi negra, mi blanca, mi pluma, mi escoba,*
> *oh mi espada, mi pan y mi miel, mi canción, mi silencio, mi vida.*

El proceso de identificación continúa en "La calle", poema que por su vocabulario y asociación surrealista de imágenes parece volver al ciclo de las *Residencias*. Reaparecen los zapatos, almacenes, cinematógrafos, sombreros, jabones, cacerolas, obispos, ferreterías, relojes, espejos, escopetas y sacos de las antiguas artes poéticas de Neruda. El amanecer y la noche y la luz del nuevo día son, después, voces que se concretan en el cuerpo de la mujer a su lado; amanece en ella, el lucero es ella, la tierra y las estrellas se suceden dentro de ella y de ella salen.

El poema se encierra, entonces, en la idealización de los dos polos, la mujer y la tierra, que asumen la significación de factores supremos de la unidad descubierta en el trance de oposiciones: vida-muerte-vida. Los términos son semejantes a los de las *Odas* y del *Canto general*. Chile vive en la grandeza de sus materiales y en la fuerza para resolver sus catástrofes geológicas. Cada término tiene, en consecuencia, una significación dialéctica. Nieve es luz y es avalancha, desiertos, mares, cordilleras, son síntesis de poderes contrarios. El hombre pica la piedra de su soberanía y de su sepultura para renacer en la voz del poeta.

"Fulgor y muerte de Joaquín Murieta", cuarto episodio, es un acto de resurrección, rescate de una imagen oscura y legendaria para le-

vantarla agresiva y elocuentemente contra otra imagen en camino asimismo de hacerse tradicional: la del violento expansionismo norteamericano.

Recuerdo muy bien el periodo de gestación de este poema. En 1964 conversé con Neruda acerca de una novela más sobre los chilenos del oro en la California de 1849. Estábamos en Concepción haciendo la campaña de Allende. Di a entender que en California había ocurrido una saga que nos comprometía a todos y que yo no dejaría el Oeste norteamericano sin descargar mi conciencia y pagar mi propia deuda. Después nos encontramos en Berkeley. Neruda me contó que había escrito un poema sobre Joaquín Murieta y que Matilde, al escucharlo, opinó que, siendo una cantata, era evidentemente teatro. Neruda operó el *rifacimento* y nos leyó su obra a un grupo de amigos. Terminada la lectura, Neruda pidió opiniones. Algunas damas entusiastas se apresuraron a exclamar que se trataba de una pieza maestra. No era eso lo que deseaba oír Neruda. Me pareció más honesto decirle que no había aún una obra teatral, sino un libreto para que un audaz e imaginativo director lo convirtiera en *espectáculo*, a la manera de algunas comedias heroicas del siglo de oro español. Recomendé a Bill Oliver que estaba en Chile dirigiendo el *Marqués de Sade*. Oliver regresó a los Estados Unidos, y Neruda le entregó el manuscrito a Pedro Orthus quien, como se sabe, lo transformó en una brillante epopeya con elementos de ópera, comedia, zarzuela, pantomima y hasta ballet.

El poema mismo depende de ritmos heroicos, marciales, combinaciones métricas de once, dieciséis sílabas, para recrear la figura de Murieta desde sus días de *forty-niner* hasta el asesinato de su esposa Teresa y su sangrienta venganza y martirologio. Murieta es el vengador, Robin Hood criollo, vestido "de luto y plata", galopando por los valles de California, castigando a los usurpadores, robando al gringo, protegiendo al mexicano y al chileno explotados. El vocabulario tiene la dureza del gitanismo lorquiano. La cabeza de Murieta habla en romance y preside su propia mitificación, uniéndose a otras cabezas igualmente elocuentes de *La araucana*, por ejemplo, o del romancero americano de los siglos XIX y XX. La cabeza se pregunta:

> *Pero ¿cómo sabrán los venideros*
> *entre la niebla la verdad desnuda?*
> *De aquí a cien años pido, compañeros,*
> *que cante por mí Pablo Neruda.*

Así, pues, le canta Neruda sin prestar atención a los académicos de la historia que ofrecen pruebas de la nacionalidad mexicana de Murieta. Neruda captó en él la imagen colectiva de un pueblo que clamaba justicia y venganza. Sacó al noble bandido de los callejones y aleros de Virginia City y lo puso a galopar otra vez por el mundo. Se cumplió así el ciclo natural de las grandes gestas populares: el bandido crece en la leyenda y, en el romanceado idioma del poeta culto, se glorifica y entra a la epopeya.

"La barcarola" sigue con un merecido descanso: es el otoño, otoño de fábula, y el poeta reflexiona calmada, distraídamente sobre el edificio de papel que Matilde comparte con él: papel como pelo de peluquería, "follaje gastado y caído", hojas que no lo tentarán, revistas de embajada, primeros trinos de jóvenes poetisas, y otros papeles aludidos enigmáticamente en los que vuelca sus cosas " un *coiffeur* surrealista" innombrado. El papel los circunda y ahoga. Las pes, las eses y efes se agolpan en el papeleo de la aliteración:

> *la plebe de puros papeles prensados galopa*
> *...ensimisma, susurra y sepulta*
> *...flores fogosas y desfiladeros.*

Pero, desde tanta hoja en blanco se levanta, al fin, el mar del otoño y las huellas son las del paso del tiempo y su lenta destrucción. Algas, hierro mojado, ovarios, máscaras, gomas, tristes corales, hierven "en la orilla de mar"; "la podredumbre menguante y creciente" resuelve en silencio este movimiento de lo que perece y lo que trasciende. El signo de la supervivencia tiene la forma de flecha: desde el mar se levanta la emigración de los pájaros; "progresan colgados al cielo, al rumor de este mar oxidado". El mundo se expresa en esta "línea impecable". El poema concluye con rápida alusión a un viaje y a cierta relación establecida hace años entre la poesía de Whitman y la de Neruda:[3]

> *Se dice o dijeron o dije que el bardo barbudo y arbóreo*
> *de Brooklin o Camden, el herido de la secesión divisoria,*
> *vivía tal vez en mí mismo...*

"Tal vez", decide Neruda, observando que no es el individuo quien, conscientemente, estira y amarra las raíces de la poesía a través del tiempo, sino ellas mismas en un crecimiento continuo colectivo, cósmico.

"R. D.", sexto episodio, es el gran poema lírico de "La barcarola". En él se arma un nítido diseño de imágenes que descansan en pa-

---

[3] Cf. mi *Walt Whitman en Hispanoamérica*, México, Studium, 1954, páginas 314-334.

labras claves para reconstruir la juventud de Darío en Chile, su brillante despertar poético: *Azul*... (1888), sus triunfos, su decadencia y su muerte. Además, y esto es la coronación del poema, Neruda ensaya una definición de la poesía de Darío en términos de precisión a la vez lírica y crítica. Las imágenes que le sirven para identificar a Darío en su periodo chileno funcionan alrededor de voces y frases como: esmirriado, aduanero, singular risueñor, delgado estudiante, largo gabán, bolsillos repletos de espejos y cisnes, abandonadas bodegas, almacenes, humo, invierno ("tenía el invierno el olor de una alfombra mojada por años de lluvia"). Como se sabe, el Valparaíso de Darío fue sórdido y triste, pero desde allí empezó a repicar su campanario. Neruda evoca un momento de inspiración repentina, un llamado, una visión:

Yo no he visto silencio en el mundo como el de aquel hombre dormido, dormido y andando y cantando sin voz por las calles de Valparaíso...

El silencio se rompe con un clamor poético barroco:

Oh clara! Oh delgada sonata! Oh cascada de clan cristalino! Surgió el idioma volando una ráfaga de alas de oro...

Neruda exalta el triunfo de Darío en España:

Tembló Echegaray enfundando el paraguas de hierro enlozado...
...y por vez primera la estatua yacente de Jorge Manrique despierta...

¿Qué ha hecho Darío? Responde Neruda: "Inaugura la lengua española." El modernismo aparece aquí esquematizado y clavado como en un herbario. En el comienzo fueron espejos y cisnes. Después, Darío lleva en su pecho "un limón de pezones azules o el recuerdo en redoma amarilla", con manos de oro propicia "la rosa que enlaza la aroma y la nieve"; su corazón es de azafrán; montará en la racha de una "serpentina quimera"; canta con su "río de mármol la ilustre sonata". Sonata, cascada, alas de oro, torrente de trinos, ley de cristal, racimo de nieve del cisne, pámpano jádico, nácar marino, Tritón encefálico, bocina del cielo, rosa que canta en el fuego, luz torrencial de zafiro, cuna de las esmeraldas, cítara eterna: he aquí la letanía del modernismo, las voces que retratan a Darío y configuran su escuela literaria, su ancestro gongorino y parnasiano, su exotismo aristocrático, su poesía como una gran vidriera de objetos, seres y nombres preciosos.

La cadencia, ya la conocemos. Darío paseó por cortes y restaurantes de lujo, de París a Madrid, de Madrid a Nueva York a Buenos Aires, movido como el monarca de un museo de cera, conservado en *cognac* y pasando resplandecientes cartulinas:

> ...*y así lo pasean en su levitón de tristeza*
> *lejos del amor, entregado al cognac de los filibusteros.*
> *Es como un inmenso y sonámbulo perro que trota y cojea*
> *por salas repletas de conmovedora ignorancia...*
> "...*y Francisca Sánchez no reza a los pies amarillos de su*
>   *minotauro...*"

Neruda ha reconocido a Darío, padre de poetas; no lo idealiza, lo ve en gloria y majestad tanto como en la miseria de su penosa decadencia.

Sigue "La barcarola" describiendo un instante de íntima comunión del poeta con los misterios de la noche y, por contraste, con la razón del día, los polos del hombre que va y viene sin obtener respuestas, apenas asombrado, o maravillado, o emocionado ante el misterio que es él mismo. Observa y juzga "la misteriosa consigna del viaje de los universos" y pregunta:

> *Por qué me disputan la tierra y la sombra y a qué materiales*
> *que aún no conozco*
> *están destinados mis huesos y la destrucción de mi sangre?*

Otra incógnita surge al volcarse el mundo sobre su eje de estrellas: la secreta preparación del día, el paso de los hombres, la actividad de la materia entre dos noches oscilando como batientes de una puerta escondida:

> *el día prepara sus huevos de oro, sus firmes panales*
> *dispone en el útero oscuro del mundo*
> *y en la claridad, sobre el mar despertó la ballena bestial*
> *y pintó con un negro pincel*
> *una línea nocturna en la aurora que sale del mar temblorosa.*

El acento y la intención cósmica de este poema, más que reflejos de la imagen de Darío, son reafirmaciones de un tema whitmaniano constante a través de *Song of Myself*.

La forma del séptimo episodio, "Lord Cochrane de Chile", semeja la de "Fulgor y muerte de Joaquín Murieta": intento de cantata que se inicia con la voz de Lord Cochrane en una truculenta enumeración de miembros cortados y su equivalencia en libras esterlinas de las sinecuras de los lores ingleses. Cochrane es, entonces, un rebelde que enrostra a sus pares la desvergüenza del sistema autocrático. Luego se alude a un proceso, una condena, el exilio. Llamado por el gobierno de Chile, Lord Cochrane se convierte en el primer almirante de la nueva república en su lucha contra la monarquía española. Hay un "Coro de los mares oprimidos", último intento de dar forma dialogada al poema. Es posible que Neruda haya pensado en un espectáculo épico alrededor de la imagen de Cochrane. Prefirió el poema. Canta la valentía y sabiduría del marino en combate —Callao y Valdivia—, su visión de líder, los triunfos, y su regreso a la patria lejana. Neruda exalta a un héroe a quien no se ha hecho justicia en la historia de Inglaterra.

El poema se sostiene concretamente en imágenes de Chile y del combatiente: "envuelta en ropaje de nieve como un monumento que aún no inauguran", "mineral y marina es mi patria como una figura de proa", "mi patria es la espada de piedra de las cordilleras andinas"; de Cochrane se dice: "semblante delgado de halcón oceánico", "hombre que huyó de la niebla", "los ojos de Cochrane navegan, indagan, acechan", "caballero intranquilo de la libertad y las olas..."

Bosque, pájaros, lago, son los elementos de "La barcarola" que sigue. Simetría clara, transparente, sonora, del bosque. Nobles imágenes gongorinas en el vuelo de los pájaros. Luz y sonido es el lago. La naturaleza chilena se humaniza en un encadenamiento de imágenes barrocamente elaboradas: los pájaros son "delgada cascada de música silvestre", "hilo que el agua, la flauta y el platino — mantienen en el aire, de rama en rama pura — es el juego simétrico de la tierra que canta", "círculo del mundo convertido en pureza". Hojas, maderos, musgo, helechos, y voces sureñas se entrelazan para recrear la patria: "ramajes leprosos como estatuas de exploradores muertos", "copa del ulmo", "el follaje de los avellanos cortados por tijeretazos celestes", "las gigantescas peinetas hirsutas de las araucarias", "colosales helechos que mueven la esmeralda fría de sus abanicos", maitenes, copihues, canelos. De súbito, el poema se decanta y destila gota a gota un ejercicio de sonidos sobre un modelo de misteriosa sonoridad: Pucatrihue. Desgránanse las vocales y consonantes en curiosas aliteraciones de eles, haches y eses:

> *Suave suena en la sombra*
> *como un sauce mojado*
> ......
> *Sus labios se sumergen*
> *se besan bajo el agua*
> *sus sílabas susurran*
> ......
> *En Pucatrihue vive*
> *la voz, la sal, el aire.*

"LA BARCAROLA"

Sonidos de la voz confusa del lago, conversaciones revueltas en el tiempo atesorado por el agua. Y un nombre que lleva consigo algo más que consonantes y vocales:

> *Ay, Delia, mis raíces*
> *están en Pucatrihue.*

"*Artigas*", octavo episodio, es otro ejercicio en el uso de aliteraciones y juegos de voces, homenaje lírico a un nombre melódico, a una nación transfigurada en sonidos: "Uruguay, Uruguay, uruguayan los cantos del río uruguayo". Es un grito, un nombre de pájaro, idioma del agua, sílaba de una cascada, Uruguay es "la ropa tendida en el oro de un día de viento". En los dedos de Neruda, Uruguay es una caja de música que examina y toca por todos los costados, haciéndola sonar y resonar, buscando los íntimos mecanismos de sus úes y los vínculos de la voz con la imagen sombría del héroe Artigas, "jinete del escalofrío", "centauro de la polvareda", soldado de "poncho estrellado".

No es este poema una operación mayor en el itinerario de "La barcarola". Se trata de una despedida; de las líneas que se dejan a la carrera antes de la partida. Se cumple una deuda:

> *Y si Pablo Neruda, el cronista de todas las cosas te debía*
> *Uruguay este canto, este cuento, esta miga de espiga, este*
> *Artigas,*
> *no falté a mis deberes...*

Las palabras se imponen al fin:

> *me acendré hasta sentirme deudor de tu olor y tu amor.*
> *Y tal vez está escrito el rumor que tu amor y tu olor me*
> *otorgaron...*

Sigue "La barcarola" con un "Solo de sol"; y el odio, algún odio repetido, acechante, ha quedado definitivamente atrás; entra, en cambio, al mediodía de la dicha ("el sol como un pez palpitante en el cielo"), centro, corola, semilla de vida, "La barcarola" es el amor que "navega en la luz conquistada", vencedora de sombras, barca síntesis que aúna las corrientes del día y la noche y va descubriendo el secreto detrás de su cola y estela. Se transparenta la sal, se juntan tierra y mar, el color del mundo es el color del amor, luz y sombra; Matilde, la estatua del sur en la lluvia; Neruda, oscurecido por su "resplandor cereal"; la vida, la apasionada verdad, tiene la forma de la fruta, la unidad de los hemisferios.

Algo anda mal en nuestra aporreada versión de un continente: Un sujeto torvo, compadecible o despreciable, que aprendió el arte de vivir no viviendo, escamoteador de poco rango llamado Chivilcoy, es el antihéroe del décimo episodio. Se define con desfachatez:

> *Yo cambio de rumbo, de empleo, de bar y de barco, de pelo*
> *de tienda y mujer, lancinante, exprofeso no existo,*
> *tal vez soy mexibiano, argentuayo, bolivio,*
> *caribián, panamante, colomvenechilenomalteco:*
> *aprendí en los mercados a vender y comprar caminando:*
> *me inscribí en los partidos dispares y cambié de camisa...*

Es el ladino que en Chile llamamos vivaracho, el sujeto de los mil trucos, petardista de mala muerte, el hombre del negociado que cambia a su madre por un automóvil y vende su casa (que no es suya) con la mujer y los hijos adentro. Pájaro de poco vuelo que, para colmo de desgracias, se adueñó del fisco y regenta la burocracia de nuestros países de medio pelo; gestor y abogado de compañías yanquis, empeña la patria, cobra intereses, vende banderas para barcos piratas, firma tratados de cien años. Chivilcoy es el inventor del *statu quo*: de Cuba lo sacaron a patadas, de Chile y del Perú se arranca. "No tengo comienzo ni fin" dice, y con desplante graba su moraleja: "mi moraleja consiste en un pescado frito".

Y, al seguir "La barcarola", es para dejarnos oír la voz de la mayoría silenciosa, que eternamente pide algo y no sabe "a quién pedírselo". Pide por su patria, Chilito, donde "los volcanes errantes de las edades anteriores — se juntaron como carpas de circo", tierra terremoteada; y por los niños del invierno, pide y pide. Tal vez Neruda siente que en esta voz va gran parte de la suya, no sin esperanzas, al contrario:

> *porque la vida entera me la pasé pidiendo*
> *para que los demás alguna vez pudieran vivir tranquilos.*
> *En el pedir no hay engaño.*

Los dos últimos episodios versan sobre seres sin nombre propio: el astronauta y las máscaras marinas. El astronauta es el viajero que busca "con tristeza la identidad, la historia" y no encuentra sino silencio mientras perfora masas de un universo sin consistencia, montañas de harina, cavernas vacías donde gotea eternamente la luz. La visión selenita se nos da en imágenes surrealistas: "iguanas muertas tal vez eran los vestigios del polvo", "y era toda la estrella aquella como una antigua mariposa", "me perdí por las galerías del sol tal vez derribado — o en la luna sin corazón con sus espejos carcomidos", "poco a poco el silencio me hizo un Robinson asustadizo sin ropa, pero sin nombre", "el planeta me descolgó de mi lengua — y erré sin idioma, oscuro, por las arenas del silencio", "fui enterrado por un cauce silencioso — por un gran río de esmeraldas que no sabían cantar".

He aquí un poema barroco, gongorino, de armazón abstracta, poema que depende del *silencio* para hacerse oír, y cuyo vocabulario sugiere un mundo sin materia nombrando materias en un contexto que las niega: huesos del silencio carbonizado — cenizas celestiales — vestigios del polvo — las piedras del frío — luna sin corazón — espejos carcomidos — arenas del silencio.

Sigue "La barcarola" con una ambiciosa lista de ofrecimientos a Matilde. El poeta le ofrece este mundo y el otro en un lenguaje que resplandece con la precisión de sus imágenes y la nitidez ingeniosa de sus juegos de contrastes: "te doy o te niego en la copa del mundo", dice Neruda y procede a enumerar ordenadamente una colección de posibilidades que va desde la Isla de Pascua ("aquella república de tristes estatuas que lloran al lado del mundo del mar") al mundo de las abejas, las hojas, las piedras, el trigo, las arañas, las flores, los trenes y zapatos, lápices y pájaros. Algunas imágenes hacen pensar en el Neruda del año veinte: "el peso nupcial de la abeja cargada de oro oloroso", "la colección de las hojas de todo el otoño en los bosques", "un trono de mimbre tejido por las elegantes arañas de Angol", "un par de zapatos cortados en piedra de luna", "el lápiz marino capaz de escribir en la ola".

Parece un renacimiento de la imaginería creacionista; un volador de luces y palabras alumbra al poema bajo el ojo avizor de Neruda, para concluir con ironía:

> *y lo que tú quieras y lo que no quieras te doy y te niego*
> *porque las palabras estallan abriendo el castillo, y*
> *cerramos los ojos.*

El *último episodio, "La máscara marina" toca un tema tradicional en la poesía de Neruda*: la fusión de mar y máscara como símbolo del tiempo inmóvil en su eterno pasar, y su acción sobre el hombre convertido en ciego testigo de sus propias edades. Neruda se acerca a este tema armado de sibilantes aliteraciones para sugerir la profundidad del misterio oceánico:

> *Resbala en la húmeda suma la luna*
> *sorteando la sala con su susurrante salida*

Se encrespa el verso con antiguos gongorismos:

> *Y el sol de la aurora aurorea en la sopa del mar*
> *la sopa del mar sopa negra pasó por la sombra*

> *parece que se abre una caja si sale la aurora*
> *como un abanico cerrado es el sol en su cielo*
> *salió de la caja la luz de la caja de jacarandá.*

Jitanjáforas llamaba Alfonso Reyes a estos ejercicios lingüísticos. Neruda los usa en camino hacia algo más substancial: la identificación de la estatua de proa con la condición del marinero en la barca de la vida. La fraseología conversacional de índole surrealista le sirve de puente para completar la transición:

> *abanico era entonces encima esplendor era fría esperanza*
> *y yo déle que déle al navío...*

De aquí emerge la máscara marina mirando sin ojos el movimiento del mundo, marcado por soles que ascienden como uvas hasta el cenit-racimo; la noche, el día, el mediodía, son los vaivenes de la barcarola: "Yo vivo en el gran movimiento del orbe en la nave." La humanidad suma y sigue, participa del hervor cósmico, sin mover los ojos, ni cantar, ni soñar, fuerza dentro de otra fuerza mayor, empujada en la marea hacia un puerto inalcanzable:

> *el mar alcohol del planeta la rosa que hierve y el agua*
> *que arde yo sigo yo sumo,*

El hervor del mar, la actividad de la materia, rodean "la desventurada cabeza en la eterna interperie", pero no la vencen; la gastan, mas se mantiene impertérrita en el movimiento de la eterna barcarola, partícipe de su condición cósmica: "Soy parte incesante de la dirección de la esencia."

La estatua de proa vence los desdeñables peligros del armador vendido, la minucia de los mercaderes en mares, puertos y ciudades, avanza sin rumbo, pero *liberada*, por encima de corsarios y guerreros, intocada por los cataclismos, confundida ya en sus esencias con el mar, hablando, por fin, con la voz del poeta:

> *yo me incorporo al camino mis ojos no saben llorar*
> *soy sólo una forma en la luz una vértebra de la alegoría.*

Los mascarones de proa habitan con Neruda en Isla Negra, son mitos del mar, amarrados a paredes de estuco y madera, forcejeando eternamente con la casa, queriendo llevársela, pero detenidos, afrontando las neblinas, las espumas que suben del roquerío, sujetos como bellos monstruos del tiempo por las riendas del poeta que sabe manejar su movimiento invisible.

"La barcarola" concluye con un *"Solo de sal"*, y no es este título un juego de palabras: *sal* es término de vida, sufrimiento, y purificación en el idioma de Neruda. "La barcarola" viene, entonces, desde un antiguo Vietnam donde el poeta vivió en 1928, en un viaje de soledad y angustia que, paulatinamente, se convierte en otro de amor y resistencia a la muerte. Maldice Neruda a los enemigos de la vida, los masticadores de niños, ases del napalm, capitalistas del *trust* mortuorio, cuyas pompas fúnebres van por los cielos con motores a chorro. Dejan caer sus bombas sobre la barcarola que odian, pero la pequeña barca de la humanidad es más resistente que ellos, más fuerte y veloz. Atraviesa noches de fanatismo y crueldad a través de las edades, salpica de sangre a los amantes, pero no importa:

> *Amor mío, a lo largo de la costa larga*
> *de un pétalo a otro la tierra construye el aroma*
> *y ya el estandarte de la primavera proclama*
> *nuestra eternidad no por breve menos lacerante.*
> *Si nunca la nave en su imperio regresa con dedos intactos*
> *si la barcarola seguía su rumbo en el trueno marino*
> *y si tu cintura dorada vertió su belleza en mis manos*
> *aquí sometemos en este regreso del mar, el destino,*
> *y sin más examen cumplimos con la llamarada.*

"La barcarola" termina, en consecuencia, con una elocuente defensa de la vida, contra la muerte:

> *Es la hora, amor mío, de apartar esta rosa sombría,*
> *cerrar las estrellas, enterrar la ceniza en la tierra:*
> *y en la insurrección de la luz, despertar con los que despertaron*
> *o seguir en el sueño alcanzando la otra orilla del mar*
> *que no tiene otra orilla.*

Los amantes sortearon las aguas difíciles de la pasión recriminada, navegaron por ciudades conocidas y desconocidas, visitaron los héroes de la leyenda y las suaves playas de los viejos amigos, sobrevivieron guerras y temblores, se deslizan ahora por un mar sin orilla; las mitades del mundo se han juntado y mar, tierra, estrellas y barca son un solo gran círculo que gira para siempre en el amor consumado de Pablo y Matilde, los navegantes felices.

PETARDOS

XVIII. EL NERUDA DE HUIDOBRO

René de Costa

Comienzo con una declaración: me considero nerudiano..., y huidobriano. Por eso algunos me acusarán de bigamia, pero el hecho es que me gustan los dos. Neruda y Huidobro me tienen fascinado; me atraen tanto por sus pequeñeces como por su grandeza: por las consabidas debilidades de vaca sagrada y de pequeño dios, y por la desmesurada grandeza de su singularidad poética. Quizá por eso me interesa tanto lo que les aproximó (la poesía) como lo que les separó (su carácter).

Lo que me propongo es mostrar algunas facetas poco conocidas y otras totalmente ignoradas de la relación Neruda-Huidobro.[1] Y para realizarlo, he de referirme a una serie de documentos: portadas y colofones, textos impresos y manuscritos, recortes y borradores que testimonian el itinerario de esta relación así como la odisea de mi largo y lento descubrimiento de la auténtica naturaleza de esta relación —llena de simpatías y diferencias, aproximaciones y distanciamientos— entre ambos. Y fueron las pugnas entre Huidobro y Neruda las que mantuvieron divididos a sus lectores, las que los ubicaron en campos opuestos: nerudianos y huidobristas, huidobrianos y nerudistas — imposibilitando, o al menos orillando a la clandestinidad bigamias como la mía.

El año 1938 fue acaso el momento más agitado de la contienda. En junio, la revista *Ercilla* (con su acostumbrada malicia) dio cuenta de un encuentro en el Salón de Honor de la Universidad de Chile: "Una batalla en la universidad-liridas huidobristas y nerudianos discutieron." Dos años antes, en el 36, Arturo Aldunate Phillips había dado una charla en el mismo salón sobre "El nuevo arte poético de Neruda". En esta ocasión eludió, muy discretamente por cierto, a la enemistad de los poetas (cuyos nombres omitió) y dio a conocer unos fragmentos de un inédito de Neruda —que por el contexto no cabe dudar que se trata de una réplica bélica, altiva y agresivamente titulada "Aquí estoy". Aldunate se explica: "Desgraciadamente se trata de una composición que, por su índole personal, no puede ser dada a conocer totalmente y que, por el lenguaje crudo que en ella

---

[1] Abordé el tema, desde otra perspectiva y con menos información cuando el *Simposio sobre Vicente Huidobro y la vanguardia*, realizado en la Universidad de Chicago en abril de 1978. Véase mi "Posdata: Neruda sobre Huidobro" en las *Actas* publicadas por la *Rev. Ib.* núms. 106-107 (ene-jun, 1979), pp. 379-386.

se emplea, debe quedar al margen de lo que puede publicarse. Sin embargo..."

Sin embargo, al publicar la charla, Aldunate interpola los fragmentos leídos en ella. Comienzan así:

> Aquí estoy con mis labios de hierro
> y un ojo en cada mano,
> y con mi corazón completamente,
> y viene el alba y viene
> el alba, y viene el alba
> y estoy aquí a pesar
> de perros, a pesar
> de lobos, a pesar
> de pesadillas,
> a pesar de pesares
> estoy lleno de lágrimas y amapolas cortadas
> y pálidas palomas de energías,
> y con todos los dientes y los dedos
> escribo y con todas las materias del mar,
> con todas las materias del corazón escribo...

Y es aquí donde el crítico interrumpe el discurso de Neruda, esto es, suprime un buen número de versos aunque indicando siempre con una línea de puntos suspensivos que se omitía *algo*.

¡Qué y cuánto omitía sólo supe en el año 68! En ese entonces trabajaba sobre mi tesis doctoral (sobre Pedro Prado) en el ex-Instituto de Literatura Chilena en Macul. Revisando el archivo que Armando Donoso había donado al Instituto, tropecé con unas páginas escritas a máquina que contenían una versión no expurgada de "Aquí estoy". Aldunate había publicado 63 versos. La versión mecanoescrita consta de cinco folios y de unos 250 versos. Pero mi historia —disculpen— es más larga aún. Diez años después, en 1978, cuando disponía para la publicación mi libro sobre *The Poetry of Pablo Neruda* (Harvard, 1978), decidí consultar la colección nerudiana en la biblioteca de la Universidad Estatal de Nueva York en Stony Brook y allí encontré otra copia de "Aquí estoy".

Esta versión, también de unos 250 versos, es igual a la del archivo Donoso. Para dar una idea de lo que suprimió Aldunate reproduzco —y sólo de la primera página— la continuación del poema:

> ...*con todas las materias del corazón escribo.*
>
> *¡Cabrones!*
> *¡Hijos de putas!*
> *Hoy ni mañana*

> *ni jamás*
> *acabaréis conmigo!*
> *Tengo llenos de pétalos los testículos,*
> *tengo lleno de pájaros el pelo,*
> *tengo poesía y vapores,*
> *cementerios y casas,*
> *gente que se ahoga,*
> *incendios,*
> *en mis "Veinte poemas",*
> *en mis semanas, en mis caballerías,*
> *y me cago en la puta que os malparió,*
> *Derokas, patíbulos,*
> *Vidobras,*
> *y aunque escribáis en francés con el retrato*
> *de Picasso en las verijas...*

La alusión a Vicente Huidobro es evidente (tanto como la que atañe a Pablo de Rokha).

El poema es crudo, pero bueno. Es difamatorio, lo que explica que no fuese publicado y que sólo circulase de mano en mano. La copia de Stony Brook es de 1954, según reza una suerte de colofón:

> La presente copia, efectuada por Fernando Rivera Zavala, fue transcrita de otra, facilitada por José María Souvirón, a quien un amigo del poeta se la remitió. Neruda aprobó su texto y autenticidad, empleándose para reproducirla papel del siglo XVII que perteneciera a don José Toribio Medina y Zavala.

Así sobrevivió *Aquí estoy*, pasando de mano en mano, circulando entre bibliófilos y eruditos ya que no se publicó por ser impublicable. O al menos así lo creía yo. Pero la historia es otra. Porque *sí* se publicó. La bibliografía de Becco (1975), registra el título bajo "obra dispersa" dando como señas de publicación, París, 1938. Fue mi primera noticia de que el poema había sido publicado. La segunda me sorprende más recientemente, cuando revisando un catálogo de librero, de libros viejos, hallo un libro con las señas consignadas por Becco que está en venta. Lo pido y me lo mandan.

El texto impreso, de gran formato (25 cm × 36 cm) y sin encuadernar, no difiere de las versiones escritas a máquina. En la última página hay esta nota informativa:

> Este poema de Pablo Neruda, titulado *Aquí estoy*, con viñetas dibujadas por Ramón Gaya, fue impreso por amigos del poeta en la ciudad de París, durante el año 1938.

Después de ver el libro, de examinarlo y de compararlo con otros impresos de la época, y después de consultar con eruditos y testigos de la contienda, después de todo eso, todavía no puedo llegar a ninguna conclusión respecto de la autenticidad del impreso. No he podido determinar si efectivamente se publicó en el 38 o si se trata de una edición pirata posterior. Me parecía más valedera esta última posibilidad ya que no había aparecido ningún otro ejemplar. Pero ahora, con el paso del tiempo, he constatado que tampoco han ido

apareciendo otros como éste, lo cual aminora la posibilidad de una falsa edición reciente.

Lo que me mueve a referir con tantos pelos y señales esta historia bibliográfica es la ocasión de estar reunidos aquí en Cerdeña los nerudianos más autorizados, así como la existencia de otro documento, recién descubierto entre los papeles de Huidobro en Santiago de Chile. Se trata del borrador de una carta del 38, año en que se afirma fue publicado el *Aquí estoy* parisino. En este documento Huidobro se muestra indignado por lo que considera las nuevas intrigas de Neruda. La carta es de octubre de 1938 y en ella Huidobro se dirige a un amigo de confianza, identificado sólo con el chilenísimo apodo de "Poroto". Veamos el comienzo:

> Querido Poroto: Veo por tu carta que las intrigas de la Banda Negra y de su jefe el pobre Bacalao siguen su curso normal. Sabía que había mandado verdaderas circulares llenas de calumnias sobre mí no sólo a la Argentina sino también a Europa. La envidia de ese hombrecito amarillo y aceitoso es algo que llega a lo patético...

Y saltando un párrafo,[2] vemos lo que subyace en el fondo del asunto: la política. Neruda no era entonces comunista, y Huidobro sí:

> Soy comunista y ellos no lo son. Lo soy a pesar de los virajes y contra virajes del partido, a pesar de sus marchas y contra marchas. A pesar de los pesares. Y por eso no caigo en éxtasis ante los Frentes Populares ni ante las demagogias nacionalistas, aunque las cante Dimitrof, su madre y su abuela...

Para Neruda, "antifascista de corazón", Huidobro fue comunista, eso sí, pero como dijera en alguna parte del poema *Aquí estoy*, "un comunista de culo dorado".

Pero la relación de ellos no siempre fue así, tan combativa y tan acriminadora. Hubo un tiempo de tranquilidad, e incluso de generosidad, una auténtica plataforma de amistad. Un momento en que Huidobro, joven y triunfante, regresa a Chile; un momento en que Neruda, como escritor de gran talento, se está dando a conocer en Santiago. Es el año de 1925, después de la publicación de *Veinte poemas de amor* y cuando Neruda está armando su *Tentativa del hombre infinito*.

En este momento Neruda ha sido nombrado director de la revista oficial de la Asociación de Profesores de Chile, *Andamios*, armazón cultural tan práctico y tan encauzador como su nombre lo indica. Neruda cambió el título y la orientación de la revista a algo más aleatorio, más de avanzada: *Caballo de Bastos*. Y es entonces cuando se dirige a Huidobro, recién llegado de París, solicitándole colaboración:

[2] El texto completo de este borrador está reproducido en mi *Vicente Huidobro: The Careers of a Poet* (Oxford, 1984), p. 171 y también en la versión castellana del mismo libro: *Huidobro, los oficios de un poeta*, México, Fondo de Cultura Económica, 1984, pp. 108-109.

Compañero Huidobro: Ya Ud. sabe que pronto aparecerá *Caballo de Bastos*, revista de avanzada. Como queremos publicar lecturas novedosas le rogamos nos facilite algún fragmento de *Cagliostro* que traduciremos apresuradamente. También quisiéramos poemas o prosa de otros autores que Ud. puede señalarnos. Haga el favor de buscarnos. Nosotros pasaremos en la tarde. Con afecto. Díaz Casanueva y Neruda.³

Generoso y respetuoso el sentimiento de Neruda. Y también lo fue cuando publicó *Tentativa del hombre infinito* (1926), ya que el ejemplar destinado a Huidobro trae una dedicatoria: "A Vicente Huidobro, con entusiasmo y alegría. Pablo Neruda." Y Huidobro también fue generoso con Neruda en ese entonces ya que le incluyó en el *Indice de la nueva poesía americana* (1926), importante antología de vanguardia con prólogos de Borges, Huidobro y Alberto Hidalgo.

Larrea, que andando el tiempo, sería blanco de otro poema difamatorio de Neruda, la hiriente "Oda a Juan Tarrea", le incluyó en *Favorables-París-Poema*, discreta revista de vanguardia que dirigía con Vallejo. Apareció allí un fragmento de *Tentativa*, y es otra vez Huidobro el punto de enlace. Resulta que Larrea encontró el libro en casa de Huidobro, en París. Me enteré de esto en el 78, cuando pasé unos días en Córdoba (la argentina), revisando papeles de Larrea y conversando con él de su experiencia literaria. Cuando tocamos el tema de *Tentativa* Larrea me contó que fue por medio de Huidobro que primero supo de Neruda. Dijo que Huidobro venía llegando de Chile en el año 1926, después de separarse de su mujer. Cenando ellos solos en la casa en París, Larrea comienza a mirar libros y revistas traídos de Chile por Huidobro. Se encuentra con *Tentativa*; le interesa por su novedad formal, y pregunta sobre el autor. Huidobro le dice que el autor, Neruda, es un joven, un "romántico de mala muerte". Esto no disuade a Larrea, quien le pide prestado el libro para luego incluir un fragmento de él en *Favorables-París-Poema*. Por supuesto Neruda ignoraba qué parte había tenido Huidobro en todo eso y que todo provenía, que todo se deshilaba, de aquel ejemplar que le había enviado "con entusiasmo y alegría".

Pero, ¿qué es lo que realmente pensaba Huidobro de Neruda en ese momento? ¿Qué opinión le merecía la poesía de quien había descartado como "romántico"? —basándose seguramente en los *Veinte poemas de amor*. Cuando finalmente leyó *Tentativa*, en el mismísimo ejemplar que Neruda le dedicara, dejó nota de su lectura, subrayando los versos que más le impresionaban. Versos como:

> *estrellas crucificadas detrás de la montaña...*
> *atada al cielo con estrellas de lluvia...*

³ Carta inédita en el archivo de la familia Huidobro en Santiago de Chile.

> *estrella retardada entre la noche gruesa...*
> *descienden las estrellas a beber al océano...*

Al lado de todos puso "mío". Obviamente, lo que le llamó la atención fueron las imágenes con "estrellas" y aunque Huidobro no las creó, mucho le hubiera gustado el hacerlo para poder considerarlas también "suyas". Pero no son sólo éstas las imágenes destacadas. Hay otros versos como:

> *después colgado en la horca del crepúsculo...*
> *los planetas dan vuelta como husos entusiastas giran...*
> *yo soy el que deshoja nombres y altas constelaciones de rocío...*

Lo que señala Huidobro en su lectura de Neruda resulta ser una de las características fundamentales del libro así como de su propia escritura vanguardista. Las imágenes de Neruda en general son concretas y terrenales, mientras que las de Huidobro tienden a ser abstractas y cósmicas. De modo que esta imaginería sideral, aunque no es *de* Huidobro, sí es de corte huidobriano.

O sea, que para Huidobro, con su característica actitud olímpica, de creador supremo, de "pequeño dios", Neruda sólo podía ser o un "romántico de mala muerte" o un imitador. Huidobro no podía admitir, reconocer la originalidad de nadie, salvo la suya propia. Y cuando se enfrentó con algo original, como es el caso de *Tentativa*, tenía que presumirlo *suyo*. Así es como encontró *sus* imágenes, su propia imagen en esa poesía vanguardista del joven Neruda. Y estos versos *suyos*, así subrayados, tenían que haberle gustado.

Todo eso pasó en los años de militancia vanguardista. En esos años, ni Chile, ni el mundo, eran lo suficientemente grandes para contener a ambos, a estos dos gigantes de la poesía. Sólo en su madurez fue posible una reconciliación, una última tentativa de hombres infinitos. Fue Huidobro quien tomó la iniciativa; y fue Neruda, quien vivió más, el que la recordó. En sus *Memorias* dice:

> Huidobro murió en el año 1948, en Cartagena, cerca de Isla Negra [...]. Poco antes de morir visitó mi casa, acompañando a Gonzalo Losada, mi buen amigo y editor. Huidobro y yo hablamos como poetas, como chilenos, y como amigos.

Y fue así —"como poetas, como chilenos, y como amigos"— como se aproximaron estos dos grandes, al comienzo; y al final.

XIX. HUIDOBRO: PERSONA Y POESÍA

PABLO NERUDA

[Al saber que yo estaba compilando la presente antología, Rafael Rodríguez, un ex alumno mío y hoy profesor en Queens College, tuvo la gentileza de remitirme el presente ensayo, con una carta de Neruda fechada el 17 de diciembre de 1968, dirigida a Ana María Nicholson, de la redacción de *Artes Hispánicas*, revista que nunca llegó a publicarse. Así, pues, con casi dos décadas de retraso, aparece aquí el ensayo nerudiano.]

Ángel Flores

Isla Negra, Chile, 17-12-1968

Señorita
Ana María Nicholson
FLUSHING-NEW YORK

Apreciada amiga:
De acuerdo con lo solicitado en su carta de 8 del presente, tengo el agrado de incluirle el artículo "HUIDOBRO: PERSONA Y POESÍA" para su publicación en la revista *Artes Hispánicas* de la Universidad de Indiana.

Cordiales saludos
Pablo Neruda

ME CUENTAN que en estos meses han pasado veinte años desde la muerte de Vicento Huidobro. Yo no lo sabía. Nunca fui amigo de él. Y la vida literaria nos separó con crueldad.

Creo que se hace imperioso mi deber hacia su poesía.

Lo que más me sorprende en su obra releída es su diafanidad. Este poeta literario que siguió todas las modas de una época enmarañada y que se propuso desoír la solemnidad de la naturaleza, deja pasar a través de su poesía un constante canto de agua, un rumor de aire y hojas y una grave humanidad que se apodera por completo de sus penúltimos y últimos poemas.

Desde los encantadores artificios de su poesía afrancesada hasta las poderosas fuerzas de sus versos fundamentales, hay en Huidobro una lucha entre el juego y el fuego, entre la evasión y la inmolación. Esta lucha constituye un espectáculo: se realiza a plena luz y casi a plena conciencia, con una claridad deslumbradora. Considero a Vicente Huidobro como un poeta clásico de nuestro idioma y nos embarga esta corriente que no tiene desenlace, esta corriente inacabable de claridad. No hay poesía tan clara como la poesía de Vicente Huidobro.

Así como la mayoría de su prosa peca de su persona, de su juguetón personalismo, su obra poética es un espejo en el que se suceden las imágenes de la delicia pura o el fuego de su propio sacrificio. Porque a mí me parece que Huidobro se consumió en su propio juego y en su propio fuego. A pesar de su inteligencia poética que es la clave de su brillo, tuvo tal vez predilección por forjarse un anecdotario personal que terminó por abrumarlo y sepultarlo. Por suerte, su poesía salvará su recuerdo, recuerdo que seguirá creciendo en profundidad y en espacio.

La originalidad preocupó al poeta Huidobro en forma obsesionante durante su vida. Una originalidad de existencia y de pensamiento. Sin embargo, aquietados los rumores de su época no serán tales prendas las que lo distingan. Esta preocupación lleva a menudo a los escritores a convertirse en la caricatura de sí mismos. Releyendo a Huidobro nos damos cuenta de que sus posiciones arrogantes, al desaparecer con su vida, no quebrantaron su transparencia. Multitud de sus versos siguen teniendo una frescura que parecían no tener, porque nacieron tal vez como elaborados por la inteligencia. Ahora vemos rocío en ellos, como si fueran hierbas matinales.

Mucho nos debe preocupar que un poeta de su dimensión y de su calidad se afirme en el patrimonio nacional. Yo he propuesto un monumento para él, junto al de Rubén Darío, pero nuestros gobiernos son parcos en erigir estatuas a los creadores y pródigos en monumentos sin sentido.

No podríamos pensar en Huidobro como un protagonista político, a pesar de sus veloces incursiones en el predio civil. Tuvo hacia las ideas inconsecuencias de niño mimado. Pero todo esto quedó atrás en la polvareda y seríamos inconsecuentes nosotros mismos si comenzáramos a clavarlo con alfileres a riesgo de menoscabar sus alas.

Sin embargo, para mí, sus poemas a la Revolución de Octubre y a la muerte de Lenin son parte fundamental de la contribución de Huidobro al gran despertar humano.

En sus últimos años Huidobro trató de reanudar y mejorar la relación que tuvimos brevemente cuando recién volvió por primera vez de Europa. Yo, herido por las incidencias de la guerrilla literaria, no acepté esta aproximación. Me he arrepentido muchas veces de mi intransigencia. Cargo con mis defectos provincianos como cualquier mortal. No me encontré con él en esos días, ni lo encontré después. Desde entonces sólo he continuado el diálogo con su poesía.

XX. NERUDA *vs.* RODMAN

Isla Negra, 15 de mayo 1973

Señor
Ángel Flores
NUEVA YORK

Mi querido Ángel Flores:

Naturalmente que estoy de acuerdo en que ustedes publiquen el material que necesiten para esa antología en español de la casa Macmillan. Puede usted disponer de ese material.

Tengo ahora que pedirle un favor: Le ruego que se ponga en comunicación con la editorial NEW DIRECTIONS y les diga que en la reimpresión del libro de Selden Rodman, titulado South America of the Poets, debe ser excluído el estudio que, sobre mi persona y mi poesía, incluye este señor, quien es un perfecto infame. Ese artículo contiene una sucesión de idioteces para mí completamente inaceptables.

Lo saluda cariñosamente
Pablo Neruda

FINAL Y DESPEDIDA

XXI. LA MUERTE ENTRE LA MUERTE

Volodia Teitelboim

El golpe del 11 de septiembre de 1973 se da mientras vuelo en un avión desde Roma a Moscú. Esa noche debo viajar a Santiago, para reasumir mis responsabilidades en Chile. Pienso partir a Isla Negra, al día siguiente de mi llegada, para ver a Pablo. Cuando entro al hotel, por unas horas, antes de tomar el avión que debe trasladarme a Santiago, un compañero cubano, Blas Roca, me pregunta si sé las últimas noticias de Chile. "Hay una sublevación militar. Valparaíso ha sido tomado. Allende se ha dirigido a La Moneda..."

"Valparaíso ha sido tomado." Toda la agonía nerudiana comenzó el 11 de septiembre, cuando el poeta sintonizó el receptor en el velador, junto a la cama, y descubrió que no estaban transmitiendo, salvo la Radio Magallanes. Oyó con los puños apretados el último mensaje, bajo las bombas, de Salvador Allende: "...pagaré con mi vida mi fidelidad al pueblo..." Después, el gran silencio.

Neruda busca en el dial desesperadamente una voz. Sintoniza en onda corta la radio de Mendoza. Está contando toda la tragedia.

Matilde trata de calmarlo; pero es imposible. No se despegará de la radio. Quiere oírlo todo, saberlo todo, aunque se muera. Matilde llama por teléfono al doctor Vargas Salazar. "Eche a perder la radio, la televisión, desconéctelas. Si sabe lo que está pasando será para él un golpe mortal."

—Pero, doctor, ¿cómo puedo echar a perder la radio y la televisión, si Pablo está como loco tratando de saber lo que sucede? (En el verano europeo de 1974 paso dos semanas con Matilde en una playa. Ella necesita reposo después de tanta prueba. Es para mí un gran reencuentro. Durante esos quince días me va narrando paso a paso lo que ocurrió en ese tiempo.)

Cuando escuchó el discurso final de Allende, Neruda supo que todo estaba perdido. Para tranquilizarlo, Matilde le dijo: "Tal vez no sea tan horrible". "No, respondió Pablo. Es el fascismo." Esa noche, la fiebre le subió. Había visto seis veces en la televisión el asalto a La Moneda. Escuchó en una radio de Mendoza la noticia de la muerte de Allende.

El médico recomendó que fuera transferido a Santiago porque ni él ni la enfermera, que vivía en San Antonio, podían moverse con toque de queda. "Trasládelo en ambulancia a una clínica." En el camino fueron allanados dos veces por los soldados. Pusieron la cama en posición vertical. Por primera vez, Matilde lo vio llorar.

Él le pidió: "Límpieme la cara, Patoja." No sacaba nada Matilde con decir: "Es Pablo Neruda." Seguramente sería para peor. Lo sabía porque antes habían allanado la casa en Isla Negra, buscando, según dijeron, armas. Neruda no tenía armas, pero en el momento en que la tropa llegó a la casa estaba dictando a Matilde las últimas páginas de sus *Memorias*, que él consideraba indispensables, para dejarlas como testamento y acusación:

> Escribo estas rápidas líneas para mis memorias a sólo tres días de los hechos incalificables que llevaron a la muerte a mi gran compañero el presidente Allende. Su asesinato se mantuvo en silencio; fue enterrado secretamente; sólo a su viuda le fue permitido acompañar aquel inmortal cadáver. La versión de los agresores es que hallaron su cuerpo inerte, con muestras visibles de suicidio. La versión que ha sido publicada en el extranjero es diferente. A renglón seguido del bombardeo aéreo entraron en acción los tanques, muchos tanques, a luchar intrépidamente contra un solo hombre: el presidente de la República de Chile, Salvador Allende, que los esperaba en su gabinete, sin más compañía que su gran corazón, envuelto en humo y llamas.
>
> Tenían que aprovechar una ocasión tan bella. Había que ametrallarlo porque jamás renunciaría a su cargo. Aquel cuerpo fue enterrado secretamente en un sitio cualquiera. Aquel cadáver que marchó a la sepultura acompañado por una sola mujer que llevaba en sí misma todo el dolor del mundo, aquella gloriosa figura muerta, iba acribillada y despedazada por las balas de las ametralladoras de los soldados de Chile, que otra vez habían traicionado a Chile.

¿Podía adivinar que semanas más tarde él mismo sería enterrado en una tumba cualquiera?

En la muerte de su amigo el Presidente presentía parte de su propia suerte. Encerraba para él una premonición.

El presidente de México, Luis Echeverría, envió un avión especial para trasladar a Neruda a ese país. El embajador Martínez Corbalá le extendió la invitación en la Clínica Santa María. Neruda agradeció, rechazándola. Luego el embajador volvió a la carga. Esta vez Matilde contó que acababan de asaltar y desvalijar La Chascona, desviando el canal e inundando la casa. El embajador insistió: "Allá tendrá mejor atención médica que acá. Volverá sano." Neruda se resignó a partir. Pensó que era muy importante poner a salvo las *Memorias*, sobre todo por las últimas páginas. Fueron sacadas de Chile por valija diplomática. Las cerró personalmente con las palabras de Allende y la responsabilidad de los golpistas.

Matilde fue a Isla Negra a buscar ropa para el viaje y unos libros que mantenía bajo llave. De regreso lo encontró muy inquieto. Por la noche, en su delirio, decía: "Los están fusilando." En el día venían amigos a verlo. Se retiraban temprano, para alcanzar a volver a sus casas antes del toque de queda. Por la noche, dormido, entre sueños agitados, volvía a decir: "Los están fusilando, los están matando." El poeta estaba aislado, en el cuarto de la clínica. Oía por las noches el volar de los helicópteros. Sabía lo que estaba pasando. Entre el día del golpe y su muerte, la gente de Pinochet asesinó a decenas de miles de chilenos. Él sentía cada una de esas muertes. Matilde le tenía cogida la mano y percibió un súbito estremecimiento. Su corazón se había detenido, roto. Vino la enfermera y comenzó a hacerle masajes en el pecho, pero llegó el médico y le dijo: "No siga, déjelo tranquilo."

Eran las 10 y media de la noche del 23 de septiembre de 1973.

El féretro errante

Matilde abrió la maleta que había preparado para el viaje a México. Sacó la chaqueta a cuadros favorita, una camisa escocesa, y le enrolló un pañuelo de seda roja alrededor del cuello. El médico había dicho que si no sobrevenía algo imprevisto, podía vivir cinco o seis años más. Teruca Hamel le ayudó a vestirlo completamente. Porque era un hombre que moría con los zapatos puestos. Las dos salieron para comunicar la noticia de la muerte por teléfono. Cuando volvieron, Pablo no estaba. Salieron corriendo. Lo buscaron en la planta baja. Tampoco lo encontraron. Se fueron al sótano. Vieron un rótulo: "Capilla". Estaba oscuro. No había nadie. Momentos después, entre ruidos de ruedas y chirridos metálicos, lo vieron venir por el pasadizo. Entró a la capilla y el enfermero le dijo: "Señora, está prohibido quedarse aquí." Matilde les gritó: "¡Pueden irse! ¡Ustedes no tienen nada que hacer aquí!" Reclinó su cabeza sobre la de Pablo. Alguien entró en puntillas. Era Laurita. No lo velaban en una pieza, sino en un corredor oscuro.

Cerca de la medianoche, un locutor había dicho por radio: "El poeta Pablo Neruda se encuentra en estado agónico y se estima que no pasará la noche. Hay prohibición absoluta de visitarlo en la Clínica Santa María, donde se encuentra."

Al día siguiente, cuando se levantó el toque de queda, y comenzaron a llegar los periodistas, los fotógrafos, la dirección de la clínica decidió sacar al muerto del pasadizo. Lo colocaron en un *hall*. Era un VIP.

Un enjambre de fotógrafos apretaba el obturador. "Por favor, no más fotos", dijo Matilde. Llegaron los amigos, Homero Arce, Graciela Álvarez, Juvencio Valle, Francisco Coloane, Aída Figueroa, Enrique Bello, Juan Gómez Millas y unos cuantos más.

Neruda estaba tendido sobre una mesa envuelto por un sudario blanco, con la cara cubierta. Sonreía, expresión difícil de concebir considerando la hora de los chacales que regía en el momento en

que expiró. Cuando llegó el féretro, le quitaron las sábanas y fue trasladado a éste. Coloane le abotonó la punta de la camisa. Cerraron, soldaron el féretro. Salieron en dirección a La Chascona. Cuando llegaron a ella no pudieron entrar. La escalera de acceso a la casa estaba anegada, cubierta de lodo y agua y obstruida por los escombros. El féretro no cabía. La gente de la junta había cumplido con su misión. Entonces los que componían el cortejo decidieron dar la vuelta a la manzana y penetrar por la entrada posterior, que daba al cerro. Allí había un puñado de jóvenes que se colocaron junto al féretro y luego rompieron el silencio, alzando los puños en alto mientras uno decía a toda voz, como llamándolo:
—¡Compañero Pablo Neruda!
—¡Presente!
—Ahora...
—¡Y siempre!
—Ahora...
—¡Y siempre!
Eran gritos suicidas. Eran las primeras exclamaciones de rebelión que se escuchaban al cabo de dos semanas del comienzo y prosecución de la matanza, que continuaba desarrollándose, con millares de sacrificados al día.

Allí estuvieron un rato tratando de entrar por la puerta trasera, pero tampoco pudieron. Los enviados de la junta desviaron el canal que pasaba por arriba, desencadenaron una corriente de agua que aislaba esa parte de la casa. Además había llovido. El lugar parecía un pantano. Descansaron de la urna, dejándola en el suelo por unos momentos, mientras discutían qué hacer. Se alzó una voz proponiendo llevar a Neruda a la Sociedad de Escritores.

Matilde replicó secamente: "Pablo quiso ser trasladado a su casa. No lo llevaremos a ninguna parte."

Aída Figueroa aventuró en voz baja otra solución: "¿Por qué no lo llevas a mi casa?" Matilde le respondió: "¿No crees que mientras peor esté la casa tanto mejor va a estar Pablo?"

Al lado, dentro de una barrera abierta había materiales de construcción, tablones, postes. Alguien los vio de repente y llamó a construir un puente para pasar. Enrique Bello tomó un tablón. Todos los demás hicieron lo mismo. Al cabo de unos cuantos minutos el puente existía. Tomaron el féretro y con él a cuestas repecharon la empinada subida. A medida que avanzaban vieron las destrucciones por todas partes. Los zapatos sonaban crujientes porque el camino estaba tapado por vidrios rotos. Se descubrían los montículos de cenizas a que habían sido reducidos los objetos que Pablo coleccionó. Divisaron cuadros, libros semiquemados, abanicos rotos, plumas de aves brillantes arrojadas al barro. Era un helado día de primavera y en todos los niveles de la casa advirtieron los boquetes de las ventanas sin cristales. El comedor parecía bombardeado. De las paredes colgaba una pintura despedazada. En el suelo, restos de lámparas.

Cuando llegaron al *living* advirtieron las huellas de las botas. Algunos amigos comenzaron con las manos a sacar los vidrios rotos. Matilde se interpuso: "No, Pablo hubiera pedido que dejaran todo igual como lo dejaron los asaltantes."

Colocaron el féretro. Matilde depositó un ramo de claveles rojos. Después apareció el embajador Harald Edelstam, con una gran corona. La depositó al pie del ataúd. La cruzaba una larga cinta de moaré azul con amarillo y tenía la siguiente inscripción: "Al gran poeta Pablo Neruda, Premio Nobel. Gustavo Adolfo, rey de Suecia."

La casa de Isla Negra no fue saqueada, pero sí los infantes de Marina desvalijaron también La Sebastiana, en Valparaíso.

Enrique Bello fue a obtener los permisos para inscribir la defunción y poder efectuar el entierro. El Registro Civil no atendía. Las funcionarias habían cerrado los libros. En esos días moría una cantidad de gente tan grande que no cabía en los libros. Cuando supieron quién era el difunto, las dos muchachas expresaron silenciosamente su solidaridad, pues, sin decir palabra, reabrieron los libros. Luego preguntaron dónde se lo habría de sepultar.

—En la tumba de Carlos Ditborn, calle de O'Higgins Central, entre Limay y Los Tilos, del Cementerio General —precisó Bello.

En vista que Neruda no podía ser enterrado en Isla Negra, como había sido su reiterada voluntad, Adriana Ditborn ofreció a Matilde la tumba de su familia.

Aparecieron en la casa unos jóvenes comunistas, que trabajaban la Editorial Quimantú, situada cerca, y donde en esos momentos la tropa guillotinaba millones de ejemplares de libros. Dijeron: "No saquen fotos, por favor. Vamos a rendirle un homenaje a Neruda con una guardia de honor." Mientras duró la ceremonia nadie sacó fotos. Pero cuando terminó, el embajador de Suecia instaba a viva voz a los periodistas: "Saquen fotos, fotos y más fotos con todas las destrucciones, para que el mundo sepa."

A la entrada de la calle Márquez de la Plata se había apostado un ómnibus con carabineros. Se llamó por teléfono a la Comisaría. Habló Matilde. El oficial le dijo: "Señora, es sólo para darle protección a usted y al señor Neruda."

Convidados de piedra

Seguía llegando gente. Se vio a los embajadores de México y de Francia saltando entre el barro y el agua, sorteando obstáculos, para llegar al cuadro insólito de esa pieza saqueada donde se velaban los restos del poeta. Parecía una escena filmada en la guerra. De súbito, alguien vio a un anciano, seco, sarmentoso, como encogido, escondido detrás de anteojos oscuros, traje negro, mirando alrededor como a hurtadillas, como si no entendiera nada de lo que pasaba. Él había prestado dinero a un Neruda de diecinueve años para sacar su primer libro, y también había abogado desde sus artículos por la caída de Allende, porque odiaba cuanto oliera a "comunismo". Pero Alone, en ese momento, miraba como confundido lo que sucedía. Tal vez no era el triunfo que esperaba.

Aída Figueroa descubrió al cantante y escritor Patricio Manns. Le preguntó por qué se exponía de esa manera, tomando en cuenta lo sucedido con Víctor Jara, asesinado días antes. Era la hora de la muerte general. Y los que no habían sucumbido tenían que ocultarse.

Saltando charcos llegan Radomiro Tomic, Máximo Pacheco, Flavian Levine.

Virginia Vidal, que estuvo presente como periodista en la entrega del Premio Nobel en Estocolmo, contempla a Neruda a través del cristal del féretro. Los párpados están cerrados, pero en los gruesos labios se dibuja una sonrisa. Recuerda las preguntas de los periodistas cuando bajó del avión en Estocolmo. "¿Cuál es su objeto predilecto?" "Los zapatos viejos." "¿Cuál es su palabra favorita?" "La palabra amor." Ahora yace allí, rodeado de ruinas y de gente que se juega la vida por acompañarlo. El Árbol de la Vida, esa maravilla del arte popular mexicano, está hecho trizas. Virginia recoge de él una pequeña virgen de arcilla. Las telas de los pintores primitivos chilenos han desaparecido de los muros del comedor. Después las encontrarán en el canal, podridas por efecto del agua.

También llegaron los extraños visitantes hasta el dormitorio. Allí lo único que se salva de la destrucción es la chimenea con campana de bronce y las letras grabadas y unidas P y M. Han roto la cama. El colchón, desvencijado, registra el fango dibujado por las botas militares.

En el tercer plano, en la biblioteca y el cuarto de trabajo de Neruda, oculto por el ramaje, todo huele a papel quemado. Roberto Parada sostiene en la mano y lee el título de una portada desprendida y chamuscada: Miguel de Unamuno, *Del sentimiento trágico de la vida*. Plancha el papel con la mano. Le asoman algunas lágrimas. Lo guarda en el bolsillo. El reloj, alto como una persona, instalado en su antiguo pedestal, también ha sido herido. Le arrancaron los péndulos y las pesas. No tiene punteros.

El frío entra por las ventanas sin protección. La vecina, Queta Quintana, propone a Matilde que vaya a comer algo caliente a la casa. "No." Ella seguirá allí, ése es su puesto. Esa tarde de septiembre está fría. De repente, Matilde dice: "Ahí vienen. No los recibiré." Sube los escalones que conducen a su alcoba y cierra la puerta estruendosamente. Pero antes le ha dicho a Aída Figueroa: "Conversa tú con ellos." Ahí están avanzando. El terreno no es apto para paradas militares ni pasos de ganso. Pero penetran tanto uniformados como civiles, militares y carabineros. No se quitan los cascos ni las gorras. Visten camuflados, con uniformes de campaña, algunos de ellos, pantalones y casacas con manchas pintadas, esas que los cubanos bautizaron metafóricamente como la ropa de los gusanos. Uno se presenta como edecán del general Pinochet. "Quiero hablar con la viuda y familiares del gran poeta Pablo Neruda, gloria de las letras nacionales, para expresar las condolencias..." Corta la frase. Luego pregunta: "¿Dónde está la viuda? ¿Dónde hay un pariente del señor Neruda?"

Responde la voz impetuosa de Chela Álvarez: "Todos los presentes somos familia de Neruda. ¡Exigimos respeto a nuestro duelo!"

El edecán repite casi textualmente las palabras ya dichas. Pide hablar con la viuda.

Aída Figueroa le responde: "La viuda está reposando y no los recibirá." Les pide pasar al comedor. Caminan a tropezones en medio de los restos de libros, cuadros, quinqués, organillos rotos. El que hace de jefe torna a decir: "Venimos a darle las condolencias a la viuda."

El portavoz militar está confundido:

—Esto no lo hemos hecho nosotros.

—Es curioso —responde Aída—, pero no han robado nada.

Después los lleva al escritorio de Neruda. Les muestra el reloj destrozado, con la marquetería acribillada, las cuerdas rotas, el péndulo saltado. La vieja dama de un cuadro muestra un cuchillo ensartado en uno de los ojos y desde allí se extiende la rasgadura. Después les enseñaron algunas de las cosas sacadas del canal, que comenzaban a formar una pequeña montaña. El oficial, de nuevo, vuelve a su estribillo: "Queremos dar la condolencia..."

Chela Álvarez les dice: "En estas ruinas que ustedes han dejado estamos velando a Neruda. Queremos respeto y tranquilidad para rendirle el último homenaje, y garantía para que esta noche podamos estar en paz."

El oficial sostiene que "el Ejército de Chile es respetuoso con las glorias nacionales".

Siguen sacando del canal más cosas: bandejas, cerámica, cuadros rotos, piezas de vajilla.

El oficial anuncia que el Gobierno decretará duelo oficial de tres días por la muerte del poeta y que éste empezará a regir desde el día del fallecimiento. El anuncio oficial se hace el día de los funerales. Así decretan un duelo retroactivo de tres días, pero que termina un par de horas después de la comunicación oficial. Nadie se ríe. Nadie grita. Nadie llora. Todos los miran con expresión petrificada. Se marchan como perros apaleados.

Más o menos simultáneamente con el decreto de duelo oficial aparece también la información oficial en que se dice que una banda infantil capitaneada por un niño de diez años de edad es la culpable de la destrucción de la casa del poeta Pablo Neruda.

El cortejo

Se acerca el toque de queda y la gente tiene que partir. Para el velatorio sólo se quedan nueve personas: Matilde, Laura Reyes, un matrimonio Cárcamo, parientes de Matilde; Aída Figueroa, Elena Nascimento, Juanita Flores, Queta Quintana y Hernán Loyola, quien había ido a su casa a fin de buscar algunas frazadas y volvió antes de las ocho, hora en que comenzaba el toque de queda. En la casa no había nada que pudiera abrigarlos. Parecía realmente la casa de la muerte. Pero también todo despedía una sensación fuerte de dignidad.

Matilde trata de dormir algo. Antes de dos horas está otra vez en pie. Se mantiene el resto de la noche junto a Neruda, mirándolo.

A la mañana siguiente, cuando se levanta el toque de queda, comienzan a llegar escritores, políticos, universitarios, obreros, mujeres pobremente vestidas, con el drama pintado en la cara.

Hay que marchar hacia el cementerio. De nuevo se plantea el problema. ¿Cómo sacar el féretro? Lo intentan por la puerta cochera. Es una maniobra que requiere gran esfuerzo e ingenio. Cuando asoman a la calle Márquez de la Plata, los reciben los primeros gritos de aquel día. Una voz exclama: "¡Camarada Pablo Neruda!" Todos los demás contestan en coro: "¡Presente!"

Es un grito de obreros y estudiantes, pero hay otra gente que oculta rostros aviesos tras anteojos negros. Al desembocar junto a la plazuela que está al pie del cerro San Cristóbal, ubicada a unos cincuenta metros de la casa de Neruda, los esperaba un puñado de personas que se sumó al cortejo.

En ese momento el funeral se convirtió en un pequeño desfile inverosímil, porque toda esa gente enfrentaba a la muerte, que estaba rodeándola, mirándola por los ojos de los camiones llenos de soldados, que apuntaban con sus metralletas. Nadie en el desfile miraba hacia el lado. Todos miraban hacia adelante. En la esquina se encontraron con una mujer que lloraba. Se tapó la cabeza con un pañuelo negro y se introdujo entre las filas. La policía se movía en una y otra dirección, tal vez desorientada, sorprendida de que se hubieran atrevido a formar una columna. Los carabineros en motocicletas daban la impresión de que iban a atropellar el cortejo, se alejaban y regresaban. Cuando pasaron frente a una estación eléctrica, se encontraron a boca de jarro con una compañía de "boinas negras", en posición de apuntar sus fusiles contra esa procesión fúnebre que ya formaba una multitud.

En un momento no bien preciso los integrantes del cortejo comenzaron a mirar hacia los lados, detrás de los carros llenos de militares que apuntaban con sus armas. Miraban hacia las ventanas. Allí se encontraban con ojos que los escudriñaban atónitos, de hito en hito. Ya esa pupila fija era un acto de presencia y una muestra de valentía. Como lo era la agitación de un visillo que delataba a una persona que estaba contemplando el paso del cortejo. En otras ventanas de la calle Purísima o de la avenida Perú, la manifestación era más evidente: una mano que saludaba o la ondulación de un pañuelo. Otros, un pequeño ademán. Cuando empezaron a transitar por Santos Dumont hubo gente que comenzó a bajarse de los autos para engrosar el desfile. Alguien, como un sacerdote que abre la Biblia en una misa, abrió un libro de Neruda y comenzó a leer en voz alta: "Generales / traidores. / Mirad mi casa rota, / mirad mi España muerta [...] Chacales que el chacal rechazaría..." Era *España en el corazón* en manos del presidente del Sindicato Quimantú. Otros no necesitaban consultar libros. Sabían poemas suyos de memoria y comenzaron a recitarlos.

Al llegar a la avenida La Paz, de repente alguien aventura tímidamente los primeros sones de la canción prohibida: "Arriba los pobres del mundo, de pie los esclavos sin pan..." Otra voz acompaña. Luego se apaga. Pero el canto comienza a resurgir en diversos puntos de la columna. Luego todos parecen cantarla como un murmullo. Un muchacho cojo se lanzó de súbito a recitar de viva voz versos de Neruda. El funeral se había convertido en una muchedumbre. Muchas mujeres traían flores. Cuando pasaron frente a la *morgue*, que estaba repleta hasta los topes con cadáveres de N.N., había mucha gente esperando.

En la fila caminaba una mujer alta, de pelo castaño, ojos azules, con el semblante pálido, el paso tembloroso, afirmada en dos amigas. Una de las que la apoyaba gritó a todo pulmón algo que era como la voz del escalofrío.

—Compañero Víctor Jara...
—¡Presente!
—Compañero Víctor Jara...
—¡Presente!
—Compañero Víctor Jara...
—¡Presente!
—Ahora...
—¡Y siempre!

La mujer a la cual sostienen permanece muda. Es la bailarina

Joan Turner de Jara, la viuda de Víctor, cuyo cuerpo ella rescató personalmente de esa *morgue* frente a la cual pasa en ese instante.

Rodeando la plazoleta del Cementerio General hay carros blindados y *jeeps* con soldados. Al entrar al composanto se deposita el ataúd en una plataforma rodante. En ese momento todos están cantando *La Internacional*. Más que cantarla, la lloran, es como un gran sollozo. Uno que no está de acuerdo con la quejumbre abre un libro de Neruda, para subrayar con aire desafiante:: "Aquí tenéis / como un montón de espadas / mi corazón / dispuesto a la batalla."

Cuando atraviesan las anchas puertas del cementerio, alguien grita un lema esperado, un nombre:

—¡Salvador Allende...!

Todos responden a coro: —¡Presente!

Las voces rebotan en la cúpula y vuelven con un eco: —¡Presente!

La gente volvió a cantar *La Internacional*, con el puño en alto, sin recato. La cantaban todos, incluso los que no la habían cantado nunca, los que no la sabían y la acompañaban con un susurro. Pocas veces, en medio de la muerte que acompañaban y que los cercaba, ese himno había alcanzado tan trémula intensidad. Era un canto a la vida y un himno de protesta contra todo lo que estaba sucediendo.

Los soldados miraban estupefactos, desconcertados. Les costaba dar crédito a sus oídos. En la multitud, muchos creían que de repente sonaría una descarga.

De nuevo, la voz: "Compañero Pablo Neruda..." Y la respuesta: "¡Presente!"

Pero de improviso, el grito volvió a cambiar. Se oyó un "¡Compañero Víctor Jara!" Y la respuesta de todos fue "¡Presente!"

Hubo un silencio y aquel que hacía de portavoz exclamó con voz estentórea: "¡Compañero Salvador Allende...!"

Le contestó algo así como un alarido colectivo, un "¡Presente!" donde se encerraba toda la adhesión hacia el presidente caído, todo el furor contra los asesinos, toda el ansia de justicia, toda la conmoción del momento, toda la pena por Pablo y por todos los muertos, todo el temor de caer ellos mismos. Era, el minuto preciso en que había que derrotar el pánico, suspender el miedo. Y por eso volvieron a cantar y a llorar *La Internacional*. Tal vez se sentían vagamente protegidos por la presencia de varios embajadores y de periodistas extranjeros.

¡Hasta luego!

Ya dentro del cementerio, el cortejo tuvo que detenerse. Se habló de trámites. Luego reemprendió la marcha por las calles interiores, circundadas por árboles y tumbas. El periodista Luis Alberto Mansilla se encontró con el profesor Alejandro Lipschütz, a quien Pablo llamó "el hombre más importante de Chile". El sabio acababa de cumplir noventa años. Y había ido a despedir a su amigo con el cual intercambiaba flores y poemas y le enviaba traducciones de Ovidio que él hacía directamente del latín. En sordina, le confidenció a Mansilla:

—Anoche tuve visitas inesperadas—. Allanaron su casa de la calle Hamburgo. Lo tuvieron encerrado toda la noche en un cuarto, junto con su esposa, Rita, de la cual él en sus días de cumpleaños se complacía en recordar que era una mujer mayor que su marido. Pusieron la casa patas arriba. Buscaban armas y sobre todo a Luis Corvalán. Tenía un parque tan grande como su casi vecino Pablo Neruda, cuando vivía en Los Guindos, pero mucho más cuidado por la mano de una jardinera primorosa, doña Margarita. Con picos y palas removieron todo. Después subieron a la biblioteca, una de las más ricas de Chile. Destruyeron papeles, robaron reliquias.

El profesor Lipschütz tenía una facha de nigromante medieval y le dijo, como un ser que había acumulado toda la experiencia del mundo y estaba muy atento a las lecciones de la historia:

—Esta gente no es eterna... He visto mucho. El fascismo hizo lo mismo en Europa y ya ve cómo terminó.

De repente el cortejo comenzó a correr. Era una muchedumbre desordenada donde todos querían estar lo más cerca de la tumba para poder ver con sus ojos el entierro. Y así, casi inconscientemente todos, incluso Matilde, iban a la carrera. También los que llevaban el féretro apuraron el tranco. Todos se sentían atacados por la prisa.

En esa ceremonia de la despedida final no hubo nada programado. Alguien leyó unos versos del *Canto general*. Un muchacho obrero dio lectura a un poema que él había escrito de seguro la noche anterior. Imágenes que buscaban desesperadamente decir lo que estaba sintiendo no sólo él, sino toda la gente que asistía a los funerales y la que no estaba presente. Chela Álvarez, antigua actriz, sacó de nuevo la voz, recitando versos que había dicho en vida del poeta, incluso en su presencia.

Frente a la multitud había un alto mausoleo, grande como una casa, desde cuyo techo numerosos fotógrafos registraban la imagen de cada uno de los presentes. Todos pensaron que inevitablemente allí estaba retratándolos el ojo policial.

La última *Internacional* se canta cuando el féretro es colocado en el mausoleo. Es un himno más tranquilo, que despide un aire de adiós o de hasta luego.

Ahora había que pensar en cómo salir del cementerio, que podía ser una ratonera. Corría el rumor: "Afuera están deteniendo." Consejos: "Hay que salir por atrás. Por el lado de Recoleta. Irse rápido, no pararse en la puerta." Los corresponsales extranjeros comunicaron que saldrían primero para constatar si arrestaban. Surgieron de pronto por primera vez después del golpe, que se había asestado dos semanas antes, pequeños equipos de protección, que iban haciendo de guardia protectora de las personas más buscadas.

En la rotonda, afuera del cementerio, había carros con militares, las metralletas apuntando. Observaban la salida de la gente, pero no se movieron.

Ese funeral fue la primera manifestación que se hizo en Chile contra los que asaltaron el poder el 11 de septiembre de 1973. Otro mérito del poeta. Seguía combatiendo después de muerto.

Sucede que voy a vivirme

Neruda no duró mucho en el mausoleo de la familia Ditborn. Hubo amenazas del régimen, presiones. Se repitió con él la historia que contó en "La copa de sangre", cuando tuvieron que trasladar de tumba a su padre, en el cementerio de Temuco. Ahora hubo que sacar ese ataúd, donde empezaban a insinuarse los hongos, pero del cual no salieron esos hectólitros de agua de lluvia que cayeron del ataúd, sino del cuerpo de su padre, en esa hora de cambio de la morada definitiva. Matilde y unos cuantos amigos realizaron el traslado. Neruda fue a dormir en un modesto nicho incrustado en el muro de los muertos de septiembre. Al fin y al cabo, le correspondía. Estaba allí con sus compañeros de nombre conocido o simplemente anónimos. Pero todos habían caído en el mismo mes y por la misma causa.

La junta dictó una resolución declarando Isla Negra un peligro para la Seguridad Nacional. Decretó su confiscación. Ante un repudio que vino de cien países del mundo y algunas voces que se alzaron en el interior, agregó una frase. Esa propiedad pasaba a manos del Gobierno, pero mientras Matilde Urrutia viviera, podía mantener su usufructo. Y nada de cumplir con la voluntad del poeta estampada en diversas disposiciones de sus libros: ser enterrado en Isla Negra.

La bandera nerudiana fue tomada en sus manos por Matilde Urrutia. Decidió ceñir su vida a una ley suprema: ser fiel al espíritu de aquel hombre, imaginar en cada situación lo que hubiera hecho de estar vivo y participar de lleno en las causas que fueron las de su marido. Lo ha hecho con gran coraje y con viva inteligencia. En Chile ella es el símbolo de un sentimiento compartido por millones. Porque al fin y al cabo Neruda no es sólo Neruda.

Es todo aquello por lo cual luchó firmemente hasta el último día de su existencia.

Matilde, tía de desaparecidos, se encadena junto a otros familiares a las rejas del Congreso Nacional, preguntando: ¿Dónde están? Detenida durante horas en lóbregas comisarías, a pesar de que su salud experimenta quebrantos, está en todos los actos, trabaja en el Centro Cultural Mapocho, patrocina la creación del Movimiento Democrático Popular.

De muchas partes del mundo la solicitan. Ella tiene dos fechas sagradas en las cuales prefiere no salir del país: los 12 de julio y los 23 de septiembre, aniversarios del nacimiento y de la muerte de Pablo.

En Isla Negra se hacen presentes jóvenes y no tan jóvenes en caravanas. En el día del natalicio, las empalizadas que dan a la calle y al camino se cubren con inscripciones. Mensajes, recados, conversaciones con el poeta. Isla Negra es un centro de peregrinación.

El Cementerio General, el 23 de septiembre se puebla de gente y de claveles. También de policías. Embisten, cargan, tratan de dispersar la muchedumbre. Matilde está siempre allí, como el hito de referencia de la vitalidad permanente del poeta.

Se niegan sistemáticamente los teatros para recordarlo. Pero el 22 de octubre de 1983, en un país donde las Jornadas de Protesta Nacional habían señalado un gran avance en la lucha por la libertad y la democracia, con motivo del décimo aniversario de la muerte de Neruda, se celebró en el teatro Caupolicán un acto de homenaje en tres partes, con el título "Chile saluda a su poeta". Participó allí toda la cultura y también el pueblo chileno. Se recibieron multitud de adhesiones desde el exterior, entre ellas, Bengt Goeransson (ministro de Cultura de Suecia), Claudio Arrau, Rafael Alberti, Gabriel García Márquez, Ernesto Sábato, Alberto Moravia, Mario Benedetti, Juliette Gréco, Bernardo Bertolucci, Federico Fellini, Renzo Rossellini, Ettore Scola, Gian Maria Volonté, Mónica Vitti, Vittorio Gassman, Claudia Cardinale, Hortensia de Allende, José Venturelli, Gustavo Becerra, Harald Edelstam, Mikis Theodorakis, Melina Mercouri, Paco Ibáñez, Pierre Galand, Roberto Matta, Miguel Orozco. Colaboraron la Comisión Chilena de Derechos Humanos, la Sociedad de Escritores, el Coordinador Cultural. La apoteosis se amplificó sobre el mismo escenario cuando fue evocado el 80 aniversario del nacimiento del poeta.

Coincidimos con Matilde en su vuelta a Capri, el lugar donde nacieron ilegales *Los versos del capitán*. La escuché en Nápoles en el homenaje al 75 aniversario de nacimiento de Neruda, invitada por el alcalde de esa ciudad, Maurizio Valenzi. Evocó Matilde aquellos días felices. Allí comenzó, asimismo, a escribir *Las uvas y el viento*, también la primera *Oda*, que fue "El hombre invisible", ahora recitada por todos los poetas chilenos y es de imaginar —dice— por qué.

La vimos de nuevo en Frankfurt-au-Main, en una reunión con escritores en el exilio. En dicha ciudad tomamos juntos el avión para Estocolmo. En el Dramat Teatr se conmemoraba el X Aniversario de la concesión del Premio Nobel de Literatura a Neruda. Matilde, en ese sitio de trabajo de Ibsen y de Ingmar Bergman, sobrecogió al auditorio con su reminiscencia personal de aquellos días tan lejanos, tan hermosos, tan distintos del drama que un año después envolvería al poeta y a todo el pueblo. Me correspondió decir algunas palabras de justicia hacia esa mujer que hacía flamear el estandarte, el pez nerudiano en medio de la noche.

En 1983, la máxima organización cultural, la UNESCO, en su teatro, rindió tributo a la personalidad y la poesía de Pablo Neruda. Marcel Marçeau, gloria universal, que por principio y oficio jamás acompaña sus actuaciones con la palabra, rompió su silencio y dijo algunas frases que el representante de la UNESCO, sentado a mi lado, comentó en un cuchicheo: "Esto es un acontecimiento mundial. Nunca Marcel Marçeau ha hablado en escena." Dijo muy pocas palabras: "Hace unos cuantos años actué en Chile en presencia de Neruda. Ahora lo hago ante su viuda. Quiero representar una obra que tiene cierto significado actual para el país de Neruda y de Matilde: *La jaula*." En ella, sin abrir los labios, decía todo lo que debía hacer el hombre prisionero para salir del calabozo.

Matilde se convirtió en una figura iluminada sobre el escenario, en medio de la sala oscura. Contó lo nuevo que está sucediendo en Chile y cómo Neruda y la poesía eran armas relucientes en manos de multitudes cada vez mayores. Un gigante, que ocupaba su asiento vecino, se incorporó lentamente, cuan largo era, trepó los peldaños que conducían al escenario y habló sobre "ese sonriente guerrero". Era su amigo, el que en su visita a La Manquel me preguntaba: ¿Cómo está la salud de Pablo? Yo esa noche no le pregunté al hombre de casi dos metros, con cara de niño bondadoso, cómo estaba su propia salud. Me tocó después pronunciar algunas frases. Volví a mi asiento. Me despedí del larguirucho de ojos azules y piel tensa con un abrazo afectuoso. No sabía que era la última vez que vería al admirable y generoso Julio Cortázar.

Al día siguiente, el Presidente de Francia y madame Mitterrand reciben a Matilde en el Palacio del Elíseo. Le piden que vaya con cuatro amigos. Ella me inscribe en la lista. Y tengo, por tanto, ocasión de ver la expresión de asombrado interés con que los anfitriones escuchan cómo sobrevive un poeta, lo que sucede en Chile, lo malo y lo bueno. Y cómo la resistencia va creciendo.

Matilde parte de regreso. Siempre está haciendo su tarea: mantiene viva la herencia nerudiana, traduciéndola cada día a una realidad nueva.

Postdata

Hernán Loyola dedicó su estudio "Pablo Neruda, el espacio fundador" a la memoria de Laura Reyes, la hermana que conservaba desde la infancia los cuadernos escolares del poeta y que siempre lo acompañó desde la lluviosa provincia hasta ese segundo final en que él dijo: "Me voy, me voy." Ella no lo sobrevivió mucho. Había como perdido la razón de existir.

Quien lo sobrevive largamente es Delia del Carril. Cuando se conmemoraron los ochenta años de Neruda, ella cumplió cien. En su silla de ruedas se seguía moviendo por la casa de Los Guindos, entre caballos gigantes y desorbitados, entre fugas y vacíos de la memoria sumergida en el reino de las brumas de la arteriosclerosis, en una senilidad que no excluye los intervalos lúcidos ni los dichosos momentos en que ella cree que Pablo está vivo y a su lado. En cuanto a lo primero, de algún modo tiene la razón.

Por mi parte, con ese chaquetón nerudiano he resistido hasta ahora once versiones sucesivas del gran invierno ruso. La larga *dublionka*, forrada en chiporro patagónico, sigue prestando servicios. Está vieja, pero no acepta la jubilación. Se niega a ser pieza de museo, como aquel que me la regaló como un adiós.

Neruda vivirá mientras viva su poesía. Pero por lo que se conoce, por toda lo odisea y la parábola ya descrita, no es aventurado concluir que no necesitaba confesar que había vivido, porque éste era un secreto a voces.

[Maltilde Urrutia murió en "La Chascona" el 25 de enero de 1985: descansa ahora en un nicho contiguo al de Pablo Neruda.]

SECCIÓN BIBLIOGRÁFICA

OBRAS DE NERUDA

ÁNGEL FLORES

Se abreviarán los nombres de las editoriales que publican a Neruda más asiduamente: *E* = Ercilla, Santiago de Chile; *L* = Losada, Buenos Aires; *N* = Nascimento, Santiago de Chile; *SB* = Seix-Barral, Barcelona. Tan sólo se hará constar el año de publicación de la primera edición pues las obras de Neruda se reeditan con tanta frecuencia que llenaría numerosas páginas el detallarlas todas. Por ejemplo de *Veinte poemas de amor y una canción desesperada* se imprimieron originalmente 500 ejemplares en 1924 y ya para 1961 se habían vendido más de un millón de ejemplares, sin contar las ediciones pirateadas en varios países: la editorial Losada lanzaba en 1972 una decimosexta edición.

EDICIÓN PRINCIPAL:

Obras completas. L, 1ª ed., 1957, 1264 pp. / 2ª ed., 1962, 1925 pp. / 3ª ed., 1968, 2 vols., Vol. 1, 1588 pp., Vol. 2, 1649 pp. / 4ª ed., 1975, 3 vols., Vol. 1, 1588 pp., Vol. 2, 1649 pp., Vol. 3, 1239 pp.

Otras ediciones:

La canción de la fiesta. Stgo, Edics. Juventud, 1921; *Crepusculario.* Stgo, Edics. Claridad, 1923, N, 1926, L, 1961; SB, 1977; *Veinte poemas de amor y una canción desesperada.* N, 1924, Buenos Aires, Tor, 1933, E, 1938; L, 1944 [la ed. de 1961 el millonésimo ejemplar, lleva 21 dibujos de Raúl Soldi]. La ed. de 1972, la decimosexta, lleva ilustraciones de Silvio Baldessari; Buenos Aires, Pleamar, 1948, con 21 dibujos de Atilio Rossi; B. Edit. Lumen, 1976; *Tentativa del hombre infinito.* N, 1926, Stgo, Orbe, 1964; *El habitante y su esperanza.* N, 1926, E, 1939; *El habitante y su esperanza, El hondero entusiasta* y *Anillos,* L, 1964; *Anillos* [con Tomás Lago]. N, 1926; *El hondero entusiasta.* Stgo, Empresa Letras, 1933, E, 1938; *Residencia en la tierra, Vol. 1 (1925-1931).* N, 1933; Vol. 1 y Vol. 2 (1931-1935). M, Cruz y Raya, 1935, 2 vols., E, 1938, 2 vols., L, 1944, 1 vol.; *Tercera Residencia* (1935-1945). L, 1947, SB, 1977; *España en el corazón.* República Española, Ejército del Este, 1937, E, 1937, Buenos Aires, Tor, 1938; *Las furias y las penas,* N. 1939, Buenos Aires, Edics. del Ángel Gulab, 1939; *Alturas de Macchu Picchu.* Santiago, Edics. Librería Neira, 1947, N, 1954, L, 1972 con fotografías de Graziano Gasparini; *Canto general.* México, Talleres Gráficos de la Nación, 1950, ed. limitada al cuidado de Miguel Prieto con guardas dibujadas por Diego Rivera y David Alfaro Siqueiros, México, Edics. Océano, 1950, ed. clandestina del Partido Comunista de Chile, ilustraciones y viñetas de J. Venturelli; L, 1955, 2 vols.; *Los versos del capitán.* Nápoles,

Imprenta "L'Arte Tipografica", 1952, ed. privada y anónima, L, 1958 [7ª ed., 1972], B, Lumen, 1977, B, Bruguera, 1980; *Las uvas y el viento.* N, 1954; *Odas elementales.* L, 1954, SB, 1977; *Viajes*, N, 1955; *Nuevas odas elementales.* L, 1956; *Tercer libro de las odas.* L, 1957, SB, 1977; *Estravagario.* L, 1958, B, Lumen, 1976; *Navegaciones y regresos.* L, 1959; *Cien sonetos de amor.* Santiago, Prensas de la Editorial Universitaria, 1959, L, 1960, SB, 1977; *Canción de gesta.* H. Casa de las Américas, 1960, Santiago, Edit. Austral, 1961, Mont, El Siglo Ilustrado, 1962; *Las piedras de Chile.* L, 1961; *Cantos ceremoniales.* L, 1961; *Plenos poderes.* L, 1962; *Memorial de Isla Negra*, 5 vols., Vol. 1 Donde nace la lluvia, Vol. 2 La luna en el laberinto; Vol. 3 El fuego cruel, Vol. 4 El cazador de raíces, Vol. 5 Sonata crítica. L, 1964; *Arte de pájaros.* Santiago, Edics. Sociedad de Arte Contemporáneo, 1966, ilustraciones de Nemesio Antúnez, Mario Carreño, Héctor Herrera y Mario Toral; L, 1973, ilustraciones en color de Julio Escamez y Héctor Herrera; *Una casa en la arena.* B, Lumen, 1966, con fotografía de Sergio Larraín; *Fulgor y muerte de Joaquín Murieta.* Santiago, Zig Zag, 1967; *La barcarola.* L, 1967; *Las manos del día.* L, 1968; *La copa de sangre.* Alpignano (Italia), Alberto Tellone, 1969; *Fin de mundo.* L, 1969; *Aún.* N, 1969; *La rosa del herbolario.* Caracas, Estudio Actual, 1969; *Las piedras del cielo.* L, 1970; *La espada encendida.* L, 1970, SB, 1977; *Geografía infructuosa.* L, 1972; *Incitación al nixonicidio y Alabanza de la revolución chilena.* Santiago, Quimantú, 1973; *El mar y las campanas.* L, 1973; *Libro de las odas.* B, Grijalbo, 1974; *Poesía.* B, Edit. Noguer, 1974, 2 vols.; *Cartas de amor de Pablo Neruda*, ed. Sergio Lorran Martorell, M, Rodas 1974; *La rosa separada.* L, 1974, SB, 1977; *Jardín de invierno.* L, 1974, Buenos Aires, Torres Agüero, 1975, SB, 1977; *El corazón amarillo.* L, 1974; *Libro de las preguntas.* L, 1974; *Elegía.* L, 1974, SB, 1976; *Confieso que he vivido. Memorias.* L, 1974, SB, 1974; *2000.* B, Lumen, 1977; *Defectos escogidos.* B, Lumen, 1977; *Para nacer he nacido.* B. Bruguera, 1980; *El río inmóvil* [poesía y prosa de adolescencia y primera juventud], SB, 1980, P. N. y Héctor Eandi: *Correspondencia durante "Residencia en la tierra"*, ed. Margarita Aguirre, Buenos Aires, Edit Sudamericana, 1980.

OBRAS SOBRE NERUDA

Aún antes de ser galardonado con el Premio Nobel (1971) la literatura sobre Pablo Neruda y su obra era verdaderamente enorme y se ha ido incrementando a tal punto que ya se hace imposible de incluir tanto en nuestra bibliografía. Nos limitaremos, pues, a hacer constar *los volúmenes más destacados*, pasando por alto el sinnúmero de artículos y ensayos publicados en revistas y suplementos literarios. A los lectores más exigentes les recomendamos la obra de Hensley C. Woodbridge y Davis S. Zubatsky: *Pablo Neruda, A Classified Annotated Bibliography of Biographical and Critical Studies* (Nueva York, Garland Publishing Co., 1986). Con su consabida generosidad, el profesor Woodbridge se ha hecho cargo de presentar aquí una síntesis bibliográfica de los *libros* que merecen atención.

BIBLIOGRAFÍA SELECTIVA

Hensley C. Woodbridge

1. Bibliografías

A las conocidas bibliografías de Hernán Loyola y Alfonso M. Escudero que aparecen en las *Obras completas* de Pablo Neruda, vale compulsar las siguientes:

Horacio Jorge Becco, *Pablo Neruda: Bibliografía*. Buenos Aires, Casa Pardo, 1975, 261 pp. Enfoca mayormente el material en lengua española.
Bonnie A. Beckett, *The Reception of Pablo Neruda's Works in the German Democratic Republic*. Berna, Peter Lang, 1981, 251 pp. Versiones al alemán y estudios en alemán sobre el poeta, pp. 215-249.
Giuseppe Bellini, *Bibliografia dell'hispanoamericanismo italiano: contributi critici*. Milán, Cisalpino-Goliardica, 1981. Estudios publicados en Italia, fichas 735-801.
Pablo Berchenko, "El impacto póstumo de Neruda: el caso de un muerto indócil." *Ventanal*, 6 (1983). Después del ensayo (pp. 89-96) sigue una bibliografía clasificada (100 fichas), discografía (25 discos) y filmografía (3 fichas), pp. 97-118.
Ángel Flores, *Bibliografía de escritores hispanoamericanos, 1609-1974*. Nueva York, Gordian Press, 1975, 319 pp. Obras de Neruda, fuentes bibliográficas, y estudios críticos publicados antes de 1974, pp. 140-145 y 184.
David W. Foster, *Chilean Literature: A Working Bibliography of Secondary Sources*. Boston, G. K. Hall, 1978. Unas 500 fichas sobre Neruda, pp. 149-185.
Jorgen Ingemann Larsen, *Bibliografi over latinamerikansk skφnliteratur pa dansk samt over danske bidrag til den latinamerikanske litteraturs historie*. 2, oplag. Copenhague, 1982. Versiones danesas y estudios en danés sobre la obra nerudiana publicadas durante 1940-1979, pp. 38-49.
Leonid Avel'evich Shur, *Pablo Neruda: bio-bibliograficheskii ukazatetel'*. Moscú, Izdatel'stvo vsesoiuznoi kniznoi palaty, 1960, 74 pp. Traducciones al ruso y estudios críticos en ruso.

2. Biografías

Neruda ha sido su mejor biógrafo: tanto en su poesía —en especial en *Memorial de Isla Negra*, 5 tomos (1964)— como en prosa, las diez entregas autobiográficas, "Las vidas del poeta. Memorias y recuerdos", en *O Cruzeiro Internacional* de Rio de Janeiro (16 de enero al 1 de junio de

1962) y los tomos autobiográficos: *Confieso que he vivido* (1974) y *Para nacer he nacido* (1977).

Entre los escritores que han dedicado mayor atención a la vida del poeta se destaca Volodia Teitelboim, prestigioso novelista, crítico y figura descollante en la actualidad política de Chile. En su *Neruda*, M. Edics. Michay y Buenos Aires, Losada, 1985, 425 pp., Teitelboim sigue los pasos de Pablo Neruda año tras año, trazando a la vez un fresco conmovedor de una época compleja y turbulenta.

De otros escritores deberán recordarse las siguientes biografías:

Margarita Aguirre, *Genio y figura de Pablo Neruda*. Buenos Aires, Eudeba, 1964 (2ª ed., 1967), y *Las vidas de Pablo Neruda*, Santiago, Zig-Zag, 1967.

Emir Rodríguez Monegal, *El viajero inmóvil*. Buenos Aires, Losada, 1966, 348 pp. (2ª ed., Caracas, Monte Ávila, 1977).

Sara Vial, *Neruda en Valparaíso*. Chile, Universidad Católica de Valparaíso, 1983, 276 pp.

3. SIMPOSIA Y COLECCIONES DE ENSAYOS CRÍTICOS

Ángel Flores (comp.), *Aproximaciones a Pablo Neruda*. B, Ocnos / Llibres de Sinera, 1974, 255 pp.

Karsten Garscha (comp.), *Der Dichter ist kein verlorener Stein. Uber P. N.* Darmstadt, Luchterhand, 1983, 157 pp.

Isaac Lévy y Juan Loveluck (comp.), *Simposio Pablo Neruda*, University of South Carolina & Nueva York, Las Maericas, 1975, 427 pp.

Emir Rodríguez Monegal y Enrico Mario Santí (comps.), *Pablo Neruda*. M, Taurus, 1980, 322 pp.

Varios, *Homenaje a Pablo Neruda*, Bogotá, Instituto Colombiano de Cultura, 1974, 156 pp.

Varios, *Coloquio Internacional sobre Pablo Neruda (La obra posterior al "Canto general")*. Poitiers, Francia, Centre de Recherches Latino-Américaines, 1979, 366 pp.

Varios, *Neruda: 10 años después*. Santiago, Edics. Pluma y Pincel, 1983, 118 pp.

4. OBRAS DE CONJUNTO

Jaime Alazraki, *Poética y poesía de Pablo Neruda*. Nueva York, Las Americas Publishing Co., 1965, 222 pp. Tras un examen de las tradiciones literarias hispanoamericanas y la modalidad posmodernista, el autor presenta a Neruda con su poética hermética y su visión social. En sus numerosas colaboraciones en revistas y simposia Alazraki ha mostrado ser uno de los críticos más sagaces de la obra nerudiana.

Giuseppe Bellini, *La poesia di Pablo Neruda da "Estravagario" a "Memorial de Isla Negra"*. Padua, Liviana Editrice, 1966, 118 pp. Valioso recorrido crítico que se extiende de *Estravagario* a *Memorial de Isla Negra*.

Bonnie Beckett, *The Reception of Pablo Neruda's Works in the German*

Democratic Republic. Berna, Peter Lang, 1981, 251 pp. La acogida de Neruda en la República Federal de Alemania.

Salvatore Bizzarro, *Pablo Neruda: All Poets the Poet.* Methuen, N. J., Scarecrow Press, 1979, xi, 192 pp. Las secciones de mayor envergadura son las dedicadas al *Canto general* y *Alturas de Macchu Picchu.* El autor incluye su entrevista con Delia del Carril, y otra, con Matilde Urrutia, quien describe la muerte de Neruda.

Eduardo Camacho Guizado, *Pablo Neruda: naturaleza, historia y poética.* M, Sociedad General de Librería, 1978, 354 pp. Según este crítico, "el tema central de la obra nerudiana resulta ser, indudablemente, el enfrentamiento entre naturaleza e historia" y lo demuestra al hacer un recorrido crítico de las obras principales de Neruda.

Jaime Concha, *Neruda (1904-1936).* Santiago, Edit. Universitaria, 1972, 282 pp. Comentarios que calan, con lógica y elegancia, la poesía inicial de Neruda: de *Crepusculario* a *Residencia en la tierra.*

——, *Tres ensayos sobre Pablo Neruda.* Palma de Mallorca, Mosén Alcover, 1974. Vuelve a iluminar extensas áreas del pensar y sentir del gran poeta.

René de Costa, *The Poetry of Pablo Neruda.* Harvard University Press, 1979, xii, 213 pp. Experto en la retórica de la poesía hermética, ha iluminado tanto la obra de Vicente Huidobro como la de Pablo Neruda. En este volumen examina magistralmente la producción que se extiende de *Veinte poemas de amor* a *Estravagario.*

Alberto Cousté, *Conocer Neruda y su obra.* B, Dopesa, 1979, 127 pp. Más que nada es ésta una introducción al mundo nerudiano: vista panorámica que va de *La copa de la sangre* (1904) a *Libro de las preguntas* (1974).

Manuel Durán y Margery Safir, *Earth Tones: The Poetry of Pablo Neruda.* Indiana University Press, 1981, xxxi, 200 pp. Examina varios aspectos de Neruda: "erotic poet", "Nature poet", public poet" y "personal poet", enfocando luego la obra póstuma.

Carlos D. Hamilton, *Pablo Neruda: poeta chileno universal.* Santiago, Edit. Lord Cochrane, 1972, 280 pp. Aunque por su apellido el lector llegue a creer que se trata de un crítico anglosajón, la verdad es que Hamilton es chileno de vieja estirpe, conocedor del ambiente y la problemática de su patria. En este libro hace resaltar la metamorfosis nerudiana: de poesía ensimismada a poesía de angustia a poesía épica y finalmente a poesía de sencillez.

Mario Jorge de Lellis, *Pablo Neruda.* Buenos Aires, La Mandrágora, 1959, 175 pp. Fue uno de los primeros comentaristas de la obra de Neruda y este tomito, que hace hincapié en el *Canto general,* fue uno de los mejores de la colección "Clásicos del Siglo XX" de la editorial argentina La Mandrágora.

Hernán Loyola, *Ser y morir en Pablo Neruda, 1918-1945.* Santiago, Editora Santiago, 1967, 246 pp. Valiéndose de dos cuadernos escolares [*Neftalí Reyes 1918* y *Helios 1920*], conservados por Laura Reyes, la hermana de Neruda, Loyola traza la evolución del poeta desde esos comienzos hasta *Alturas de Macchu Picchu* subrayando "su vinculación cada vez más profundizada con la naturaleza, con los objetos,

con la cultura, con el movimiento de la historia, con el sentido del
esfuerzo humano, con el impulso del hombre hacia la plenitud".
Antonio Melis, *Neruda*. Florencia, La Nuova Italia, 1971, 112 pp. El distinguido crítico italiano hace un recorrido de la obra nerudiana poniendo en evidencia tanto los recursos expresivos del poeta como su contenido político y filosófico. De sumo valor, además, su nota bibliográfica, pp. 93-103.
Hugo Montes, *Para leer a Neruda*. Buenos Aires y Santiago, Edit. Francisco de Aguirre, 1977, xii, 166 pp. El autor declara que su libro "no es más que un instrumento de orientación en la tarea insustituible de lectura personal. El Neruda polifacético y caudaloso reclama esta guía, destinada no sólo al especialista, sino también y sobre todo al deseoso de leer mejor y penetrar más una obra incuestionablemente importante".
Roberto Salama, *Para una crítica de Pablo Neruda*. Buenos Aires, Edit. Cartago, 1957, 349 pp. Con el título "El tiempo de angustia" Salama enfoca las dos primeras *Residencias* y pasando por "La inolvidable lección de España", se detiene a comentar el *Canto general* y *Los versos del capitán*.
Enrico Mario Santí, *Pablo Neruda: The Poetics of Prophecy*. Cornell University Press, 1982, 255 pp. Novedoso y penetrante cuestionamiento de lo retórico y lo profético en la poesía de Neruda. Entre los hallazgos que esta obra ofrece sobresale el capítulo 3, "Prophecy of Writing", quizás la exégesis más perspicaz, mejor lograda, de *Alturas de Macchu Picchu*.
Alain Sicard, *La pensée poétique de Pablo Neruda*. París, H. Champion, 1977, 721 pp. Memorable estudio de conjunto, enfatizando los últimos diez años de la poética nerudiana. Ésta fue la tesis doctoral de quien es hoy una de las grandes autoridades entre los estudiosos de la obra de Neruda. Pronto apareció una traducción: *El pensamiento poético de Pablo Neruda*. M, Gredos, 1978, 648 pp., versión de Ilar Ruiz Va.
Raúl Silva Castro, *Pablo Neruda*. Santiago, Edit. Universitaria, 1964, 237 pp. El célebre crítico chileno recoge sus reseñas y ensayos y el resultado es: un libro de embocadura fácil, ideal como introducción a la obra de Neruda.
Carmen María Velverde Acosta, *Dos visiones de Neruda para un método de análisis poético*. San José, Costa Rica, Edit. Universidad Estatal a Distancia, 1980, 78 pp. Aplicando las teorías de Roman Jakobson y A. J. Greimas, la crítica se pregunta si "Comienzo por invocar a Walt Whitman" de *Incitación al nixonicidio* y "González Videla el traidor de Chile" de *Canto general* son en realidad textos poéticos.

5. Estudios dedicados a obras específicas

a) *Alturas de Macchu Picchu*

Además del estudio ya mencionado de E. M. Santí en su *Pablo Neruda: The Poetics of Prophecy*, pp. 104-175, y de los ensayos de Hugo Montes,

Hernán Loyola y Mario Rodríguez Fernández en Ángel Flores (comp.), *Aproximaciones a Pablo Neruda*, pp. 181-219, se recomienda la obra de John Felstiner: *Translating Neruda: The Way to Macchu Picchu*. Stanford University Press, 1980, 284 pp., donde se detallan problemas de traducción, lo que a la vez ayuda a la comprensión del poema.

b) *Canto general*

Frank Riess, *The Word and the Stone: Language and Imagery in Neruda's "Canto General"*. Londres, Oxford University Press, 1972, xviii, 170 pp. El profesor Riess detalla las imágenes más significativas en esta obra —árbol, copa, flor, océano, ola, oro, patria, pueblo, raíz, tierra— que, según él, facilitan a la comprensión no sólo de este poema sino de otros que le siguen.

Elisabeth Siefer, *Epische Stilelemente im "Canto general" von Pablo Neruda*. Munich, Wilhelm Fink, 1970, 191 pp. Como el título lo indica se trata de meticuloso estudio estilístico.

María Magdalena Sola, *Poesía y política de Pablo Neruda (Análisis del "Canto general")*. Río Piedras, Puerto Rico, Edit. Universitaria, 1980, viii, 294 pp. Basándose en las teorías críticas de Lucien Goldman y Georg Lukács, se plantea la problemática y la expresión poética de esta obra.

Gastón Soublette, *Pablo Neruda, profeta de América*, Santiago, Edics. Nueva Universidad, s.f. [1977 ?]. Elementos religiosos en "La lámpara en la tierra" y en "Alturas de Macchu Picchu".

Juan Villegas, *Estructuras míticas y arquetípicas en el "Canto general" de Neruda*. B, Planeta, 1976, 209 pp. Considerando esta obra como "la expresión de la violencia y la esperanza en el desarrollo histórico de América Latina", el profesor diserta brillantemente sobre la estructura del poema, analizando además aspectos fundamentales: mitificación del yo poético, el mundo demoniaco de América Latina, con sus héroes y antihéroes, y el espacio mitificado.

c) *Memorial de Isla Negra*

Luis F. González-Cruz, *Pablo Neruda y el "Memorial de Isla Negra": Integración de la visión poética*. Miami, Edics. Universal, 1972, 189 pp. Dedica un capítulo a cada uno de los cinco tomos que constituyen el *Memorial*, analizando los temas principales.

Ana María Urruela de Quezada, *Una biografía lírica de Pablo Neruda*. Guatemala, Universidad de San Carlos, 1976, 74 pp. "La creación del universo", "El poeta reflexiona sobre su mundo", "El tiempo" y "El recuerdo" son los tópicos que se desarrollan en esta disertación.

d) *Residencia en la tierra*

Amado Alonso, *Poesía y estilo de Pablo Neruda: Interpretación de una poesía hermética*. Losada, 1940; Buenos Aires, Sudamericana, 1951. Al correr de los años se sigue reimprimiendo esta obra pionera. Por

ser el estudio de uno de los espíritus más profundos y de los críticos
más agudos, perdurará como un clásico de la crítica nerudiana.
Alfredo Losada, *El monismo agónico de Pablo Neruda (Estructura, significado y filiación de "Residencia en la tierra")*. México, Costa-Amic,
1971, 386 pp. El tema fundamental de este valioso estudio es "la lucha
entre el anhelo y el sentimiento de la destrucción y la muerte".

De entre las numerosas tesis doctorales dedicadas a *Residencia en la
tierra* se destacan dos: la de Carlos Cortínez y la de Manuel Alcides
Jofré.

e) *Veinte poemas de amor y una canción desesperada*

Gabrielle Morelli, *Strutture e lessico nei "Veinte poemas de amor y una
canción desesperada" di Pablo Neruda*. Milán, Cisalpino-Goliardica,
1979, 109 pp. Estudio estilístico y lexicográfico de los poemas 1, 6,
7, 8 y 20.
Aroní Yanko, *Pasión y abstracción en "Veinte poemas de amor y una
canción desesperada"*. M, Edit. Nacional, 1979, 210 pp. Análisis detallado de cada uno de los poemas.

Véase además el libro, ya mencionado, de René de Costa: *The Poetry
of Pablo Neruda*, que contiene páginas muy atinadas sobre esta obra
nerudiana.

LOS COLABORADORES

Marjorie Agosín (Chile), profesora de literatura latinoamericana en Wellesley College, autora de tres poemarios y un libro de ensayos: *Las desterradas del paraíso: protagonistas en la narrativa de María Luisa Bombal*. Prepara ahora un libro sobre Neruda.

Jaime Alazraki (Argentina, 1934), muy conocido por sus estudios dedicados a las letras hispanoamericanas, entre otros: *Poética y poesía de Pablo Neruda* (1965), *La prosa narrativa de J. L. Borges* (1968), *J. L. Borges* (1976) y *El espejo como modelo estructural* (1978). Es "Head Tutor" en el Department of Romance Languages & Literature, Harvard University.

Fernando Alegría (Chile, 1918). Nos informa: "Nací en Saitiago de Chile, he publicado novelas, cuentos, poesía, historia y crítica literaria. He ganado el premio Farrar & Rinehart por mi *Lautaro* (1944) y los premios Municipal y Atenea por *Caballo de copas* (1957). Recibí la beca Guggenheim en 1947. Este año apareció en edición bilingüe mi libro de poemas *Changing Centuries*." Se deberá añadir que es profesor de literatura hispanoamericana en Stanford University.

Javier Ciordia (España, 1935). Cursó sus estudios de filosofía y teología en Salamanca, en cuya Universidad Pontificia obtuvo el grado de licenciatura en filosofía y letras (1963). Tiene el doctorado de estudios hispánicos de la Universidad de Puerto Rico. Se ha desempeñado en distintas universidades del país y desde 1979 es director de español del Colegio Regional de la Universidad de Puerto Rico en Ponce. Su interés particular se centra en la literatura protestaria y satírica de la Edad Media. También ha publicado ensayos críticos sobre figuras del siglo xx.

Jaime Concha (Chile, 1939), fue profesor de literatura chilena e hispanoamericana en la Universidad de Concepción (Chile) y ahora trabaja en La Jolla, en la Universidad de California (San Diego). Autor de *Neruda (1904-1936)* (1972), *Tres estudios sobre Pablo Neruda* (1974), *Rubén Darío* (1975) y *Vicente Huidobro* (1981).

Carlos Cortínez (Chile, 1934), presentó *Comentario crítico de los diez primeros poemas de "Residencia en la tierra"* como tesis doctoral (University of Iowa, 1974) y luego ha dedicado numerosos estudios a la obra nerudiana, participando además en varios simposias. Actúa hoy de profesor de literatura hispanoamericana en Dickinson College.

René de Costa (Estados Unidos, 1939), profesor en la Universidad de Chicago, ha producido, entre otras obras, dos muy notables: *The Poetry of Pablo Neruda* (1979) y *Vicente Huidobro: The Career of a Poet* (1984), que ya tenía antecedente en su *Vicente Huidobro y el creacionismo* (1975).

Ariel Dorfman (Argentina, 1942, de nacionalidad chilena), comenzó su carrera literaria con un estudio sobre el teatro de Harold Pinter (1969), seguido por los ensayos sociológicos: *Imaginación y violencia en América* (1970) y el exitoso *Para leer al Pato Donald* (1971) y *Hacia la liberación del lector americano* (1985). Como narrador se le recuerda por *Moros en la costa* (1973), *Viudas* (1981), *La última canción de Manuel Sendero* (1982) y una colección de cuentos: *Cría ojos* (1979). Se encuentran traducciones de estas obras en casi todas las lenguas europeas.

Keith Ellis, catedrático en el Departamento de Español de la Universidad de Toronto, Canadá, se ha dado a conocer por sus estudios nerudianos y sus obras *Critical Approaches to Rubén Darío* (1974) y *Cuba's Nicolás Guillén: Poetry and Ideology*.

Angel Flores (Puerto Rico, 1900), ha dedicado más de la mitad de su vida al estudio y crítica de las literaturas hispánicas y europeas. Colabora en calidad de crítico de literaturas extranjeras en el *New York Herald Tribune* y en diversas universidades norteamericanas. De su producción más reciente vale recordar la colección en 8 tomos *Narrativa hispanoamericana 1816-1981*, publicada por la editorial Siglo XXI de México, al igual que *Expliquémonos a Kafka* (1983, 2ª ed., 1985), *Expliquémonos a Borges como poeta* (1984), *El realismo mágico* (México Premià, 1985) y, con Kate Flores, *Poesía feminista del mundo hispánico, desde la Edad Media hasta la actualidad* (1984). Fue el primer traductor al inglés de Neruda: *Residence on Earth* (Nueva York, New Directions, 1944).

Manuel Alcides Jofré (Chile, 1947), doctorado en 1981 con una tesis sobre *Residencia en la tierra* (University of Toronto, Canadá), es actualmente jefe de la licenciatura en literatura del Instituto Superior de la Comunicación, Arte y Diseño, y profesor de la Pontificia Universidad Católica e investigador de CENECA (Centro de Indagación y Expresión Cultural y Artística). Ha publicado dos libros: *Superman y sus amigos del alma* e *Historia natural*.

Alfredo Lefevbre (Chile). Profesor de la Universidad de Concepción.

Juan Loveluck (Chile), salió de Chile en 1963 y desde entonces ha actuado como profesor de literatura hispanoamericana en la Universidad de South Carolina. En 1974 organizó el Simposio Pablo Neruda cuyas *Actas* fueron publicadas en 1975. Sus colaboraciones aparecen con frecuencia en *El Nacional* de Caracas y en *El Sur*, de Concepción, Chile. El texto que aquí se incluye apareció originalmente en *CuH* (mayo, 1974) con el título "La sintaxis de la desintegración: Sobre una elegía de Pablo Neruda".

Hugo Montes Brunet (Chile, 1926). Doctor en filología románica por la Universidad de Friburgo (Alemania), ex-decano de las universidades Austral de Chile y de la Universidad Católica de Valparaíso. Autor de diversos libros de poesía, textos de estudio y ensayos, como *Ideario político de Baltasar Gracián, Poesía actual de Chile y España, Lírica chilena de hoy*.

Mario Rodríguez Fernández (Chile, 1933), profesor y luego jefe del Departamento de Literatura Chilena e Hispánica de la Universidad de Chile (Santiago). Entre sus ensayos críticos y antologías: *El modernismo en Chile e Hispanoamérica* (1967), *Cuentos hispanoamericanos* (antología) (1971), *Populismo y modernismo en la poesía del 900, Estructura del Purén indómito* y *La Contrarreforma y la poesía barroca americana.*

Hernán Loyola (Chile, 1930), hasta 1973 fue profesor de literatura chilena e hispanoamericana en la Universidad de Chile (Santiago) y cronista literario del diario *El Siglo* (1964-1971). En exilio, ha enseñado en las universidades de Burdeos y Budapest. Actualmente enseña en la Universidad de Sassari (Italia). Especialista nerudiano, ha publicado *Los modos de autorreferencia en la obra de Pablo Neruda* (1964), *Ser y morir en Pablo Neruda* (1967), el "Guía Bibliográfico" en *O.C.*, y numerosos estudios en revistas internacionales. Ha compilado *Antología esencial* (1971), *Antología poética* (1981) y prepara ahora una de *Residencia en la tierra*. En 1984 organizó y dirigió en la Universidad de Sassari el Simposio Intercontinental Pablo Neruda.

Alain Sicard (Francia, 1935), profesor en la Universidad de Poitiers, donde dirige el Centre de Recherches Latino-Américaines. Su tesis doctoral *La pensée poétique de Pablo Neruda* (1977), fue publicada al año siguiente en la versión castellana de Ilan Ruiz Va, en Madrid: *El pensamiento poético de Pablo Neruda*. Sigue publicando textos sobre Neruda pero me informa: "En estos últimos años mi campo de investigación incluye esencialmente Roa Bastos, Vallejo y Cortázar."

Volodia Teitelboim (Chile, 1916), recibió el título de abogado y fue diputado y senador de la República, reelegido en marzo de 1973. Después del golpe de Pinochet vive en exilio. Edita en Madrid la revista cultural *Araucaria de Chile*. Es autor de *El amanecer del capitalismo y la Conquista de América* (1943), *Hombre y hombre* (1969), y de las novelas *Hijo del salitre* (1952), *La semilla en la arena* (1956), *La guerra interna* (1980), y de los ensayos *El pan y las estrellas* (1973), *Pólvora del exilio* (1976), y de la biografía *Neruda* (1984).

Juan Villegas (Chile), actualmente profesor de la Universidad de California en Irvine. Entre sus libros destacan *La estructura mítica del héroe* (1973), *Estructuras míticas y arquetipos en el "Canto general" de Neruda* (1976), *Interpretación de textos poéticos chilenos* (1978), *Teoría de historia literaria y poesía lírica* (1983), y una novela: *La visita del Presidente* (1983).

Hensley C. Woodbridge (Estados Unidos), profesor de español en Southern Illinois University (Carbondale). La Scarecrow Press publicó en 1975 dos de sus bibliografías: *Benito Pérez Galdós* y *Rubén Darío*. Su obra más reciente, en colaboración con David Zubatsky, es una bibliografía de Pablo Neruda.

ÍNDICE

In memoriam 5

Prefacio 7

Abreviaturas 9

Teoría y praxis.
Geografía y autobiografía

I. Neruda: teoría y praxis poética, Javier Ciordia . . . 13

    1. Autobiografismo 19
    2. Terrenalismo 20
    3. Nominalismo 24

II. El rostro como máscara: autobiografía e historia en la obra de Pablo Neruda, Alain Sicard 26

III. Neruda en Isla Negra, Isla Negra en Neruda, Marjorie Agosín 34

IV. Contra la muerte: los últimos poemas de Neruda, Fernando Alegría 43

Exégesis

1. De *Veinte poemas de amor* al *Canto general*

V. La búsqueda infructuosa en *Veinte poemas de amor y una canción desesperada*, Keith Ellis 53

VI. *Residencia* revisitada, Hernán Loyola 63

    Residencia en la Tierra I (1925-1931) 63
    Residencia en la Tierra II (1931-1935) 76

VII. *Galope muerto*, Manuel Alcides Jofré 93

VIII. *Caballo de los sueños*, Carlos Cortínez 101
    Paráfrasis 110

IX. *Sólo la muerte*, Alfredo Lefebvre 113

X. *Alberto Rojas Jiménez viene volando*, Juan Loveluck 124
    La imaginación de la catástrofe 124
    Alberto Rojas Jiménez: magia y aventura 126
    Una elegía inusitada 127
    Análisis 132

XI. *Reunión bajo las nuevas banderas*, o de la conversión poética de Pablo Neruda, Mario Rodríguez Fernández 144
    El concepto y función de la lírica 155
    Dos imágenes básicas 157

XII. *Alturas de Macchu Picchu*, Hernán Loyola 159

XIII. *Carta a Miguel Otero Silva*, Ariel Dorfman 171

2. De *Las uvas y el viento* en adelante

XIV. Neruda, desde 1952, Jaime Concha 199
    Un cántico socialista 200
    El nudo de la historia 204
    El tren, la frontera socialista 205
    En la muerte de Stalin 206
    Formas del canto 207
    Silencio 209
    La ronda de las soledades 210
    El reposo, forma superior del movimiento . . . 216

XV. La estructura de la oda elemental, Jaime Alazraki . . 223

XVI. La aventura maravillosa: *Oda a un albatros viajero*, de Pablo Neruda, Juan Villegas 239

XVII. *La barcarola*, Fernando Alegría 250

Petardos

XVIII. El Neruda de Huidobro, René de Costa 273

ÍNDICE

XIX. Huidobro: persona y poesía, Pablo Neruda 280

XX. Neruda vs. Rodman 282

Final y despedida

XXI. La muerte entre la muerte, Volodia Teitelboim . . . 285

    El féretro errante 287
    Convidados de piedra 289
    El cortejo 292
    ¡Hasta luego! 294
    Sucede que voy a vivirme 296

Sección bibliográfica

Obras de Neruda, Ángel Flores 303

    Edición principal 303
    Obras sobre Neruda 304

Bibliografía selectiva, Hensley C. Woodbridge 305

    1. Bibliografías 305
    2. Biografías 305
    3. Simposia y colecciones de ensayos críticos 306
    4. Obras de conjunto 306
    5. Estudios dedicados a obras específicas 308

        a) Alturas de Macchu Picchu, 308; b) Canto General, 309; c) Memorial de Isla Negra, 309; d) Residencia en la Tierra, 309

Los colaboradores 311

Este libro se terminó de imprimir el día 30 de marzo de 1987 en los talleres de Gráfica Panamericana, S. C. L., Parroquia 911, 03100 México, D. F. En la composición se utilizaron tipos Aster de 10:11, 9:10 y 7:8 puntos. El tiro fue de 5 000 ejemplares. La edición estuvo al cuidado de *Ángel Flores*, compilador, y *Pedro Torres Aguilar*.

Nº 1961